U0453123

日本文论史
—— 公元712—2000

靳明全 著

中国社会科学出版社

图书在版编目(CIP)数据

日本文论史:公元712－2000/靳明全著. —北京:中国社会科学出版社,2019.7
ISBN 978－7－5203－4568－2

Ⅰ.①日… Ⅱ.①靳… Ⅲ.①文学批评史—日本—712－2000 Ⅳ.①I313.06

中国版本图书馆 CIP 数据核字(2019)第 115424 号

出 版 人	赵剑英
选题策划	郭晓鸿
责任编辑	杨 康
责任校对	闫 萃
责任印制	戴 宽

出　　版	中国社会科学出版社
社　　址	北京鼓楼西大街甲 158 号
邮　　编	100720
网　　址	http://www.csspw.cn
发 行 部	010－84083685
门 市 部	010－84029450
经　　销	新华书店及其他书店

印　　刷	北京明恒达印务有限公司
装　　订	廊坊市广阳区广增装订厂
版　　次	2019 年 7 月第 1 版
印　　次	2019 年 7 月第 1 次印刷

开　　本	710×1000　1/16
印　　张	22.5
插　　页	2
字　　数	292 千字
定　　价	99.00 元

凡购买中国社会科学出版社图书,如有质量问题请与本社营销中心联系调换
电话:010－84083683
版权所有　侵权必究

目 录

第一章 概述 ·· (1)

　第一节 古代中世 ··· (1)

　第二节 近世 ·· (9)

　第三节 近代 ··· (20)

　第四节 现代(上) ··· (35)

　第五节 现代(下) ··· (39)

第二章 古代中世文论 ··· (47)

　第一节 文论滥觞：安万侣、佚名(《怀风藻序》)、藤原滨成 ······ (47)

　第二节 文论发展：释空海 ··· (52)

　第三节 歌论确立：菅原道真、纪贯之、纪淑望、壬生忠岑、

　　　　　藤原亲辅、藤原亲经 ·· (58)

　第四节 诗论嚆矢：虎关师炼 ·· (67)

　第五节 能乐论确立：世阿弥 ·· (69)

　第六节 小结 ·· (74)

第三章 近世文论 ··· (76)

　第一节 俳论确立：松尾芭蕉、与谢芜村 ·································· (76)

第二节	歌论:契冲、荷田在满、本居宣长、内山真弓 …………… (80)
第三节	诗论:祇园南海、江村北海、原田东岳、皆川淇园、
	山本北山、菊池五山、广濑淡窗 ………………………… (86)
第四节	物语理论:椿园主人、都贺庭钟、建部绫足、
	泷泽马琴 ……………………………………………………… (97)
第五节	散文理论:太宰春台、斋藤拙堂、海保渔村 …………… (101)
第六节	小结 ……………………………………………………………… (106)

第四章　近代文论 …………………………………………………………… (108)

第一节	文论起步:坪内逍遥 …………………………………………… (108)
第二节	文论发展:夏目漱石、森鸥外 ……………………………… (112)
第三节	白桦派文论:有岛武郎、武者小路实笃 ………………… (120)
第四节	私小说文论:小林秀雄 ……………………………………… (130)
第五节	心理分析文论:厨川白村 …………………………………… (135)
第六节	无产阶级文论:青野季吉、藏原惟人 …………………… (139)
第七节	新感觉派文论:川端康成 …………………………………… (151)
第八节	浪漫派文论:保田与重郎 …………………………………… (154)
第九节	俳论:正冈子规 ………………………………………………… (158)
第十节	小结 ……………………………………………………………… (161)

第五章　现代文论(上) ……………………………………………………… (164)

第一节	新日本文学会文论:中野重治 ……………………………… (164)
第二节	《近代文学》派文论:本多秋五、荒正人 ………………… (173)
第三节	无赖派文论:坂口安吾 ……………………………………… (193)
第四节	战后派文论:平野谦、小田切秀雄 ……………………… (202)
第五节	私小说文论:中村光夫、伊藤整 ………………………… (221)
第六节	"第三新人"文论:吉本隆明、山本健吉 ………………… (240)

第七节　内向派文论:秋山骏 ………………………………… (259)
第八节　小结 …………………………………………………… (269)

第六章　现代文论(下) ……………………………………… (272)
第一节　俳论:桑原武夫 ………………………………………… (272)
第二节　大众文学论:尾崎秀树 ………………………………… (281)
第三节　日本文学论:中西进 …………………………………… (290)
第四节　多元文学论:柄谷行人 ………………………………… (299)
第五节　现代中国文学论:竹内好、藤井省三 ………………… (310)
第六节　J文学论:川本三郎 …………………………………… (329)
第七节　小结 …………………………………………………… (339)

附录　日本文论史年表 ……………………………………… (341)
主要参考文献 ………………………………………………… (349)
后记 …………………………………………………………… (355)

第一章 概述

第一节 古代中世

在奈良时代之前，日本没有文论概括。奈良时期出现一些传承文学，偶见的文艺只言片语，谈不上对文艺创作经验总结及文论概括。圣德太子时才对文论开始特别关注。考虑到社会统治的需要，传承文学的编纂者对文学进行了政治性的评论。在对文学进行抽象性政治性的评论中，日本文论的萌芽出现。一般而言，日本文论滥觞是以安万侣的《古事记序》为标志，《古事记序》的文论政治性很强，序者企图以文学形式来表现"圣帝"思想意识。从飞鸟时代到奈良时代，中国文献如《诗经》、《文选》等陆续大量地传到日本，受之影响，《怀风藻》、《万叶集》的编纂及《歌经标式》，《倭歌作式》，《和歌式》等得以问世。这些著作产生了对文艺的深层思考，日本文论因而形成。

《怀风藻序》社会教化内容多，儒教功利色彩浓。《万叶集》编纂者对和歌进行了分类，其选择标准的制定，特别是对和歌传承特点、产生、风教意义、社会效果的探讨论述，使日本文论的概括初现端倪。《歌经标式》提出了日本文论中的发生论和效果论以及文论与和歌创作之关系，认为声韵论、形态论、表现论为歌论之中心，体现了汉诗学的评论立场，从中可以理解到纯粹的和歌创作构思。《倭歌作式》进一步探索了《歌经标式》中的表现论。《和歌式》提出，形态论应为短歌之中心，表现论则为和歌研究之要点。

平安初期，汉诗文兴盛，《文华秀丽集》、《凌云集》、《经国集》等汉诗集选定。受中国六朝诗学影响，空海的《文镜秘府论》问世，为日本文论的形成发展起了重要作用。此时期文论一个重要特点是以文艺来弘扬佛学思想。《文镜秘府论》宣扬了社会风教功利性强的文论，从社会道德中去探求文艺具有的佛学内容。空海具有高超的汉文根底，其文论主要以知识高层读者为对象，产生的影响颇大。景戒的文论同样具有佛学内容，但针对的主要是知识水平较低的读者，故影响不如前者。义昭文论与景戒的大致相同，以汉诗文为本位，强调文艺的功利性。这段时期的文论明显具有中国传统特征，从汉诗文出发，具有大量的儒学内容，为政治统治服务，社会教化作用十分突出。敕撰诗文集正是以这种文论为准则。文艺被视为经国之大业，其自然产生之际，必然伴随经世的功利性。以歌人、歌论家著称的菅原道真的文论，集中阐述了文艺的经世观、风教观，重视诗作技巧，从文艺产生及功利性出发，探讨了诗作的艺术方法。《古今和歌集》真名序（纪淑望）、假名序（纪贯之）也尽力宣扬了上述文论思想。真名序接近汉诗文立场，假名序注重和歌传统，但两者均从经世文论出发，着重论述了和歌的特性与分类以及中国文论的影响等。与假名序比较而言，忠岑文论更联系了和歌创作之实践。忠岑文论之后，日本文论在歌论方面发展很大，特别是藤原公任的《新撰髓脑》、《和歌九品》，成了平安时期歌作、歌论之代表。

《新撰髓脑》和《和歌九品》继承发展了《古今和歌集》的"心"与"词"理论，补充了"姿"的概念，论述了"心"、"词"、"姿"三者之关系。"心"指内心的感情和思想，"词"指语言，"姿"包括思想感情和语言形式在内的作品风格、风貌。公任[①]认为，优秀和歌必具

---

① 一般而言，日本文论家姓名的缩写遵循以下原则：近代以前，简称用名；近代以后，简称用姓。为了方便中国读者阅读，单姓（本书未涉及单名）的则保持原貌，引文除外。

"心"深"姿"清，方有情趣。如果"心"、"姿"难得两全时，应以"心"为主，求其"心"深，才有"姿"清。"词"则为表现"心"、"姿"而存在，只有"心"、"姿"、"词"的协调才能产生和歌的韵味。公任从和歌的创作实际出发，剖析并批判了"歌病"。认为，无论是"七病"、"八病"或"四病"，均应破除，要重视歌的实际效果。和歌创作中如两处语词相同是一种病，词虽异而义相同也是一种病。故和歌用词一定要新颖，要洗练词语，不宜多用古语及征引前人作品。在声病方面，公任主张不拘泥于"歌病"禁例，只要和谐入耳即可。在对作品的评论中，公任采取分类品题方法，将充溢真实感情、表现技巧突出、诗意浓郁、境界感人的和歌定为上品，对之进行详尽评论，加以推崇，以为效法。至于上品以下的和歌不必花大功夫评价。公任认为的上品和歌须有"余リの心"，即"余情"韵味，后来和歌"余情体"、"有心论"与之一脉相承。

平安时期盛行歌合（即赛歌），判定歌合之胜负及选歌均有严格标准。集中体现这种文论的是天德四年的《内里和歌合》，它论述了歌合判词的声韵和形态要求，但未涉及和歌的社会教化作用，这也是日本文论发展的一个阶段性倾向，显示出和歌整体上从汉诗下位中脱离出来的趋势。源顺的文论最引人注目的地方是论述了和歌与汉诗存在着较大的差别，认为和歌式应超越汉诗家风。平安歌合很快成为贵族的一种社交工具，歌风日趋苍白纤弱，空泛乏味，逐渐走向了争奇竞巧、因袭古人、陈词滥调的泥坑。针对这种不良倾向，藤原俊成的《古来风体抄》等著问世。《古来风体抄》提出，和歌文体因时代发展而变化，歌的"词"、"姿"随时代随季节的变化而变化。俊成以《古今集》为和歌本体，借鉴了中国"文体之变"说，肯定了《古今集》的文体和文风。俊成推崇《古今和歌集》，《后撰和歌集》，《拾遗和歌集》（亦称"三代集"）的典雅之风，反对单纯追求技巧以及概念化的露骨说理，强调和歌重在幽玄的余味，须在意趣、声调、诗情、含蓄上狠下功夫。受中国《文选》、《玉台新咏》影响，俊成提出了"幽玄体"。幽玄来自中国语，作为佛经"佛法幽玄"，即理性的东西具生命的因素，流动的事物具不易的本质。俊成认为和歌要创造优美、清新温雅的韵味，表现出妖艳娇冶的趣味和神仙道家的色彩。同时，他又提出了优秀和歌除心、词、姿外，应具有情境（景气），追求情景交融的境界。他首倡了"歌佛相通说"，认为歌人要通晓和歌的优劣与深奥的道理，进而"从心自悟"。这里，他把歌道与佛法结合起来，试图用和歌去引导婆婆众生。

10世纪日本文论中的物语论涌现。著名的有纪贯之的《土佐日记》，其中的人物评论及社会批判色彩十分显著。这一时期的物语论几乎都联系上佛学思想，不仅理论性强，且具创作实践性，既重教化内容渲染，又有文艺自然规律梳理。

平安中期是以藤原氏为中心的时代，各种假名文学出现。《蜻蛉日记》以日记方式发挥了文学体裁的实在性与虚构性的特点，提出了文艺要尊重现实的问题。《紫式部日记》、《更级日记》、《赞岐典侍日记》进一步论述了这些问题。著名的《忱草子》论述了日记文学，认为作者的爱好左右物语乃至和歌的性质，强调作者思想感情应自然流露，文艺的功利性要削弱。

这个时期物语论的集大成者是《源氏物语》。它显现的文论要点是作家如何处理素材，认为素材不等于史实，是虚构的事实。物语作为虚构事实的语言载体，必须具有现实的实在性和可能性。物语展现的情节，不仅要有强烈的形态感，还须显现现实高于现实的特征。物语的话者与作者表现的是不得已的冲动，物语从其产生就不应有功利性，而是一种自然表现，是实际生活影响下的自然现象。《源氏物语》的文论特色是探求文艺的本质和基础，它继承了传统文论又超越了传统文论。

平安中期也是和歌从现实生活表现到艺术表现转换的时期。歌合、歌作、歌学之间从不即不离的关系转变成密切的联系。此时期，佛学内容较多的文论比较引人注意，其中源为宪的《三宝绘词序》提出了以弘扬佛教为目标的文艺创作，影响颇大。此外，儒教内容较多的文论也大量出现。大江匡房、菅原文时、庆滋保胤等人的文论集中宣扬了儒教的经世观。同时，佛教和儒教混杂的文论也出现了，有的用花言绮语大力宣传了文艺的消遣悠闲作用。

　　院政时期文论仍然强调了文艺的政治性，但也提出文艺须接近个人生活。前者的代表作是《后拾遗和歌集》、《金叶和歌集》、《词花和歌集》、《千载和歌集》。后者代表作是《难后拾遗》、《良玉集》、《拾遗古今》、《难千载》。前者以文艺来思索社会政治现象，后者主要考虑个人感情因素。在此阶段中，歌学的确立展开了对和歌与歌论之间关系的探求。源俊赖的《俊赖髓脑》提出了此方面的诸多问题，以秀歌论为中心，高度评价了和歌的心、曲调、词的重要作用。此外，顺应时代发展的文论较突出的有《大镜》、《今镜》、《水镜》。《大镜》针对和歌现实进一步阐释了秀歌论。《今镜》集中论述了歌合的判词，批判了《源氏物语》的物语论，认为保留物语的固有形态应增加佛学的教化思想。《水镜》认可增加佛学内容，反对文艺的功利观。《今昔物语集》与《水镜》的文论立场比较接近，认为文艺要涉及社会伦理内容，但主要目的并非如此，应根据不同读者分别对待。这段时期文论关注的对象还是传统文学，研究的作品集中在《万叶集》、《古今和歌集》、《伊势物语》、《源氏物语》等。

　　平安末期到镰仓时代，藤原定家的文论一度成为重镇。藤原定家代表著作是《近代秀歌》、《咏歌大概》、《每月抄》。其主要观点：一是重视歌心、声调、词意、情趣，推崇简古雅正又具"余情妖艳"的作品，学古又求新，用以革除当时歌风中因袭古人、陈词滥调、空泛乏味之弊。二是要求和歌"心"、"词"、"姿"三者和谐统一，认为三者中"心"为主，"心"决定词又须与"姿"相宜，"词"分强弱两种，强词用于强体，弱词用于弱体。三是正确对待"本歌取"（引用古歌）和"本说取"（引用典故）。"本歌取"、"本说取"只要符合表现内容的需要则不宜抛弃，但勿滥用。和歌创作须恰当表现内容，除歌病中的平头病外，其余歌病不宜过分忌讳。四是提出"幽玄"为和歌创作之要旨。和歌缥缈幽远之境，类似神仙艳冶的趣味，既有老庄道家的情趣，也含佛家的色彩。五是提出歌论的"有心体"。"有心"指作品中所具有的浓厚情味。"有心体"乃优秀和歌主要之条件。只有心神澄静，才能咏成"有心体"和歌。六是认为歌人的人格修养是创作优秀和歌之前提。咏歌之前要心神澄静，创作境界要高，须适合个性，否则将有魔障。

藤原定家的文论是在中国儒、道、佛学说的基础上发展起来的，理论具系统性，加之藤原世家一度垄断和歌，定家文论一度成为和歌创作必须遵从的教条，平安末期形成了"御子左家"学统。

"御子左家"传至定家之子藤原为家后分成三派：二条派、京极派、冷泉派。二条派与京极派对立（冷泉派基本站在京极派立场），两者自标得父祖真传，在论争中丰富了和歌理论。

二条派的代表是为家的长孙藤原为世，其主要著作有《和歌庭训抄》。二条派的代表作是《野守镜》，作者不详。此书上卷为歌论，下卷主要是说佛，附有论歌。二条派和歌理论的基本内容一是批评京极派咏歌讲求新奇之姿离开了古之六义之雅正，主张以心为神，歌咏雅正之心，任心咏之。二是和歌所咏应重想象，要从"幽玄"出发，咏见所未见、闻所未闻、想所未想、有所未有之事；批评京极派仅以事实为主，忽视想象之效。三是主张用词要善修饰、求声调、歌姿艳丽，避世俗卑劣之词，用地道的"大和语言"，批评京极派用词不脱俗。四是主张不离古之正风而求新，自然得之，批评京极派追求时兴而弃歌之风情，不求自然而刻意求之的近俗。五是推崇《古今集》歌风，批评京极派尽力推崇《万叶集》歌风。

京极派的代表是藤原为兼，是定家的曾孙，为世的同祖堂弟。主要著作是《为兼卿和歌抄》。在回应二条派的挑战中提出自己的歌论，其主要内容：一是强调和歌的"心"与"实感"，认为歌的本质在于率直地表现内心的感情变化，只要四季景物深合于心，如实地将对四季的感情变化咏出，则表现出了真，与天地之心恰合。二是主张和歌只要能表现出"心"，词可自由使用，无须"雅"与"俗"之区分，可不避"歌病"。三是反对二条派的"古今传授"、"口传"等。认为从儒家的政教作用出发，和歌动天地、感鬼神，可以发挥治世作用，能光宗耀祖。四是主张吟咏情性，随心情之所欲如实咏出，反对二条派偏重技功，以才学为诗。五是依据心的本性，把内心巧妙表现于外，歌的"心、词、体、性"则优异，强调词理意兴。六是强调歌佛同道。歌与宋诗学、理学、禅学应保持密切关系。

二条派与京极派之争，打破了歌论的保守僵化、深沉停滞的局面，推动了日本文论的发展。二条派墨守父祖成规，京极派标榜自由新奇，两派论争有旧与新之别，保守与革新之争。两派也有着不同的政治背景。二条派曾为大觉奇统的帝师，京极派曾蒙持明院统天皇之宠。两派伴随着政治权势、社会地位之争而起落。虽然，京极派以宋诗学为其理论支持而见胜，但其代表为兼在政治上屡遭迫害，两次被贬谪，晚年不知所终，京极派学统因之而缺乏继承人，其理论精华为冷泉派和禅僧中的优秀歌人所继承。京极派仅传二代即告断绝。二条派虽然在理论上处劣势，但其在政治上占优势，使该派学统在相当长的一个时期占据歌坛正统地位，出现过不少优秀歌论家，但六世以后，该派亦告断绝，最后左右中世歌论界的，是曾接近京极派的冷泉派和一批禅僧歌论家。

日本汉诗的开创及诗话的出现也是日本古代中世文论的重要内容。早在2世纪，汉字和中国文化典籍，经过朝鲜半岛传到日本。《古事记》载："应神天皇十六年（285）时，百济照古王，派阿知献上牡马、牝马各一匹，并大刀、铜镜。朝廷敕命：'百济派出王仁，携《论语》十卷、《千字文》一卷，计携书十一卷来日本。'"《日本书纪》也载："王仁来，太子菟道稚郎子拜为师，随王仁研习诸典籍，无不通晓。此王仁即文首之祖。"可见，从2世纪始，日本人开始学习汉字和中国文化。

日本汉诗创作迟于汉字的应用。今存最早的汉诗是大友皇子（649—672）所写的两首诗《侍宴》和《述怀》。《述怀》云："道德承天训，盐梅寄真宰。羞无监抚术，安能领四海。"① 到了奈良时期（710—784），日本多次派遣唐使到中国学习，特别重视中国文化，通过遣唐使抄写了《离骚》、《文选》、《庾信集》、《太宗文皇帝集》等著传回日本，很快日本汉诗创作蓬勃发展起来。孝谦天皇天平胜宝三年（751），编成了日本最早的一本汉诗集——《怀风藻》，集子里绝大多数是五言诗，大多模仿中国六朝之诗作。之后，日本又出现了三部汉诗集《凌云集》、《文华秀丽集》、《经国集》（包括诗、赋、对策，计二十卷，今存六卷）。这三本汉诗集合称为《敕撰三集》，标志了汉诗在日本发展的一个高峰，一时汉文学成为日本文学的主流，乃至于傲居庙堂之上，成为日本的文学代表。《敕撰三集》的推行正值嵯峨体制的天长、承和年间，其时，唐风文化兴盛到了极点，《敕撰三集》诗风明显受到了中国唐诗的影响。奈良时期，日本汉诗人奉萧统的《文选》为金科玉律。平安时期，日本汉诗人以唐代诗歌为典范，这时，四杰、陈子昂、王维、李白、王昌龄、白居易、元稹等人的诗纷纷传到日本，促使日本汉诗的风尚为之一变，汉诗创作趋于成熟化。这时期，七绝和七言歌行替代了《怀风藻》中的五言诗，乐府诗兴盛起来，涌现了很多言志抒情之作。11世纪在日本编成了适合吟咏的《和汉朗咏集》，选了195首汉诗，白居易诗有135首。此时期，白居易诗在日本的影响最大。

到了镰仓、室町时期，五山文学兴起。五山指日本仿效中国而建立的即幕府在镰仓和京都建立的五座寺庙，包括巨福山的建长寺、瑞鹿山的圆觉寺、龟谷山的寿福寺、金宝山的净智寺和稻荷山的净妙寺。五山

---

① 马歌东：《日本汉诗溯源比较研究》，中国社会科学出版社2004年版，第2页。

文学产生了禅林文学。这个时期，日本社会动荡，武士崛起，战争不断，皇权旁落，而居住山寺的佛教僧侣们在动荡之际，潜心于学习和传播中国文化，经过积年累月的努力，汉诗创作随之高涨并更趋成熟化。五山文学兴隆之际，从理论上总结汉诗创作的任务历史地落在五山诗僧肩上，五山诗僧的代表者虎关师炼成功地承担了这个历史的使命，他的《济北诗话》历来被视为日本诗话之嚆矢，丰富了日本文论。

日本古代中世文论还有一项重要内容即能乐论，奈良初期从中国传来的散乐发展为日本的能乐。镰仓末期，因得足利将军及其他武将支持，以京都为中心，能演出昌盛。然而能乐理论及能演员演技总结尚缺。能演员的艺术自觉性伴随中世艺道的"道"意识而加强而产生。为传道，以"家"传为重心的艺术实践随之展开。与歌人留下歌论一样。能演员热心于将自己的艺得传授下去，如此，能乐论应运而生，不久发展成熟。值采曲舞长处的能新风出现之际，具天下盛名的大和猿乐结崎座台柱观阿弥的业绩亦建立。他从歌舞能中提炼出的能幽玄论，由其子世阿弥继承发展。以其父能乐论"于道于家"为基础，世阿弥的论著《风姿花传》以及他后来撰写的20种能乐著述，是现存的最有价值的能乐论著。

世阿弥继承者禅竹著《六轮一露秘注》、《歌舞髓脑记》、《至道要抄》，禅凤著《毛端私珍抄》，对能乐论发展影响不小。室町末期至江户之初，很多著名能乐论著出现。然而，这些能乐论著均以世阿弥的论乐论为基础。世阿弥以无与伦比的能乐艺术实践所总结出的能乐论是日本能乐论史的高峰，至今无人比肩。

第二节　近世

日本近世指安土桃山时代到江户时代。

在近世，德川幕府的官学为儒学，儒学占领了日本思想界，无论和汉文学或雅俗文学均以儒学为中心。幕初，文论以儒学（朱子学）为中心，倡导文以载道的劝惩文学观。无论林罗山代表的官学派，还是非官学的山崎闇斋的垂学派，都崇尚儒学，文学之趣被视为玩物丧志。元禄时期，日本文论有了变化。大儒伊藤仁斋文论主要是为人情说，其观点主要有以下几点：（1）文学述一般之人情；（2）文学表现共通人情、使人完善而非劝善惩恶之工具；（3）古今通变，人情不变，和汉、雅俗文学无差别；（4）雅被传统束缚，俗能传达眼前事与情，为人之真情；（5）文学评论的关键是理解作品之精髓。仁斋的人情说很快风靡一时。推崇仁斋文论的契冲提出文学的乐趣说。近松的"虚实皮膜论"进一步阐述了仁斋文论，继续宣扬文学重人情。松尾芭蕉提出"亦人情说"，西鹤文论否定人情之伪，享保期的东护园古文辞学派的获生徂徕、服部南郭、太宰春台等人也极力倡导文学人情说。之后，日本文论主要存在三种格局：一是坚持儒学为中心的劝惩文学观；二是重视人性真的人情说；三是在两者之间游刃自如的丰富多彩的文学观。如本居宣长为主的"风雅论"、"物哀说"，山本北山为主的"清新论"，市河宽斋为主的"真情实境说"，小泽芦庵为主的"同情说"，香川景树为主的"歌调说"等。

日本近世文论十分丰富多彩，以体裁为对象，可分为俳论、歌论、诗论及物语论、散文论。

俳谐诞生于室町中期，之前日本文坛流行的是和歌。和歌派生出连歌，俳谐源于连歌，是连歌之发句。

连歌的"发句"有一定规定，除十七音之外，还须具备"切字"、"季语"的条件，体现整首连歌内容，具一定的完整性，要求具备吟咏景物的特征。延文二年，二条良基编纂《菟玖波集》，把连歌变成"纯正连歌"，确立了连歌的文学地位。他在连歌集里设立"俳谐"部类，将通俗的连歌分成雅俗两类，俳谐连歌属于滑稽低俗类。良基的分类虽然沿袭了《古今集》，但他第一次提出"俳谐"之名，初步表明"俳谐连歌"不仅要表现戏谑的内容,其技法和形式也开始与连歌脱节。后山崎宗鉴编纂了《新撰菟玖波集》,承继了良基先例,但他删除了"俳谐"的部类,把俳谐从连歌中分离出来,制定了俳谐格式,发句由五七五共三句十七音组成,句中须含季语。宗鉴编纂的《犬筑波集》和荒木守武的《守武千句》并称俳谐的滥觞。

宗鉴编纂的《犬筑波集》,主张摆脱传统连歌格式,以朴实直率的手法嘲世,用滑稽不惜流于卑俗的内容来表现庶民生活,讲求语言平淡,强调使用衬词、双关语、同音异义语,不注重技巧和辞藻。宗鉴强调诙谐的游戏性表现,源于他以游戏性态度反叛传统和歌,其俳谐终堕入粗鄙猥琐之境地。

守武的《守武千句》(《俳谐之连歌独吟千句》)把俳谐提高到与正统连歌同等的位置,并试图制定出俳谐格律。在《守武千句》"跋"中,守武提出,俳谐趣味不仅仅在于诙谐,还应具备完美形式和幽默内容及连歌的风雅玄妙之韵味。《守武千句》基本确立了俳谐形式,为俳谐独立于和歌奠定了基础。

宗鉴、守武殁后,俳谐成为一部分连歌师即兴的文字游戏。17世纪初期,德川家康统一全国,在江户建立德川幕府,完成了中央集权制的封建体制。连歌受到幕府的保护,但只在祭祀佛事中唱诵,失去了昔日文彩。在这种文化氛围之下,俳谐又重新活跃于文坛,受到上层町人、贵族、武士的欢迎。经过以松永贞德为首的贞门派的努力倡导,最终确立了俳谐的独立地位,俳句成为世界上最短的定型诗的文学形式,风靡日本。

松永贞德与近代儒学大师藤原惺窝是堂兄弟,曾师从歌学权威细川幽斋和歌连歌泰斗里村绍巴。德川家康执政后,贞德在京都创办私塾,开展和歌、俳谐活动,网罗人才,创立了贞门派。其势力声名渐扬,后从京都发展到全国,执俳坛之牛耳。

贞德的俳论主要体现在其著作《油糟》、《淀川》、《御伞》里。贞德认为，俳谐的本质在于用语"俳言"。所谓"俳言"是指和歌、连歌不用或极少用的俗语、汉语、流行语、谚语、俚语等语言。在《御伞》中贞德明确指出要排除俳谐遁世的消极情绪，不着意于俳谐的讽世含义，强调平民百姓从自己喜闻乐见的形式中去寻求心理的乐趣，表达追求自由境界的趣味。

贞德门生如云，俊才辈出，其中初松江重赖、野野口立圃、鸡冠井良德、山本西武、安原贞室、北村季吟、获野安静被称为"贞门七俳仙"。

松江重赖于宽永十年（1633）刊《犬子集》，收录了天文年间及以后的优秀俳谐，是当时俳谐之集大成者，这也意味着俳谐作为文学形式的自我觉醒。特别是该集收录了大量的平民百姓作品并有意识针对着贵族的和歌敕选集，使《犬子集》在俳谐史上具有重要地位。宽永十五年（1638），重赖编撰《毛吹草》，分析了大量作品，解释了俳谐与连歌区别，重新阐述了俳谐的创作方法和俳谐独特的情趣，并从谣曲、小歌、狂言、万岁乐等民间通俗文艺中取材，扩大了俳言范围，广泛收集谚语及传统节日、各地名产、恋爱等用语作为俳言，从而推动了俳谐的普及。

野野口立圃于宽永十年（1633）编撰了《俳谐发句集》，增加了《犬子集》未收的作品，所收俳句仍以诙谐为主，风格与《犬子集》基本相似。后立圃在俳论书《河舟德万岁》中强调了俳谐与连歌的不同主要在于有无俳言，主张发句应注重两物的比喻。

重赖、立圃在俳论方面均主张注重表现心灵，扩大俳言的解释范围，在俳谐中加强平民意识，深入浅出地解释古代典故。特别是他们主张增加俳谐语汇，注重俳谐的普及，为后来日本散文学诞生提供了理论基础。

北村季吟是著名的古籍注释学者，曾点评《大和物语抄》、《源氏物语湖月抄》、《徒然草文段抄》等著作，出版了季题集《山之井》。《山之井》是第一部俳谐季题的专门著作，它以大量的实例详细解释了季题的内容，指出了俳谐的多样性，把宗鉴、守武确立的俳谐形式固定下来并加以推广。

在中世登不了大雅之堂的俳谐由于贞门派的努力在近世初期被提高到了平民文学之高峰。后来，俳谐逐渐趋向形式化。宽文末期，贞门俳谐衰微，以大阪为中心的社会町人活跃起来，他们要求文学具有一种更加自由轻松、清新洒脱的形式，以充分表现新兴势力朝气蓬勃的精神和对个性的自觉解放，在此背景下连歌师西山宗因应运而生。

西山宗因15岁时侍奉八代城主加藤正方，后从连歌重镇里村昌琢学习连歌，正保四年任大阪天满宫连歌所宗师，以后名声日盛，并涉足俳坛，成为谈林派的创立之祖。

以西山宗因为核心的谈林派代表了大阪町人的兴趣，他们具有强烈的个性色彩，打破了贞门权威，主张创作即兴诙谐的俳谐，提出以虚为实、以实为虚、以是为非、以非为是之俳谐。谈林派不避使用俗语、民间谣曲，强调废除贞门俳谐的清规戒律，运用奇警构思和出人意料的比喻来描述日常生活，必要时采用"破格"句，打破五七五音的格律。谈林派俳谐完全向民众开放，以清新轻妙的风格表现民众情感，使俳谐创作融于平民的日常生活之中。

谈林派的重要人物田代松意于宽文十三年（1636）在江户神田锻冶町成立俳谐谈林结社。他否定贞门的陈旧创作手法，宣称自己的新风才是继承宗鉴、守武的俳谐正道。在编撰的《谈林十百韵》中，松意强调了俳人的自我意识。松意俳论带有相当浓郁的心学、儒学色彩，主张句风怪异奇巧，不拘一格，因此，被贞门派攻击为"飞体"，即变化不定、飞离世间之意。

谈林俳谐后来逐渐变成庸俗的低级趣味的小诗，使众多人无法理解，加之宗因回归连歌，西鹤专心小说，松意消隐俳坛，俳谐一时群龙无首，大多数俳人随心所欲，恣意走笔忘乎所以。这时，有一些头脑清醒的俳人开始对谈林俳谐进行认真审视和反省，其中，上岛鬼贯对俳谐理论的总结有所建树。

上岛鬼贯8岁开始学咏俳谐，后入松江重赖门下，学习贞门俳谐。他逐渐对僵化句风产生怀疑，转而接近宗因，开创出风格迥异的伊丹流派。上岛鬼贯的《独言》在俳谐理论史上占有重要地位。鬼贯主张俳谐之诚，作句宜深入于心，不拘姿、词，唯诚是道。鬼贯所谓"姿、词"，指俳句的形式、语言，"诚"指与形式语言相对的俳句精神、内容之美。他要求，创作俳谐应该发自内心之真诚、追求意境，而非追求雕琢华丽的形式和语言。鬼贯俳论还贯彻着"无"的禅宗思想，认为俳人进入无我无物之境方能创作出优秀之作。鬼贯这里的"无"，正是禅宗包藏万物的"无"。这里的"诚"指真实地把握创作对象，移情入景，自然朴素地表现人情，创造永恒的艺术。鬼贯俳论在俳谐革新期产生相当大的影响，他是最早意识到俳谐的精髓在于"诚"的先觉者之一。

谈林派之后，日本俳坛迎来了黄金时代，其代表人物是被誉为"俳圣"的松尾芭蕉。芭蕉殁后，日本俳坛很快陷入低迷沉闷的局面。安永至天明时期日本俳坛出现中兴，亦称"天明中兴"，天明中兴的代表是与谢芜村。芭蕉和芜村的俳论不限于俳谐，也适合于其他艺术。

芭蕉的得意门生在俳谐理论上卓有建树的有榎本其角。元禄十四年（1701）其角出版了重要著作《焦尾琴》，提出了不同于芭蕉俳谐的、以新兴都市江户文化为背景的新俳论，主张以情浓为"不易之功"，不承认相对不易的"流行"。

师从芭蕉在俳谐理论上有所建树的还有各务支考和服部土芳。支考撰写了《葛之松原》、《续五论》、《俳谐十论》等，全面系统地阐述了他的俳论，提出在实不行虚、在虚应行实的重要观点，成为芭蕉殁后以支考为代表的美浓派的理论基础。支考看到日本只有汉诗，没有真正的日本诗，便创造假名诗，以七五音四行为一首，模仿汉诗绝句押韵。土芳编撰的《三册子》（由《白册子》、《红册子》、《忘水》三卷组成）

中的《白册子》叙述了连歌、俳谐的起源，诗、歌、连歌与俳谐的关系，俳谐的格式等。《红册子》叙述掌握不易流行、风雅之诚的方法，解说了芭蕉七十多首发句的创作过程。《忘水》记述发句、俳谐的知识及和歌的典故等。《三册子》是研究芭蕉俳论必不可少的著作，也是土芳俳论的代表作品。

"天明中兴"时期，在俳谐理论上做出重要贡献的还有加舍白雄。白雄于安永九年出版了专著《春秋稿》，主张俳谐创作要排除私意，自然天成，表达了回归蕉风的意愿；同时，也表达了他对江户俳谐流于低俗的不满。白雄在《寂琴》文中强调了俳人要以世界万物感应于心，从人的感情深处入手用平易自然的质朴语言表达，创作俳谐重要的是能感应万物。

"天明中兴"后的文化、文政时期，沉滞僵固的风气又重新笼罩俳坛，但仍有部分优秀俳人，如小林一茶、夏目成美等仍在孜孜不倦地追求真正的俳谐艺术。在俳谐理论方面，夏目成美贡献卓著。成美先后创作了《七部集纂考》、《标准七部集》、《瓠》等，这些都是研究芭蕉俳谐的权威著作。成美极力推崇芭蕉的"去俗"精神，主张用杂语鄙语而不落于俗套，俳句要洗脱俗气达到清新高雅。

近世文论的主流除俳论外即歌论。

日本中世以降，新兴町人阶层逐渐成为创造文化的核心力量，町人文化取代了武家文化，以町人生活为主要内容的小说、俳谐、戏曲迅速地发展并流行起来，可和歌创作却因循相袭，死气沉沉。然而，歌论依然活跃。

江户时代，二条派歌风由细川幽斋发扬光大，成为江户时代初期歌坛的主流，二条派歌在堂上家之间十分流行，因此又被称为堂上派。堂上派歌人提倡复古，故又被称为复古派。

细川幽斋的歌论推崇平明稳健的歌风，间以流丽之作，讲究锤炼词句，注意歌之文采。

幽斋门下歌论有所建树的是木下长啸子。长啸子不苟从二条派的平板歌风，主张咏歌自由发挥，歌作表现个性，推崇歌作清新、奇拔。

受长啸子影响在歌论方面卓有建树的契冲致力于打破二条派歌论的迂腐之见，主张歌作运用华丽语言，重于玩乐。其重趣的"乐趣说"对荷田春满和贺茂真渊等产生了很大影响。

荷田春满著有《万叶集》，极力推崇"词花优丽，风姿幽艳"的"新古今风"和歌。他否定堂上派歌论，认为古歌质朴纯粹，后世和歌只是在玩弄"词花言叶"，不值效法。

贺茂真渊是荷田春满的高足，他师从春满又私淑契冲，企图依靠古歌、古语来直接理解古代日本精神，认为万叶歌的"真心"是天地自然的真心，《万叶集》是以自然感情作为歌的根本，自然感情中含有柔和人心的教化力量。真渊特别重视古歌的内容，推崇万叶歌的雄健性格，认为歌能治世，依靠歌道可恢复古道，赋予古歌某种道德和宗教的内涵。

本居宣长继承了真渊的歌论，他认为歌基于"情"，强调歌作是感情的自然流露。真渊心目中的理想歌作是上古自然朴素之歌，而宣长却属意于风格优雅的"三代集"，特别推崇曲折幽玄的"新古今风"，并以风雅为主导。

樱町天皇元文年（1736）后，由于町人文化的影响，社会风气趋于淫靡，歌坛毫无生气，而小泽芦庵歌论却产生了较大影响。芦庵的歌论与真渊的相左。芦庵反对一味泥古复古，主张革新，认为"人情古今相通，而言语则与世推移"，因此若"后世歌词一概摒弃，唯取万叶、日本纪"，则"犹如宫室营建之后，已解煮食之时的穴居野处、茹毛饮血"。他说，"情者一也……天地有情，非情同一……百川入海而海不溢，自混沌初开至今不变，是古今同一之处。然川源涌水，日夜不止，与天地造化共相推移，故非古之水也。人情亦同此理，时刻迸涌触物，必如新发"[1]。芦

---

[1] 彭恩华：《日本和歌史》，学林出版社2004年版，第107页。

庵歌论尊重《古今集》精神，从小事中表现深心，提出了同情新情论，认为如果自己为之感动使任何人因此而同情，此为同情论；如果自己感动是真实的话，新的感情常常呈现，此为新情论。芦庵歌论对情的论述十分充实周密。

受芦庵影响成为桂园派代表的香川景树，在歌论方面卓有建树。景树主要歌论著作有《新学异见》、《古今集正义总论》、《歌学提要》、《桂园遗文》、《随所师说》、《折折草》等。景树反对真渊的崇古说，主张歌者尽抒己之思，歌当用今世之辞、今世之调。景树特别强调注意歌调，提出歌调说。认为歌调第一，调者为"姿"，"姿"美自属上乘。景树还强调诚实乃人生之本质，纯美诚实与饮食男女为人生三大本能，和歌之本质（文学性）是用言语自然表现，此为歌调说。和歌不仅是人与天地同歌调，也为天人同境之歌调。景树认为和歌存在生活之中，生活表现即俗语表现，故应该用俗语去歌咏实物实景，去表现近世时代性的要求。

与芦庵、景树相比，富士谷御杖的歌论另有优秀见解。御杖在《和歌六运弁》中指出，真言为和歌之根本，应该用真言去阐述理论。关于歌作中的心、言、事，他认为言和心显现事，这样，言语与心灵是一体，真心显真言则为真事。对歌作之心，御杖进行了分类，认为有：偏心、一向心、公心、真心。偏心系偏向一面利己之心，一向心是感情本位之心，公心为理性本位之心，真心乃感情和理性自然成一体之心。真心显现"真似"，言和事为一体。"真似"从歌中获得，人的行为亦然。

近世歌论注意歌格的研究，小国重年的《长歌词珠衣》，橘守部的《长歌撰格》、《短歌撰格》，六人部是香的《长歌玉琴》，鹿持雅澄的《永言格》等均为优秀之作。他们的歌论重视五七调、尊重对句，以《万叶集》歌为最好歌格，并且把心与词在歌格方面调和起来。近世歌论，不论以《万叶集》还是以《古今集》为标准，都是古典主义歌论，理论明快，无中世歌论的含蓄和暧昧。进入近代，受西欧文论影响，日本歌论尊重万叶精神，同时提倡写生主义。

日本近世的诗论也比较显目。

江户时代的汉诗发展很快，汉诗成为家喻户晓的士人文学、儒者文学。一般知识阶层的日本人，几乎没有不会做汉诗的。江户时代的汉诗可按世纪分为三个阶段。17世纪为第一阶段，此阶段的汉诗盛行于研究儒家经学的学者之中，有的学者以汉诗为余技，有的学者主要致力于汉诗创作，如石川凹、释日政等。石川凹请画家狩野探幽画汉魏至唐宋的中国诗家36人像，筑诗仙堂供奉这些诗家，日日吟咏汉诗其间。18世纪为第二阶段，此阶段的著名学者荻生双松，在学术上排斥程朱理学，推崇以先秦典籍为主的"复古学"。李攀龙所编的《唐诗选》在此阶段风行，取代了五山时期的教科书《三体诗》，诗风由宋转唐。不久，明代七子"古文辞派"的主张风靡日本诗坛，久而生弊，于是不少有才气的日本诗人奋起革新。祇园南海、江村北海、山本北山等人以清新之声发唱，追本溯源，鼓吹风雅，推重宋诗，拓宽了汉诗发展的道路。19世纪为第三阶段，这时，汉诗深入知识阶层，成为必修的学业，涌现出不少诗社。汉诗集的印行也盛极一时，汉诗发展到了辉煌时期，诗人辈出，各擅胜场。大洼竹开拓了汉诗的新境界，菊池桐孙信笔精妙地描摹了日本风物，山梨治宪诗词富丽，古贺焘雍容大雅，久家朗平易清新，筱畸弼多用险韵，菊池保定长于古风，梁川孟纬流连风月，广濑谦诗风隽永。此际各具特色的诗家，争奇斗妍，汉诗坛呈现出万紫千红之景象。汉诗如此繁荣的景象直到1894年甲午战争爆发清政府失败后才低落下来。

在汉诗发展三个阶段中，诗论出现了兴旺。诗人纷纷强调诗语言不避俗，传达人情要真。祇园南海是朱子学者木下顺庵的门生，其诗论保持了古义学、古文辞学的倾向，未脱离儒学中心，但他坚持诗经风雅、标榜日本诗学风雅论。清田儋叟、中井履轩极力推崇宋诗反对古文辞学。山本北山以袁宏道性灵说为宗旨，提出诗趣在深、辞贵清新，独舒性灵，反对模仿，主张真情实景说。市河宽斋提出天地日新、万象皆诗，学诗求之目前，不求之远，倡导写实，重视实境。宽斋门下的柏木如亭、菊池五山受袁枚《随园诗话》的影响，结合诗作经验进一步阐述了诗道人情的观点。广濑淡窗的诗论强调"诗无唐宋明清，而有巧拙雅俗，巧拙因用意之精粗，雅俗系著眼之高卑"①。淡窗指出，诗是温润、通达、文雅之人格，诗言志抒情，各人志情各不相同。诗境乃实情实境，实情实境为自然，诗的学问在风雅气质中养成，故诗应禁淫风，非理论。幕府末期，赞成此论者渐多。

物语论、散文论也是日本近世文论的一个重要内容。

平安时期，日本文学体裁中的"物语"出现。"物语"即"杂谈"、"故事"之类，它是在改造日本古代神话与传说传闻的基础上，结合当时的现实生活，用讲故事的方法发展起来的文学，也是日本文学中最早的小说样式。

现存最早的物语论著是《无名草子》，该著以历史眼光，展开了对物语的鉴赏。平安时期的《源氏物语》、《枕草子》、《蜻蛉日记》、《大镜》等，以一定的篇幅阐述了物语论，涉及了物语的虚构性与真实性。镰仓、室町时代，影响大的物语论著有以佛学劝惩为文学观的《源氏人心比较》。近世以来，物语论与散文论一起在日本文论中更加突出。

东护园古文辞学代表荻生徂徕力主物语散文表现人情为第一要义。他认为，道据人情而设计，倘不知人情，则天下难行。六经事有道，诗经辞显人情。文学与诗本质相通，要宣人情。徂徕运用中国明朝文士李攀龙、王世贞的拟唐诗来论述古文辞学派的特征，还以《沧浪诗话》、《诗薮》及宋明诗话并加之文学实践来建构物语小说论，提出诗文必须

---

① ［日］中村幸彦校注：《近世文学论集》，靳明全译，岩波书店1979年版，第9页。（以下注释的译文未注明译者的，均系笔者翻译。）

词正优雅、具风趣之趣。他说:"言何以欲文,君子之言也,古之君子,礼乐得诸身,故修辞者,学君子之言也。"① 风雅乃君子之趣,故表现美必然蔑视俗。徂徕文论提出的重表现,是把人情为人生第一义来表现,使文学从伦理思想控制下解脱出来。当时正值日本百科全书风潮兴起,文学从古学问中独立为一门学科,脱离了伦理思想的控制,力主文学风雅之趣,这是徂徕为首的东护园学派文论的重要内容。

后围绕朱子学文论,古义学派的荷田在满、朱子学派的田安宗武,古文辞学派的贺茂真渊三人展开了文学论争,虽三者多有分歧,但大体上均坚持了徂徕文论的方向。

真渊门下的本居宣长,研究《源氏物语》等,提出了日本文论史上的一个重要理念"物哀"说。他从历史的角度去鉴赏物语、分析作品的具体构成,认为物语从人生现实中增加神性,描写理想,进而总结出日本民族文学欣赏的一大特点:物(自然)的触动引起心灵的些微遗憾和哀愁,此为人情审美的高境界。宣长物语论的根基是国学的古典主义。

近世皆川淇国、上田秋成、椿园主人、都贺庭钟、建部绫足、泷泽马琴、太宰春台,斋藤拙堂、海保渔村等的文论,对物语散文的创作和鉴赏进行了详细分析,论及了物语的散文结构和鉴赏特征,使物语散文评论具体化,为日本近代文论特别是小说论的发展奠定了坚实的基础。

第三节 近代

近代指明治时期到昭和中叶。

明治初期,社会功利性及消闲娱乐性成为日本文论的两个主潮流。假名垣鲁文、山山亭有人、福泽谕吉、田口卯吉等著书立说,提出了文学的启蒙作用。曾留学荷兰、视野广阔的西周,在日本近代积极介绍人

---

① [日]中村幸彦校注:《近世文学论集》,岩波书店1979年版,第6页。

文科学和自然科学，他译介的"文章学"、"文学"、"美妙学"等，为确立近代文论的术语和概念发挥了重要作用。

近代文论确立的标志性成果是坪内逍遥于明治十八年（1885）出版的《小说神髓》。坪内参考了西方文论，特别是英国文学批评，倡导日本文学的写实主义理论。他提出"小说的主旨是人情，世态风俗次之"，强调小说的人物形象塑造，小说应具的艺术自律性以及从小说变迁、主旨、种类、法则、文体等方面的文论框架，翻开了日本近代文论新的一页。

继续宣扬坪内文学观的是二叶亭四迷。他于明治十九年（1886）著有《小说总论》，提出了文学的现象与本质问题，倡导借实相摹写出虚相的著名的"虚实论"。二叶亭认为小说是自然产生的情态反映，是传达人的直接感受，因此要排除小说的劝惩功利作用，着力写实主义。

森鸥外继坪内、二叶亭后崛起。森鸥外的文论背景是他留学德国所接受的美学体系，主要是哈特曼的美学思想。他与坪内展开了推动近代文论发展的"没理想文学的论争"。森鸥外批判坪内没理想的文学观，推崇哈特曼美学中的理性和意志相结合的思想，强调有理想的文学观。随后，森鸥外译介了《审美论》和《审美纲领》，确立了日本近代文论中的经验主义心理学的美学，并译介了未来派诗论，推崇西方现代派艺术。森鸥外还阐述了小说家要"悟"和"想象"的创作观，强调标准美学以及忠实于历史与脱离历史的历史小说创作论等等。

近代浪漫主义文论代表人物北村透谷，于明治二十六年（1893）写了力作《内部生命论》，认为人生的种种迹象显示出内部生命，作家的崇高事业是用语言表现内部生命，要主观地观察内部生命，文学存在的根本目的是表现人的内部生命，从个人内部去把握人的自由与解放。原本北村可将内部生命论进一步深入下去，遗憾的是，写出该著的第二年他以自杀方式结束了文论家的生涯。

《内部生命论》后，产生了重要影响的文论著作有星野天知的《业平朝臣东下的姿态》、平田秃木的《吉田兼好》、户川秋骨的《俳人的性行思考》等，这些著作均属近代浪漫主义文学理论。

与森鸥外美学有同样造诣的是高山樗牛。在明治三十二年（1899），他写了《近世美学》，强调文学应受制于社会，提出健康文学为培养国民性情的基础。针对当时小说"非国民文学观"，高山强化了文学树立国民自主独立精神的目的和作用，主张文学应受国家社会制约，作家要解释时代。后来，高山倾向尼采的个人主义和本能主义，认为美的生活是道德的极致，本能的满足是生命的最高价值，从早先的日本主义文学观转到追求超越国家和自我本能的文学观。

以实验小说为中心的自然主义文论从明治三十年（1900）年初活跃于日本文坛。永井荷风的《地狱之花·跋文》恰似左拉自然主义文学宣言。永井以左拉自然主义文学理论为基础，指出人类的具有动物性，所以，对于伴随着遗传的各种潜沉动机而展示出来的情欲暴力，要尽情写出来。长谷川天溪采用左拉的实验小说论来说明，作家创作前必须掌握生理学、病理学、犯罪学。他还强调"破理显实论"，即以自然主义为根本，破除文学理想境界，显现现实人生。他还反对艺术功利观，认为"无解决"是艺术家的态度，文学不对理想下判断，不做任何解决，如实凝视现实就足够了。

对自然主义文学关注的田山花袋于明治三十四年（1901）创作了《野之花·序》，指出文学不应夹杂作家的主观，在回归大自然面貌中既要表现人生的秘密，又要展示罪恶的私念。在《现实暴露的悲哀》中，田山论述了"幻灭的悲哀，现实暴露的痛苦"这一自然主义文学观，提倡文学要"露骨地描写"和"大胆地描写"丑陋、琐碎、性欲、非理想、非艺术、反道德等，认为这些才是真实的现实面貌，对之进行描绘时不要理想判断和解决态度，这正是日本自然主义的"无理想"、"无解决"的文学。他还提出要将眼睛映入头脑里的活生生的情景，原原本本地再现在文学上，即"平面描写论"。

饱学西欧文学理论的岛村抱月，留学归国后译介了英国心理学美学，提出要抛弃用知识去囚禁文学的做法，写了著名的《文艺上的自然主义》、《自然主义价值》论著，提出的文学的价值是真，真不能完成美，美的价值完成依据是自然主义理论等一系列文学主张，在近代日本产生了重要影响。

在岛村之后对自然主义文论展开的论述有田中玉堂的《近代文艺之研究·序》、《怀疑和告白》，他提出忏悔的时代要舍弃矫饰，采取自然主义人生观。此外，岩野泡鸣的《神秘的半兽主义》、上田敏的《自然主义》、生田长江的《自然主义论》、樋口龙峡的《自然主义论》、中泽临川的《自然主义泛论》等，均强调了自然主义文学观。

针对自然主义文论的展开，持反论的有人在。夏目漱石是其中代表之一。夏目文论著作甚丰，《文学论》、《文学评论》是其鼎力之作。除了宣扬文学的道德观，反对自然主义非道德观外，夏目深刻地论述了认识与情绪的文学创作形态，有余裕的小说、"非人情"艺术、"知、情、意"创作态度及理想、"则天去私说"等观念，推动了近代日本文论的发展。

后藤宙外、泉镜花、登张竹风、笹川临风、佐佐醒雪、石川啄木等也纷纷撰文，阐述与自然主义文论相反的观点。特别是石川的《卓上一枝》，针对长谷川天溪的现实暴露悲哀说，指出文学只是流露悲哀眼泪无济于事，应追求诗与生活的统一。另外，石川还指摘了田山花袋自然主义文论所乐道的浮在心上的片段感受及回想的描写均存在诸多缺欠。

夏目文论重视理想主义，其门下的阿部次郎、和辻哲郎、小宫丰隆等人的文论，均将文学、美学、伦理学共同注入了理想主义色彩。

宣扬文学的理想主义，近代日本莫过于白桦派作家了。武者小路实笃极力推崇个性主义，以自我为中心，提倡以创作来实现自己的意志即人类的自然的意志，大力张扬文学的人道主义，并身体力行发起组织了新村运动。此外，他的作者人格论、作品充实论、创作要求、创作个性、爱的美学等文学观对近代日本文学影响很大。

白桦派另一重镇人物有岛武郎，他宣扬生与艺术，艺术冲动的向上性与向下性，具象艺术与印象艺术，文学创作的内在、表现、具体三种倾向及爱的美学等，极力主张文学理想主义和人道主义，将艺术始于表现自己终于表现自己作为艺术批评的最高标准。在《不惜夺爱》中，有岛提出，人的生活极致就是自我完成，自我完成终究是社会完成。文学是自我完成的最佳手段。

永井荷风最初宣扬自然主义，后转向唯美主义。他强调艺术第一，生活第二，认为艺术的真正意义是独自体味，独自发现，只要理解艺术的人去理解艺术就足够了。推崇永井的谷崎润一郎写出了具有唯美文学特征的从肉体恐怖到神秘幽玄的作品。他主张文学应以享乐为目的，艺术在于玩味的绝对官能主义，艺术的快感是生理的官能快感，艺术不是精神东西而是实感。上田敏在《旋涡》中提出将自我作为集中快乐感的实体，主张尊重个人主义和人性的自然，人要尽情享受大千世界的快乐，艺术正是寻求这种快乐的天地。

针对唯美主义文学，大正文坛展开了一场围绕"游荡文学"、"颓废文学"的论争。长田干彦、吉井勇、久保田万郎、后藤末雄等纷纷撰文反对唯美主义的"游荡"和"颓废"倾向。长谷川天溪、小山内薰等又提出反论，极力维护唯美文学。

大正末期，就文学的内容价值和小说技法，文坛展开了争论。菊池宽于大正十一年（1922）发表《文艺作品的内容价值》，提出要追求内容价值与艺术价值相结合的作品。里见淳展开反驳，认为菊池文学观是艺术至上主义，文学应重视内容价值。

大正十三年（1924），广津和郎的《散文艺术的位置》一问世就引起争论。佐藤春夫赞成广津的文学观，生田长江持反论。广津又撰文《再论散文艺术的位置》，强调了散文的艺术特色是表现现实生活的"卑近美"。

接着，文坛展开了激烈的"私小说"议论。文论家们各抒己见，莫衷一是。中村武罗夫认为，私小说的作者直接出现在作品之中。作者不着力于作品的内容，不着力描写人物、社会与生活，而一味地诉说自己的心境，把自己直截了当地暴露出来，这种一味诉说心境的小说只是"旁系"，其品位在托尔斯泰的《安娜·卡列尼娜》之类以虚构手法写的"本格小说"之下。久米正雄认为私小说可称为自叙的心境小说，它必须是作家个人生活体验与创作期间真实心境的结合，主张私小说与心境小说共称。伊藤整在《小说的方法》书中指出，私小说作家是实际生活的失败者，他们通过创作把社会的贱民变为文坛的选民，弥补了他们的失落感。他还认为，私小说作家用隐语写些莫名其妙的事，记录破坏伦理道德的事和无聊的生活，他们不批判政治，也不打算矫正生活。他们与社会之间似乎达成了某种默契，所以对社会来说是最安全的。伊藤整把私小说分为破灭型（即以表现生存不安、生存危机为主的）和调和型（以表现试图克服生存不安以消解生存危机为主的）。宇野浩二认为私小说是心境小说，在《"私小说"我见》一文中他断言，日本人所写的任何一部优秀正规小说都没达到葛西善藏心境小说的高度。

对私小说从理论上阐释十分透彻的是小林秀雄。他认为私小说是作者描写自己摆脱不幸的小说。在《私小说论》一文中他指出，日本自然主义文学发展到私小说，原因是自然主义文学指导思想的实证主义太狭隘了，不被近代市民社会所接纳，而私小说撷取个人生活片段，重视心境描写符合日本民族的审美。他主张私小说是纯小说，要区别现实生活的"我"与社会化的"我"，私小说创作要反对自然主义文学和无产阶级文学的两种倾向，要注意日本传统审美、置身社会、注重读者等等。

在近代日本，重视心境描写的理论不能忽略厨川白村。厨川文论似乎在日本不甚醒目。由于鲁迅译介了厨川文论的代表作《苦闷的象征》、《离了象牙之塔》，厨川文论在中国影响颇大。厨川借鉴了弗洛伊德精神分析学说，结合日本文学，论述了情绪主观是文艺的始终，苦闷的象征说，文明批评说，文艺与人生以及文艺表现方法、文艺鉴赏、文艺批评方式、文艺起源和产生等，其文论具有独特的学术价值。

日本无产阶级文论是近代文学思潮的产物。作为无产阶级文论产生的背景，主要有五种文学潮流：一是宣扬自由民权为主的政治小说；二是以人道主义为基础的社会小说、反战小说；三是主张第四阶级文学的民众艺术论、劳动文学；四是民众诗；五是无产阶级前期的剧团活动。

苏联十月革命成功，社会主义思潮影响到日本，促使了日本无产阶级文学运动的蓬勃发展。以民众艺术论为契机，本间正雄于大正五年（1916）写了《民众艺术的意义及其价值》，极力推崇民众艺术，宣扬人民、平民与艺术的关系。民众艺术论一时在日本特别流行。大杉荣、岛村抱月、加藤一夫、片上伸、生田长江、白鸟省吾、西村阳吉、平林初之辅、川路柳虹、小川未明、长谷川天溪、江口涣、宫岛新三郎等纷纷撰文宣扬民众艺术论。其中，加藤一夫的《民众在何处》、《民众艺术的意义》、《民众艺术的精神》、《民众艺术的出发点》，大杉荣的《为新世界的新艺术》、《社会问题或艺术问题》、《民众艺术的技巧》影响很大。他们认为，民众艺术是关于民众的、为民众的、为民众所有的艺术。民众艺术不仅要朝着世界民主主义发展，而且要表现代表平民劳动者的新兴阶级的利益。

文学阶级性的议论此时也开始展开。中野秀人在《第四阶级的文学》一文中指出，伟大作家要经常表现第四阶级（指无产阶级），第四阶级文学不是同情、哀怨的文学，而是反抗斗争的文学。平林辅之助的《第四阶级的文学》和宫岛资夫的《劳动文学的主张》等文进一步深化了上述理论。

《播种人》、《文艺战线》的刊行，给无产阶级文学理论带来了蓬勃生机，平林辅之助在这些刊物上发表了一系列论著，其中的《唯物史观和文学》、《文艺运动与劳动运动》着重反驳了艺术永久性、超阶级性观点，提出艺术的历史性、阶级性，强调艺术作为斗争武器的意义。

作为无产阶级文学理论代表人物的青野季吉发表了一系列影响深远的论著，提出：（1）"调查艺术论"。要求文学要面向大众，在大众下面展开调查，从而解剖和描写无产阶级世界。（2）"目的意识论"。要求描写无产阶级生活，要有自觉的无产阶级斗争目的，使艺术从自发到自觉的意识，这样，艺术才成为阶级的艺术。（3）"外在批评论"。强调作品的积极的社会意义，评价艺术要带有的明显的政治态度，从社会现象中去评价艺术作品。青野文论一度成了无产阶级文学理论的指导思想。

另一位无产阶级著名文论家藏原惟人，提出了"无产阶级写实主义"、"无产阶级文学创作方法——唯物辩证法的创作方法"、"文学的阶级性"、"文学与党性"、"社会主义现实主义"等著名的理论主张。继承发展了苏联文艺理论，联系日本文学运动，藏原文论一度代表了日本无产阶级文论发展的方向。

在无产阶级文论发展中，林房雄、川口浩、中野重治、宫本显治、大宅壮一、胜本清一郎、小宫山明敏、前田河广一郎、鹿地亘、久保荣等人的文论均占有令人瞩目的地位。

大正十三年（1924）十月，《文艺时代》的创刊号由东京金星堂出版发行。该刊发表了横光利一、片冈铁兵、川端康成等人有相近特色的文学作品，文论家千叶龟雄称这些作家为新感觉派。新感觉派文学理论的代表作是川端康成的《新进作家新倾向解说》。该文以新文艺勃兴、新感觉、表现主义的认识论、达达主义的发想法四部分详细地论述了新感觉派文论要点。主张文艺要表现自我，而表现自我全取决于新的感觉。要把人生的新感觉运用到文艺世界中去。此外，川端还发表了《新感觉派之辩》、《答诸家之诡辩——小论新感觉主义》、《新感觉派》一系列文章来建构新感觉派文论。新感觉派重镇人物横光利一的《感觉活动》的发表，深化了新感觉派文论。该文探讨了"感觉和新感觉"、"官能和新感觉"、"生活的感觉化"、"感觉触发的对象"、"趋向更深认识的感觉"、"文学和感觉"等，认为新感觉的艺术感觉是使感觉表征成为直觉的触发物，形成人认识客观对象的能力，这种能力成了感性和悟性的综合体，这也是人的所谓的感觉。但新感觉与此有别，它是由主体性与客观所触发而产生的，它不是一种官能表征，而是含有悟性因素的一种内在直感的象征性。横光从悟性活动方面还采用了力学形式探讨了新感觉派的理论实质。以横光理论为基础，片冈铁兵发表《告诉青年读者》、《新感觉派的表》等著名论文，批判了自然主义文学的一般表现法，阐述了新感觉派新的表现方式及新感觉派人生观、道德观、社会观、表现论等。新感觉派自诞生起，在理论上遭到不少文论家的质疑。小林秀雄于昭和四年（1929）发表《形形色色的图样》，认为新感觉派并非积极的文学运动，只不过显示了文学的衰弱而已。广津和郎的《关于新感觉主义》、生田长江的《联系文坛的新时代》、中村武罗夫的《文艺作品苦闷的意义》等，认为新感觉派不过是一群"轻佻之徒"，不值得重视。

新感觉派与无产阶级文学虽然在文学"新"方面有共通之处，但区别也很明显。两者就形式主义问题展开了较大的论争。藏原惟人在《艺术运动当前的紧急问题》中提出了"新的内容决定过去形式要发展为新的艺术形式"观点。横光利一撰文《文艺时评》对之进行批判，认为：马克思主义理论断定内容决定形式，文学形式是文字的罗列，文字的罗列既是罗列客观事物的载体，又是通过作家主观能动性而形成的，这样，文学的形式不是由主观来决定的吗？所以，应该称是主观决定了客观。藏原立即撰文《理论上的四个问题》进行反驳，说艺术作为一个整体，是内容与形式共同而形成的物质的东西，它是社会物质生活的反映，但不仅仅是物质，把"物质"与"精神"、"主观"与"客观"对立起来谈艺术形式的话，真是幼稚的寓言。接着，胜本清一郎、大宅壮一、宫山敏毅、林房雄与横光利一、中河与一、川端康成、池谷信三郎、犬养健等展开了激烈的论争。

这场论争中代表无产阶级文论的是藏原的《无产阶级艺术的内容与形式》。该文强调，艺术的形式是创作过程中种种预定而成的，艺术的内容由反映的社会与阶级必要的辩证法交互作用而决定，从而决定艺术的形式。

在这场论争中代表新感觉派文论的是中河与一的《形式主义艺术论》。中河认为，形式面前没有绝对的内容，仅仅只是素材。所以，艺术的形式是先于内容而产生的。

小林秀雄在昭和六年（1931）二月的《文艺时评》中评论了上述的论争，认为无产阶级文学呼唤内容主义，新感觉派呼唤形式主义。两者都自以为科学，实际上两者仅仅是用科学的语言进行移建而已。

为对抗无产阶级文学，昭和四年（1929）新兴艺术派结成。先由浅原六郎、饭岛正、加藤武雄、川端康成、久野丰彦、中村武罗夫、冈村三郎、翁久允、龙胆寺雄、佐佐木俊郎等人组成俱乐部，翌年扩大成员，成立了"新兴艺术派俱乐部"。中村武罗夫在《谁，踩躏了花园》中质问，是谁闯进花园，只留下虫蛀的肮脏的红花，将其他美丽的花一律践踏。他指明，是无产阶级文学排斥了自然主义文学、象征主义文学、神秘主义文学及他们新兴艺术派文学。该文副标题"文学不要主义，要个性"成了新兴艺术派的文论指导。雅川滉于昭和五年（1930）写《艺术派宣言》，表明该派的文论是要正确认识艺术，艺术只限于知识阶级创造，文学要防备政治介入，所以，要为艺术而艺术。龙胆寺雄在《近代生活》1930年3月号上写到，新兴艺术派是从狭小的政治干预的解放中去发现艺术，所以，它要像拒绝无产阶级政治干预那样，拒绝资产阶级政治手段的干预。不难看出，新兴艺术派既反对无产阶级文学，也不满专制主义对文学的干预。

昭和五年（1930），板桓鹰穗撰文《文学和机械文明》，提倡机械主义文学论。他认为，作为社会生活形式的机械文明必然影响文学的表现形式。文学内容要反映机械文明构成的社会环境。伴随社会技术发展的机械文明扩大了文学表现的范围，从而产生了具有机械技术特征的新的文学艺术形式。新兴艺术派理论刊物《新兴艺术》载《机械艺术论》一文，对板垣文论又进行了批判。

随着新兴艺术派的解体，新心理主义文学与知性的文学又出现于文坛。昭和七年（1932），伊藤整推出专著《新心理主义文学》，企图将文学实验介入文学理论及创作。他认为，新心理主义文学是对新感觉派文学在方法论上的技术补充，与其描写感觉印象，不如从跳跃性思维中抓住片面的描写。显然，伊藤整的新心理主义文学理论受了西方心理学家詹姆斯的影响，推崇的是西方意识流手法。新心理主义文学理论下的著名作品有伊藤整的《感情细胞的断面》、《M 百货店》、横光利一的《机械》、川端康成的《水晶幻想》、堀辰雄的《圣家族》等。伊藤整总结了新心理主义文学现象，指出新心理主义文学具有把文学比喻法描写与作者当时的心理描写同时传给读者的特征。

阿部知二于昭和四年（1929）发表《主知的文学论》，把知性批判的观察和描写放在首位。他认为，文学思想是文学情绪中的优秀部分的积累。作者的观照判断、创作都经过了知性的过滤，经过知性的相貌积累才作为思想产生出来。只有这种知性相貌积累的思想，才是我们文学批评创作的核心，保持这种文学批评精神，才能激昂文学的情绪，所以，文学创作知性第一。

随着无产阶级文学的退潮，转向文学开始泛滥。不少文论家的豪言壮语评论态度转为闲居退缩，装着失败蒙羞的面孔展开温和议论。小田切秀雄在《围绕"转向"》一文对此进行了总结性的评论，说文学转向不是因为无产阶级文学转向而转向，而是在严酷的高压下发出的微弱的叫声。诚然，无产阶级文学有它不成熟的一面，而伴随着高压的危险使转向达到合理化，同时，回归到转向后的小市民的文学理论才是转向文学的实质。

文学转向中行动主义文学抬头。从1934年开始，小松清写了《法国文学的一转机》、《超现实主义的前后》（后出单行本《行动主义文学论》），舟桥圣一写了《艺术派的能动性》，春山行夫写了《新知识阶级文学论》，阿部知二写了《关于艺术至上主义》。他们认为，行动主义文学作为对抗无产阶级文学与艺术派文学而产生的艺术派，没必要抵抗艺术性，它要在当前社会情势下提出应该如何行动，如何建构文论。

针对行动主义文论，大森义太郎撰文《所谓行动主义之迷妄》，指出以能动主义运动名义在日本出现的行动主义不过是模仿法国文论的伪物，是支离破碎的模造品，不是艺术建构。昭和十年（1935）九月，因经营困难，《行动》杂志停刊，给行动文学讨论打上了休止符号。

随着行动主义文学的退潮，横光利一提倡的"纯粹小说论"开始涨潮。横光于昭和十年（1935）发表著名的《纯粹小说论》，主张否定传统小说观，扩大纯文学的通俗小说化。他认为，如果说有文艺复兴的话，通俗小说则为纯文学，否则文艺复兴不复存在。为了描绘近代知识分子的自我意识，横光设定第四人称追求自我意识深处心理的现实感。横光倡导"纯粹小说论"，在文坛引起很大反响。川端康成、中村光夫、古谷纲式、谷崎精二、保田与重郎、胜本清一郎、中岛健藏、谷川彻三、伊藤整、佐藤春夫等纷纷撰文讨论"纯粹小说论"。

纯粹小说的讨论很快转入了风俗小说争论的轨道。除中村光夫《风俗小说论》外，平野谦的《新感觉派文学和它的周边》对风俗小说论争进行了概括。平野谦认为，横光利一、武田麟太郎、丹羽文雄等从社会小说转向了风俗小说。

从昭和六年（1931）的"九一八事件"到1945年日本投降的"二战"结束，日本文学属于战时文学。文学主流是顺应军国主义战时统治的国策文学。

日本浪漫派文论首先活跃起来。保田与重郎、龟田胜一郎、芳贺檀、山岸外史、中岛荣次郎等文论家，反对唯物的时代思潮，决意革新，以日本古典亲卫队自居，极力张扬日本古典浪漫主义。保田与重郎在《戴冠诗人的御一人者·序》中写道："日本从未有的伟大时刻到来了，这是传统和变革共同一体的稀有的瞬间。对古代日本前人的神话以现实存在的新的历史理念来表现世界史的行为开始了。"他极力主张尚武美学，以日本古典美、文学主情论、没落的热情来作为日本浪漫派的理论，叫嚷开展诗人、英雄、大众三位一体的艺术战争，迎合了军国主义文化政策。芳贺檀的《古典的亲卫队》鼓吹独裁者崇拜，英雄至上主义。日本浪漫派一度喧嚣尘上，第二次世界大战即销声匿迹了。

与日本浪漫派几乎同时抬头的日本文艺学派代表冈崎义惠发表了一系列论著《日本文艺学》、《日本文艺的样式》、《美的传统》、《艺术论的探求》、《日本艺术思潮》等，主张以德国文艺学来清除战时日本文学的歪论，以美学为基础着力于作品的艺术性，重新建构文学理论。文艺学派文论属国文学论，立足点是日本传统文论。第二次世界大战，该派文论深入到了世界文艺学关系之中重新评论日本文学。

第二次世界大战时期，日本军国主义实行法西斯统治，战时体制下的政治权力干涉文化活动。在文化统治背景下，1937年8月国策协力团体"日本文化中央联盟"成立。同年9月，文化统治的中央官厅"内阁情报部"开始设置，国民精神总动员运动的"从军部队"、"笔部队"派遣到中国。1940年，"日本文学者会"组成，《出版统治法》、《国防保安法》、《治安维持法》等纷纷出笼登场，战时日本文化被置身于这种背景之下。

这段时期，文学的"知性"和"技术"问题被提了出来。三枝博音的《日本的思想文化》、《日本的知性与技术》、《技术的思想》比较显眼。不过，这仍然不过是文化统治的沉寂湖面上看重艺术性的一圈圈微波。

为躲避或打开文化统治的严重禁锢，历史文学论也有抬头倾向。小林秀雄的《历史与文学》、高木卓的《关于历史小说》、岩上顺一的《历史文学论》、高桥义孝的《历史小说论》等问世，给文化统治下的冷酷文坛带来一片热烈的历史小说议论声。

在战争扩大的背景下,《文献学派》试着展开,其文论较著名的有池田龟鑑的《古典的批判的处置研究》,久松潜一的《国学的成立与国文学的关系》,风卷景次郎的《日本文学史的构想》等。

伴随战争的演变,日本人生活环境扩大,文学活动范围也增大。日本对中国领土及东南亚诸国家的侵占,使其在农村和海洋的活动范围增加了。相应的文学名目五花八门,如生产文学、农民文学、战争文学、肩书文学、国策文学等。不着力于文艺性,而追求题材素材的丰富性成为许多作家的自傲。这样,偏重于素材的"素材派"与重于艺术洗练的"艺术派"在昭和十三(1938)至昭和十六年(1941)间展开了论争。论争的焦点是,素材派向私小说方面迈步,艺术派努力于文学艺术的升华。在战时文化统治下,这种论争没有带来实质性的文学繁荣。

战时文化统治背景下,发出一些异音的是昭和十七年(1942)以"近代的超克"为题召开的"知的协力会议"。该会企图探求近代西欧实证的合理的科学精神以及日本现代化的超越等问题。以会议理论为主导,成立了由西谷启治、铃木成高、吉满义彦、菊地正士、下村寅太郎、诸井三郎、津村秀夫、小林秀雄、河上彻太郎、三好达治、林房雄、龟井胜一郎、中村光夫13人为主的"京都学派"。京都学派发出的"近代的超克"声音即使不气壮,但在战时文论中闪烁出了稀有的亮点。

"二战"结束后,战时文化统治机构土崩瓦解,日本近代文论也画上了句号。

上述是日本近代文论的主流,相对而言的旁流是日本近代俳论。

昭和二十五年(1950),正冈子规在《日本》报纸上宣扬新俳句,翌年,正冈以芜村为师创立了清新明了的写生句,掀起俳句革新的浪潮。俳句革新抨击月俳宗匠的道歌教训内容及俳句概念化丧失自然真实之弊,提出打破俳系观念,推崇庄严化、高尚化、优雅游戏的俳句。正冈俳论有五个要点:一是俳句具有独立地位;二是倡导俳句写生法;三是重视俳句意象和语言;四是俳句风格分为消极美与积极美;五是阐明俳句革新派的创作态度。

继正冈后倡导俳句新倾向运动的河东碧梧桐，其俳论著作有《新倾向大要》、《新俳谐趣味》、《倾向的种别》、《新倾向派俳句的研究》等，他提出要打破俳句偏重形式的现象，要求俳句回归真实，提出摆脱固定的季题趣味，重视第一印象，尊重实感，致力心理描写，建立俳句新趣味，不受俳句十七音的束缚，发展俳句的自由律。在《论俳句的新倾向》中，河东以古今对比来阐述厚今薄古的主张。他认为，古人俳句浅薄，今人俳句含蓄；古人句作多空想，今人句作重实际；古人主客观混杂，今人纯粹写生；古人句作是混合趣，今人句作是化合趣；古人态度冷淡，今人态度热情；古人静态，今人动态；古人地方特性少，今人地方特性多；古人固守陈词，今人创造新词。

同为正冈弟子的高滨虚子与河东对峙。高滨俳论著作有《背景的某句》、《应该前进的俳句之道》、《俳句的大道》等。他热衷于写生文，认为俳句即"所见所闻而所言"。但他又强调主观，推崇俳句的消极美，即古雅、幽玄、悲惨、沉静、平易；同时强调以花鸟讽咏创作俳句，认为俳句要古典化，俳句的新倾向在古典文学之范围，俳句取向有两大主题：高山与荒海。后来，高滨俳论从强调主观趣味又回到现实的写实，以《杜鹃》杂志为阵地，宣扬俳句的平明化、余韵说、写生法。

明治四十一年（1966）一月，大须贺乙字发表《俳坛的新倾向》，翌月，发表《俳句界的新倾向》，反对正冈以来主导俳坛的平面描写的直写法、活现法，提出俳句创作需要隐约显现本体的隐约法、暗示法，认为活现法在复杂精致场面下显得狭隘，而隐约法、暗示法却游刃有余，隐约法、暗示法在十七字音中，包藏宇宙乾坤，花、光、天、地任俳人驰骋飞腾。对昔日定型俳句，大须贺大胆提出了改良主张。在《俳坛复古论》文中，大须贺反对俳句都市文学化，提倡俳句农村化，推崇国家主义，将国家与宗教结合起来赞颂。

作为俳坛"层云派"的代表荻原井泉水，其俳论著作有《俳坛最近的倾向论》、《俳句趣味论》、《新俳句提倡》等。他推崇俳句表现自然的爱,宗教的心,忏悔的意识。他还引入印象派通论,强调从印象中进行内面凝视,认为俳句是印象的诗,是自然的印象的体律,俳句以巧妙语言让印象的律动浮出,将僧侣主义融入俳句,追求自然神秘感,体现自然、自己、自由的三位一体境界,主张自由律新俳句,倡导俳句短律化,一句一律。他还轻视季题趣味,提出废除十七音。

由高滨提携、后与高滨分道扬镳的东洋城著有《俳句现代的要求》、《俳谐国本》。他不赞成高滨提出的俳句都市小市民化,倾向于俳句的贵族化、古典化,强调季题和艺术至上。

此外,大野洒竹、佐佐醒雪、沼波琼音、宫岛五丈原、笹川临风等东大毕业生,在俳谐史研究及俳论与画论相结合的建构方面成就突出。以"京大俳句"为基础结社的平畑静塔、西东三鬼、石桥辰之助、田道水楼等倡导的表现现代人生活感情的生活俳句观也产生了重要影响。

第二次世界大战期间,俳坛低落,以日本民族精神为基础,咏叹风土季节传统形式为主的新兴俳句人多遭当局弹压,反映战争的《圣战俳句选》影响许微。第二次世界大战结束后随着新兴俳句人的复活,俳坛才活跃起来。

第四节 现代(上)

日本文论在战后[①]的文学流派和文学思潮的兴起中得到了发展。

1945年12月30日"新日本文学会"创立,其会刊《新日本文学》的宗旨书写道:"十几年来,我国军国主义指挥日本帝国的侵略战争,强化反动的文化统治,镇压所有的进步文学者,从根本上破坏了日本文学的民主主义传统。文学家的独立活动的自由被剥夺,我们文学面临着

[①] 为了保证行文连贯以及遵循原著,本文所有使用"战后"之处,均指第二次世界大战后,特此说明。

最严重的危机，但那些军阀、官僚、财阀在联合国军队的攻击下溃败了。在此可以说我们的自由文学的发展获得了外在的社会条件。如今，日本文学者作为我国人民大众的生活现实、文化要求的真实表现者，必须站在日本民主主义的传统上，继承过去日本遗产有价值的东西，学习先进的民主主义国家的文学，创造真正民主的、真正艺术的文学，为日本文学向高层的正确的方向发展，团结起来，倾注全力。在此，我们发起创立新日本文学会，热切期望日本所有的进步文学者协助这一伟大事业。"① 认真总结战前无产阶级文学的经验教训，建立民主主义文学的新理论，以推进战后日本文学的发展，成为"新日本文学会"文论家的共识。新日本文学会的代表文论家是中野重治，其文论观是努力发展战前无产阶级文学运动及创作方法，建构日本民主主义文学理论。

1946年1月，《近代文学》杂志创刊形成了"近代文学派"。该杂志创办人是山室静、平野谦、本多秋五、埴谷雄高、荒正人、佐佐木基一、小田切秀雄七位评论家。他们提倡重振战后文学，把艺术至上主义作为创作宗旨。他们不仅要提倡"艺术至上主义"，而且要确立近代自我的强烈意识，主张以人为本，尊重人的行为自由，追求文学的真实性，反对歪曲和粉饰文学，力图将文学从政治的禁锢中解放出来，从旧文学的枷锁中解放出来。同时，他们还具有一定的责任感、使命感和批判精神。"近代文学派"代表文论家本多秋五通过评论，确立了作家和评论家的地位，并指出了战后文学的理想；此外，他对日本文学史论也取得了瞩目的成就。"近代文学派"另一代表文论家荒正人主要涉及战后文学的主体性和世代论，对日本近代文学研究特别是夏目漱石的研究自成一家；同时，他在日本文明批评方面也取得了丰硕的成果。

1946—1948年，发展至衰弱的文学"无赖派"又被称为"新戏做派"。它出现的时代背景是，以往的封建军国主义的政治、经济、社会

---

① [日]松原新一、矶田光一、秋山骏：《战后日本文学史·年表》，讲谈社1978年版，第23页。

基础发生了根本性变化,至高无上的天皇以及绝对主义的天皇制遭到质疑,面对国家的一片焦土和社会秩序的一团混乱,一批作家内心深处丧失了精神寄托,整日处在不安之中,逐渐产生消极的信任危机感、传统否定感、国家破灭感、人生虚无感、精神虚脱感等悲观绝望情绪。于是,一些反映战后初期日本社会黑暗、混乱以及对生活感到困惑、丧失自我的"无赖派"文学作品应运而生。"无赖派"强调:只有堕落,才能发现人的真实,恢复人的本性;只有堕落,才能从战争的混沌中觉醒,确立新的自我。实际上,他们企图用无价值、无意义的标准来取代过去的功利价值,用堕落的思想来重新考虑艺术追求上的价值观念。代表"无赖派"文论的是坂口安吾,他主张在文学上确立对人的感情的新批判,强调最严格地追求爱憎悲怨和以生命道德为最高的艺术精神。

严格地说,日本文坛的"战后派"并不是真正意义上的一个文学流派,而是指一群具有战争体验的在战后从事文学创作活动的新人作家。"战后派"作家没有一个共同的文学纲领,他们处在混沌、模糊的状态下,以自己的独特性自然地成长,只是由于《近代文学》批评家的大力支持并给予理论指导,他们才逐渐形成流派意识。尽管"战后派"新人之间存在着明显的个体差异,但他们的文学同以往的写实主义文学、民主主义文学、"无赖派"文学有着根本性的区别,尤其在对战前传统文学的批判继承方面,在文学创新方面,他们相互影响,相互渗透,表现出了许多共同的特点。"战后派"文论家平野谦作为密切关注各种作品的敏锐的文艺时评家,对"战后派"文学特别是日本现代文学体裁研究颇深。另一代表者小田切秀雄基于战前二三十年代日本无产阶级文学运动的经验教训,提倡民主主义文学的统一战线,主张"政治与文学"关系要人性化,强调作家凭实感进行创作。

第二次世界大战后,传统的日本"私小说"卷土重来。一批在战前从事"私小说"的作家们,战后继续以其独特、敏锐、纤细的感受追求并探索着传统文学的创作风格,描写社会千奇百态的风俗,给战后虚脱的日本人带来了慰藉。战后"私小说"文论的代表中村光夫坚持独立的批评方法，坚持抑制"自我"的散文式的客观批评，其文论具有启蒙性和理想主义色彩。另一代表文论家伊藤整提炼战后日本"私小说"的感动要素，将之作为纯粹的艺术元素，总结了日本近代文学重视理智和心理的特点。

1953年春，安冈章太郎以《凄凉的欢乐》和《坏伙伴》两部力作掀开了"第三新人"文学的新篇章，并获第29届"芥川文学奖"。1954年上半年，吉行淳之介以《骤雨》荣获了第31届"芥川文学奖"，1954年下半年小岛信夫以《美国人学校》、庄野润三以《游泳池畔的小景》获得了第32届"芥川文学奖"，1955年远藤周作以《白人》获第33届"芥川文学奖"。他们的登场，为"第三新人"文学方向定下了基调。这些作家与战后派作家们相比，无论在创作思想上还是创作风格上都截然不同：缺乏创作思想的社会性、政治性和伦理性，创作风格上更趋于思考的简约化，注重传统"私小说"的回归，着重眼前的日常生活，忠实自我感受，尊崇文学艺术性，把创作内容集中在人世间的日常生活之中，特别注重对下层弱势群体的描绘，以一种自虐自嘲的口吻，刻画人物形象，洞察社会及家庭潜在的危机，呈现出恐惧不安及躁动心理。文论家服部达在1955年发表论文《劣等生、小残废者、市民——从第三新人到第四新人》，指出"劣等生"、"小残废者"、"市民"构成他们作品的主人公形象，作家的经历也许与这些形象类似，具有很强的自卑感，对周围环境、眼前事物非常敏感。"第三新人"代表文论家吉本隆明评论视野开阔，涉及日本古典文学、现代文学、宗教学、民俗学、大众论、表现论等，被誉为"战后最大的思想家"。另一代表文论家山本健吉力求将日本古典作品与现代文学结合起来，以寻求文学的意义及根源。

20世纪60年代中后期，日本左翼学生运动从高潮转入低谷，形形色色的社会思潮开始产生，许多作家感到个性得不到张扬，个人尊严得不到重视，因而，提倡人的尊严和人的个性解放，追求人生真谛和表现人的"内向"的文学十分盛行。"内向"作家在少年时期经历了战争，成年后经历了战败的动荡混乱以及经济崛起带来的社会结构的种种变化，因此，他们有别于直面社会现实的作家，与以"存在主义"为依托的战后派接近，从作品潜在的日常性中又可以找到与"第三新人"的共通之处。小田切秀雄批评"内向派"作家不积极关心社会问题，陷入虚无主义，虽然身处表面上的和平和繁荣之中，但却一味地追求自己内心世界的不安和日常生活中不现实的东西。内向派代表文论家秋山骏用存在论观点探寻人的内心世界，将思想外化投入现实，其评论超乎时流，充分相信自我的感觉。

第五节　现代（下）

第二次世界大战后日本俳坛依然被视为保守的营垒。在这种背景下，1946年11月，岩波书店出版的综合性刊物《世界》刊登了东北大学教授桑原武夫的《第二艺术——关于现代俳句》的文章。这是一篇对日本文化整体的评论，其中对俳句提出了颠覆性的批评。他认为：明治以后的文学之所以无聊，一个原因是作家的思想欠缺社会意识，草率的创作态度最典型的莫过于俳谐。所以，重新认识以后的俳谐精神，对思考日本文化问题必不可少。他指出俳人的地位在艺术之外，是凭借其在世俗社会里的地位来确定，俳人根据他在俳坛上拥有多少弟子、主办刊物的发行量以及社会地位来判断其艺术地位。桑原武夫的观点无疑是对现代俳坛作品的全盘否定。之后，文论家伊藤整、臼井吉见、小田切秀雄、土居光知、吉川幸次郎、渡边一夫、中野好夫、江口榛一、小野十三郎、山本健吉等从不同的角度发表了与桑原武夫相似的意见，形成了广义的"第二艺术论"。战后俳论代表文论家桑原武夫提倡文学与哲学、经济学、法学等学科的相互刺激、相互启示，以现实主义的判断致力于学问在现实中发挥作用。

　　第二次世界大战后，日本大众文学发展很快。日本大众文学相当于中国通俗文学，并非一个文学流派的名称，它涉及的范围很广，有小说、戏剧、诗歌等体裁。其中，大众小说包括历史小说、推理小说、冒险小说、社会政治小说、科幻小说等。高桥颠一与松岛荣一作为日本"民科"大众文学评论的代表，他们的评论从批评文学的通俗化开始，发挥了连接国民文学论的作用。佐藤忠男的《赤裸的日本人》以大众娱乐、艺能为线索探求日本人的性格特征。荒正人、武藤野次郎编的《大众文学之门》成了一部简便的大众文学指南。长谷川龙生的《大众文学的构造》收录了30余篇作家作品论。尾崎秀树的《杀人美学》和柳田泉、胜木清一郎、猪野谦二编的《座谈会明治文学史》及大冈升平的《常识性文学论》等影响较大。20世纪60年代中期到70年代末，陆续问世的体现日本大众文学研究的代表性成果有：尾崎秀树的《大众文学》（1965），森秀人的《日本的大众艺术》（1965），中岛河太郎的《日本推理小说史》（1965），尾崎秀树的《大众文学论》（1966），吉田健一的《大众文学时评》（1966），尾崎秀树的《大众文化论——活字与映像的世界》（1967），足立卷一的《大众文学的潜流》（1968），兴津要的《大众文学的映像》（1968），鹤见俊辅的《限界艺术论》（1968），日沼伦太郎的《纯文学与大众文学之间》（1968），尾崎秀树的《大众文学五十年》、《大众文艺地图——虚构中的梦幻与现实》（1970），尾崎秀树的《传记·吉川英治》（1971），尾崎秀树、多田道太郎的《大众文学的可能性》（1972），冈田贞三郎述、真锅元之编的《大众文学夜话》（1972），中岛河太郎的《推理小说的读法》（1972），山村正夫的《推理文坛战后史》（1974），中谷博的《大众文学——其本质、其作家》（1974），武藏野次郎的《文艺评论·历史小说》（1974），权田万治的《日本侦探作家论》（1976），尾崎秀树的《历史文学论》（1977），高木健夫的《新闻小说的种本》（1977），矶贝胜太郎《历史小说的种本》（1977），尾崎秀树的《怪异作家——追求浪漫的人们》（1978），津井手郁辉的《探侦小说编》（1978），志村有弘的《近代作家与古典——历史文学的展开》（1978），山村正夫的《续推理小说战后史》（1979）等。战后大众文学理论家代表尾崎秀树确立了大众文学理论，对既能反映日本人精神结构，又能对大众文学这一表现民族精神的文学形式做出了独特的思考和探索。

第二次世界大战后，传统古典文学、近现代文学的评论仍然是日本文论界的要点。1969年一本重要的评论集《外部和内部的日本文学》出版，著者佐伯彰一提出，应从内外两个方面对日本文学加以分析、研究。为了辨明日本文学的独立性和特殊性，必须和日本文学保持一定的距离，不能带着感情色彩，既要客观地从外部来认识自己，又要从内部来认识文学，通过深入研究文学作品，挖掘出"主体的感觉"、"主体的冲动"。寺田透的《文学的内容与外界》一书，收录了他于1951—1958年写的论文，包含了关于作家作品的文体论和评议。在《文学中的原景画》一书中，著者奥野健男指出，日本文学早从古代的诗歌物语，近到江户明治初期的戏作文学，这一漫长岁月中的文学作品几乎很少有对静物和大自然的生动描绘。即使有些景物描写也只是固定模式的山水景物，很少有对大自然栩栩如生的展示。他强调日本文学评论要重视自我成长空间、生活环境、风俗文化和大自然风景。在《戏剧性的日本人》书中，著者山崎正和针对日本艺术作品缺乏戏剧性、缺乏真正情节这一传统观点进行了反驳，他认为，日本人是具有戏剧性的，日本人的艺术表现形式与西欧艺术不同，它追求表现者与鉴赏者之间最大的和谐和统一。艺术作品的成功与否，不是取决于表现者自己，而是取决于鉴赏者，取决于他人。

对于日本近代文学怎样开始的问题，文论家吉田精一认为：从理论方面坪内逍遥和森鸥外作出了巨大的贡献。坪内逍遥的《小说神髓》排除了把文学作为劝善惩恶的手段，把文学视为消磨时光的游戏说，在阐明文学的真正目的的同时，主张作为小说创作的具体方法应该描写人情和人的心理。从20世纪70年代开始，板坂元、越智治雄、前田爱等研究者们在注意近代日本形成过程的基础上对近代文学进行了研究。板坂元发现了井原西鹤所具有的人性和松尾芭蕉俳谐中的孤独，形成了江户趣味的原型。越智治雄从近代捕捉近世，通过日本对西方文化的接受这一视角，探求了近代文学的基盘。前田爱对近世和近代的文学连续性进行了整合。20世纪70年代中叶以来，日本文论界诸如柄谷行人、莲实重彦、川村凑、三浦雅士等人主张文学"脱战后"的理念并力行新文学评论。同时，战前便蜚声文坛的评论家们坚持近代文学批评的传统立场和方法，如小林秀雄的《本居宣长》、《本居宣长补记》，中村光夫的《〈论考〉小林秀雄》、《小说是什么》，河上徹太郎的《我们的托洛耶夫斯基》，山本健吉的《诗的自觉的历史》、《生命与外形》，河上好藏的《巴黎的忧愁：波特莱尔及其时代》，大冈升平的《成城通信》、《通奸的记号学》、《小说家夏目漱石》等论著，可视为传统文论家的代表作。本阶段具有代表性的评论家有江藤淳，其著作包括《漱石与亚瑟王的传说》、《忘却的和被忘却的》、《落叶的扫尽》、《自由与禁忌》、《昭和的文人》等。江藤的文论始终贯彻"他者"的概念，用"父性"、"统治者"、"公"等词语来检验文艺作品，独具特色。另外，佐伯彰一的《物语艺术论》、《近代日本的自传》、《日美关系中的文学》，村松刚的《死的日本文学史》，筱田一士的《为了幸田露伴》，秋山骏的《难知的火焰》、《内在的理由》、《心灵的诡计》，矶田光一的《作为思想的东京》、《永井荷风》、《战后史的空间》、《鹿鸣馆的系谱》等等，从各自的角度丰富了日本文论的内容。20世纪70年代末期，中岛梓在《文学的轮廓》中提出了"谐模诗"的观点，试图将文学作品中固有的价值内涵相对化。这一文学批评的新视角，为后来探讨文学的相对化倾向奠定了基础。保持着正统批评面貌的川西正明撰写了《江健三郎论》、《高桥和已评传》等著述，继续推广"战后派"文学。此外，川本三郎的《同时代的文学》、《感觉的变容》,三浦雅士的《所谓我这种现象》、《主体的蜕变》,绐秀实的《花田清辉》、《复制的废墟》,川村凑的《异样的领域》,竹田青嗣的《所谓〈在日本〉的根据》,渡部直已的《筒井康论》,加藤典洋的《〈美利坚〉的影子》、《趋向评论》,小林广一的《原始之声》、《中野重治论》,松本彻的《德田秋声》,富田幸一郎的《内村鑑》,铃木贞美的《人间的零度、或曰表现的脱近代》等成果纷纷涌现。这些著述无论是在思想理念,还是形式技巧方面,无不旨在将日本文论固有的批评形态及模式,从近代传统的束缚中解放出来,以确立"脱中心、脱战后、脱意识形态"的全新批评理论。

关于日本文学论的研究,中西进堪称一个里程碑。他以对《万叶集》的评论醒目于世,日本文学界称他的《万叶集》研究为"中西万叶学"。他的研究领域不只限于《万叶集》,还包括了《古事记》等古代文学著作,且涉足了能乐、谣曲、日本人的精神史等,研究视野广阔。

考察日本近现代文学的研究,无法绕过1980年由讲谈社出版的柄谷行人的《日本近代文学的起源》一书。以此书为标志,此后的日本近现代文学研究发生了根本性的变化,之后的日本近现代文学研究许多不是简单地继承扩充先前的研究结果,而是对先前的研究框架进行彻底的颠覆,引发了重构近现代日本文学史以及文学批评话语的改变。或许可以说日本文学研究进入了多元方法论时代。作为多元文论的代表柄谷行人批评的原点是批评的冲动,其批评视角是内部与外部的互动,超越文艺批评的框架,致力于建构日本式的结构主义和解构主义。

日本现代文论还有一个令世人瞩目的方面,就是对现代中国文学的研究。

20世纪50年代初期,日本第一代的现代中国文学研究者们,除了撰写研究文章、回忆资料外,同时以巨大的热情投入到翻译作品中去。他们组织队伍,大规模地翻译中国现代作品,将中国作家和作品编入

《世界名作选集》、《世界名家大辞典》等辞书中。除鲁迅之外，他们对老舍、茅盾、郭沫若等做了详尽的介绍。日本第一代现代中国文学研究者还在一些著名的学府和研究部门开设中国现代文学作品选读课程和研究科目，引导一批年轻人投身于现代中国文学研究工作中去，为第二代现代中国文学研究队伍的形成奠定了基础。竹内好是日本第一代研究现代中国文学的代表人物，其现代中国文学论至今影响着日本文坛，因其鲁迅研究影响极大而被誉为"竹内鲁迅"。

20世纪70年代中期以后，毕业于五六十年代的第二代现代中国文学研究者们成为日本研究界的中流砥柱。其研究梯队的基本成员是日本各大学的教授，他们在高校及研究所担任了现代中国文学的教学研究工作。就地域而言，这批研究者大致可分为三个地区：一是东京地区以尾上兼英、丸山升、伊藤虎丸、饭仓照平、松井博光、伊藤敬一、立间祥介、木山英雄、芦田孝昭、杉本达夫、铃木正夫等教授为首的研究者。二是京都地区以竹内实、相浦杲、伊藤正文、山田敬三、太田进、日下恒夫、片山智行、柴垣芳太郎、北冈正子、塚本照和等教授为主的研究者。三是九州、北海道地区以秋吉久纪夫、永末嘉孝、今村与志雄、岩佐昌暲、中野美代子、丸尾常喜等为主的研究者。第二代现代中国文学研究学者往往在他们创办的杂志上发表研究成果。东京大学中文系的学生于1953年组织了"鲁迅研究会"，出版杂志《鲁迅研究》，丸山升在此崭露头角。东京都立大学学生出版了《北斗》杂志，松井博光在此载文而名气渐起。关西地区学者1970年开始出版《野草》杂志，至1987年年底已出40期，其中仅《鲁迅特辑》就有8集，另外尚有《茅盾特辑》、《解放区的文艺》、《30年代文学》、《五四时代文学》、《日中文学交流的一个断面》、《日本的现代文学与中国》等，在现代中国文学研究领域里产生了重要影响。

日本第三代的现代中国文学研究者一般是20世纪60年代末或70年代中毕业的大学生或研究生，大部分在大学教授现代中国文学课程。

他们对鲁迅、周作人、沈从文、萧军、胡风、张爱玲、丁玲等人及伪满洲国文学、台湾文学特别有兴趣，对当代作家王蒙、刘宾雁、高晓声、白桦、张辛欣、张洁、张贤亮以及朦胧诗人也很青睐。他们认为，在研究方法上，应当摆脱第一、第二代人对中国文学所含的感情与主观看法，而用纯文学的研究方法来考察现当代中国文学。在关东地区，藤井省三的鲁迅研究，山口守的巴金研究，小川利康的周作人研究，关根谦的阿陇研究，釜屋修的赵树理研究，佐治俊彦对中日现代文学关系的研究，下出铁男的萧军研究，近藤龙哉的胡风研究，刈间文俊的当代文学研究，江上幸子的丁玲研究等，各呈异彩，代表了第三代现代中国文学研究的高水平。在关西地区，冈田英树对萧红及"满洲"文学的研究，中岛利郎对鲁迅与增田涉关系的研究，樽本照雄对晚清小说的研究，中岛长文对鲁迅和钱锺书的研究，中岛碧对郭沫若的研究，下村作次郎对台湾文学的研究，是永骏对茅盾的研究，青野繁治对"红卫兵"作品的综合考察，阪口直树对欧阳山的研究，谷行博对鲁迅与外国文学关系的考证等，成果令人瞩目。第三代现代中国文学论代表藤井省三重于考证，发掘出殊为珍贵的资料，成为在熟练掌握当代西方文论基础上而站在日本鲁迅研究领域前沿的领军人物。

第二次世界大战后，日本的比较文学研究也在展开，著名的文论著作有小林正的《比较文学入门》，中岛健藏与中野好夫的《比较文学序说》，岛田谨二的《比较文学》、《近代比较文学》，大塚幸男的《比较文学原理》，小田桐私子的《横光利一——比较文学的研究》，麻生矶次的《中国文学与江户文学》，太田青丘的《日本歌学与中国诗学》，中西进的《万叶集的比较文学研究》，神田喜一郎的《关于日本的中国文学》等。

自平成以来，文坛上久已形成的由共同的思想和文学理念将作家集结在某一个文学组织之下的所谓"派别"现象不再出现，也很难以作品的创作特征抽象地将作家加以归类。20世纪90年代，日本有关文学的词汇又多了一个新名词，即"J文学"。"J"一般被解释为JAPAN的

"J"。20世纪90年代的日本文化是一种寻求回归的文化。在泡沫经济崩溃之下，很多人向往文化回归，这种文化回归用"J"来体现，表示回归到"日本式"。这里的"日本式"指的是现代日本式。因此，"J文学"不能等同于传统称谓的日本文学。"J文学"的作家都是20世纪90年代后登上文坛的新生代作家，最早以杂志《文艺》（河出书房新社）为园地活跃起来，他们的文学被冠以"J"，也很难将之划为日本现代文学主流。"J文学"只是对20世纪90年代流行的大众文学的一种便捷的说法。近年来，在日本兴起了一股"J"风潮，像J-league、J-art或J短歌、J演剧等，五花八门，应有尽有。有人认为以那些在涩谷、新宿文化中长大的年轻人的生活为主题的文学才是"J文学"，这不过是把它理解为迎合时尚、短期内流行的时髦文学。"J文学"也招致了很多人的反感，持这种观点的人将"J"解释为JUNK（意破烂物——笔者注），因为暴力、毒品、同性恋、变态等日本现代社会现象被大量地渲染。"J文学"不能等同于纯文学，它的出现本身就意味着纯文学已经不纯，或许称之为大众文学的一种演变比较恰当。活跃在"J文学"批评领域的评论家是川本三郎。川本三郎拥有广泛的兴趣与爱好，在现代评论领域占有独特的地位。他的研究以文学、电影为中心，涉及表演、音乐、漫画等诸多方面，包含城市、儿童、疾病、风景、记忆等。他总是以时间和空间为两大坐标轴进行深入的思考，在其旺盛的创作活动背后，论述了不断进化、增殖、扩大、改变的"东京"都市以及生活在这都市的"个人"状况。

第二章　古代中世文论

第一节　文论滥觞：安万侣、佚名(《怀风藻序》)、藤原滨成

安万侣（？—722）

奈良时代的历史学家、文学家。安万侣704年为从五位下，712年为正五位上，715年为从四位下，同年为氏长者。712年元明天皇命其撰《古事记》。安万侣奉诏，即把稗田河礼口述的史实记录下来，加以整理、编纂，形成了日本保存至今的第一部完整的文献《古事记》。《古事记》溶日本神话传说、历史故事为一炉，既是日本最早的古代史，也是最早最完备的叙事文学。

《古事记》分三卷，上卷从天地开辟写至鹈葺草葺不合命。中卷从神武天皇写至应神天皇，下卷从仁德天皇写至推古天皇。上卷记载了关于开辟天地，神武天皇诞生的神话传说，中卷和下卷记载了英雄时代的传说故事。上中两卷较详密，下卷较简略。此书对于研究日本古代神话学、语言学、历史学、人种学、宗教学以及文学都有重要的资料价值。安万吕在《古事记》前写了一篇著名的序言，即《古事记序》。

《古事记序》描述天皇"握乾符而摠六合，得天统而包八荒"[①]的

[①] ［日］安万侣：《古事记序》，邹有恒、吕元明译，人民文学出版社1979年版，第2页。

武功后，将重视"乘二气之正，齐五行之亭，设神理以奖俗，敷英风以弘国"的文人事业。安万侣编纂《古事记》的目的是"邦家之经纬，王化之鸿基"，表达了编纂者纯朴的村落共同体和原初国家的目的意识，宣传了"圣帝"思想，其文学述说以天皇为中心的统治权威，认为世上的事必须遵从神意。这是日本古代文学意识萌芽期所表现的祖先神意识和原初国家意识。在《古事记序》中，安万侣提出"思国以歌曰"，表达了他具有的一定的文学批评观，即用歌的感兴来颂扬固有的神道精神和国家。安万侣在《古事记序》中还提出了编纂的指导思想和方法，即"闻诸家之所赍帝纪及本辞，既违正实，多加虚伪。当今之时，不改其失，未经几年，其旨欲灭"。"故惟撰录帝纪，讨核旧辞，削伪定实，欲流后叶。"①"削伪定实"，即要削却非正史之内容，弘扬帝记及本辞，这表明，安万侣的批评基准是有一定政治性的，而他的批评意识在编撰歌谣中自然而然地表现出来。

安万侣在《古事记序》中显露出来的文学意识是出于对神、皇室、国家的推崇。他宣扬神的御子孙统治日本民族及国土，通过历史传说，以神武元皇御东征、武尊御平定、神功皇后新罗御征等事件为轴心，采用文学形式宣扬了天皇统治国家，天下太平，英雄对皇室的臣服等，显然，这是意识化了的文学，并且这种以文学形式来表现思想意识是相当清楚的，就此而言，《古事记序》乃日本文论之滥觞。

日本著名学者中西进指出：《古事记序》明显受了中国《列子》及长孙无忌《进五经正义表》等文献的影响，从序文的构思中能见到安万侣"儒学者官人写序的态度，""确立那个阶段不可动摇的天皇家中心的思想"。虽《古事记序》中有儒学思想，但"序文的道德观应该考虑反映了道教思想"②。根据《古事记序》序言所言："蝉蜕于南山，人

---

① ［日］安万侣：《古事记序》，邹有恒、吕元明译，人民文学出版社1979年版，第2页。
② ［日］中西进：《中西进著作集》第1卷，四季社2007年版，第12—33页。

事共洽","心镜炜煌,明睹先代"① 等言,不难看出,中西进的评述十分精当。

佚名（《怀风藻序》）

《怀风藻》的编者不详,集前有序,编者在序中写道:"余以薄官余闲,游心文囿,阅古人之遗迹,想风月之旧游,虽音尘渺焉,而余翰斯在,抚芳题而遥忆,不觉泪之泫然。攀绣藻而遐寻,惜风声之空坠。"所以,编者辑诗一卷,为的是"不忘先哲遗风,故以怀风名之云尔"②。

未署名的《怀风藻》的编者,经林罗山第三子林鹅峰考证为淡海三船。淡海三船是淡海帝五世孙,累官至刑部卿兼国子监祭酒、文章博士,是长篇汉文传记《唐大和上东征传》的作者,具有编辑此诗集的汉学功力。也有部分学者对《怀风藻》编者为淡海三船提出过异议。因此笔者取《怀风藻》编者为佚名。《怀风藻序》提出对诗的编排是"略以时代相次,不以尊卑等级"。诗人充分利用了外来语言,从意境到形式,均模仿了中国的汉诗,诗风受中国六朝齐梁体影响,符合当时日本贵族诗人所欣赏的齐梁汉诗的审美情趣。在诗的形态上,《怀风藻》有五言诗109首,七言诗7首。诗几乎全部对偶,失对的仅有2首。《怀风藻》中多是以天皇为中心的侍宴应制,从驾游览等类宫苑诗占了半数以上,具有浓厚的宫廷文学色彩。约半数诗或感怀伤时,或吟景咏物,或纵情尽意,读之多有韵味。

《怀风藻序》的儒教、道教倾向很强烈,教化、感化、经世的思想突出。序文提出诗与儒学的关系,即"调风化俗"莫尚于文,"润德光身,敦先于学",表现了佛教与道教调和的思想,形成了生之享乐静观的倾向。"阅古人之遗迹,想风月之旧游,虽音尘眇焉,而余翰斯在,抚芳题而遥忆,不觉泪之泫然。攀绣藻而遐寻,惜风声之空坠。"③ 编

---

① [日]安万侣:《古事记》,邹有恒、吕元明译,人民文学出版社1979年版,第1页。
② 佚名:《怀风藻序》,王晓平译,载曹顺庆主编《东方文论选》,四川人民出版社1996年版,第658页。
③ 同上。

者提出《怀风藻》的目的是"恢开帝业,弘阐皇猷,道格乾坤,功光宇宙"[①],认为作诗应尽量消却无意义的修辞词句,突出表现诗的教化思想和功利价值,尤其要突出儒教思想。诗要从儒教的立场出发宣扬仁智,歌颂天皇的仁德、治世之功。编者还强调将儒教的"仁"作为文学根本理想,表现了一种不依赖神的超自然力的存在,反映出以儒教仁为核心的人本主义哲学思想。编者从道教观出发吸收和运用神仙思想与仙境的丰富意象以及内潜的神道现世观,表现了对生之享乐态度,显示出儒教、道教的外来文学思想与日本本土神道思想渗透融合所产生的原初的朦胧文学意识,育成了日本文学偏于含蓄、自然、和谐、宁静的审美情趣以及以内心体验为主的艺术思维模式,最后发展为日本幽玄的文学观。

藤原滨成（724—790）

平安时代歌人。《歌经标式》是他在宝龟三年（772）奉敕而写的。此书因撰者之名为《滨成式》,与《喜撰式》、《孙姬式》、《石见女式》合称为"和歌四式"。

《歌经标式》是日本最早的歌学论著,对平安时代后期的各种文献多有引用。"歌经",即歌之经典,"标式"系歌的规范。《歌经标式》现存真本与抄本两种,抄本为平安时代后期根据真本抄出。

《歌经标式》分序、歌病七种、歌体三种。歌体三种又分求韵、查体七种、杂体十种。这种分类重叠包容,复杂交错。若按论题分门别类介绍,《歌经标式》则有声韵论、形态论、表现论三种。

声韵论论述和歌的声、韵、音、字,这是和歌研究之要点。对于歌病,《歌经标式》指出了七种,也提出了解决这些弊病的方法。从歌律出发,抓住和歌的实态,《歌经标式》把和歌分为七音节和五音节,按不同音节,对歌体中的求韵、粗韵、细韵及查体中的离歌等提出了声韵

---

① 佚名:《怀风藻序》,王晓平译,载曹顺庆主编《东方文论选》,四川人民出版社1996年版,第658页。

的要求。把承认日本古代韵文重在脚韵作为出发点,《歌经标式》论述了七五形短歌脚韵的重要性。实际上,日本古代歌谣和歌与其说是以脚韵为主,不如说是以韵头为主。中国诗是以脚韵为主。《歌经标式》参照中国诗论,提出日本古代歌谣和歌以脚韵为主的观点,也是把日本古代歌谣和歌特别重视视觉享受的特点转化成了特别重视听觉的感受。

形态论论述和歌的视觉感,求韵、杂体均提到长短歌视觉的重要性。和歌以五音和七音为基调。长歌韵在第二句,短歌韵在第三句,以此来判定歌的主轴。长歌为五七调,短歌则七五调。一般而言,从五七调到七五调的进展,是短歌兴盛的标志。短歌韵在第三句区分出上下句,这种区分正是《歌经标式》时代歌坛的普遍现象。《歌经标式》序言论述了那个时代的歌坛现象,认为即使《万叶集》中家持的歌五七调相当多,也不否认《歌经标式》问世多年后七五调占歌坛的主导地位。形态论的查体提出和歌字足与不足的问题,指出短歌形式上的欠缺是落句在五个字上。这也正是针对和歌从七到五的歌坛现象而言的。

表现论论述歌作之技巧,指出歌作中声韵和形态的表现方法。具体是,查体中两种,杂体中七种。表现论较少谈及歌作内容,多是歌作艺术,其中,特别论述了离会、遣警、古事与新意关系中产生的比喻和实体,以及古典方式与现代方式的进展等。另外,还论述了歌作者存在个体差异,应分别待之。对上层者歌作与下层者歌作的分析态度也要有所区别。然而,歌作的具体技巧分析似乎不多见。

《歌经标式》的序还论述了歌的意义、起源和功能。

第一,指出歌具有重要的社会功能及意义。"原夫歌者所以感鬼神之幽情,慰天人之恋心者也,所以异于风俗之言语,长于游乐之精神者也。"[①] "动天地,感鬼神,莫近于和歌。"[②] 强调了歌能够起到"动"、"感"、"慰"的教化作用,阐明了歌具有道德价值。

---

① [日] 佐佐木信纲编:《日本歌学大系》第一卷,文明社1940年版,第60页。
② 同上书,第66页。

第二，将日语分成粗韵和细韵两种，开了日语音韵研究之先河。滨成仿照中国汉语的声病说，指出了和歌创作的七种弊病：头尾，胸尾，腰尾，魇子，游风，声韵，遍身。其意是避免字韵相同，以增强和歌的音乐美。

第三，阐述感情表现与伦理道德的问题。滨成指出："功成作乐，非歌不宜；理定制礼，非歌不感。"①涉及了艺术要表现美与善的问题。

第四，说明歌的艺术本质是心与志，心与词的关系。"夫和歌者，所以通达心灵，摇荡怀志者也。故在心为志，发言为歌。"②滨成指出，歌是通过"心"来摇荡"志"，志与心相连，歌是心中情感的表现，反映了歌的艺术本质的一些内容。

第五，阐述了歌的"意"、"文"关系。"意"指情意，系歌的内容部分。"文"指文辞、文句，乃歌的形式部分。滨成指出：歌"专以意为宗，不能以文为本"③，强调了歌应以所具有的内在美为前提条件，不能虚伪地文饰，否则"其病未能免"。此外，他还从修辞学角度出发，要求歌紧凑集中，反对芜杂堆砌。滨成尝试建立的歌论体系，对于日本古代歌学形成的主情思潮起到了前瞻性的作用，意义十分重大。

第二节　文论发展：释空海

释空海（774—835）

平安时代僧侣、汉诗人、书法家。空海俗姓佐伯，法号无空、如空，后改为空海，延喜二十一年（921）追赐弘法大师，并有沙门空海，沙门遍照（金刚）等称号。空海于桓武天皇二十二年（804）随日本第17次遣唐使团入中国，从大师惠果学习密宗，深得"唐密"真

---

① ［日］佐佐木信纲编：《日本歌学大系》第一卷，文明社1940年版，第66页。
② 同上。
③ 同上书，第60页。

谛。惠果大师传空海法事不久，于唐永贞元年（805）十二月十五日圆寂，翌年正月葬于孟村龙泉大师塔侧。在当时长安城内外，惠果大师弟子中不乏高人，空海求学惠果大师仅半年，而一代宗师惠果的碑文，却由他撰文书字，可见其人品、文品、书法之高。碑文近两千字，被日僧真济收入空海的《性灵集》中，得以保存至今。空海在碑文中高度赞扬了惠果大师的无量功德，回忆了他与大师真挚的师生情义。"生也无边，行愿莫极。丽天临水，分影万亿。爰有挺生，人形佛识。毗尼密藏，吞并余力。修多与论，牢笼胸臆。四分秉法，三密加持。国师三代，万类依之。下雨止雨，不日即时。所化缘尽，怕于归真。惠炬已灭，法雷何春？梁木摧矣，痛哉苦哉。松槚封闭，何劫更开？"空海这篇文章文情并茂，为古代中日文化交流的一篇珍品。

唐元和元年（806）四月，空海回国，正值日本举国讴歌唐风。嵯峨天皇不仅竭力倡导汉学，而且自己还是一位著名的汉诗人。在他治世期间，先后命小野岑守、藤原冬嗣等人编选了《凌云集》、《文华秀丽集》。淳和天皇即位后，又命良岑安世等编辑了汉诗文总集《经国集》。空海得嵯峨、淳和的恩宠，与小野岑守等诸多文人交厚，他在汉诗、散文的创作以及诗论等方面留下了令世人瞩目的著作。

空海的今本《性灵集》所收录的是公元804—834年之间的作品，其中包括诗赋、奏章、书简、碑铭、哀启、愿文等，计113篇，内容涉及日本平安初期的宗教、政治、经济、社会以及与大唐、朝鲜的文化交流等。空海的弟子真济在《性灵集》序中写道：大师"或卧烟霞而独啸，任意赋咏；或对天问以献纳，随手成章。至如《慕仙诗》'山高风易起，深海水难量'；又游神泉：'高台神构非人力，池镜泓澄含日晖'，比与争宜，气质冲扬，风雅劝诫，焕乎可观"。空海的创作理念和修持主张是一致的，他认为修身在于修心。空海所谓的"心"，主要包括道德修养和文学素养，他的《性灵集》中的作品无一不充溢着佛学的本智本觉思想，达到"缁素仰止"的理想效果。空海推崇佛学，以为置身于法界，摆脱营营尘世，才能逃离苦海。在日本他创始了真言宗，成为当之无愧的佛学大师。

空海的诗论《文镜秘府论》成书于公元819—820年之间，距日本首部汉诗集论《怀风藻序》问世差70年。《怀风藻序》代表了日本人在初级阶段模拟、探索汉诗创作的成果，《文镜秘府论》则为日本汉诗创作进入自觉阶段的指南。《文镜秘府论》6卷，书中有关四声、八病、格式、体裁等论述十分精当，日本韵镜之学由此发端。

《文镜秘府论》共有天、地、东、西、南、北六卷，主要论述了调四声谱，调声，诗章中用声法式，七种韵，四声，十七势，十四例，十体，六义，八阶，六志，九意，对，二十九对，七种言句例，病，文二十八种病，文笔十病得失，文意，体，定位，集论，对属，句端，帝德录等等。

《文镜秘府论》的天卷，以"文则教源"思想为中心，分别论述了调四声谱、调声、诗章中用声法式、七种韵、四声五个方面的内容。本卷中心议题是声韵，从声韵角度论述了和歌用韵问题，突出了文字的作用。例如，七种韵写的"凡诗有连韵、叠韵、转韵、叠连韵、掷韵、重字韵、同音韵"。此说与和歌四式中的声韵说有相似之处。

《文镜秘府论》的地卷，从修辞学、艺术论方面，分别论述了十七势，十四例，十体，六义，八阶，六志，九意等。十七势、十四例、十体大致相同，论述了修辞学与情理关系。如十体的修辞格写有：形似体，质气体，情理体，直置体，雕藻体，映带体，飞动体，婉转体，清切体，菁华体等。"情理体者，谓抒情以入理。"此说对日本后来的歌论影响较大。六义指风、赋、比、兴、雅、颂。《文镜秘韵论》写道："体一国之教，谓之风。天地之号令曰风。赋者布也。匠事布文，以写情也。赋者错杂万物，谓之赋也。比者全取外象，以兴之。比者直比其身，谓之比。兴者立象于前，后以人事谕之。兴者指物及比其身说之为兴。盖托谕谓之兴也。正四方之风谓雅。正有小大，故有大小雅焉。雅

第二章 古代中世文论　　55

者正也。言其雅言典切，为之雅也。颂者赞也。赞叹其功，谓之颂也。颂者容也。美盛德之形容，以其成功告于神明也。"① 上述六义是对文艺的政教作用进行的解释，深受中国皎然、王昌龄的影响。《古今和歌集·序》也提出过六义的上述内容。

八阶指咏物，赠物，述志，写心，返讽，赞毁，援寡，和诗。与《倭歌作式》的诸咏八阶十分相似。六志指直言，比附，寄怀，起赋，贬毁，赞誉。其要点是"直言志者，谓申物体，指事而不籍余风，别论其咏。比附志者，谓论体写状，寄物方形，意托斯间，流言彼处"②。

显然，上述理论主要涉及的是文章的表现内容，这也是地卷的主要倾向。六义与六志的论述有相通包容及重复。九意指春、夏、秋、冬、山、水、雪、雨、风，《文镜秘府论》用许多实例进行了论证。

《文镜秘府论》东卷论述了二十九种对，重复了天卷的声韵说，指出歌作要以汉诗文为主，充分发挥其特点。

《文镜秘府论》西卷论述了文二十八种病以及文笔十病。二十八种病指：平头，上尾，蜂腰，鹤膝，大韵，小韵，傍纽，正纽，木枯，金欠，阙偶，繁说，龃龉，丛聚，忌讳，形迹，傍突，翻语，长撷腰，长解镫，支离，相滥，落节，杂乱，文赘，相反，相重，骈拇。文笔十病指出的"病状"与《歌经标式》指出的很相似，如平头，"平头诗者，五言诗第一字不得与第六字同声，第二字不得与第七字同声。同声者，不得同平上去入四声。犯者为平头"③。西卷对和歌的实作也进行了论述，特别提出歌作中不经意所犯的歌病内容，还指出和歌受汉诗影响颇大。当时，传到日本的中国诗论书较多，《日本国见在书目录》的诗论书中也涉及有西卷论述的内容。

《文镜秘府论》南卷论述了文意、论体、定位、集论。其中论文意

---

① ［日］今井卓尔：《古代文艺思想史研究》，早稻田大学出版部1964年版，第96页。
② 同上。
③ 同上书，第97页。

尤为重要,从艺术论方面谈了著者的诗学观,其要点有:"凡作诗之体,意是格,声是韵。意高则格高,声弁则律清。格律全,然后始有调。用意于故人之上,则天地之境洞焉可观。"① 诗的格调为诗的本质,诗为言志者,这些观点在《诗经》序中多见。受《诗经·序》影响,空海指出作诗作文时,意与思产生之兴为其要点。"夫文章兴作,先动气,气生乎心,心发乎言,闻于耳,见于目,录于纸,意须出万人之境,望古人于格下,揽天海于方寸。诗人用心,当于此也。"② 当然,作诗中的意兴是自然而然的苦心而来,不得勉强。"欲作文,乘兴便作。若似烦即止,无令心倦。"③ 兴产生时即作诗,兴不来时便不作,这已论述到了诗文的本质问题。空海在论体中还提出作文通义六点:"至如,称博雅则颂论为其标;语清典则铭赞居其极;陈绮丽则诗赋表其花;叙宏壮则诏檄振其响;论要约则表启擅其能,言切至则箴诔得其实。"④ 空海在此论述了与文章内容密切相关的文体。在定位、集论中,空海强调《易经》、《诗经》、《文选》的重要参考作用,认为要以之为行文之楷模。

《文镜秘府论》北卷论述了对属、句端、帝德录。论对属从贤愚、悲乐、一二三四、鸟兽草木等方面谈了对属现象。句端论述了惟音、假令等为句的开首,帝德录论述了关于帝德的必要事项等。

《文镜秘府论》大致内容如上,著者空海在文中引用了大量的文献,涉及日本古代文论的诸多方面,如诗的声韵论、形态论、本质论、修辞论及诗病等。其中也谈到了文艺批评的基准,思考了文艺的规律,以社会风教、经国济世思想为支撑,提出了文艺技巧的重要性。

空海文论以他推崇的中国文献为基点,在古代日本成为中国诗论集大成者。《文镜秘府论》许多内容来自《文心雕龙》。《文镜秘府论》卷

---

① [日]今井卓尔:《古代文艺思想史研究》,早稻田大学出版部1964年版,第98页。
② 同上书,第99页。
③ 同上。
④ 同上。

四《论文意》中写道:"夫文章兴作,先动气,气生乎心,心发乎言,闻于耳,见于目,录于纸。意须出万人之境,望古人于格下,攒天海于方寸。诗人用心,当于此也。"此论述出自《文心雕龙》的《神思》篇。除《文心雕龙》一书外,《文镜秘府论》还借用了中国古代文论名著《诗式》、《诗格》等。

如下例:

(一)或曰:诗不要苦思,苦思则丧于天真。此甚不然。固须绎虑于险中,采奇于象外,状飞动之句,写冥奥之思。夫希世之珠,必出骊龙之颔,况通幽含变之文哉?(《文镜秘府论》卷4《论文意》)

或曰:诗不要苦思,苦思则丧于天真。此甚不然。固当绎虑于险中,采奇于象外,状飞动之趣,写真奥之思。夫希世之珍,必出骊龙之颔,况通幽名变之文哉?(皎然《诗式·评论》)

(二)诗有意阔心远,以小纳大之体。如"振衣千仞冈,濯足万里流"。(《文镜秘府论》卷4《论文意》)

常用体十四、十二曰因小用大体。左太冲诗:"振衣千仞冈,濯足万里流。"(王昌龄《诗格》)

(三)若力无之,则见斤斧之迹。(《文镜秘府论》卷4《论文意》)

诗有四不:力劲而不露,则伤于斤斧。(皎然《诗式》)

稍加比较则不难看出,无论观点语气论调,甚至于词句文字方面,《文镜秘府论》对中国古代文论一些著述均有借用、化用、模仿,这也是中国文论影响日本文论的一个佐证。

《文镜秘府论》自问世以来,成为日本人论诗之始,创作汉诗之规范,对日本以后的和、汉文学评论产生了重大影响。《文镜秘府论》将中国六朝诗学原原本本地搬到日本歌学论上来,借用《文镜秘府论》既可参证古本之真,纠正传本之失,又可搜辑唐人和先唐的佚诗佚文。杨守敬在《日本访书志》卷13中谈到,《文镜秘府论》"所引六朝诗文,如顾长康《山崩》诗、王彪之《登冶城楼》诗、谢朓《为鄱阳王让表》、魏定州刺史甄思伯《难沈约四声论》、沈约《答甄公论》、常景《四声赞》、温子升《广阳王碑》、魏收《赤雀颂》、《文宣谥议》、邢子才《高季式碑》、刘孝绰《谢散骑表》、任孝恭书、何逊《伤徐主簿》诗三首、徐陵《横吹曲》、《劝善表》、《定襄侯表》，其所引唐人诗尤多秘篇，不可胜举。又引齐太子舍人李节《音韵决疑》，亦《隋书经籍志》所不载，尤考古者所乐观也"①。由此可见，空海的《文镜秘府论》在中国也产生了重要影响。

第三节　歌论确立：菅原道真、纪贯之、纪淑望、壬生忠岑、藤原亲辅、藤原亲经

菅原道真（845—903）

平安时代汉学者、汉诗人，歌人，出生于家学世家，自曾祖父起，祖上三代都是文章博士。道真承继父祖之业，经文章博士，历任翰林学士承旨、遣唐大使（未成行）、权大纳言等，累官至右丞相，曾遭受排挤和打击，先后两次贬谪边塞，最后死于流放地九州的太宰府。著有《菅家文草》12卷，《菅家后集》等。道真的诗摆脱了单纯从题材、修辞方面模仿中国诗歌的范畴，树立了作为主体的表现方法和独特的格调。特别是遭贬流放时期的作品，诗风平易畅达，反映了下层百姓的生活，有"国民诗人"之称。日本后人景仰道真的嘉言懿德，尊其为亚圣、文学之神、教育之祖，并立庙祭祀，奉之为"天满之神"。道真的文学思想是建立在中国文学和佛学、老庄思想的基础之上。他前期的诗文，明显继承了中国六朝余风，后期诗文借鉴了韩柳的新颖、简洁、生动的古文文风。他的论策、书启、奏文、序言，说理透辟，结构严谨，少烦謦冗言，无滞涩之病。仁和四年（888）十二月，道真赋《忏悔会作》一首，曰："一切众生烦恼身，求哀忏悔仰能仁。"此诗可见道真

---

① 高文汉：《中日古代文学比较研究》，山东教育出版社1999年版，第365页。

相信人之生死轮回，因果报应。他甚至一度想削发为僧，遁入空门。

受中国六朝至中唐思想的影响，道真推崇道教、老庄思想，尤其对道教所宣扬的仙境仙界表现出强烈的憧憬和向往。由赞州归京时，道真就《逍遥游》作诗三章（《北溟章》、《小知章》、《尧让章》），抒发自己的感慨。在总序中，道真写道："予罢秩归京，已为闲客。玄谈之外，无物形言。故释逍遥一篇之三章，且题格律五言之八韵。且叙义理，附之题脚。其措辞用韵，皆据成文。若有谙之者，见篇疏决之。"①

道真的文学思想内涵，是儒、佛、道教思想的融合体，除了文学作品给日本民族留下了一笔巨大的财富外，道真还对日本和歌理论贡献很大，其文论代表作就是他撰写的《新撰万叶集》。

《新撰万叶集》现存原撰本、增订本两类，据原撰本序，撰集年代为宽平五年（894）九月。《新撰万叶集》共两卷，上卷有序，为菅原道真撰写。下卷撰者不详。

在《新撰万叶集序》上卷中，道真论述了和歌的起源，认为和歌是感物而作。歌人见到不同季节景物有所感触而作和歌。他写道："青春之时，玄冬之节，随见而兴既作，触聆而感自生。凡厥取草稿不知几千。"② 道真划分了和歌"古"与"今"，认为《万叶集》所收诗歌是"古歌"，后来的歌则是"今歌"，"夫万叶集者，古歌之流也。非未尝称警策之名焉，况复不屑郑卫之音乎？"③ 后人据此对和歌有"古风"与"今风"之说。关于和歌古今说，当时有三种评论：或压今褒古，或古今平等，或压古褒今。道真采用的是古今平等的温和态度，重古也重今。关于和歌风格之变迁，道真认为，古人歌具有朴素美，今人之歌具有纤细美。他说："倩见歌体，虽诚见古知今，而以今比古，新作花也，旧制实也。以花比实，今人情彩剪锦，多述可怜之句。古人心绪，

---

① 高文汉：《中日古代文学比较研究》，山东教育出版社1999年版，第365页。
② ［日］佐佐木信纲编：《日本歌学大系》第一卷，文明社1940年版，第85页。
③ 同上。

织素少缀不整之艳。"① 以"实"（古）、"花"（今）作比，论述了古今歌风的特点及和歌风格之变迁。

在《新撰万叶集》序中，道真对歌坛所谓新与旧进行了评论。在他看来，新为花，旧为实，今人剪锦，多述可怜之句，古人织素，继续不整之艳。道真重花也重实的成果，即其歌论中的花实论。道真在序文中还对和歌的余兴特征进行了论证，说，"今宽平圣主，万机余暇，举宫而方有事合歌；后进之词人，近习之才子，各献四时之歌，初成九重之宴，又有余兴，加恋思二咏"②。《新撰万叶集》两卷共收 2000 首和歌，道真在数首和歌的左边插入自己的鉴赏内容，以自己的花实论为标准评价了新旧和歌，认为无论新旧和歌均有优秀之作，与优秀汉诗对等。和歌之优劣，应从其内容之理解去判定。道真重视内容，提出文艺自然发生论，及在对作品内容的理解中展开文艺批评的方法论，对后来日本文学批评产生了重要影响。

纪贯之（？—945）

平安时代歌人、歌学理论家、日记文学作者，曾在醍醐、朱雀两朝任职。他用假名撰《古今和歌集》序，用假名写《土佐日记》，使用假名文字表现细腻复杂的心理活动等，为后来的散文乃至小说的发展奠定了基础，故被视为日本散文文学的创始人。承平、天庆之乱后，他与摄政的藤原忠平及其子藤原实赖、藤原师辅交往甚密。由于师辅的器重，官职由朱雀院别当、玄蕃头升至最终的从五位上的木工权头。此期间他创作了许多大和绘屏风歌，在日本诗歌史上享有盛名。

《新撰和歌》又名《新撰和歌集》是贯之秉承醍醐天皇之命，以《古今集》作品为主编选的从弘仁到延长年间的和歌集，选"华实相兼"、"玄之又玄"的和歌 360 首。编撰者又称之为《贯之髓脑》、《新撰贯之髓脑》。《新撰和歌》前面是贯之用汉文写的序。

---

① ［日］佐佐木信纲编：《日本歌学大系》第一卷，文明社 1940 年版，第 85 页。
② 同上。

在《新撰和歌序》中，贯之提出和歌的发展是："上代之篇，义渐幽而文犹质。下流之作，文偏巧而义渐疏。"① 贯之所谓"下流"，指日本上代以后发展以来的和歌。他认为和歌在发展过程上，渐趋文巧而忽视了义，故失却上代和歌文质的优点。在和歌的功用上，贯之写道："动天地，感神祇，厚人伦，成孝敬，上以风化下，下以讽刺上。虽诚假文于绮靡之下，然复取义于教诫之中者也。"② 强调了社会教化作用，主张和歌应从个人感情生活的世界（男女之间）回到伦理道德范畴。在和歌的形态分类上，贯之写道："以春篇配秋篇，以夏什敌冬什，各相斗文，两两双书焉。庆贺哀伤，离别羁旅，恋歌杂歌之流，各又对偶。"③ 他以春秋、夏冬、贺哀、羁旅、恋杂两两相对并举，这种对和歌的分类具有革新意义。最后，他提出要特别注意和歌的义与文的批评标准，即花实相兼说。在贯之看来，义文中的幽与质要发扬，义文中的疏与巧应避免。所以，昔之花实相兼和义文中的幽与质应取，今之玄而又玄和义文中的疏与巧应弃。自菅原道真主张花实论后，贯之在《新撰和歌序》中，又进行了充分的强调，这为日后日本文学批评中的幽玄说的形成奠定了理论基础。

纪淑望（？—919）

平安时代歌人、汉诗人，中纳言纪长谷雄之子，后为纪贯之养子，曾任国子监祭酒，从五位上，兼过信浓权介。《日本纪竟宴和歌》、《古今集》、《新古今集》均载其和歌，《和汉朗咏集》收有其汉文。

《古今和歌集》简称《古今集》，由纪贯之、纪友则、凡河内躬恒、壬生忠岑四人奉敕于905年编撰，纪友则编撰中去世，后由其余三人完成。淑望谈到《古今和歌集》的编撰目的是"思继既绝之风，欲兴久废之道"④。指出了《古今和歌集》是平安时期为适应日本民族文学的

---

① ［日］佐佐木信纲编：《日本歌学大系》第一卷，文明社1940年版，第94页。
② 同上。
③ 同上。
④ 同上书，第93页。

发展而产生的。《古今和歌集》的序是用和、汉两种文字写成，即"假名序"和"真名序"。"假名序"出自纪贯之之手，"真名序"作者是淑望。

《古今和歌集真名序》作为比较系统的歌论，为后世日益发展的和歌创作提供了极其宝贵的理论基础。

对于和歌的抒情特点。淑望写道："夫和歌者，托其根于心地，发其花于词林者也。人之在世，不能无为。思虑易迁，哀乐相变。感生于志，咏形于言。……若夫春莺之啭花中，秋蝉之吟树上，虽无曲折，各发歌谣。物皆有之，自然之理也。"① 淑望在这里从自然感应出发，道出了和歌的抒情特点是托之于心，感生于志，咏形于言。

淑望认为和歌具很大功用。"逸者其词乐，怨者其吟悲。可以述怀，可以发愤。动天地，感鬼神，化人伦，和夫妇，莫宜于和歌。"② 他谈到了和歌的美感作用、认识作用和社会作用，同时特别提出了和歌具有政治上的教化作用。

淑望还谈到和歌的起源及发展，认为神代之歌从素盏鸣尊开始才形成三十一音的短歌，后和歌大兴，"长歌短歌旋头混本之类，杂体非一，源流渐繁"③。在上古，和歌"多存古质之语，未为耳目之玩，徒为教戒之端"④。而柿本人麻吕、山边赤人则能"高振神妙之思，独步古今之间。"以后和歌发展江河日下。"人贵奢淫，浮词云兴，艳流泉涌。其实皆落，其花孤荣……大底皆艳为基"，这是"不知歌之趣者也"⑤。淑望论述和歌起源及发展脉络后，提出振兴和歌之途应效柿本人麻吕和山边赤人。

淑望在序中还评论了遍昭、在原业平、喜撰、小野小町、大友黑主

---

① [日] 佐佐木信纲编：《日本歌学大系》第一卷，文明社1940年版，第91—92页。
② 同上书，第91页。
③ 同上书，第91—92页。
④ 同上。
⑤ 同上。

等歌仙。具体评论中出现的心、词、体、情、华、实等术语，后来均成了和歌理论的基本用语。特别是在序中提出了心、词、体之间存在着相互关联，对后来和歌表现论影响甚大。

壬生忠岑（生卒年不详）

平安时代歌人。20岁前后始作和歌，先后为空内左、右近侍卫长，并任右大将藤原定国贴身侍卫，曾参与编撰《古今和歌集》，天庆八年（945）撰就歌论《和歌体十种》。

对《和歌体十种》中的每一种，忠岑均列举了五首和歌给予解说。在现存的版本书中，华艳体的解说、三首例歌、两方体部分欠缺。忠岑在序中写道："咏物讽人之趣，同彼汉家诗章。"这是他歌论的趣旨。序又道："今之所撰者，只明外貌之区别，欲时习之易谕也。"① 表明著者写《和歌体十种》是强调和歌的教育启蒙作用。忠岑将和歌分为以下十种体：

1. 古歌体

"古歌虽多其体，或词质俚以难采，或义幽邃以易迷。"② 认为不要完全以古歌为对象，一味尚古，去追求那种词不质俚、义幽易迷的和歌，可以同时代的和歌为对象。

2. 神妙体

和歌要重"实"，有实事实情方为神妙。不要徒立其明，难显其实。

3. 直体

强调和歌要原样地表现实事实情，义实以无曲折为要。

4. 余情体

指和歌写出只言片语，然体词标一，义笼万端言外之意，意味深长。

5. 写思体

"志在于胸难显，事在于口难言。自想心见，以歌写之。"③ 谈了

---

① ［日］佐佐木信纲编：《日本歌学大系》第一卷，文明社1940年版，第92页。
② ［日］壬生忠岑：《和歌体十种》，王晓平译，载曹顺庆主编《东方文论选》，四川人民出版社1996年版，第681页。
③ 同上。

歌作者的创作苦思心理,以歌写之,玄而又玄,微妙深奥,非高技巧者难为。

6. 高情体

指出"幽玄"意味为各种歌体之上等,此乃忠岑最为得意的歌体。

7. 器量体

与高情体、神妙体有共通处,强调和歌义理表现。

8. 比兴体

指有机智感觉的和歌,类如使用《诗经》六义的比兴手法的诗歌。

9. 华艳体

指词华丽情直率的和歌。

10 两方体

指一方面对古体歌的喜好,另一方面对质朴平实和歌之推崇。

《和歌体十种》将和歌分为十种。忠岑对和歌的这种分类,涉及和歌"词"与"心"两方面,他对"心"世界的无限性与"词"的限定性有深刻的认识,从而提出"幽玄"这一文学概念,强调了和歌的艺术美,推动了日本文艺理论的发展。

忠岑提出和歌的最高样式是"高情体","此体词虽凡流,义入幽玄,诸歌之为上科也,莫不任高情。仍神妙、余情、器量皆以出是流,而只以心匠之至妙难强分其境,待指南于来哲而已"①。他认为"高情体"的特征是"义入幽玄",有余情方能进入高情之境,和歌才能成为上品。并且,忠岑把"余情"(情调性)与"幽玄"(情趣性)结合起来,这样就触及了和歌的本质问题,对后代歌人影响颇大。

藤原清辅(1104—1177)

平安时代歌人,长时期无位无官,也不出席公开的和歌赛会,专门研究和歌及咏歌自赏。中年后歌名渐显,直到晚年一直保持着歌坛最重

---

① [日]壬生忠岑:《和歌体十种》,王晓平译,载曹顺庆主编《东方文论选》,四川人民出版社1996年版,第681页。

要的声誉。所著《奥义抄》是日本歌学最重要的论著之一。

《奥义抄》大约成书于日本天治元年（1124）至天养元年（1144）之间，除序文外分上、中、下三卷。上卷为"式"，分二十五条，分别论述了六义、六体、三种体、八品、迭句、连句、隐题、俳谐、譬喻、相闻歌、挽歌、戏谑、无心所着、回文、四病、七病、八病、避病事、词病事、秀歌体、九品、十体、盗古歌、物异名附和12月名，古歌词等。中卷及下卷合为"释"，包括《后拾遗》、《拾遗》、《后撰》、《古歌》、《古今集》等歌的注释。下卷后还有《下卷余·问答》二十四条，逐条给予论述，论述十分精当得体。如和歌用韵之答："歌本该用韵也。三十一字歌以第三句终字为初韵，第五句终字为终韵，取韵长故名长歌；五七歌以第二句终字为一韵，第二四终字为二韵，如此辗转取韵短故名短歌。"①

《奥义抄》论歌借用了中国古籍文献，如论及譬喻歌为六义之风比兴时写道："见于毛诗及《万叶集》。风、比、兴皆譬喻歌也，但略有别，于六义何别之欤？风者，无题尽取物成之而咏也；比者，取拟依之词而咏也；兴者，取物比之现其题心也；又赋、雅无异，但雅毫无所操欤。故六义别之。毛诗释风雅颂不释赋、比、兴，大意相同之故也。譬喻歌之趣，见于六义。"②

《奥义抄》作为日本歌学集大成的最重要的著述之一，为后世论歌者所引用。特别是上卷，为了解当时歌学概貌提供了十分珍贵的资料。

藤原亲经（1151—1210）

镰仓时代汉诗人。1168年为秀才，后为东宫学士、文章博士，经参议，至从二位权中纳言。1202年献《朔旦冬至贺表》、《尊卑分脉》。大约1205年作《新古今和歌集序》。

---

① [日]藤原清辅：《奥义抄》，王晓平译，载曹顺庆主编《东方文论选》，四川人民出版社1996年版，第693页。

② 同上。

《新古今和歌集》共收和歌 1978 首，收录历代若干年代的重要作者，其中《万叶集》作者 15 人，《古今和歌集》作者 23 人，《后撰和歌集》作者 26 人，《拾遗和歌集》作者 4 人，《后拾遗和歌集》作者 68 人，《金叶和歌集》作者 33 人，《词花和歌集》作者 14 人，《千载和歌集》作者 75 人。《新古今和歌集》共 20 卷，1—6 卷为四季歌，7 卷为贺歌，8 卷为哀伤歌，9 卷为离别歌，10 卷为羁旅歌，11—15 为恋歌，16—18 为杂歌，19 卷为神祇歌，20 卷为释教歌。各卷收录的全是短歌。《新古今和歌集》与《万叶集》、《古今和歌集》被称为日本和歌史上的"三大星座"。《新古今和歌集》的歌风与《万叶集》、《古今和歌集》并称为"三大歌风"。一般认为，《万叶集》的歌风是"豪放朴实"，《古今和歌集》的歌风是"纤巧典雅"，《新古今和歌集》的歌风是"神韵秀丽"。

《新古今和歌集》据后鸟羽院敕命，由源通具、藤原有家、藤原定家等撰。本书对二条良基、心敬、宗祇等"有心"连歌影响很深，能乐、茶道等中世艺术、美学观念也受其广泛影响。藤原亲经为《新古今和歌集》作序，序中他强调了和歌具有教化作用，认为："夫和歌者，群德之祖，百福之宗也。玄象天成，五际六情之义未著；素鹅地静，三十一字之咏甫兴。尔来源流实繁，长短虽异，或抒下情而达闻，或宣上德而致化。"同时他又强调和歌具有的寄言抒怀特征："或采艳色而寄言，诚是理世抚民之鸿徽，赏心乐事之龟鉴也。"① 另外，亲经梳理了和歌成集的发展脉络，"彼上古之《万叶集》者，盖是和歌之源也。……延喜有《古今集》，四人含纶命而成之，天历有《后撰集》，五人奉丝言而成之。其后有《拾遗》、《后拾遗》、《金叶》、《词花》、《千载》等集，虽出于圣王数代之敕，殊恨为撰者一身之最（一本作聚），因兹访延喜天历二朝之遗美，定法河步虚五辈之英豪，排神仙之

---

① ［日］藤原亲经：《新古今和歌集序》，王晓平译，载曹顺庆主编《东方文论选》，四川人民出版社 1996 年版，第 695—696 页。

居，展刊循之席而已"①。针对上述和歌集的优缺点，亲经认为《新古今和歌集》不仅能温故而知新，更能表现具日本民族特色的诗歌理论"心"（内心思想感情）之特点。"定知天下之都人士女，讴歌斯道之遇逢矣。不独记仙洞无何之乡，有嘲风弄月之兴，亦欲呈皇家元久之岁，有温故知新之心。"②亲经在《新古今和歌集序》中总结出的新古今歌风对近代与谢野晶子、北原白秋、吉井勇等歌人产生了重要的影响。

第四节 诗论嚆矢：虎关师炼

虎关师炼（1278—1346）

京都人，五山时期诗僧，藤原氏，名师炼，号虎关。幼时好读书，人称"文殊童子"。十岁薙发为禅僧。青年时代立志赴元朝，为母所阻，遂至镰仓，曾随赴日宋僧一山一宁学外学（佛教以外的学问），建济北庵于白川北，受后醍醐、光明二帝宠遇，住南禅寺，历主明刹，晚年退居东福寺海藏院。长于诗文，被尊为五山文学之祖，敕谥正觉国师。著有《元亨释书》30卷，《佛语心论》8卷、《聚文韵略》5卷、《十禅友录》3卷等，被奉为禅门宝典。师炼推崇唐宋文，对韩愈尤为叹服，他强调复兴古文，反对骈俪文风，主张诗贯道、载道。在《通衡》中，师炼写道："予谓贯亦载也，唯因物而异也耳矣。索之于线也，……文章妙处，天然浑成万世一律耳。人或诚心罩思而自合也，若未至天浑之处，虽工有可改之字，虽奇有可换之言。若已至于天浑，自然文从字顺，格调韵雅，权衡齐等、不可移动，所谓醇乎醇者也。"师炼的《济北诗论》载《济北集》第11卷，其中评论了我国

---

① ［日］藤原亲经：《新古今和歌集序》，王晓平译，载曹顺庆主编《东方文论选》，四川人民出版社1996年版，第696页。

② 同上书，第697页。

唐代的李白、杜甫、王维以及我国宋代的林和靖、王安石、杨诚斋等人的诗作。

《济北诗话》以片断句子组成，只言片语表达出师炼的诗论。师炼不赞成诗的雕琢，推崇质朴诗风，提出诗"贵朴古平淡，贱奇工豪丽者，为不尽耳矣"，"夫诗之为言也，不必古淡，不必奇工，适理而已"①。相对于诗的形式技巧而言，师炼更重视诗的内容，重诗理，重诗内容与形式达到浑然统一的境界。他认为诗要适理，说："夫诗之为言也，不必古淡，不必奇工，适理而已。"② 诗之适理关键是"真"，以"真"达到诗修辞的超越，从而防止"情伪"诗病出现。诗之提炼，要尊重理性判断，诗言达理，符合自然。"大率上世淳质，言近朴古；中世以降，情伪见焉，言近奇工，达人君子，随时讽谕。使复性情，岂朴淡奇工之所拘乎？唯理之适而已。"③ 他还主张诗歌创作要合理使用熟语及生语："诗贵熟语贱生语，而上才之者，时或用生语，句意豪奇，下才惯之，冗陋甚。"④ 师炼还谈到诗赋以使用格律为佳，他写道："诗赋以格律高大为上。汉唐诸子皆是也。俗子不知，只以夸大句语为佳，实可笑也。若务句语之人，不顾格律，则大言诗之比也。大言诗者，昔楚之与宋玉辈戏为此体，尔来相承或当优场之欢嬉。盖诗文一戏也耳，岂风雅之实语与优场之戏嘲并按耶？近代吾觉偈颂中，此弊多矣。学者不可不辨矣。"⑤ 师炼将"雅正"视为诗歌创作之原则，认为诗无性情表达则不具雅正。运用比兴手法而不表达性情，不如运用赋和手法表达性情而具雅正之气。故偏离雅正的避邪之念不宜入诗："夫诗者志之所也，性情也，雅正也，若其形言也。或性情也，或雅正也者，虽赋

---

① [日] 虎关师炼：《济北诗话》，王晓平译，载曹顺庆主编《东方文论选》，四川人民出版社1996年版，第698页。
② 同上。
③ 同上。
④ 同上书，第699页。
⑤ 同上。

和上也；或不性情也，不雅正也，虽兴次也。今夫有人端居无事，忽焉思念出焉。其思念有正焉，有邪焉。君子之者，去其邪，取其正，岂以其无事忽焉之思念为天而不分邪正随之哉？物事之触我也，我之感也，又有邪正，岂以其触感之者为天而不辨邪正而随之哉？"①

《济北诗话》评论了中国唐代李白、杜甫、王维及宋代林和靖、王安石、杨诚斋、刘后村等人的诗作，评点十分精当，总结出了十分可贵的中国古代诗歌理论。如："杨诚斋曰：大抵诗之作也，兴上也，赋次也，赓和不得已也。我初无意于作是诗，而是物是事，适然触于我，我之意亦适然感乎是物是事，触先焉感随焉，而是诗出焉，我何与哉？天也。""夫诗者志之所之也，性情也，雅正也，若其形言也。"②

日本汉诗和韵诗作甚多。和韵诗之来源，日本诗话多有考证。《济北诗话》考证出和韵诗"始于元白"之前，作者系"大历十才子"中之李端、卢纶。师炼关于和韵诗来源之考证在日本诗话史上影响颇大。《济北诗话》虽由片断句子构成，仅二十则，但诗论精辟、独到，历来被视为日本诗话之嚆矢。

第五节 能乐论确立：世阿弥

世阿弥（1364—1444）

室町初期能乐演员，脚本作家，幼名藤若，假名三郎元清。其父观阿弥是日本古典戏"能"的一代宗师。世阿弥20岁丧父，成为第二代观世大夫（观世派的嫡传主角），36岁时，他成为"能"著名演员，将日本民间音乐、舞蹈、杂技表演艺术融合一起，完成了"能"的贵族化、歌舞化，给"能"奠定了坚实的戏剧基础。52岁后，世阿弥离

---

① [日]虎关师炼：《济北诗话》，王晓平译，载曹顺庆主编《东方文论选》，四川人民出版社1996年版，第700页。
② 同上。

开舞台，潜心著述，73岁高龄时，被幕府将军借故流放到佐渡岛，不久获释还京都，81岁去世于京都。

世阿弥既是高超的表演艺术家，又是卓有成就的剧作家和理论家，其谈艺论著二十余部，《风姿花传》为其代表作。

在《风姿花传》中，世阿弥写道："编写'能'的脚本，是'能乐'道的生命。"他认为，要针对观众的心理需求和欣赏水平，根据演员的艺术水平，选择和写"能"的剧本。剧本有的适于贵人，有的适于寺院，有的适于偏远山乡。合适的剧本，唱词文雅，观众欢迎，表现者的艺术水平和观众的欣赏水平达到一致，方能愉悦人心。所以，世阿弥主张能脚本"贵浅不贵深"。他认为歌舞融合境要出现，必须在用词与演员动作联系方面狠下功夫。故特别强调写能脚本时要分析音曲与动作之关系，能词要反映风情，舞蹈要符合音曲。

世阿弥在《风姿花传》中总结了能乐练艺之经验，根据切身体会写出能乐论。他认为：大和猿乐的特征是"物真似"（对事物的模仿）。根据"物真似"，世阿弥提出，能乐有九种类型：老体、女体、直面、狂相、法师、唐事、修罗、神、鬼。老体、女体、军体（即非老的男人）是能乐基本构造之三体。直面指男人，偶有女体是直面。狂相、法师、唐事指上述老体、女体、军体作为人的特殊性的一面。狂相主要展示三体在特殊境遇下的心理，法师、唐事展示三体在特殊境遇下的形态。修罗、神、鬼指超人间的存在，与作为常人的三体是有区别的。作为特殊境遇下的三体也好，超人间的存在也好，"物真似"是练艺中掌握这些形象之要点。世阿弥特别要求注意鬼狐附体的狂相与心思的狂相之区别。练艺学习鬼狐附体狂相较易，效法心思原由狂相很难。因心思原由狂相符合三体情感神态，符合具有幽玄美的花之狂相，是入心至狂。

世阿弥提出的"幽玄"（一种深奥、优雅的美）和"物真似"是能乐的两个主要原则。他写道："不同的千差万别的对象，如能演得惟妙惟肖，那么幽玄的'状物'，自成为幽玄；强的'状物'，也自然

'强'。但如在演出时不考虑这种区别，只是一味想演得幽玄，而不注意去'状物'，那就不可能做到像，演员不了解像，认为自己是尽量往幽玄里演，这就是'弱'。因此，如果能将美女美男的'状物'，做到惟妙惟肖，那么也就会幽玄。"① 幽玄也好，强壮物也好。"物真似"为根本。"物真似"成功与否很关键。"物真似"的偏离和夸张，幽玄则弱，强状物则粗。幽玄和强状物是"物真似"之所在，故能脚本及演技要与场合对应。幽玄弱，强状物粗，是"物真似"之外，则不能带来幽玄与强状物之美。世阿弥把"幽玄"和"物真似"的原则用于表演艺术，认为剧作家提供出优雅的辞章，配之相适应的演技，会使角色具优雅风情。演员从念唱入手，模拟所扮演的人物形态，在形体动作、人物举止笑貌等方面力求达到"物真似"。"物真似"是演员创造角色之艺术，"幽玄"是整个演出之风格，两者完美结合，是世阿弥演员创造角色的基本原则。

"花"的理论是世阿弥在《风姿花传》中为保证舞台效果而提出的重要理论。世阿弥所谓"花"，主要指由表演手段而表现出来的艺术内在美，其美学要素是新、趣、美。他说："观众心中的新就是花"，"新"有新鲜、新奇之意。"趣"，为观众的兴趣，"趣生于新"。他认为，观众趣味好恶不同，时有变化，久观一部剧必然生厌，故要间隔演出，才有"新"。另外，"秘而不宣"也能保持"新"，故写戏和表演要通过上述措施方法创新而取得"趣"，这样才能达到美。如果细分花，就有歌舞之花、物似真之花、十体之花、年年来去之花、用心之花、秘之花、因果之花和原理之花。花开花落，年年往返，一定要掌握花开花落之秘密。家，非家，之后有家；人，非人，有知能之人。花开花落的秘密亦然。"花"作为艺术美的外在表现，与世阿弥提出的艺术美的内在实质"幽玄"（作为能乐术语，世阿弥的幽玄还强调了谣曲辞章之余

---

① ［日］世阿弥：《风姿花传》，刘振瀛译，载曹顺庆主编《东方文论选》，四川人民出版社1996年版，第711页。

情）紧密相连。演员以模拟形态为基础，练功修养达到表演艺术的高水平，自然会表演出"幽玄"之美来，这也是艺术上的"妙悟"，可以化伪为真，化腐朽为神奇而成为美。

世阿弥特别重视戏剧角色创造。"能"的角色分为老、女、军三体，世阿弥认为，每一角色的表演都要优美、要有个性。文辞与曲，虽要求优雅，但要符合人物的性格特征。他在创造角色中提出"不似位"，即一个高超演员的表演技艺，心中是在"似与不似"上考虑描摹，惟妙惟肖地刻画出具有个性的角色，这样可成为"花"。他要求描摹的真实，不停留在琐细动作的形似，而是抓住角色主要的实质性特征，在"似与不似"中达到传神的地步。

关于剧本结构问题，世阿弥在《风姿花传》中谈道，"'能'的风体，已在'序、破、急'项下大体谈过"。序是开场戏，破是情节的展开，急是高潮。序一段，破三段，急一段，共为五段，这是能的基本结构形式。掌握序破急各段时间很重要。特别要重视剧本开端部分，剧本开端决定剧的基本风格。能包括唱、念、做、舞，所以要重视剧本的辞章，炼词造句须置于很重要的地位。他指出："编写'能'脚本，应使用优雅词句，耳聆之后可以立即听懂汉诗的词意、和歌中的词句。优雅的词句，配以演技，不期而然使角色具优雅之风情。"①

关于戏剧演出，世阿弥的见解是：

第一，要追求戏剧演出的"美"与"新"。按世阿弥观点，戏剧的扮相、唱曲、动作、舞蹈等方面都存在各种各样的"花"。"花"是戏剧内在美，具有趣和新之意。世阿弥以花为喻，认为无论何花，皆必凋谢，花能应时开才是新，才有趣，才为美。观众观戏之趣味有好恶之别，且时有变化，常看一剧，久而生厌，间隔观戏才有新鲜感。为此，世阿弥要求演员戏路要宽，给观众新鲜感、神秘感，在表演中达到美与

---

① ［日］世阿弥：《风姿花传》，刘振瀛译，载曹顺庆主编《东方文论选》，四川人民出版社1996年版，第706页。

新,取得"花"之效果。

第二,角色创造上重视个性化。世阿弥认为,能的角色表演要优美,有特征,演员对所演角色应细加考究,用心模拟。角色文辞与曲要符合人物性格特征。在角色创造上他提出了"不似位",即高超演员的表演技艺达到炉火纯青,心中不专门考虑什么"似与不似",而是惟妙惟肖地刻画具有个性的角色,在"似与不似"中达到传神的地步。

第三,立足观众,着眼舞台效果。世阿弥主张能的演出以观众为本,演剧要针对观众的心理需求和欣赏水平。剧本有的适合达官贵人,有的适合寺院,有的适合偏远山乡。对欣赏水平高的观众,则演高雅剧本,对欣赏水平低的,则演低俗剧本。剧本接近观众的欣赏水平,演员的艺术方能受到欢迎。对于唱曲和动作的配合关系,世阿弥主张要"先闻后见",演哭状,先唱"哭",后做"哭"的表演,心存观众,让他们一听即懂。

第四,提高演员品位。演员有高低之分,对精彩之处有鉴别与否之别。即使演技高超,担任重要角色,若无鉴别之眼去演能,不仅京都之地的观众,就是僻壤乡村者也不欢迎。所以,演员抓住大量观众的心则抓住他们普遍的风体之情。"我即风体",演员的彻底个性以大众普遍性为基础。时有演技高者拿着差的脚本或演技差者拿着好的脚本,这全靠演员品位高与否。提高演员品味全靠练艺,即使天生具演技素质者,非经后天练艺,其品位难高。

第五,重视技。世阿弥针对学演剧者的不同年龄,对练功提出不同的要求。他把表演艺术分成上、中、下各三级九等。认为,要达到表演最高级的"阑位"和"却来风",必须刻苦练功,不断积累。在苦练各种表演技艺时,动脑筋,不为一时之"花"而自负。能乐动作是演技之关键,一手一脚须有招式,此乃花之原理。违背者乃花之萎。不过,花萎也能展示幽玄,重要的是知花。掌握花的秘密,掌握花之心,才能使技艺不断上进。他指出,提高能演员的演技关键是知能,对道有深刻自觉的理解，知能是写能演能之根本。写能演能乃道之令出，重视演技为能乐论之要旨。

世阿弥还把能乐之道作为社会意义来宣传，认为能乐与众人之心结合，上下为能乐感动，是人的寿福增长之基、遐龄延年之法。能乐为众人敬爱，不啻为一座寿福之碑。能乐使寿福之增与人世间长寿之欲有别。能乐为道而在，则寿福增长，仅为寿福而作而演能，道则废弃，废道，寿福则减灭。能乐艺术发展正如此。

世阿弥的《风姿花传》，对后世各种表演艺术产生了深远的影响，几百年来被日本能乐师奉为圭臬。

第六节　小结

一般而论，日本文论史的古代中世时期指安万侣撰《古事记序》起的712年到庆长八年即1603年。

日本文论滥觞期代表作是安万侣的《古事记序》、佚名的《怀风藻序》及藤原滨成的《歌经标式》。《古事记序》的文学批评意识带有较强的政治色彩，序者主张用文学宣扬圣帝思想，削除非正史内容，其文论思想在编撰歌谣中自然而然地表现出来。《怀风藻序》中的儒教、道教思想浓厚，序者强调文学的教化、感化作用，显示出中国传统文化与日本神道文学思想渗透融合所产生的原初的文学意识。《歌经标式》作为日本最早的歌学论著，提出了和歌的声韵论、形态论、表现论，论述了和歌的意义、起源和功能等，为日本歌论的确立奠定了坚实的基础。

释空海的《文镜秘府论》是日本文论发展的一个高峰，它以中国古代文论为参照，总结了日本汉诗创作理论，成为日本汉诗创作进入自觉阶段的指南。《文镜秘府论》谈到文艺批评应以社会风教、经国济世思想为支撑，同时强调文艺技巧的重要性，思考了文艺规律的一些问题。

日本歌论的确立，以菅原道真、纪贯之、纪淑望、壬生忠岑、藤原亲辅、藤原亲经等人的文论为标志。以上文论家的重要文艺观，一是系统地论述了和歌的起源和功用，二是强调了和歌的抒情性特征，三是梳理了和歌的发展史，四是提出了和歌的古今说、花实相兼说及和歌心词体说等批评标准。

《济北诗话》历来被视为日本诗论之嚆矢。受古代中国文学之影响，该诗话提出诗要适理，要重性情，将诗之雅正作为创作之原则。诗话论述以诗赋格律为要，考证出日本和韵诗受中国大历十才子影响之事实。

日本能乐之确立得于世阿弥艺术表演的系统总结。世阿弥的《风姿花传》提出能乐艺术须具幽玄和物真似两原则，舞台艺术要旨之"花"的理论。对于能乐社会意义、演员表演、观众欣赏等，世阿弥均给予了理论总结，从而确立了日本成熟的能乐论。

总体而言，古代中世是日本文论形成、发展、确立的一个重要时期，此时期的日本文化在中国传统文化的不断渗透中丰富多彩起来。穷原竟委，中国古代文论的内容在日本古代中世文论中无疑占有十分显眼的位置。

第三章 近世文论

第一节 俳论确立:松尾芭蕉、与谢芜村

松尾芭蕉（1644—1694）

江户元禄时期著名俳人，生于下级武士家，自幼作为藩主的嫡子藤堂良忠的伴读，和主人一起拜贞门俳谐大家北村季吟为师学习贞门俳谐。23岁时，芭蕉去京都学习俳谐，发表了多篇作品。29岁到江户，抛弃了贞门俳谐，和当时流行的谈林派俳人交往。改俳号为桃青，参加西山宗因俳席，作为一名新俳谐师崭露头角。37岁时，其门下一批优秀弟子其角、岗雪、杉风、岚兰等21人，发表了《独吟歌仙集》，确定了芭蕉的俳坛地位。同年冬，芭蕉移居江户郊外深川草庵，初起名"汨船堂"，后因其弟子在树下移植一株芭蕉，便改名为芭蕉庵，俳号亦名芭蕉。翌年，草庵被江户一场大火焚毁，被迫迁至甲斐的谷村暂住，从此开始游历四方，1684年开始《露宿纪竹》的旅行，在名古屋完成《冬日》集，奠定了芭蕉风格的基础。翌年4月末回到重建的芭蕉庵。1687年8月中下旬同弟子曾良、宗波去鹿岛，写了《鹿岛纪行》，10月下旬开始《笈之小文》的旅行。1688年3月下旬，和弟子杜园游览吉野山、高野山、和歌浦、须磨、明石等地；8月上旬同越人、荷合去姨舍山赏月，月末返回深川草庵，在归途中写《更科纪

行》。1689 年 3 月，芭蕉在千住与门人分别带弟子河合曾良巡游陆奥、出羽、越前等地的名胜古迹。8 月下旬到美浓、大垣，全程约 2400 公里，历时 5 个多月，写了《奥州小路》。1690 年移住园分山幻住庵后，写《幻住庵记》，1691 年 4 月移住京都嵯峨的落柿舍，写《嵯峨日记》。1694 年 5 月离开江户，一度返乡，9 月由奈良去大阪，途中患痢疾，病中作《病中吟》。10 月 12 日申时与世长辞，享年 51 岁。

芭蕉一生中，俳号除芭蕉外，还有宗房、钓月轩、坐兴庵、泊船堂、武陵散人、栩栩斋、夭夭轩、华桃源、风罗坊、芭蕉洞等。芭蕉及其弟子的作品收集在《冬日》、《春日》、《旷野》、《瓠》、《猿蓑》、《炭囊》、《续猿蓑》这七部句集里，后世称之为《芭蕉翁七部集》或《俳谐七部集》、《蕉门七部集》。

芭蕉的俳论主要反映在《虚栗》（1682）、《幻住庵记》（1688）、《忘梅》、《闭关说》、《三等文》、《柴门辞》、《笈小文》（1688）等系列书简和文章中。

芭蕉俳论主要有以下三个方面：

（一）风雅之诚。芭蕉根据诗经六义提出：风为虚，为暗喻讽刺方法；雅为实，直情表现内容；风雅融合形成风雅观。芭蕉认为，追求风雅上等者乃深刻领悟了俳谐之本质。追求风雅即追求"诚"。所谓"诚"即"真实"，风雅之诚就是俳谐艺术本质的真诚之美。诚是本质，是心之真诚、真实。风雅之诚的归宿点在自然。芭蕉强调"任心感物写兴"[①]，即要启动自己的感情去感受大自然的万物，体验、观照、对比、把握、捕捉事物内在的东西，这样心灵激动，产生创作激情，然后用质朴的语言真实地写出来，为此，特别要以平静之心看待大自然，与大自然相对相亲，心与景融，构成一体，这就是风雅之诚的精髓所在。

（二）风雅闲寂。芭蕉的俳谐理念有寂、萎、细，三者均现不同风情，即闲寂之趣、枯寂之语、深细之味。芭蕉所谓的"闲寂"，即中世

---

① 郑民钦：《日本俳句史》，京华出版社 2000 年版，第 43 页。

幽玄上增加枯寂之情调，是作者捕捉对象时的心灵观照。芭蕉强调风雅与闲寂相通，俳句要求富有孤寂与闲寂之意味。芭蕉认为，俳句创作要有"趣味"、"感应"、"观照"，使发句与胁句相互呼应，在微妙处接合，天衣无缝，做到风韵连贯交感。闲寂的本质即风雅，不论什么样的形态，华丽、热闹、宁静都应该具有闲寂的情趣。如何才有闲寂，芭蕉认为需要有"余情"。"余情"在于俳谐的余韵，自然而生，不可强求。要通过对小事物的描写揭示深藏其中的清寂纯净、平淡无为的妙趣，从而营造出玄妙幽深的清寂诗境。俳论的根本理念是幽雅枯寂，是一种枯淡闲寂与清绮典丽交织错迭的美的意境，也是透过形式的委婉华丽渗出的静谧孤寂之情。

（三）不易流行。芭蕉的"风雅之诚"、"风雅闭寂"以"不易流行"为核心。芭蕉认为："万代有不易，一时有变化。究于二者，其本一也。其风雅之诚也。"① 对此，日本学者解释为，"'风雅之诚'的本质在于'不易''流行'是为了求得'不易'而不断显示进展变化的姿态。由是观之，'不易'与'流行'是不断追求着'不易'的变化状态"②。风雅既有万代之不易，又有一时的变化（即流行），两者合二而一，即谓风雅之诚③。由此观之，芭蕉的不易和流行在俳谐文学理论上是相辅相成的。不易是本体，流行为追求本体的不断变化之形态。不易表现为文学永恒，流行表现为文学的创新。不易是俳谐的生命，流行是俳谐的外在。两者均建立在"诚"之上。流行随时间延伸而变化，也随四季推移而变化，故把握自然本质，要凝视自然，在凝视自然中去把握，对自然的这种凝视即闲寂。这是芭蕉观照自然之根本，也是一时的流行。芭蕉的结论是，不知不易难以立根基，不知流行难以立新风。风雅之"诚"，风雅"闲寂"，两者归一根源，即"风雅之道"。俳谐生命

---

① 郑民钦：《日本俳句史》，京华出版社2000年版，第43、48页。
② ［日］高野辰之：《新江户文学史》卷上，东京堂1950年版，第198页。
③ 郑民钦：《日本俳句史》，京华出版社2000年版，第48页。

体的永恒与俳谐形式的变化构成俳谐性格的两面，其源归一，皆为真诚，皆要达到幽玄美，此乃俳人对客观物象观照的最高境界。

与谢芜村（1716—1783）

江户时代俳谐家、画家，本姓谷口，后改姓与谢氏，别号夜半亭、落日庵、宰町、溪霜等。20 岁离摄津家去江户学习绘画和俳谐，先拜谈林派俳人内田沽山为师，后转入半夜亭早野巴人的门下，号宰町。1739 年改俳号为宰鸟，在江户俳坛初有名气，并致力于中国南宋画。1757—1767 年之间，他发表了《寒山拾得图》、《清荫双马图》、《野马图》等多幅精品，被称为南画家，成为日本俳画的创始人。芜村主张引入中国的画论与诗论来指导俳句创作，倡导学习中国诗歌的高雅和松尾芭蕉的清韵，其俳句意境宽阔、潇洒华丽，显示出浓淡相宜的色彩美。他从事俳、画两方面的创作活动，1783 年 68 岁去世，留下《芜村句集》、《芜村遗稿》、《夜半叟集》、《芜村翁文集》等。

芜村俳论重要观点是"离俗论"。他认为："俳谐尚用俗语而离俗。离俗而用俗，此离俗法最可靠。"① 芜村要求俳人要高悟并用俗语，不主张对松尾芭蕉直接进行模仿，但他又推崇松尾芭蕉提出的"求古人之所求"的精神，主张发挥个性，开辟新的艺术境界，提倡俳谐创作要汲取汉诗的养分，把读诗作为离俗的方法。芜村这里的"诗"指汉诗。他认为，多读汉诗才能提高审美意识："夫诗与俳谐稍异其趣。翁曾言舍俳谐而言诗，岂非迂远哉！""则投笔而读书，况诗与俳谐者乎？"② 主张以读书提高审美意识去营造俳谐美的世界。

芜村在《春泥发句集序》中写道："去俗无他法，多读书则书卷之气上升，世俗之气下降矣。学者其慎旃哉！"认为画家具离俗，此无他，就是多读书，离俗而画画，读书而行文，诗与俳谐也如此。俳谐要

---

① 郑民钦：《日本俳句史》，京华出版社 2000 年版，第 70 页。
② ［日］与谢芜村：《其雪影序》，王晓平译，载曹顺庆主编《东方文论选》，四川人民出版社 1996 年版，第 750 页。

以俗离俗，做到俗不伤雅，既雅又能俗。芜村的离俗论基于他的浪漫精神，有去私意之意味。他提出的"俗"与松尾芭蕉所谓"私意"类似，但又非等同。芜村离俗论之"俗"的概念包含了"私意"，松尾芭蕉之"私意"却不含"俗"。松尾芭蕉提倡雅也要离俗，没有以俗去俗意。为此，芜村在《以古为今序》中写道："'切勿师于为师之句法，当变于时，化于时，忽焉如前后不相回顾。'此如棒喝，令我顿悟，渐知俳谐之自在，……外背虚而内应实也。此谓俳谐禅、谓传心之法。"以"俳谐禅"来解俗与非俗之难题，感悟其道，也是"离俗论"的主要审美内容之一。芜村以其绮丽飘逸的风格为基础，主张俳谐富有诗情画意，充满浪漫的象征美，俳谐精品应存在着一种难以言状的幽玄美。如"求于其角，访于岚雪，倡于素堂，伴于鬼贯。日日会此四老，则稍离市城名利之域，游于林园，宴于山水，酌酒谈笑，得句则专贵不用意。如此，或日又会四老，幽赏雅怀，一如初始。闭眼苦吟，得句眼开，忽失四老之所在。时花香和风，月光浮水，此子俳谐之乡也。"[①] 芜村的俳论对日本近代俳论特别是子规的写生说产生了重要的影响。

第二节 歌论：契冲、荷田在满、本居宣长、内山真弓

契冲（1640—1701）

江户时代著名歌人，摄津尼崎的武士下川氏之子，自幼在乡里妙法寺出家，在高野苦学 10 年，得任大阪生玉曼陀罗院住职，后流浪各地，研修学问。39 岁再入妙法寺，晚年居大阪高津圆珠庵。著作有《万叶代匠记》、《古今余材抄》、《势语臆断》、《厚颜抄》、《百人一首改观抄》、《源注拾遗》、《胜地吐怀编》、《类字名所补翼抄》、《圆珠庵杂记》等。其代表作是《万叶代匠记》。

《万叶代匠记》分初稿本和精撰本。日本著名学者久松潜一将两者

[①] 郑民钦：《日本俳句史》，京华出版社 2000 年版，第 48 页。

进行比较分析后认为，精撰本比初稿本有很大进步。初稿本大段的引述较多，精撰本引述较少且独自对文献的考证较多。初稿本没有对校异本，精撰本对校了飞鸟井本、校舍本、中院本、阿野本及纪州本等，在校本确认基础上提出了新的见解。初稿本多例证，精撰本训读和解释的论述较多。虽精撰本比初稿本有发展，但其自由想象的批评却有所减少，所以，久松主张应将两者合并起来考察契冲的歌论[①]。

契冲的学问中心是研究《万叶集》，由语学家、注释学家成了歌论家。在《万叶代匠记总释》中，他广泛采用了《古事记》、《万叶集》中的古典用例，确定语义，注释语法，列举类歌，引用汉籍佛典来构思歌作，将歌学研究不断推进。契冲特别重视古歌的形态，褒扬《万叶集》而贬低《新古今和歌集》，推崇《万叶集》在和歌史上不可动摇的地位，强调万叶歌的素朴的表现技巧，以及和歌的情趣性，提出了和歌的乐趣说。他认为文学是用虚构方式表达实情，不应夹杂劝善惩恶的议论。歌是人性的自然流露，是吟人之感情，非论道理，不能用歌进行伦理道德说教。因此，和歌要重乐趣，拒绝理趣。人之感情乃现实的反映，歌用技巧将人情内容表现出来，也就表现了现实。歌是情有所动的表现。契冲还主张歌与神道的一致，要从提高精神修养上考虑创作和歌。"醉心于诗歌者，恋雪、月、花之时，慕琴、诗、酒之友，或遥居深宫以待莺啼，或侧卧枕边而听蟋蟀，借醒梦以喻世事无常，托残灯以寓人生几何。心有所动则不可不言，乃松声代吟，钟音鸣和。或有人者，虽败名尤贪得利，纵伤身尚谋富贵，则浮云以遮胸月，浊水遂漫心莲。守财之奴，愈不得微睡假寐。或有人者，虽习儒教且学释典，而不留心于诗歌，则日日理于俗尘，君子之迹，隔十万里，难相追及；开土之道，障五百驿，易于疲惫。"[②] "《古今序集》用《诗序》之意。同序

---

① ［日］久松潜一：《契冲传》，至文堂1976年版，第143—145页。
② ［日］契冲：《万叶代匠记（精撰本）总释》，王晓平译，载曹顺庆主编《东方文论选》，四川人民出版社1996年版，第722页。

又云：'俗人争事荣利，不用咏和歌！悲哉！悲哉！虽贵兼相将，富余金钱，而骨未腐土中，名先灭于世上，适为后世被知者，唯歌人而已。何者？语近人耳，义惯神明也。'此言信乎哉！虽有流芳百世之诗人，于本朝未始闻与人麻吕、赤人齐名者，中期唯贯之、躬恒，其后未闻与定家卿、家隆卿并驾齐驱者。此更非赖其工巧优劣，乃系乎神之启之与不启也。"① 契冲的乐趣说与歌神道一致的主张，对日本近世文论的发展产生了重要的影响。

荷田在满（1706—1751）

江户时代著名歌人。通称东进（藤之世），字持之，号仁良斋。生于一医者家，学于著名歌人荷田春满门下，后作春满养子，继承家学，改名荷田在满。在满精通历朝典章、律令、礼仪、制度之学，与德川幕府第八代将军吉宗之子田安宗武交往甚笃，应田安宗武之邀编写了有关和歌的论著，写出了对近代和歌影响很大的重要著作《国歌八论》。

《国歌八论》分歌源论、玩歌论、择词论、避词论、正过论、官家论、古学论、准则论八部分。歌源论强调和歌源于歌谣，后逐渐失去歌谣性，至《古今和歌集》追求表现美，《新古今和歌集》达到了修辞美的极致。玩歌论从创作立场上谈和歌，认为和歌意义主要是玩乐，否定了和歌的社会与实用意义，强调和歌对于个人的抚慰游戏作用。择词论主张和歌应选用优美的歌语。避词论提出和歌应避免华丽的词，歌词要能抒发感情，同时，直接提出和歌的语言与法令、制度的词格格不入。正过论提出要对和歌的用语、语法进一步探讨，纠正过失，反对拘泥于既成的歌学。官家论评论了堂上风格，批判了堂上和歌的权威。古学论批判了二条派的歌学观，提倡以《万叶集》为主的古歌学发展观。准则论提出选择歌集、歌人的原则。《国歌八论》主张研究《万叶集》，推崇《新古今集》。"有以《古今集》为华实兼备当尊为永世法则者，

---

① ［日］契冲：《万叶代匠记（精撰本）总释》，王晓平译，载曹顺庆主编《东方文论选》，四川人民出版社1996年版，第723页。

但余以之为僻违之见,彼时世过实而无华。学者多以《新古今集》华过实寡而不取。然词花言叶本宜以华为贵。而厌其华过则尚未会通。余以为歌之最隆盛者,《新古今》之时世也。"① 在满歌论最突出的部分是主张和歌的玩乐性,认为和歌"唯其风姿幽艳,意味深长,连续机巧,读彼和歌如观风景,心为之动,亦欲及之,一首谐意,吟出心曲,则无不悦怿,此与画者之绘出美图、奕者之棋获胜,其心一也。故学者无不有爱歌之心"②。在满的和歌玩乐主张引起了激烈的争论。围绕这一问题,发表不同看法的有田安宗武《国歌八论余言》、贺茂真渊《国歌八论余言拾遗》、《国歌论臆说》。在满有针对性地发表了《国歌八论再论》。为此,田安宗武又发表了《臆说剩言》、《歌论》,贺茂真渊再发表《再奉答金吾君书》,争论不已。反对堂上旧歌学,提倡歌学以上代《万叶集》为基础,在满、宗武、真渊三人观点均同。不同的是,在满歌学主张和歌根本是玩乐,宗武主张和歌具有治道、教诫作用,真渊认可宗武所说的和歌治道、教诫的一个方面,但他提出和歌要以《新古今和歌集》为作歌之典范。针对宗武、真渊的和歌颂德具儒学之道的说法,在满认为发日本自然之音以得玩乐,为和歌之根本,并称有闲暇雅好之和歌为日本文化精粹。在满还将和歌创作与鉴赏联系起来,主张歌作言辞优美,从优美感受中得到乐趣:"首首锦绣,句句金玉,陈意情而直生感慨,言景色则如目前,风姿优艳而遒劲有力,语路透迤而无隙无隔,实词花言叶之精粹著也。"③ 在满的歌论为日本后来的唯艺术主义的发展产生了较大影响,也对汉诗发展产生重要影响。

本居宣长(1730—1801)

伊势人,江户后期著名国学家、诗人、语言学家,号铃屋,又名健藏、舜庵、中卫、芝兰等。23岁时到京都学习医学和儒学,师事贺茂

---

① [日]荷田在满:《国歌八论》,王晓平译,载曹顺庆主编《东方文论选》,四川人民出版社1996年版,第742页。
② 同上书,第741页。
③ 同上书,第742页。

真渊，修和歌并从事古道研究。他排斥儒道佛教，倡导复归古道，一生在日本学、歌学、语言学、古典注释等方面都留下了空前的业绩。著书总数91种263卷（含册），主要有《排芦小舟》、《国歌八论及同斥非评》、《国歌八论斥非再评》、《紫文要领》、《古今集玉的小琴》、《古今集远镜》、《源氏物语玉的小栉》、《古事记传》、《古训古事集》、《石上私淑言》等。

宣长在其歌论代表作《石上私淑言》中，论述了和歌的本质是和柔、情趣自然。和歌"以其自在和柔，则至今世，咏出之歌，其情趣自然，非如诗之豪壮。唯标新立异，取彼虚幻无实、物动心摇、依依堪怀之事咏而为和歌，故词情语貌古今变异，而道出情趣神代与今日如出一辙，则与彼诗之变迁，岂不异哉"[①]。

宣长还论述了和歌不论善恶，不求索希冀于治国教人之道，而是触物感怀，随其心自然表露。他说："歌乃情之产物也。此情之思之所以易感于物，乃触物感怀至深至笃之故也。欲者则思之一端，唯以求索希冀之心萦怀，岂不细微哉？不深谙为瞬间之花鸟色香而抛泪，乃贪图彼财宝之思，以此所谓欲者而疏于触物感怀之道，故歌咏不出矣。思色虽本亦乎欲，然殊关乎情，世间一切生物之所不免也。况人乃万物之灵，若善知触物感怀，刻骨铭心，不堪其哀者，正此思也。宜知此外即诸景诸态，触物感怀，皆可咏歌。"[②]

对当时影响颇大的贺茂真渊所认为的和歌是"纯粹的自然感动的发露"、是"朴素的表现"的看法，宣长不以为然。他强调和歌终究是"美的虚构的世界"。在谈到和歌的抒情特征时，宣长不限于短歌，同时还考察并梳理了"连歌"、"今样"、"风俗"、"平家"、"狂歌"、"俳谐"、"净琉璃"、"小呗"、"流行歌谣"等抒情形式。

---

① ［日］本居宣长：《石上私淑言》，王晓平译，载曹顺庆主编《东方文论选》，四川人民出版社1996年版，第774页。
② 同上书，第779页。

宣长在《石上私淑言》中提出以感情为中心作为审美标准的"物哀"说，其文化精神基本上与上代以素朴和炽烈的感情为中心的基调是相通的，强调以自然为本体的"神道"精神。宣长强调了和歌与以教诫为目的的儒佛书不同，和歌本意是"知物哀"，主张重技巧、重词，通过形式的规范性来研究人的内在的真实性，使真情与技巧调和达到统一。通过对和歌史的考察，宣长认为歌是人心触物为之所动而生的感情，所以和歌创作的本质是将感动人心的"物哀"自律地展开。宣长强调和歌的本体在于表现人的真情，倾诉内心所思之事，而非助政治、助治身。这是超越了善恶判断的文学价值观。宣长提出的"物哀"思想，明确了文学的独立目的和文体功能，不啻是划时期之创见。

宣长还论述了歌道与物语趣同。在《紫文要领》中，他写道："欲知歌道之本意，宜精读此物语，领悟其情味；且欲知歌道之风采，宜细观此物语之风采以领悟之。此物语之外则无歌道；歌道之外则无物语。歌道与此物语其趣全同。"① 歌道与物语均为触物感怀而作，故两者趣同。只不过，和歌更重于触物感怀而自然表露。

宣长歌论在日本近世文论中最具完备性和系统性，其既是日本古代、中世、近世歌论的系统总结，也对日本近世以降的歌论产生了重大影响。

内山真弓（1786—1852）

字国章，雅名真弓，出生于信浓安云郡市场村的一个酿酒之家，少时往来于京都学和歌，25岁到京都拜香川景树门下，后寄寓富家荻原贞起家招徕门生，授业解惑。晚年致力于弘扬香川景树创立的桂园歌风。《歌学提要》成书于1843年，是真弓将自己和中泽重树一起听香川景树讲授歌学所录的笔记而作的摘编。

《歌学提要》分总论、雅俗、伪饰、精粗、强弱、趣向、实景、题

---

① ［日］本居宣长：《紫文要领》，王晓平译，载曹顺庆主编《东方文论选》，四川人民出版社1996年版，第782—783页。

咏、赠答、名所、本歌据、假名、天仁远波、枕词、序歌、歌书、歌词、文辞十八章。真弓用发展变化的观点来看待和歌，否定"讽古调、取古言、返古昔"的拟古歌风，推崇香川景树的"诚实说"，认为"自诚实而为歌，顿是天地之调，如空中吹拂之风，就物而为其声。……以天地之间，无胜于此诚之真精之物也，无优乎此诚之纯美之物也。自此诚实之极发出之音调，无须人力而动天地，不待天理而感人伦、泣鬼神。"①

真弓以天人合一说阐述了和歌之产生。他以《万叶集》、《古今集》、《新古今集》、《千载集》等为例，比喻和歌贵为自然之花。"乃以天人合一之感而芳香沁人者"②，和歌之"调者，植根乎天地，贯通乎古今，横绝乎四海，统摄乎异类者也"。真弓认为和歌远离名望利达，不在教训，而是言情动人，特别是以大和之生动言语作咏歌之事。"且夫歌者，言语之最精微者也。由此可令天地感动、鬼神哀哭，而况忘忧叹、拂愁绪、慰心魄。"③《歌学提要》还提倡脱离拘束之雅、追求实景实情、强调艺术性等，不乏精辟之见。香川景树的歌论由真弓的多年努力编撰为《歌学提要》而成体系，其价值令人瞩目。

第三节 诗论：祇园南海、江村北海、原田东岳、皆川淇园、山本北山、菊池五山、广濑淡窗

祇园南海（1677—1751）

江户时代纪伊（今和歌山县）人，名正卿、又名瑜，字伯玉，号南海，别号蓬莱、铁冠道人、箕踞人、观雷亭等。南海少幼聪慧，14岁时与新井白石、南部南山、雨森芳洲同为木下顺庵门生。后他继家业，为纪伊藩儒官。由于行为放荡，曾被放逐，过了十余年的索居穷迫

---

① ［日］内山真弓：《歌学提要》，王晓平译，载曹顺庆主编《东方文论选》，四川人民出版社1996年版，第814页。
② 同上书，第812页。
③ 同上书，第811—812页。

生活。后得吉宗将军招还，唱和诗作，与新井白石、梁田蜕岩并称为"诗苑三大家"。著作有《明诗俚评》、《湘云瓒语》、《南海诗法》、《南海诗集》、《一夜百首》等。南海著名诗论著作是《诗学逢源》。《诗学逢源》共两卷，是南海为初学诗者写作的学诗纲要。

南海认为，诗要有境趣。所谓境，乃境界、景色，凡人耳闻目觉之自然境界风光均谓之境。所谓趣，乃心之用，所思、所知、所忆、所怜、所乐等。"凡诗，或有自抒怀抱者，又有自咏物者，又有作以赠人者，又有与人赠答者，然皆无不面对其境作出。"诗有境趣。然作诗要防"或欲自境而移于趣，传路绝则无缘，自趣而达于境，语势隔则闻之不惬"①。

对于诗之雅俗，南海主张崇雅弃俗，认为"诗者，风雅之器也，而非俗用之物。若欲为俗用之物，则不必借诗，以常语俚语为之可矣。""诗者，风雅之道也。俗者，粗糙唐突之词、闻之生厌之词、观之丑陋之类，皆俗也。"他举大量唐宋诗为例，说明诗之风雅为要，规劝后学诗者"精通此义，痛以去俗，乃诗病医方之第一义也"②。

日天台宗诗僧金龙道人释敬雄在《诗学逢源·序》中写道：南海曾在一酒会中以唐边塞诗《捣衣》为题咏赋诗句："夜夜凤城月色高，朝朝燕山雪华重。"当时有酒友评曰：此句大佳，可惜失乎题意。南海不以为然，后找恭靖评论。恭靖大赞此句深得镜花水月之趣，已达不即不离之境，实乃诗家本来面目，此为影写法。于是，南海倡导"影写法"，诗坛方面独树一帜③。这也是南海论诗的著名观点。所谓影写，就是尚韵致，讲内涵余韵，求言外之意，避词浅意露。认为诗语不同于常语，应当崇雅弃俗，对俗字当善辩而用之。这个主张也是南海在学习中国格调、神韵派诗论的基础之上产生的。南海推崇唐诗，认为唐诗气

---

① ［日］祇园南海：《诗学逢源》，王晓平译，载曹顺庆主编《东方文论选》，四川人民出版社1996年版，第727页。
② 同上。
③ ［日］中村幸彦校注：《近世文学论集》，岩波书店1979年版，第223—224页。

象庄丽，格律齐整。他提出写诗者应多记古人之诗，中国明诗易学易记，可先习明诗，为解读汉唐诗打下基础。南海主张学习明诗而排斥宋诗，认为："宋诗有三气病：曰俗气、霸气、头巾气也。有二嗜癖：曰多饮食诗，多理路句。"① 南海反对当时汉诗模拟成风的现象，认为这种模拟正是剽窃，指出："虚而为盈，欺人诳世，自衒自涴，腼不知耻。风俗之頽，莫甚焉。"②

南海早年的诗论提倡率直雄浑的诗风，喜欢"单刀直入"，提倡"影写法"后，他要求治学不应偏执于时代风潮和一家之言，拘泥于某个主义或观点，这些主张于后来的诗论影响不小。

江村北海（1713—1788）

名绶，字君锡，号北海。其父为福井藩主儒伊藤绵里，因过继给宫津藩儒官江村毅庵改姓江村。幼好俳谐，后经梁田蜕岩指点，改习汉学。22岁时，即代其父伊藤绵里讲学，出仕于宫津、京都多年。致仕后，于京都室町新筑树梢馆授诗，每月13日，集诸多名士、门人在赐杖堂赋诗，时称"赐杖堂诗盟会"。当时大阪片山北海、江户入江北海与江村北海均为名人，时称"三都三北海"。三人均不同程度地察觉到文坛诸多弊端，开始寻找改革途径，在促进反古文辞学派中发挥了自己的作用，其中，尤以江村北海影响最大。江村北海的著作有《北海文钞》三卷，《北海诗钞》四编十二卷，《乐府类解》五卷，《日本诗史》五卷。

《日本诗史》是日本系统论述东瀛汉诗发展、变化的首部著作，也是北海诗论的代表作。

《日本诗史》于1767年起稿，1772年完成刊行，初为十卷，因经费问题变成五卷。《日本诗史》初卷论述始自白风，讫于庆长末期的朝廷文学。第二卷为初卷绪余，所论的是武士、隐者、闺阁等文学，年代

---

① 高文汉：《中日古代文学比较研究》，山东教育出版社1999年版，第607页。
② 同上书，第606页。

与初卷同。第三卷论述元和（1615—1624）以后的京师艺文，兼论其他地区艺文。第四卷论述内容与第三卷大致相同。第五卷是第三、四卷绪余。《日本诗史》是近代以前系统研究日本汉诗史方面首屈一指的著述。此书名为"诗史"，实为熔史论、评鉴为一炉的狭义诗话，对日本汉诗发展各期都有精辟阐述。《日本诗史》史料翔实，持论公允，论及内容自《怀风藻》溯洄古昔，直至江户中期，所论诗人自王公而士庶，由缁流而红粉，凡有建树可供后人借鉴者，均无遗漏。北海在论诗史时，谈到文学之盛衰与社会兴衰密切相关，他在《日本诗史》中写道："文学盛衰有关乎世道污降，信哉！徵之我邦，夫谁曰不然！"① 北海通过日本社会历史的考证来印证日本汉诗的发展过程，显示出了他所具有的高超的文艺社会学思想。北海关于日本诗与中国诗艺因缘的论述，历来以论断允当著称。他写道："夫诗汉土声音也，我邦人不学诗则已，苟学之也，不能不承顺汉土也，而诗体每随气运递迁。所谓三百篇、汉魏六朝、唐宋元明，自今观之，秩然相别，而当时作者则不知其然而然者。气运使之者，非耶？我邦与汉土相距万里，划以大海，是以气运每衰于彼，而后盛于此者，亦势所不免，其后于彼大抵二百年。胡知其然？《怀风》、《凌云》二集所收五言四韵，世以为律诗，非也。其诗对偶虽备，声律未谐，是古诗渐变为近体，齐梁陈隋，渐多其作，我邦承其气运者，稽其年代，文武天皇大宝元年，为唐中宗嗣圣十四年，上距梁武帝天监元年，凡二百年。弘仁、天长仿佛初唐、天历、应和，崇尚元白，并黾勉乎百年之后。五山诗学之盛当时明中世，在彼则李、何、王、李唱复古于前后，在此则南宋北元专传播于一时，其距宋元之际，亦二百年矣。我元禄距明嘉靖亦复二百年，则七子诗当行于我邦气运已符，故有先于徂徕已称扬七子者。"② 北海的日本与中国诗缘之论述，

---

① [日] 江村北海：《日本诗史》，王晓平译，载曹顺庆主编《东方文论选》，四川人民出版社1996年版，第745—746页。

② 同上书，第747页。

持之有故，评论精当，于日本后世治汉诗史产生了重要的影响。

原田东岳（1729—1783）

江户时代汉学家，丰后（大分县）人，名直、殖，通称吉右卫门，号东岳。本姓酒田氏，过继给丰后（大分县）日出藩世臣原田氏。曾赴京都师从伊藤主。东岳的经学属古学派伊藤仁斋，诗文则从萱园古文辞派，通晓诸子百家，强调诗为经国不朽之要典。东岳为人刚介不屈，与国老不合，曾为一中津藩的宾客解说经义，著有《诗学新论》、《论语笺注》、《孟子徵》、《经说拾遗》、《唐诗正声笺注》、《席上腐谈》、《东岳文集》、《东岳遗稿》等。

《诗学新论》是东岳写的一部专门研究中国诗歌的论著。

东岳认为，中国诗重于吟咏情性，尤其是《诗经》，情静于中，物荡于外，诚以衷而发，相诱而不可已，显现人之好恶美刺，谙天下之情。"若夫《鹿鸣》、《頍弁》之宴好，《黍离》、《有蓷》之哀伤，《氓》《晨风》之悔叹，《柏舟》、《终风》之愤懑，《葛屦》、《祈父》之讥讪，《黄鸟》、《二子》之痛悼，《小弁》、《何人斯》之怨训，《小宛》、《鸡鸣》之戒惕、《大东》、《何草不黄》之困疲，《茎伯》、《鹑奔》之恶恶，《雄雉》、《伯兮》之思怀，《北山》、《陟岵》之行役，《伐檀》、《七月》之勤敏，《棠棣》、《蓼莪》之大义，比出于天真，而直而不滥，情思恳恻，莫不腆也，只其胸怀阴私之感。"①

《诗学新论》自《诗经》论起，直至明代诗歌，详尽评论了中国各时代的诗风，对唐明两代诗歌论述尤详。东岳认为，"可为永世之法者，惟唐诗为然"，初唐诗"雅怨粲溢，桢干绚彩，实为律家正始也。髦杰怀璧，敦琢其旅，牢固精致，律定格立"②。推崇之意，溢于言表。另外，东岳评论明代诗歌在日本诗坛影响颇大，正如江村北海为《诗

---

① [日] 原田东岳：《诗学新论》，王晓平译，载曹顺庆主编《东方文论选》，四川人民出版社1996年版，第768页。

② 同上书，第769—770页。

学新论》作序所写:"其书虽论驳不一,要为嘉靖诸才子发耳。盖明人唱复古者,北地信阳著之先鞭,李王继起,超乘而上,其徒逐影驰骛者不知几人,而二袁钟谭之辈,则反訾李王,别开蹊径者。钱谦益编《列朝诗集》,号为兼爱泛取,而褊心不除,动抵触李王,颇多诬辞。今也大夫一洗其冤,峻辩通论,语挟风霜,起李王于九原,使其与牧斋对垒应答,不过如此,可谓李王忠臣矣。"①

皆川淇园(1734—1807)

江户时代汉学家,京都人,名愿,字伯恭,通称文藏,号淇园。少年异常聪明,年长博学多才,精于经学、小学,以字义求文义,立一家之学,据称,其门下俊才者有3000多。晚年耽于豪奢,嗜酒食,爱丝竹,遭到世人的非议。其著作有《中庸绎解》、《论语绎解》、《诗经绎解》、《欧苏文粹》、《文集》、《文谈》、《易源》、《周易绎解》、《唐诗通解》、《淇园诗话》等。《淇园诗话》是其诗论之代表作。

《淇园诗话》以盛唐诗为标准,提出诗的体裁、格调、精神三者均须完整,"而精神为三物之总要"②。精神不缺,格调才高,题材可得佳,兴趣由此出。古人作诗须冥想默会其意,求精神于此中。所谓精神,乃万物之间随感而现,随念而变。诗人感观之时,恍惚有象有理,于是咏之可听,讽之可发。淇园认为:作诗必先立象,"盖凡作诗未成一语之先,必立以象,象立则精神寓焉。而其为物也,窈然冥然,倏然忽然,于是心为之生哀感,情为之发咏叹,于是文辞以明之物象,和声以平其所听,诗盖于是乎始成。是故其语未切物象者,必改造之,务以使凯切;其文未当物象者,必换易之,务以使允当。此古人锻句炼字之要旨也"③。如何立象呢?淇园主张须冥想,欲有所赋,先闭精敛神,

---

① [日]原田东岳:《诗学新论》,王晓平译,载曹顺庆主编《东方文论选》,四川人民出版社1996年版,第767页。

② [日]皆川淇园:《淇园诗话》,王晓平译,载曹顺庆主编《东方文论选》,四川人民出版社1996年版,第785页。

③ 同上书,第786—787页。

冥想之中择情惬会，然后用文字写之景象，即心设虚像，文字实亡。淇园推崇中国"诗言志"之说，主张诗歌的教化作用，推行儒家礼仪之教。淇园认为诗言志之志乃天下所宜之志，承载社会教化重任之志。它既发自诗人思想情感，又具于人道德规范之力。诗所表达的思想道德标准即"温柔敦厚"，亦称为所立之道。淇园主张诗人要锤炼字句，用字贵平常，不贵奇僻；押韵贵平易，不贵艰险；使事贵用熟语，不贵出新异。认为字之奇僻，韵之艰险，事之新异，恰如长了一个奇艳之疮，愈奇愈美愈害。锤炼字句的目的是达到立象寓神，以精神统之。淇园这些诗论于诗的创作不乏借鉴意义。

淇园对唐宋古文运动也有研究，特别是对欧阳修的文学成就更为重视，他对《三国志》、《西游记》等书发表的有较高学术价值的观点，影响了日本较早注意明清白话小说的诸多汉学家。

山本北山（1752—1812）

江户时代汉学家，名信有，字天禧、号孝经楼、奚疑楼、学半堂等。出生在一个下级武士家庭，初学于山崎桃溪，后师从于井上金峨。北山性格豪爽，在学术上有强烈的创新热情和愿望，遂从师训，设馆授徒，文人学者翕然从之，闻风入其门下者竟多达数百人。他一生涉足政治、经济、军事、儒学、小学、诗文、历象等方面，著述极多，计有九十余种，除经学类外，文学类有《孝经楼漫笔》四卷、《孝经楼文集》五十卷、《奚疑斋随笔》七卷、《孝经楼诗话》二卷等，其诗论的代表作是《作诗志彀》。

关于《作诗志彀》的主旨，北山的门人山田正珍在《作诗志彀·序》中说："诗之所以为诗者，特在乎清新耳。诗之清新，犹射之志彀。"北山在该书中批评了李梦麟的陋习，认为李以格调为主，腐烂钉饾，一意剽窃，篇篇一律，略无变化。北山在书中推崇介绍了袁宏道的主张和成就，认为袁诗风清新流丽，以趣为主，千篇千样，变化无穷。北山扬袁抑李是针对日本那些追随李、王的拟古派，张扬诗坛上有革新意味的"性灵说"。北山在该书中还对徂徕派对诗的解释、诗题及文章方面的谬误进行了批评，认为该派昧于诗道，浅学无识："剽窃之恶诗充塞肠胃，一语不耳熟，一字未见贯，便谓诗中之非。"① 所以，他要扫时诗之陋习，以袁宏道为楷模，主力诗坛的革新。北山的诗论总体而言是继承袁宏道的诗学，以清新性灵为标准，强调独创，张扬个性，主张作诗抒写胸臆，以有真我之见为贵，辞贵自然清新。他写道："清新灵性四字，乃诗道之命脉。若非模拟剽窃，必清新性灵；若非清新性灵，即模拟剽窃。"② 北山认为，诗之性美，乃以趣为主，清新流丽，网罗历代自在而用。

北山强调诗风随时代而变，他尤其推崇宋苏东坡、欧阳修诗"大变旧袭、法无不取、物无不收，于情无所不畅，于境无所不咏，滔滔莽莽若江河。今人之徒见其不以唐诗为法，遂薄黜之，不知其不以唐为法之处，即自唐而出"③。认为宋诗不走唐诗老路，在诗歌法度、题材、情感、意境各方面均有突破创新。而明诗学唐，只在表面，字拟唐诗，失却真性情。《作诗志彀》问世后，在当时引起巨大反响。反对者和赞成者展开了激烈论争。佐久间熊水在《作诗志彀》问世第二年写《讨〈作诗志彀〉》反对北山诗论，雨森牛南写《校〈作诗志彀〉》起而应战佐文间。翌年，《诗讼蒲鞭》问世对《讨〈作诗志彀〉》又加以攻诘。过一年，石窗山人何忠顺又收录以上三书之说，以裁断方式，写出《驳诗讼蒲鞭》，后又有人写出《唾〈作诗志彀〉》、《词坛骨髓》等，争论颇为激烈。山本北山的墓碑铭上写着，《作诗志彀》出现后，"海内靡然一变革其面目，今诗宗清新，文学韩柳，实先生（指山本北山）倡之也"④。《作诗志彀》对日本关西一带推崇宋诗的现象进行了无懈可

---

① ［日］山本北山：《作诗志彀》，王晓平译，载曹顺庆主编《东方文论选》，四川人民出版社1996年版，第753—754页。
② 同上书，第756页。
③ 同上书，第754页。
④ 同上书，第752—753页。

击的评论，采纳明诗话，推崇性灵说，主张诗风清新论等，对后来日本诗坛歌坛影响颇大。小泽芦庵的性情说及近代个性创造说均受之影响。

菊池五山（1772—1855）

江户时代诗人，生于赞岐，名桐孙，字无弦，称左大夫，号五山。他家境贫困，一生一贫如洗，又屡遭火灾，以至居无定所。其箧中只有出自白香山、李义山、王半山、曾茶山、元遗山的书，故自号"五山"。五山幼学于后藤芝山，后赴江户，入市河宽斋门下，与师兄大窪诗佛、柏木如亭等相互推许，共同倡导性灵派主张，使江户的诗风为之大变。五山性嗜酒，放浪形骸，自称"扬州小杜牧"。宽斋江湖诗社解散后，大窪诗佛、柏木如亭出游外地，市河宽斋便将五山视为接班人。当时，龟田鹏斋的书法、谷文晁的画、五山的诗，被世人合称为"艺苑三绝"。文化四年（1807），五山受清袁枚《随园诗话》的启发，开始创作《五山堂诗话》，自此每年一卷，共出版十卷后又补遗五卷，先后费时26年。

《五山堂诗话》共收集评论当时的诗作2140首，含诗人607名。收诗最多的是五山本人的，达128首，其次是柏木如亭、大窪诗佛、市河宽斋等江湖诗社的诗人，此外，还收有藩主、幕臣、藩士、儒者、画家、书家、篆刻家、医者、神官、僧侣等人的作品，反映了化政期大众化诗坛的盛况。所评论的诗人上至公卿、下至庶人，还包括15名女诗人（在当时男尊女卑的日本社会来说，殊为稀罕）。所论诗人阶层之广泛，在日本汉文学史上实为空前。五山评论诗人，自有高低之分，认为"人有都鄙之分，诗亦有都鄙之分。闻见已广、琢磨已精，然后下笔，绰有余裕，自然不与时背者谓之都诗；管天蠡海，矜矜自大，剽窃敷衍，死守旧套者谓之鄙诗。"[①] 五山论人品诗不以身份高低而以人品为主，评述不乏精当之处。例如，他对两位当时默默无闻的青年中岛棕

---

① ［日］菊池五山：《五山堂诗话》，王晓平译，载曹顺庆主编《东方文论选》，四川人民出版社1996年版，第826页。

隐、赖山阳的诗倍加赞赏，慧眼识才，这两名青年后来成长为文政、天保期诗坛的代表诗人。五山反对诗的一味模仿，称之为作伪诗："唯作伪唐诗者，刻鹄类鹜，其言虽笨，犹且不失君子体统。宋诗失真，则画虎类狗，其言庸俗浅陋，与诽歌谣谚又何择焉？竟使耳食者谓宋元诸诗率皆如此而并薄之也，乃嘐然自称宋诗，妄不亦甚乎！其病坐不才无识而已。故学宋诗，必须权衡，唯有才识可以揣度，不然则鄙俚公行，几亡大雅，不如作伪唐诗之为犹愈也。"①《五山堂诗话》反对日本诗界长期以来和韵作诗习惯，认为和韵作诗有三弊：一为限韵作诗，只重押韵技巧，忽略情志。二为舍情感而敷衍词句，束缚才情。三为先领韵再立意，致诗人自由发挥空间狭窄。此论切中当时和韵作诗之要害。针对日本当时追求捏造新词入诗，以此达耳目一新的倾向，五山说明诗之新在常用词巧妙组合以达新意境，而非用奇词怪句。五山还区别了诗文有大家与名家之别，认为"大家多是粗才，名家间有精才。盖大家专事展张，不屑缜审，务在网罗一时，故成名太速；名家则不然，呕心镂骨，揉磨太细，只要自慊而不喜强聒人，故名不浪传。昔人云，显处视月，牖中窥日，此虽论学之语，可以喻大家名家之别也"②。五山的大家、名家之别，为后世论人品诗有很大的参考价值。

五山还广泛搜集、整理他那时期的汉诗作品，加以润色评论，并将《五山堂诗话》作为营利的出版物刊行，这标志着文政期汉诗坛商业报界之形成。

《五山堂诗话》前几卷出版后立即产生巨大反响。"学吟争愿五山知，寸舌权衡海内诗"③则是当时的真实写照。文化年间后半期，五山与成为清新性灵派诗人的大窪诗佛同执江户诗坛牛耳，似得于《五山堂诗话》之功。

---

① ［日］菊池五山：《五山堂诗话》，王晓平译，载曹顺庆主编《东方文论选》，四川人民出版社1996年版，第826页。
② 同上书，第826—827页。
③ 高文汉：《中日古代文学比较研究》，山东教育出版社1999年版，第653页。

广濑淡窗（1782—1856）

日本九州第一诗人，教育家。名建，字子基，通称求马，苓阳先生，丰后日田人，世家出身。淡窗幼年病弱，从师于古文辞学派龟井昭阳。为专心研习儒学，身为长子的淡窗，将家业托于其弟旭庄，一生大部分时间在乡间从事教育，创办私塾咸宜园，门生多达 3600 余人。淡窗逝后，其碑文刻道："其学主大观，与人不争异同，喜拂老学，世称通儒。"① 著作有《远思楼诗钞》四卷、《夜雨楼笔记》四卷，《析玄》、《老子摘解》、《读论语》等。

《淡窗诗话》是淡窗去世后由其养子青村摘编而成，代表了淡窗的汉诗理论。《淡窗诗话》重点评论了中国诗人和各个诗派。其中评论的中国诗人，以陶潜、王维、孟浩然、韦应物、柳宗元五人为主，他特别推崇上述诗人诗作"平淡清远之中有风骨峻峭"之特点；对于中国各个时代的诗作，他持折中调和态度，不局限于特定时代，认为"诗无唐宋明清，而有巧拙雅俗。巧拙因用意之精粗，雅俗系著眼之高卑"②。诗之高雅与否取决于诗人着眼处是高尚还是卑下。对中国的神韵诗派、格调诗派、性灵诗派等，淡窗均采取剖辨优劣得失的态度评论。他认为日本汉诗沿袭明代诗坛分门别派是有弊端的。正德、亨保年间诗歌重格调轻性情，天明后汉诗重性情轻格调，两者偏向一端不当，应兼取所长，方能创制完美诗篇。淡窗还指出诗的教化作用，说"歌诗写情性，实随民俗侈。风雅非一体，古今固多歧。作家达时变，沿革互有之"③。作为通儒，淡窗注重伦理，论诗及情不沉湎于饮酒咏赋。他融教育家及诗人于一身，其诗论无论咏情或论道，均在古文辞学及朱子学两者之间展开。淡窗认为诗与文之道相同，而诗人之诗与文人之诗有别。他说："诗文之道，注意先定，天授页，以辞饰之，存乎其人，若其辞欲巧，

---

① [日] 中村幸彦校注：《近世文学论集》，岩波书店 1979 年版，第 34 页。
② 高文汉：《中日古代文学比较研究》，山东教育出版社 1999 年版，第 664 页。
③ 同上书，第 665 页。

改其意,辗转推移,何有期极,所以思苦也,谓以人灭天,招祸之道也。诗人之诗易流于淫风,文人之诗易陷于理窟,二者相反,其害一也。何谓淫风?不独男女之际,咏梅咏菊,雕绘字句,绮丽浮华以竞机巧者,皆淫风也。何谓理窟?不独法语之言,以叙事为主,以议论为专,以文为诗者皆理窟也。"① 受其伯父秋风庵月、父长春庵挑秋俳谐趣味观的影响,淡窗赞成和歌俳谐流变说,尤喜诗之简洁、峭劲、漫兴,其诗俳谐趣味显而易见。淡窗主张诗人要重真情及个性写实,认为百人千人皆以一致的诗境而作,无论如何巧致,也不惊人。故切忌专以模拟别人为意。他以日本无见识者为例:"王朝之时,有好白乐天诗者,一代之诗尽学白乐天,李、杜、王、孟诸家之诗束之高阁,无读之人,唯其时书籍亦少也。近世行明调,徂徕推尊李、王、一代之学明者,皆李王体也。李(梦阳)、何(景明)、徐(文长)、袁(宏道)诸子绝无读者。近又有学宋者,皆师陆放翁;有学清者,皆师袁子才。如此一代之中,限一人学之,甚愚之事也。"② 《淡窗诗话》对诗与诗人品格之推崇,对日本近代尊重个性及写实主义思潮也产生了重要影响。

第四节　物语理论:椿园主人、都贺庭钟、建部绫足、泷泽马琴

椿园主人（生卒年不详）

摄津伊丹人,通称浦世源曹,著述甚多。有《翁草》、《深山草》、《两剑奇遇》、《怪异谭丛》、《坂东水浒传》、《女水浒传》等。与好友编《唐锦》四卷,收中国小说九篇,椿园主人为之题名《今古小说唐

---

① [日]广濑淡窗:《淡窗诗话》,王晓平译,载曹顺庆主编《东方文论选》,四川人民出版社1996年版,第808页。
② 同上书,第809页。

锦题辞》，总结了物语小说的一些理论。

主人在《古今小说唐锦题辞》中论述了《唐锦》所收的物语小说与中国小说密切相关。中国小说尽写人世千变万化，细描人之悲欢离合的特点对物语小说影响甚大。因此，他强调了翻译中国小说以为日本物语小说创作借鉴十分重要。"海内靡然玩赏中华小说。且虽偶有本邦小说问世，然事不新奇，文辞至拙，文辞不堪入目。若将中华小说译出，更无备识者之观者。……选其中尤佳者九篇，撰为四卷，以彼古歌为基础，题为唐锦，为供聚于几边之妇人童子之赏玩，加之以拙绘，以求唤人。"①

主人推崇《源氏物语》，强调物语小说须得人情世态逼真的描绘。"《源氏物语》首尾贯通，写得人情世态逼真切实，文章之艳丽，今古独步，卓然于世，唯有《水浒》、《三国》可与媲美。"②

日本物语小说之产生和发展，均受益于中国文化的影响，主人对物语进行了总结，列举了大量事例，其论十分公允。

都贺庭钟（1718—1794）

江户晚期著名的文学家，是日本读本样式的首倡者，先后出版了《古今奇谈英草纸》、《古今奇谈繁野话》、《古今奇谈莠句册》（分别简称为《英草纸》、《繁野话》、《莠句册》）。庭钟的三部书都冠以"古今奇谈"，显然是模仿了中国的"三言"。"古今奇谈"中不少作品源出中国的"三言"，一度成为"三言"之总冒。

在对小说的社会作用和小说通俗化的看法上，庭钟明显地受到分别署名为"绿天馆主人"、"无碍居士"、"可一居士"的"三言"序言的影响。《古今奇谈前编英草纸序》和《古今奇谈后编繁野话序》是庭钟模仿谐野道人为酌元堂主人的《照世怀·序》而写的。与《照世怀·

---

① ［日］椿园主人：《古今小说唐锦题辞》，王晓平译，载曹顺庆主编《东方文论选》，四川人民出版社1996年版，第757页。

② 同上。

序》采用客难主辩的对话形式一样,庭钟写的两序不仅在文脉上相同,而且在用语上也有袭用。如"鄙言徼俗"之说,正是《照世怀·序》中"通言徼俗"之变。庭钟写的序文,论述了物语小说寓教的社会作用。他以《源氏物语》和《徒然草》为例,说明物语小说设言见志、曲尽人情、闲寂之际、归高雅之趣的特点,并批评了未识物语小说寓教特点者。"今世彰明大道者乏,韬光者亦缺,而有志于明教者,亦以其怀璧之不圆满为瑕疵,而于此不顾。即或受教,亦琢磨之意浅薄,昏昏欲睡,此所谓金玉之言不悦耳耶?"①

庭钟指出了物语小说通过世间人情之描写,使人于轻松乐趣之中认识社会,具有鄙言徼俗之效用。"书述义气之所重,自古以来,问牛喘以知时政,闻马洗之音而悟阿字,若风声中知秋之深,砧响里识冬之近,则鄙言却可徼俗,因而有本于义而劝于义之事,欲为半夜之钟声以告深更之助,乃近路行者,千里浪子之素心哉!"②

庭钟主张物语小说应通俗化。指出物语要称述世间少闻之事,演义敷衍未闻之事,均显名区山川之间。

在当时日本物语小说陷入陈旧浮浅的类型化描写的情况下,庭钟的物语小说理论有助于提高物语小说作品的思想性,满足町人阅读之需求。

建部绫足(1719—1774)

江户时代著名的"日本学"者,精通于雅文体读本写作。所著《本朝水浒传》,以8世纪后半叶奈良朝的动乱为背景,吸取了《古事记》、《日本书纪》、《太平记》中的故事,掺杂上古及当时风俗的描写,借用《水浒传》结构和写法成篇。另外,绫足写出了《西山物语》雅文读本,读本堆砌了古代和歌惯用语,行文晦涩、难以卒读。在此雅文

---

① [日]都贺庭钟:《古今奇谈前编英草纸序》,王晓平译,载曹顺庆主编《东方文论选》,四川人民出版社1996年版,第763页。

② 同上。

读本中，绫足写了序言，表达了他的物语小说理论思想。

绫足认为物语小说要高雅，"以古御今，即俗为雅"，要"唱国风（即日本风格）复古之学"，"犹如唐诗有绝句，但裁其句，具体而微耳。其调则高，其辞则雅，而其出古书，不一而足"①。为此，他主张物语创作不用一般读本屡见不鲜的"如此如此这般这般"、"闲话休提"、"不在话下"之类的中国小说套话，连日常生活中较常使用的汉语词汇也要减少到最低限度。对写俚言鄙辞，虽下里巴人和者多的文学，也认为不可取。绫足推崇这种"古雅之癖"，其行文晦涩的古典雅文体，在当时模仿者甚多。由于绫足及其模仿者的书文字艰涩古雅，读者寥寥，故流传不广。

绫足强调物语创作的主观性。他写道："盖以吾身而寄于天地，则凡所见闻，万象万籁，以吾之所以主，夫天地而假之以为乐者也。又以天地而寄于吾，则所见闻万象万籁，天地之所以主夫吾，而用以供吾之末者也。"② 绫足强调创作的主观性这一理论对日本近代浪漫文艺思潮产生了一定的影响。

泷泽马琴（1767—1848）

名兴邦，江户时代的小说家，才华横溢，著作等身。据称，他的著述有杂书小说大小二百八十余部，包括读本、黄表派、净镏璃、随笔、纪行等。其中，读本最引人注目。他的读本按内容可分为复仇、巷谈、传奇、史传四类，以历史英雄外传为内容的史传类艺术成就最大。

《读本朝水浒传并批评》是马琴针对建部绫足所作雅文小说《本朝水浒传》而撰写的批评文章，完稿于天保四年（1833）一月，是日本最早的单篇小说论文。

建部绫足的《本朝水浒传》是取材于日本古代历史且最早模仿中

---

① ［日］建部绫足：《西山物语序》等二篇，王晓平译，载曹顺庆主编《东方文论选》，四川人民出版社1996年版，第765—766页。

② 同上书，第766页。

国小说《水浒传》的作品。马琴对绫足模仿中国小说且有所创造的新颖艺术构思表示赞赏，同时，又对绫足生硬地搬用古语提出了批评。马琴认为物语小说要以人情为趣旨，但"若言以文书本文来缀写，罗贯（中）、高东嘉，当亦无之。纵言紫氏部生于今世，令其以古言缀写物语，必投笔矣。"① "作者为文唯古雅是学，则器财称呼之属，不曾顾及，此所以似头猿、尾蛇之怪鸟也。若非撰作物语，尽可以古雅为主旨。"② 故在文体上赞同雅俗折中，和汉混淆。

马琴除对以前的相关小说批评进行精辟评论外，更可贵的是对物语小说理论的提炼。他十分注意小说的技巧，提出要学《源氏物语》描绘当今风情精妙，摹绘景致精细，能写情尽趣。作为物语写作高手的作品能"义发劝惩，取事凡近"、"虚实相半"、"述古添新"、"以怪谈立趣旨"等③，这些主张也是对物语小说理论的一个总结。

第五节 散文理论：太宰春台、斋藤拙堂、海保渔村

太宰春台（1680—1747）

江户时代信州（现长野县）人，名纯，字德夫，号春台。本姓平手氏，后过继给太宰氏。曾学程朱学，仕于出石侯，后因病告退，在京都漂泊十年，舍旧学而入荻生徂徕之门，荻生徂徕去世后继承其古学。春台诗文博学，广涉天文、律历、字学、音韵等，特别注意经济之学，反对儒学中的空疏保守现象，其性格刚毅狷介，论事直言不讳，著有《论语古训》、《六经略读》、《古文孝明经略解》、《紫芝园稿》、《春台诗抄》、《老子特解》、《文论》等，其文论代表作是《文论》。

春台推崇文以载道，认为文之时用大，能治天下、成王业。何谓

---

① ［日］建部绫足：《西山物语序》等二篇，王晓平译，载曹顺庆主编《东方文论选》，四川人民出版社1996年版，第794页。
② 同上书，第796页。
③ 同上书，第792页。

文，即礼乐典章，即六艺。以文为道，可以施教。凭借文章，声名能洋溢五洲，万世与日月合其明。"故君子之道以文为主，学而时习之。小可以修身，大可以治天下国家，故古之君之动作有文，言语有章。"①

春台主张文人立德。他说："古称太上立德，其次立功，其次立言，是谓三不朽，故立言不若立功，立功不若立德。"② 将文人之人品放在首位，故习文者，定要明乎先王之道，而施于事业。

春台反对文专事华辞，逞技矜能。他在《文论》中批评道："今之学者，不志于道，不据于德，唯文艺是执，务丽其辞，不修其行。所希则左氏、司马，要则名誉。日弄文墨，孳孳汲汲，唯恐技之不售，名之不闻。轻薄之徒，见而悦之，闻而慕之，于是同欲相趋，同情相成，为羽为翼，更相称誉，朋党此周，横行一世，拔茅连茹，不可奈何。"③ 春台的批评针对当时文坛，可谓切中时弊。

春台认为行文要扬古文辞学之长避其短。他分析了古文辞学的好处，说："今日读书，以西汉以上古书为先。东汉以降之书，易读易解。古学非难事矣。读古书学古文辞，视古事如今事。此乃先师之教，纯等服膺之处也。"④ 论及古文辞弊害时，春台指出："今我党学者，才知弄笔，即言古文辞。观其为文，乃抄古文成语，而连缀之而已。文理不属，意义不通。譬如众坐之中，东西南北，宾客杂遝，士女群居，言此言彼，或泣或笑，剿说雷同，纷纷扰扰，不可适听状。噫，亦可厌哉。"⑤

在对待文学态度上，春台还主张以经为主，以诗为辅，修德重于文艺。春台文论在日本散文理论史上占有重要的地位。

---

① ［日］太宰春台：《文论》，王晓平译，载曹顺庆主编《东方文论选》，四川人民出版社1996年版，第732页。
② 同上书，第735页。
③ 同上书，第734页。
④ 高文汉：《中日古代文学比较研究》，山东教育出版社1999年版，第621页。
⑤ 同上书，第622页。

斋藤拙堂（1797—1865）

名正谦，字有终，号拙堂，致仕后称拙翁。早年肄业于江户最高学府"昌平书院"，从古贺精里研习朱子学，曾在津（现津市）藩校"有造馆"任教，后历任侍读郎、郡宰、督学等职。拙堂治经不墨守成规，他博学诸史，对汉史尤其精通，并钻研田赋法律、本朝典故，博涉人文地理，著有《海外导论》、《俄罗斯多纪》、《拙堂文话》等。其文论代表是他多年积累的文学批评材料汇编而成的《拙堂文话》。

《拙堂文话》从散文方面总结了江户时代后期日本汉文学的发展，指出了日本的坟典、《书记》、《古今集》假名序、物语草纸以及惺窝、罗山之文等均受中国古籍文化影响的事实，并具体分析了中国文化如何影响了日本散文体著作。拙堂特别指出："《源氏物语》，其体本《南华》寓言，其说闺情，盖从《汉武内传》、《飞燕外传》，及唐人《长恨歌传》、《霍小玉传》诸篇得来。其他和文，凡曰序、曰记、曰论、曰赋者，既用汉文题目，则虽有真假之别，仍是汉文体制耳。"① 拙堂在《文论》中对中国散文代表作家作品进行了探讨，认为："先秦之文，左氏之典雅，南华之怪奇，国策之雄壮，至矣。老列之高古，孙吴之简明，韩非之峭深，三闾之悲愤，亦至矣。"② 充分肯定中国古代学者的成就后，拙堂主张治学必博览中国古书。他写道："学者作文，不可不先治古书也。古书浩博，一闻此言，乃茫然起望洋之叹，然古书之文有甚佳者，有不甚佳者，择而取之，亦不甚多，除经典外，唯有左氏、庄叟、太史公数书而已。其他不必尽治，以余力，及之可也。"③ 博览古书的拙堂认为《左传》、《庄子》、《史记》实为必读之作。拙堂文论说明，中国古籍文化对日本散文之发展是何等的重要。

拙堂既是散文理论家，又是著名散文家，他于34岁时与朋友服部

---

① ［日］斋藤拙堂：《拙堂文话》，王晓平译，载曹顺庆主编《东方文论选》，四川人民出版社1996年版，第818页。
② 同上书，第820页。
③ 同上书，第819页。

文稼、深井士发、梁川星岩等赴梅溪探梅游览，写下了极富文采、颇具神韵的游记散文《月濑记胜》。《月濑记胜》使拙堂声名远播，身价倍增，月濑为此而成为游览胜地。

海保渔村（1798—1860）

上总人，名元备，字纯卿，又字乡老，通称章之助，又号传经庐。渔村受业于大田锦城，做过幕府医学馆直舍儒学教授。一生着重于经书研究，其著述多以抄本流传。《渔村文话》讨论了古文写作与鉴赏的某些基本问题，分若干专题，论述中参以平生心得，加以考证，缀揖融贯。

《渔村文话》有"声响"、"命意"、"体段"、"达意"、"辞藻"、"三多三上"、"锻炼"、"改润法"、"病格"、"十弊三失"、"简疏"、"《左传》纪事"、"史传纪事"、"轻重"、"正行散行"、"错综"、"倒装"、"缓急"、"抑扬"、"顿挫（挫顿）"、"警策"、"明意叙事"、"周汉四家"、"唐宋八家"共24则。其中，"声响"、"抑扬"、"顿挫"、"警策"最能代表渔村的散文论。

在"声响"则里，渔村指出，所谓声响，即古文之语气，熟读玩味之，文势语路移于心，古人之文与读者之心一致。故他强调"文之巧拙，全在于学未学古人之声响。可知先儒评文章所言轻重、缓急、抑扬、顿挫等，皆为此声响之目的。"① 强调通过目视口吟去揣摩文章语气的文学观，是当时汉学者难以解决并往往忽略的一个方面，这也是渔村给予重视并详细阐述之要点。

在"抑扬"则里，渔村指出，所谓抑扬，有三要点：一是论人议事之抑扬："贬抑其过失越度，使其无可逃避云抑，又显彰，引出其人其事有大功绩曰扬。"② 二是音调之抑扬，音调下伏曰抑，音调上扬曰

---

① ［日］海保渔村：《渔村文话》，王晓平译，载曹顺庆主编《东方文论选》，四川人民出版社1996年版，第823页。

② 同上书，第833页。

扬。三是文气语势之抑扬，与音调下伏上扬同一致。渔村认为，文有抑扬，掌握上述三要点是散文创作之要旨。

在"顿挫"则里，渔村指出顿挫有三意：一是转屈、转折之意。与上述抑扬有同类异态之妙。"文之抑扬，就一人一事而用之之时，文之顿挫乃在一转折之间，就一语一句而明之。"① 二是情势、文势起伏之意。语句缓慢而急促，或急促而遽缓慢，也指其辞之起伏。三是喻高下之状，顿挫即状声词有高有低。"顿挫"结合"抑扬"而展开，渔村强调婉屈跌宕，语句急促，情势文势起伏转折等为散文之必要。

在"警策"则里，渔村谈道："文章连累众辞之时，气势必松弛，一篇便不活动。此时忽举片言要语，提起全篇气势，则文意因此而益明，一篇因此而发活动之机。此谓之警策。"② 这里的只言片语系文章的关键词、要旨，具发挥文章全篇气势、彰显主题的重要作用。渔村以驭马为例，当马行长道，劲力松弛时，加之一鞭，则马提起气力，其势益驰。"文章以一言使众词活动，其理合同于此，故谓之警策。"③

《渔村文话》采用的是汉文训读体为主兼杂日语的文体。全文不涉及日本古文，只着意对文章写作的共同性、普遍性的问题进行论述。渔村博览中国诸子百家文章，在《渔村文话》中，他大量引用了中国的古籍，如对宋陈造《江湖长翁文集》，明郝敬《艺圃伧谈》，清焦循《雕菰楼集》，清王引之《经传释词》，清段玉裁《经韵楼集》等，均参订字句，旁征博引，其文论佐证出中国古籍文化对日本散文理论所产生的重要影响。

---

① ［日］海保渔村：《渔村文话》，王晓平译，载曹顺庆主编《东方文论选》，四川人民出版社1996年版，第834页。
② 同上书，第835页。
③ 同上书，第835—836页。

第六节 小结

日本文论史的近世时期指1603—1868年。

本时期，日本俳论形成并得以确立。松尾芭蕉及与谢芜村的俳论为代表。芭蕉俳论要点一是风雅之诚，二是风雅闲寂，三是不易流行。此三方面均体现出俳谐要求真实、自然，突出枯淡闲寂与清绮典丽交织的美的意境。与谢芜村俳论主张引入中国画论与诗论来指导俳句创作，在芭蕉俳论础上，提出俳句离俗论，主张俳谐的诗情画意和浪漫象征美以及难以言状的幽玄美。

日本歌论在此时期有了长足的发展，以契冲、荷田在满、本居宣长、内山真弓歌论为代表，其主要观点一是强调和歌的情趣性、玩乐性，提出了和歌的乐趣说；二是提出歌与神道一致说，主张歌人的精神修养、人品高尚；三是主张和歌表现人之真情，超越善恶判断，歌应体现"物哀"；四是歌言词须优美，此为日本后世文学唯艺术观之先声。

本时期日本诗论发展业已成熟。祇园南海、江村北海、原田东岳、皆川淇园、山本北山、菊池五山、广濑淡窗等人的文论丰富了日本诗坛。他们在中国诗论及诗歌影响下，以中国诗歌评论为参照，主张率直雄浑的诗风，强调诗的境趣，雅俗共存，提出了诗的"影写法"及诗的体裁、格调、精神之统一说，要求诗句锤炼，诗贵平常，诗须载社会教化重任，诗贵独到、立象寓意等。

日本物语论在本时期形成并发展，以椿园主人、都贺庭钟、建部绫足、泷泽马琴为代表，其主要观点是：物语小说须得人情世态逼真描绘，具寓教于乐的社会作用，通过世间人情描写，使人在轻松乐趣之中认识社会现实，同时强调物语创作的主观性。本居宣长提出的"物哀"被视为物语小说的最高审美价值。

散文理论本时期业已形成，以太宰春台、斋藤拙堂、海保渔村为代表。他们主张文之时用,文人修德重于文艺,治文须博览中国古书,以中国古书为参照,强调行文的转折跌宕、语句急缓、情势起伏等技巧。

  总体而言,日本近世文论受到中国文化影响,尤其是诗论、物语论、散文论受中国传统文化影响极大。在参照中国古典文献的基础上,日本近世文论体裁丰富,俳论、物语论、散文论形成并逐渐成熟,歌论、诗论发展迅速,已作为日本文化重要内容而定型。

第四章 近代文论

第一节 文论起步:坪内逍遥

坪内逍遥（1859—1936）

出生于现在的岐阜县，原名雄藏，别名家迫舍胧、小羊子等。从小热衷于江户文学，尤其喜爱泷泽马琴。进入开成学校（后来的东京帝国大学）后，热衷于西方文学。1883年东京大学政治经济专业毕业后，到东京专门学校任教，1885年发表了具有划时代意义的文艺理论著作《小说神髓》，对日本近代文学产生了重大影响。《小说神髓》的问世标志着近代日本文学的写实主义理论的确立。《小说神髓》上卷阐明小说总论到小说的变迁过程、小说的种类等，下卷主要论述了小说创作的法则、文体、结构及小说的写作方法，其主要内容是：

第一，小说为艺术。坪内称写《小说神髓》的目的，是使日本小说成为一种艺术。他认为，昔日轻视小说是不正确的，小说与绘画、音乐、诗歌一样能使艺术焕然一新，小说作为一种艺术形态，有其独立的价值，需确立小说在艺术上的地位。将小说作为第一文艺，坪内阐明了小说在文艺体裁中的优越性。他写道："小说的完美无缺是，它可以描绘出绘画难以描绘的东西，表现出诗歌难以言尽的东西，展现出戏剧难以表演出的东西。小说既不像诗歌那样有字数的限定和音韵的枷锁，又有与戏剧和绘画不同的可以直接倾诉心灵的性质。所以作者精于匠心的范围是极广的。这是小说在美术（艺术）中得其位置的原因，也是最终高于传奇、戏曲之上，成为文坛上最大美术（艺术）的理由。"① 坪内在《小说神髓》中指出，小说之所以优于诗歌、绘画，是由小说语言表象的优越性所决定。小说能将人的性情诉之于人物的心灵，而不像戏剧那样，仅仅把人之性情诉之于观者的眼睛和耳朵。他认为，在文明开化之前，人的喜怒哀乐、七情六欲都是流于举动与脸色之中，通过戏剧进行宛如其物的逼真表演，观者不知不觉进入忘我境地，对人之性情一览无余。但到了文明开化之时，人们开始抑制自己情欲，收自己的心态藏于心灵而不流于表面，这时，仅仅靠逼真表演远远不够，而靠小说语言表意的十分广阔的空间可将人之性情一览无余。所以坪内特别推崇小说语言表意的优势。

第二，西方写实主义。坪内在《小说神髓》中提倡西方近代文学的写实主义，指出小说在于忠实地摹写社会的情况和人们的心理活动。忠实摹写即西方近代文学提倡的写实主义。按此方法，就要真实地描绘社会，写出在这社会活动中的人的真实，对人物心理活动仔细地进行剖析。坪内这么提倡的目的是弥补江户戏作文学和启蒙期政治小说描写人物心理不足之缺欠。他主张写人要"尽力促其逼真"，要排除写"马琴式的理想人物"，弃斥封建社会的劝善惩恶的理想化倾向。

第三，近代小说的裨益。针对江户戏作文学和启蒙期政治小说，坪内在《小说神髓》中提出近代小说（即现实主义小说）具有四大裨益：（1）提高人的品格；（2）劝奖惩戒；（3）正史补遗；（4）构成文学楷模。这四点正是坪内提倡的小说写实主义所追求的目标。他强调小说的直接目的是愉悦人的美的情绪，间接目的是培养人的高尚品格。小田切秀雄对此评论道：坪内"提出写实主义的追求真实和文学作为社会机能的'小说之裨益'，基本上是卓越优秀的。但是，逍遥往往也被功利

---

① ［日］伊藤整：《日本现代文学全集》，讲谈社1980年版，第153页。

的道德的效用以卑俗的形式所引诱。我们从上述列举出的四种裨益中可以看到这一点。"① 坪内首次在日本提倡写实主义方法是构成日本近代文学之核心,其功不可没。不过,正如小田所说的,坪内并未掌握到写实主义的真谛。

第四,"小说的主旨是人情"。这是《小说神髓》中的一个最重要的命题。坪内所说的人情就是人的情欲,是喜、怒、哀、惧、爱、恶、欲。人情是人间诸相的代名词,也是活生生的包罗万象的社会像。在《小说神髓》序言中,坪内不满范围狭小的缺乏新意的制作道德样板的日本文学,认为:只要是小说稗史,无论是如何拙劣的物语,无论是多么卑陋的情史,无论是翻案、翻译、复刻本、新著,不问玉石,不选优劣,同样受到赞扬,同样为世人所读,这是很奇妙之事。针对"劝惩"的范围狭小的日本文学,坪内提出了"人情"是小说主旨的文学观,指出范围十分庞大的以"人情"为主旨的小说,让难以看见的东西浮现,让暧昧的东西明了,把无限的人之情欲网罗到有限的小册子当中,使观赏小说的读者自然地反省。"小说的主旨是人情"打破了日本以前的劝惩主义的那种价值取向单一化的思维模式及价值取向,小说创作密切联系上了生活原型的真实性、多样性、复杂性。在坪内倡导的"小说的主旨是人情"的命题后面是"小说世态风俗次之",其含义主要是反对轻视社会(世态风俗)对人情的影响而造成的过于注重个人描写、忽视社会因素的现象。

第五,人物形象塑造。《小说神髓》对小说人物形象塑造进行了阐述。坪内认为,一般阅读小说的时候,会把重点置于故事情节的高潮和主人公性格上。如果小说中的人物形象非同凡响,读者就会尊重小说中的人物,并对这种人物的结局感兴趣。所以作者在小说中除巧妙地展开故事情节之外,还应该选择非凡的主人公来吸引读者的兴趣。以非凡人物及其非凡事件来打动读者,使读者对之感兴趣,这是符合当时读者审

---

① [日] 小田切秀雄:《明治·大正的作家们》,第三文明社1978年版,第23页。

美要求的。针对读者的这种审美要求,坪内特别强调非凡人物和非凡事件都存在现实生活之中。他把小说中的人物分两种,一种是存在于现实生活中的人物,另一种是虚构的人物。现实中存在的人物应该是以现实生活中可以发现的人物为基础刻画出的虚构的人物,虚构的人物应该是以在人类社会中可以找到的人物为基础刻画出的虚构的人物。坪内对人物的两种区分及论述涉及了文学的真实与现实的真实之间的关系问题,这对后来的日本小说人物形象的塑造产生了积极的影响。

第六,小说改良。近代日本,自江户时代以来的锁国政策逐渐解体后,伴随着西方事物的进一步移入,日本人开始发现,在西方诸国,文学、美术、戏剧在人们的社会生活中占有重要的地位。特别是从1883—1887年这段时间里,日本强行地极端地推行了风俗上的模仿西方运动,这种运动给文学改良创造了条件。《小说神髓》正是在当时日本的"政治改良"、"文学改良"、"戏剧改良"、"和歌改良"等背景之下问世的。坪内认为,开国后盛行的戏作文学是道德说教工具,翻译小说、政治小说是宣传工具,这三种形式的小说不属于艺术范畴,肯定将被淘汰。而改良后的日本小说要成为艺术。小说是艺术的一种,因此它应具有艺术的自律性。他写道:"美术(艺术)其实并不是实用之技,它只是娱乐人之心目,逼真是其目的。如果逼真,读者便会忘却其贪吝之欲,脱去其刻薄之情,享乐于高尚的妙想当中,这是一种自然的影响,并不是小说的目的,也就是说是偶然的结果,不能说是本来的中心。高尚人之气格,这仅是一种自然作用,是观者自发的。"① 坪内的这种文艺观正是对艺术自律性的一种确认,也是针对戏作文学、翻译小说、政治小说进行改良的理论阐述。坪内还以此为基础阐明了小说的变迁,认为日本小说要达到西方小说的最高形式,关键是走"写实"之路。坪内以"优胜劣汰,适者生存"为理论根据,提出只有艺术的小说才能"适者生存",日本小说改良的目标就是使小说成为艺术。实际上,坪

---

① [日]伊藤整:《日本现代文学全集》第4卷,讲谈社1980年版,第151—152页。

内小说改良的最终目的是实现日本小说对西方小说的超越。

第二节 文论发展:夏目漱石、森鸥外

夏目漱石（1867—1916）

原名金之助，别号漱石，生于江户一下级官吏家庭，1890年入东京帝国大学英文科，1893年毕业。后夏目一边攻读研究生，一边在东京高等师范学校教英语，在此期间，严重的神经衰弱和其他疾病使他陷于苦恼与不安之中，一度入镰仓归源院参禅，又先后到松山和熊本担任松山中学和第五高等学校的英语教师。1900年，夏目由文部省派遣赴英国伦敦留学，3年后，他回国接任小泉八云的一高教授和东京大学讲师教职，写了《我是猫》而震撼文坛。后陆续创作了许多作品，其中包括几部中长篇，如《哥儿》、《草枕》等。1907年他被朝日新闻社邀为特聘作家，创作了《虞美人草》、《三四郎》、《其后》、《门》、《行人》、《心》、《路边草》以及生前未完成的《明暗》等，成为日本近代的文学巨匠。漱石的文论著述主要有《文学论》、《文学评论》、《文学的哲学基础》、《创作家的态度》、《现代日本之开化》、《我的个人主义》、《写生文》等。其文论的主要内容如下：

第一，文学新概念。在《文学论》中，夏目漱石将文学内容定了一个著名的公式：文学内容与形式 = F + f，F意味焦点的印象或观念，f意味着附在其上的情绪。这个公式表现了作为印象或观念的F与作为情绪的f两方面的结合，即认识要素 + 情绪要素。作为文学来说，F + f公式的出发点是语言符号，由语义到概念、意义，读者据自己的经验唤起知觉感觉，从而唤起某种情绪f。所以，文学语言最初以概念给读者一种印象，这种印象越强，读者联想力越强，唤起的情绪就越强烈。这种结合的程序或过程就进入了文学阶段。夏目根据人们的生活经验，把F与f的关系分为三种不同形态：（一）有认识要素F而缺乏情绪要素f；

（二）既有认识要素 F 又有情绪要素 f；（三）只有情绪要素 f 而不存在与之相应的认识要素 F。按夏目的观点，上述第二种形态才能作为文学作品的内容。上述第一种形态，尽管有足够的认识要素，比如证明了一个科学原理，总结了一个公式法则，为此也产生了喜悦的情绪，但这非附在法则、原理上的情绪，因为科学知识本身不能像文学形象那样诱发出情绪来，故不能视为文学作品的内容。上述第三种形态表现喜怒哀乐，人之皆有，但人的这种情绪缺乏附上 F 这个根本，就缺乏由 F 退向 f 的媒介观念，流于漫无边际的情绪，这种情绪要素成为没有 F 而产生的感情，仅仅是文学的前阶段，真正进入文学阶段唯有 F 与 f 两者之结合。所以，对于文学创作而言，F 与 f 是不可分的。f 是附在 F 上的情绪，离开印象、观念等认识要素，情绪就无从说起。而且，F 是多种多样的不断变化的。夏目应用劳埃德·摩尔根的理论，对 F 作了特别说明，认为要说明 F 必须从意识说起，而想说明意识问题，用"意识之波"这个术语最好。人的意识仿佛流水，不断流动变化，对于文艺作品欣赏而言，假如一小时内朗读有趣的诗歌，那么我们的意识不断从语言 a 转移到语言 b，再移到 c、d、e……这一小时内均存在 F，推而广之，这种 F 拓展到一年，甚至一世、一代，这样而言，社会某一时期的 F 即社会思潮。历史正是时代的 F 不断变迁的历史。夏目把人的意识与社会思潮联系起来，突出地扩大了文学作品的内容与描写范围，从而突破了文学作品只反映个人真实心情的观点。夏目还把 F 分成四类，分类论述了 F 与 f 的关系。首先，夏目论述感觉 F，认为对文学创作和阅读主体而言，感觉 F 是一种客观事物的刺激，作者或读者的各种各样的主观情绪是在感觉 F 刺激下而产生的。F 的存在先于 f，而 f 在感觉 F 的刺激下是对主观感情显露，这种产生和显露就是审美情绪，所以，文学中的感觉最值得注意。其次，夏目将紧密地伴随人活动的或脱离活人来议论人事的外界刺激定为人事 F，由人事 F 产生人的积极感情和消极感情。夏目在此并非以伦理道德作为划分积极与消极的标准，而是以人物性格为标准。对于人的意气风发、锋芒毕露、骄傲固执、坚忍不拔等，他称为积极感情，对于谦虚谨慎、小心翼翼、克制忍耐等，他称为消极感情。夏目认为人事 F 的刺激，使人产生由知觉到兴奋的身体变化，然后情绪发生变化，这种情绪变化也就是人的喜恶美丑、喜怒哀乐的种种显露。再次，夏目将产生宗教情绪为主的事物称为超自然 F。超自然 F 具奇异特性，夏目又称之为幽玄。在夏目看来，超自然 F 具有唤起人感兴趣的要素，能够感动人继而唤起超 f 显现在文学之中。最后，夏目认为知识 F 是作为文学作品内容的，要是不涉及人世间重大事件，它就会使兴趣明显减弱。

第二，有余裕的文学。1907 年 11 月，夏目为挚友高滨虚子的写生文《鸡头》写序，提出了"有余裕的文学"。"有余裕的文学"是一种创作态度和方法。夏目强调文学创作不用现实生活中的大事件或重大问题做题材。同时，针对自然主义的灰暗、琐屑、平板、拘泥的描写，他主张与生活保持一定距离，抛开表面真实，以新的观照态度来看人生、写人生。这种新的观照态度就是在俳谐的笑声中排遣对人生的绝望。品茶、浇花、说说笑笑是余裕，借绘画雕刻遣忧排愁也是余裕。"余裕的文学"也是"低回趣味的文学"，所谓"低回趣味"，即小说创作不以故事情节的发展转变来吸引读者，而是对事物、人物尽情描绘，使读者对其发生兴趣，特别是对描摹事物的谐趣感兴趣。这种谐趣是对事物描摹引起的独特的联想的兴趣。比如，用小说表现生活中的苦痛和悲哀原是无味的，但它能使人忘却现实生活中的苦痛和悲哀，艺术的能力在于使读者愉快，忘却现实生活中的苦味。显然，夏目"有余裕的文学"主张作家拓宽生活视野，叙事真切细致，让读者引发联想去领悟艺术人生真谛。

第三，"非人情"艺术观。夏目在《文学论》第二编第三章给"非人情"下的定义是：可称为"非人情"者，即抽去了道德的文学，这种文学中没有道德的分子钻进去的余地。吟咏与人事缘分较疏的、未混入人情的自然现象的诗,其中较多含有"非人情"的、"没道德"的趣味。"人情"在日语词典中,被解释为人情世故、风俗习惯、爱情欲望等。夏目这里的"非人情"含有超越日语词典中上述的内容及超人伦道德的方面,但作为一种艺术观,更是一种带有出世特色的审美意念。在艺术的世界,夏目的"非人情"观强调的是,现实世界苦难与烦恼多,人们沉陷于其中无力自拔,而要使自己暂时脱离现世苦难和烦恼,只能借助艺术。艺术创作和欣赏使人们放弃一切俗念和情感,站在旁观的立场去观察世界,排除与个人的利害关系。显然,"非人情"观也是指人的一种精神状态,指人观照世界时的一种静观态度,即消除主客体冲突,实现主体精神的绝对自由,达到物我合一的境界。

第四,"知、情、意"创作态度及理想。夏目认为,艺术家的"知"就是追求"真"的理想,创作家的态度就是客观的主知主义的态度,其叙述的方法是理智的、概念的、象征的。艺术家以"追求真"为理想,根据"知"的态度创作的文学,夏目称之为"挥真文学"。"挥真文学"的特征是以求真为目的,去好恶之念,公平地、毫无忌惮地、不留情面地挖掘事物本质①。夏目提出的艺术家的"情",是追求"善"的理想,包括对"爱"的追求,强调创作家的态度是主观的、主情主义的态度,其叙述的方法是隐喻、直喻、象征。艺术家的"情"以维持助长美、善、庄严的情操为目的,是与理想结合的,即逢善则好善,见恶则恶恶,遇美则爱美,近丑则忌丑,仰壮则慕壮,目弱则贱弱等。漱石的艺术家的"意",是追求"壮"。夏目解释,这种"壮"作为理想与为国为道为人的道义理想结合后,能引发一种特别高尚的情操,即所谓的英雄主义。这种英雄主义能使人产生一种极其壮烈的情感,塑造出那些具有高度社会责任感、极强的伦理道德修养的人物形象。因此,创作家的道德修养及人格十分重要。

第五,则天去私说。作为文学观,"则天去私说"的要点是夏目所

---

① [日]吉田精一:《近代文艺评论史》,至文堂1975年版,第891—892页。

致力的艺术真实性。"则天去私"一语，夏目最初题写在《大正六年文章日记》的扉页上："天就是自然，要顺应自然；去私就是要去掉小主观，小技巧。即文章始终应该自然，要天真地自然流露。""则天去私"也是夏目致力的一种悟道的境界。他主张去小我之私，按大我之命，抛弃自我中的利己成分，肯定他我中的合理成分，包容他人，适应自我和他我相冲突的生活现实，视之为无法回避的"自然"存在。"则天去私"也是夏目自己命名的一种创作态度，即去掉虚伪以还人间本面目，在创作中塑造出高度显现的毫不掩饰"我"的活生生的人物。

第六，日本文学论。在建构文学论中，夏目重点谈了日本文学的特征和发展。他提出日本文学的发展是为自己、为日本、为社会，即所谓的"三为"。他认为日本文学家为自己不是为个体的人，因为个体已是社会全体精神的一部分，那么"为自己"也是要为日本、为社会，要表现日本社会全体精神，使创作家与社会一体化。1906年10月，夏目在致铃木三重吉的书简中，批评了日本文坛某些人将文学看作是单纯的技术，是一种"清闲事业"，是"躺在俳句趣味般的清闲文字上"的现象。他认为文学家要对发展中的社会具有进步的眼光，发挥伟大的人格力量。为此，夏目强调日本文学自己要有标准，必须有自己的独立性，有西方文学美的自信力，采纳西方文学必须发挥自己的特色。学习借鉴西方文学，不是追求西方化，而是为了扩张日本特色。他极力主张对日本文学传统的重新认识及全面理解西方文学，提出日本文学的发展保持日本特色是十分必要的，这也显示出了夏目文论的前瞻性。

森鸥外（1862—1922）

原名森林太郎，出生于岛根津和野藩医官家庭，自幼学习汉学、荷兰语。1874年入东京大学医学部。在校期间耽于读书，学习汉诗文。1881年毕业进入陆军部，三年后被陆军部选派去德国留学，专攻卫生学和军医学。课余爱好文学、哲学、美术和艺术，广涉古今东西名家名作。归国后在陆军部任职，官累至陆军军医总监、皇家博物馆馆长。森鸥外是近代日本著名的小说家、文论家、翻译家，与夏目漱石一起被视为近代日本两大文豪。森鸥外的文论著作有《早稻田文学的没却理想》、《逍遥子与乌有先生》、《早稻田文学的后没理想》、《小说论》、《文学与自然》、《读现代诸家的小说论》、《题报知异闻》、《审美新说》、《审美极致论》、《审美假象论》、《白头翁通讯》、《忠实于历史与脱离历史》，等等。其文论的主要内容是：

第一，有理想的文学。近代日本文论史上最早的一次大论争是森鸥外与坪内逍遥就"没理想"问题展开的论争，时间是从1891年10月至1892年6月。针对坪内发表的《不在我而在你》、《谢乌有先生》、《辩没理想的语义》、《没理想的由来》等文，森鸥外写了《不取其名》、《早稻田文学的没却理想》、《逍遥子与乌有先生》、《早稻田文学的后没理想》等文，阐述了他的有理想的文学观。森鸥外批评坪内文论的要害是忘却理想，埋没理想。他认为，艺术本质的美在于有理想，艺术是美的理想之显现。根据哈特曼的理论，森鸥外将文艺作品分为三种品位。概念的、观念的作品是下位，真实的个性的作品属中位，理想与作品浑然一体显示美的是上位。有理想的文学是上位的文学。在这里，森鸥外宣扬的是文学的理想主义论，强调的是美学理想的价值判断作用。

第二，文学自然观。针对岩本善治要如实描写自然的理论，森鸥外在《读〈文学与自然〉》（后改题为《文学与自然》）中论述了文学与自然观。森鸥外接受了德国高特夏尔和哈特曼的理论，认为"有意识的观念是精神，无意识的观念即自然。美沉睡在自然中，觉醒于精神。美焕发于精神之中即为想象。想象之美一旦形成，美便呼唤恢复其外形。……诗人凭借文章从想象到想象展示美。"[①] 展示美就是要追求真的科学，善的道学，美的诗学。森鸥外的"文学自然观"遵循的是从主观观念出发的创作原则，表达的是主观观念、感情的创作倾向，认为要按照科学根据考虑事情，真实按照自然面貌写自然时要赋予伦理道德的善，

---

① ［日］森鸥外：《鸥外全集》第3卷，岩波书店1979年版，第136页。

进而承认自然美的独立价值。

第三，小说论。明治二十二年（1889）一月，森鸥外发表《小说论》，明治二十五年（1892）一月改题为《医学家论小说》，明治二十九年（1896）十二月又改题为《来自医学学说的小说论》。森鸥外在此文中指出："左拉直接以分析和解剖的成果创作小说，我们是不以为当的。"① 小说家不能像医生那样以获得事实为满足。小说是分析性的批评，小说家要"悟"，要"想象"。"事实是良材，但要想驱使它，只有靠想象的力才能达到。"② 在《读现代诸家的小说》（后改名为《当今诸家小说论》）一文中，森鸥外写道："请看法国现代大作家左拉的自然主义。每当他分析心理获得成果时，不用美的标准衡量，就称之为'练习曲'置之一边。其弊病是要习作者写水必写浊流，说情必言淫欲。"森鸥外在这里依然强调小说创作要坚持美的标准，也就是要反映作家的理想。森鸥外小说论是依据德国文论家哥特夏尔对自然主义批判而写成的，所以，他采取了与左拉自然主义及坪内的写实主义对立的立场。

第四，美学观。译介美学理论是森鸥外美学观的主要部分。他译介了哈特曼的《审美论》、《审美纲领》，伏尔凯特的《审美极致论》，卡尔·葛罗的《审美假象论》等。特别是哈特曼的美学对森鸥外美学观影响极大。依靠哈特曼，森鸥外从无意识论中确立了他的谛视态度，即处世遇痛苦而保持平静超脱，以此观照方式展现艺术美。他称没有能够照透他心头荫翳的光明的哲学，除了"叔本华、哈特曼的厌世哲学"③。哈特曼美学建立在厌世的无意识的唯心论基础上，森鸥外除了接受此方面内容外，还接受了哈特曼美学的有力的逻辑体系，不是看零碎的片段现象，而是在这些现象的基础上看普遍性的本质。森鸥外美学观的确立，处于哈特曼美学向文艺心理学美学的转化阶段。为此，他也关注了

---

① ［日］森鸥外：《鸥外全集》第12卷，岩波书店1937年版，第2页。
② 同上。
③ ［日］森鸥外：《鸥外全集》第3卷，岩波书店1979年版，第133页。

心理学美学的发展，不囿于哈特曼美学理论。他的美学论文除了发挥哈特曼美学理论外，还强调了文学的真、善、美，强调标准美学的重要性，强调艺术感情因素，主张自然美与艺术美的互动，人的感受性和创造性的融合。同时，他极力推动日本"纯文学"样式的形成，将浪漫的外国情调、理想和情感依托在美的抒情旋律中，为引进西欧浪漫主义文学和日本"纯文学"样式的形成奠定了坚实的美学基础。

第五，历史小说创作论。《忠实于历史与脱离历史》一文代表了森鸥外的历史小说创作观。忠实于历史是作为科学家森鸥外文论的一个方面。他主张，创作历史小说，首先要尊重史料，不随意变更。"我见了调查的史料，产生了尊重其中看到的'自然'的念头，并且，讨厌随意变更。"[1] 他提出要"如实地写过去"，即历史小说创作要忠实于历史。这与森鸥外曾反对过的自然主义手法有相通之处。但森鸥外不囿于此，他同时强调创作历史小说要"脱离历史"，这又与他一直持有的有理想的文学观是相通的。他所谓的"脱离历史"，是要以小说机能自由形式去处理史料。历史小说是森鸥外乐道的有理想的文学中的特殊的形式，所以，他认为忠实于历史，采取自然科学的冷静的客观态度，要着重于历史人物形象具有魅力的因素，冷静接近人物本身，去有理想地刻画人物形象。在重人物形象与重主题之间二者必择其一的问题上，取人物而舍主题是森鸥外的历史小说创作观。

第六，未来派诗论。森鸥外文论主要以西方现代文论为背景。除了哈特曼的美学理论外，未来派诗论的译介和推崇是森鸥外文论的一个重要内容。未来派诗论的代表人物是意大利诗人马里内蒂。马里内蒂于1909年在巴黎发表了著名的《未来派宣言》，开展了未来派诗歌运动。当年，森鸥外在他主办的刊物《昴》[明治四十二年（1909）五月]的《白头翁通讯》上译介了"未来主义宣言11条"：（1）我们要歌颂追求冒险的热情、劲头十足的横冲直撞的行动。（2）英勇、无畏、叛逆，

---

[1] [日] 森鸥外：《鸥外全集》第18卷，岩波书店1937年版，第517页。

将是我们诗歌的本质因素。(3) 文学从古至今一直赞美停滞不前的思想、痴迷的感情和酣沉的睡梦。我们赞美进取性的运动、焦虑不安的失眠、奔跑的步伐、翻跟头、打耳光和挥拳头。(4) 我们认为宏伟的世界获得了一种新的美——速度之美,从而变得丰富多彩。一辆赛车的外壳上装饰着粗大的管子,像恶狠狠地张嘴哈气的蛇……一辆汽车吼叫着,就像踏在机关枪上奔跑,它们比萨色雷斯的胜利女神塑像更美。(5) 我们要歌颂手握方向盘的人类,他用理想的操纵杆指挥地球沿正确的轨道运行。(6) 为了提高人们奋发向上的原始热情,诗人必须勇敢豪迈、热诚慷慨地献出自己的生命。(7) 离开斗争就不存在美。任何作品,如果不具备进攻性,就不是好作品。诗歌意味着向未知的力量发起猛烈的进攻,迫使它们向人匍匐屈服。(8) 我们穿过无数世纪走到了尽头!……倘若我们一心要攻破一座"不可能存在"的神秘莫测的大门,那为什么还要回过头来向后看呢?时间和空间已于昨天死亡。我们已经生活在绝对之中,因为我们已经创造了无处不在、永不停息的速度。(9) 我们要歌颂战争——清洁世界的唯一手段,我们要赞美军国主义、爱国主义、无政府主义者的破坏行为,我们歌颂为之献身的美丽理想,我们称赞一切藐视妇女的言行。(10) 我们要摧毁一切博物馆、图书馆和科学院,向道德主义、女权主义以及一切卑鄙的机会主义和实用主义的思想开战。(11) 我们歌颂声势浩大的劳动群众、娱乐的人群或造反的人群。着力译介了上述的未来派诗论,虽不适合于明治时代文学的土壤,但大正昭和文论的唯美主义思潮的精神实质与之十分吻合,所以,森鸥外这方面的文论内容对于近代日本文论的发展影响匪浅。

第三节　白桦派文论:有岛武郎、武者小路实笃

有岛武郎 (1878—1923)

白桦派代表作家,号泉谷、劲隼生等。生于东京小石川水道街一贯

族官僚家庭。其父曾做过大藏省国税局局长和横滨海关关长。有岛幼时从父母那里受到了中国儒家思想的熏陶和西欧开明的教育。习读过《大学》、《论语》，进英日学校，喜欢上了文学和绘画。在内村鉴三的影响下加入了基督教会。1896年进入北海道札幌农业学校，毕业后当志愿兵入伍一年，1903年秋赴美国哈佛大学留学，攻读历史和经济学。1906年结业后游历欧洲，翌年回国到札幌母校任英文教师。1910年，有岛与武者小路实笃、志贺直哉等文学青年创办了文艺杂志《白桦》，走上文学创作道路。晚年思想陷入极度的矛盾之中，终因无法解脱，自杀身亡。有岛的主要作品有《该隐的末裔》、《平凡人的信》、《克拉拉的出走》、《诞生的烦恼》、《一个女人》及著名的文艺评论《爱不惜夺》、《生活与文学》。其文论的主要内容如下：

第一，生与艺术。生的日语含义有"活着"、"生存"、"生命的活动"、"保持生命"等义。有岛在《生活与文学》中谈到生与艺术时说："我们正活着。我们拥有的一切要求，都始源于'生'这一大事上。那么，'生'是什么？大概可以这样断言：'生'这一不可思议的力量，使一切的存在成为可能，造成了我们可意识到的所有的现象的原动力，蕴藏于'生'之中。"① 在这里，有岛所谓"生"即活着的人的"本能"，这种本能尽管有些神秘莫测，但其对人产生了重大的作用，由于"生"这种神秘莫测的力量的作用，每个人都可在自己的灵魂深处具象地表现自己。有岛认为："'生'是如此具象地表现我们自身。表现就是创造。神创造了亚当和夏娃，这是神的一种表现，在这种意义上看，表现即创造。推而论之，所谓艺术，就是表现，就是创造，除此之外，岂有他哉。"② 在被具象化的"生"的作用下，人的一切活动无时不想表现自己，而表现就是一种创造。所以，有岛下结论："我们生活的每

---

① ［日］有岛武郎：《生活与文学》，载刘立善译《爱是恣意夺取》，辽宁大学出版社1998年版，第164页。

② 同上书，第166页。

个过程，如我以前所提示的那样，分别都具有艺术性。换言之，我们是为了满足艺术性要求而生活，我们的生活原样不变，就是一项艺术性活动，是广义的艺术。"① 根据有岛的论述，人的具象化的生活过程，自然也就是一种艺术性活动。所谓"'生'与'艺术'"，即从人的本能的具象到生活的表现，这种表现即创造，也就形成一种艺术性活动。"生"是艺术的源泉，任何一个人既然"生"着，他就是艺术的，只不过各自在不同的程度上表现艺术而已。在 1920 年 6 月 2—3 日《读卖新闻》上登载的《与时代精神的结合》一文中，有岛写道："社会生活的根底，流荡着永久一贯的基调。"艺术家只有潜入社会生活的中心，艺术才有用。所以有岛认为，艺术家"顶重要的是让我们的生活（由表面的生活开始）与时代精神紧密相结合"。在这里，有岛把"生"与艺术的内容扩大到深入生活并将生活与时代精神密切结合的方面了。

第二，艺术冲动的向上性与向下性。有岛认为，艺术的冲动是一种创造性冲动，是与艺术家生活感受密切相关的。艺术家的生活是一种艺术，也是一种表现。在实际生活中，环境往往难以使艺术冲动得到满足的表现，但艺术家却要在实际生活中去调和与均衡，使生活展现艺术的冲动得到满足。正是在这种生活与艺术的冲动中，艺术冲动分为了向上性与向下性两种。有岛写道："实感与表现如此水乳交融，看似两种内容，实则合二为一，唯此，艺术才迫近了自身的真谛。当艺术家的生活与表现进入不二之境时，确当的创造性冲动便能得到满足，从而玉成新的创造。实质上，此即谓艺术冲动的向上性。"② 在艺术冲动向上性的前提下诞生的艺术，会令鉴赏者深受感动，为此，艺术家努力要使自己的生活不断创新不断飞跃，努力让生活表现最大限度地接近艺术冲动。由于艺术冲动和生活表现之间容易出现分离现象，艺术家又偏重于技

---

① ［日］有岛武郎：《生活与文学》，载刘立善译《爱是恣意夺取》，辽宁大学出版社 1998 年版，第 167 页。
② 同上书，第 174—175 页。

巧，仅仅对表现投注以机械式的努力，却未使艺术冲动与技巧相统一，反而会使两者之间疏远。对此，有岛写道："在艺术家的生活中，除了与生活不可割舍的艺术冲动之外，又出现了一种发挥作用的力量，二者之间不存在有机联系，因而两种力量不能调和，只能相互抵消。颓废期的艺术，惯常地呈现出这种倾向，我欲称其为'艺术冲动的向下性'。艺术堕落到如此田地，一目了然，它已不复为艺术，无非是一种漫不经心的游戏。此时，艺术必将被从生活圈内驱逐开去。"[①] 有岛对艺术冲动的向上性与向下性的界定，是强调艺术创作主体的内心生活对艺术创作的影响，要求艺术家去实质性表现艺术冲动的向上性，摒除艺术冲动的向下性。

第三，具象艺术与印象艺术。有岛在《生活与文学》中专门谈道："艺术家将自己的内心生活传达于他人时，必须借助象征。象征分为二种形式：其一，艺术家将自己的内心生活具体化并托付于某种象征；其二，艺术家通过象征，把自己的内心生活具体化，反映到艺术享受者的生活中。不言而喻，二者的区别并非截然相悖，互不牵涉，第一种形式（我称其为具象艺术）同第二种形式（我称为印象艺术）之间，存在共通点。"[②] 有岛所谓的"具象艺术"指艺术家首先要把自己的内心生活具体化、形象化，并且，把具体化、形象化的内心生活通过一个象征（物）展示出来。有岛认为，艺术家的创作冲动具象在象征物之中，以具体的形态表现出来，艺术家的内心生活也被以具体形式展示出来。属于具象艺术的是绘画、雕刻、建筑、戏剧、舞蹈。具象艺术是固定于空间的，人们鉴赏具象艺术时，不是立刻毫无间隔地与艺术家的内心生活相接触。但是，通过具象化的象征，人们立刻能感受潜蕴其中的艺术家的内心生活。有岛所谓的"印象艺术"指艺术家通过象征（物），把自

---

① ［日］有岛武郎：《生活与文学》，载刘立善译《爱是恣意夺取》，辽宁大学出版社1998年版，第175—176页。

② 同上书，第178页。

己的内心生活具体化、形象化，从而反映到艺术鉴赏者的生活之中去。有岛认为，音乐、诗歌、剧本、小说等属于印象艺术。印象艺术不强烈地依附象征，艺术家的内心生活可以直接同艺术鉴赏者的内心生活相互沟通。艺术鉴赏者能直接从艺术中感受到印象。之后，鉴赏者根据感受的某种印象，创造出源于他们自己心中的具体形貌。印象艺术具有时间的连续性，它作用于鉴赏者感情，再移入感觉方面，给予鉴赏者内心再创作的审美自由天地。另外，有岛论述了具象艺术与印象艺术二者境界是不可能截然分开的。譬如，诗歌并存着具象性与印象性，有的诗歌诞生于来自绘画或雕刻等方面的感动，有的诗歌诞生于来自音乐或戏曲的感动。

第四，文学创作的内在倾向、表现倾向、具体倾向。有岛认为，内在倾向"主要由作品诞生的时代倾向所决定，时代倾向堪称是构成文学之实质的基础色调"[①]。人生活在某一时代，虽然他在不断处理每一个时代的"现在"，然而生活在"现在"，他的生活意识分为三种，即以过去为主的、以未来为主的和以现在为主的。以过去为主生活的人，往往在感情上空想着过去，助长了主情倾向，即感伤主义，着重描写这种生活的文学就是感伤主义文学。感伤主义文学具宿命性、回顾性、咏叹性、高蹈性、悲观性等特色。以未来为主生活的人，希冀彻底摧毁现在的状态，把未来可能诞生的事物作为自己唯一期待的动力源泉，将过去、现在统统牵系于未来。着重描写这种生活的文学就是浪漫主义文学。浪漫主义文学富于情热性、空想性、传奇性、破坏性特色。以现在为主生活的人，把最大的价值放在现在，放在目可睹、耳可闻、手可触的现在，努力利用现在来编织生活。着重描写这种生活的文学就是现实主义。现实主义文学的特色表现是它的统合性、力度感、对健全性的启发、概念的充实性等。有岛承认，上述三种生活要求之间的界限，往往

---

① ［日］有岛武郎：《生活与文学》，载刘立善译《爱是恣意夺取》，辽宁大学出版社1998年版，第185页。

并非截然分明，只是某时代某种主义表现得相对浓烈突出而已，他认为"更适合于创作出最好文学作品的，是以现实主义为基调的文学倾向"①。谈到文学的"表现倾向"时，有岛写道："艺术冲动中最大的要素，就是以什么形式来表现冲动。要素活跃，艺术品随之生出。"②

按其上述，表现倾向就是表现艺术冲动的形式。有岛将文学的"表现倾向"大体上分成了四种：古典主义、浪漫主义、自然主义和理想主义。有岛认为：古典主义的表现特色是规模宏大、形式齐整、感情不极端，词句庄重、有均衡之美、无流动感、具安定性。浪漫主义的表现特色是异常看重人的内心要求，带有探险性格，在传统的生活圈外寻觅新收获，具追求标新立异的倾向。自然主义的表现特色是极力鼓吹支配人的命运是环境，所有的存在皆由物质的因果关系促成，即便人的生活也难逃物质的限制。理想主义的表现特色是强烈否定现在的生活，为实现理想强烈鼓荡意志之力，将之作为救助人的一条道路。上述四种文学的表现都有其进步意义和弊端。但无论上述何种主义的文学表现倾向，通过某一时代或某一作家去展现时，都可较精确地认清该时代是怎样的一种时代，认清该作家究竟处于如何的性格状态之中。关于文学的"具体倾向"，有岛主要谈的是文学的具体形式。他认为："在诗歌、剧本、小说之外，还存在着一定数量具体表现的倾向，如论文、寓言、散文诗、Essay（即小品文、随笔——引者注）等。"③他认为，小说和剧本的形式没有足够的力量表现艺术家的内心要求，不能淋漓尽致地浸透于精确语言之中，只好借助一些不纯的语言材料。而散文性作品由于距艺术冲动的细密描写甚远，艺术冲动越纯粹，散文性作品的表现就越令人不满意。而诗歌自生活尚未变得纷繁复杂时就成为文学表现的主要形式。诗歌的倾向将会渐次更发达，语言会进一步纯化，它终而会作为纯

---

① ［日］有岛武郎：《生活与文学》，载刘立善译《爱是恣意夺取》，辽宁大学出版社 1998 年版，第 192 页。
② 同上书，第 198 页。
③ 同上书，第 218 页。

粹的艺术冲动的唯一表现手段。无论今后生活变得如何复杂，好的诗歌都能将其完全地表现出来，所以，在文学的"具体倾向"方面，诗歌将占据着至高无上的席位。

第五，文学鉴赏。有岛针对当时关于文学概念的一些观点，如宗教家把文学作为宗教的必要用具，教育家把文学作为教育的材料，社会改良家把文学作为社会改良的手段，越出这些观点的文学就会被扣上恶德文学或堕落文学，有岛认为这是消却了文学自身的价值和目的。有岛还反对将文学视为缓和生活压抑的一种游戏，他说："文学是艺术家艺术冲动的表现"，文学"是尽可能细密周至地表现人内心的冲动"，文学"是表现隐于现象背后、跳动着的冲动之活姿。正是这种冲动（本能），构成我们人的生活之中轴，但其活姿却因我们生活的混乱而被遮掩模糊，使得人们难以轻易地把握到，而文学却在朦胧中意欲将其有机的风貌原姿表现在我们的眼前。"[①] 有岛认为，文学要表现人内心之冲动，这种冲动构成了人的生活之中轴，现实生活混乱，使人难以把握，文学却要将难以把握的生活的有机风貌展现出来，作为文学鉴赏家也是这样，要以超越现在的道德、习惯、制度之上的那种心情去接触文学，以纯粹的形式去接受促动生命跃进的某种暗示，唯此才是文学与文学鉴赏的目的和价值。文学越是表现人的内心冲动（本能）就越有永久的生命力，文学鉴赏从文学作品中汲取着有益于自己生活的精神营养，将其化为自己的冲动。

第六，爱的美学。有岛的美学精华是"爱"。他说："以自己为对象的活动是爱的活动。""自己的本质是爱，所以唯有爱才能孕育出艺术。"[②] 有岛将爱作为人的本能。爱，纯粹是要爱自己。对他人的爱也是为他人给予自己爱的反馈，爱他人归根结底仅仅是爱自己。在这种

[①] [日] 有岛武郎：《生活与文学》，载刘立善译《爱是恣意夺取》，辽宁大学出版社1998年版，第221页。

[②] [日] 有岛武郎：《有岛武郎全集》第7卷，筑摩书店1980年版，第163页。

爱的哲学基础上，有岛提出了他的爱的美学，那就是作为一个艺术家，通过对己对他人的爱的形式来对爱的终极价值的自觉的思考，来建立起自己独立的自由意志，来关心现实，直面社会。并且，艺术家唯有心中涌动着源于生命情志的真诚的爱，才能激起艺术创造的冲动，由艺术冲动产生的作品才是真正的艺术作品。艺术家内心充满爱的素材，这些构成了艺术家生命要素的生动鲜活的部分，成为他自身生命的需要，为此，爱的自我表现就是艺术，无爱则永远不能诞生真正的艺术。

武者小路实笃（1885—1976）

白桦派代表作家，生于东京一个贵族家庭。3岁丧父，从小进入贵族子弟学校学习，青年时代崇拜托尔斯泰，1906年进入东京帝国大学社会科，1907年中途退学专事创作，步入文坛，陆续发表一些中短篇小说、剧本。主要作品有《天真的人》、《一个青年的梦》、《友情》等。同时，武者小路发表了文艺评论，主要作品有：《凡有艺术品》、《在一切艺术》、《文学者的一生》、《论诗》、《白桦运动》、《文学与社会》等。其文论的主要内容是：

第一，作者人格论。武者小路认为，凡是艺术品都要体现出作者的人格，他写道："凡有艺术品，无须要懂得快，然而既经懂得，就须有味之不尽的味道。这是，不消说得，必须有作者的人格的深。凡艺术家，应该走着自己的路，而将对于自然和人类的深的爱，注入于自己的作品里。"[①] 武者小路这里所谓的"作者深的人格"指对自然人类怀有深的爱心，通过作品，将爱心奉献给读者。怀有这种深的人格，才具高尚精神，具高尚精神的作者才能打动读者。"文学是一种征服工作，是用了自己的精神，打动别人的精神的。使自己的精神动作，而别人的精神因而自动，则以作家而论，就已经成了样子了。所以，精

[①] ［日］武者小路实笃：《凡有艺术品》，载《鲁迅全集》第16卷，人民文学出版社1981年版，第162页。

神力不多的作家,是不能成为大作家的。"① 为此,武者小路强调,要忠实于自己的良心进行创作,以自己的好的艺术品来实现人类的意志、自然的意志。

第二,作品充实论。武者小路在《在一切艺术》文中写道:"在一切艺术,最犯忌的是有空虚的处所;有无谓的东西;还没有全充实。只有真东西充实着。不充实的艺术,都是虚伪的;至少,那没有充实的处所,是虚伪的,是玩着把戏的,虽然也有工拙。"② 武者小路指出,好的艺术是有真东西充实着的,坏的艺术是虚伪的、空虚的把戏。他将作品的充实与真实和作品的空虚与虚伪联系起来,强调了作品的充实论。同时他还进一步阐述了充实的作品的内涵:"凡是好的文学,并非在余暇中做成的,作家的全部精神,都集注在这里;作家的全部生活的结晶,都在这里显现。"③ 作家的精神、作家的生活在作品中显现出来,作家要写出自己,这样的作品才是充实的作品。武者小路的这种审美意识,是对文学创作中的虚饰造作现象的反拨。所以,有学者这样评价他的审美倾向:"武者小路君不虚饰造作,他驯顺地服从'自然',不逆反合适的意志,将自己的身体委托给'自然'才能感到神定心安。"④

第三,创作要求。武者小路认为,首先要本着本心的要求进行创作,要将自己内心的真实的东西在创作中生发出来,才能产生好的作品,"凡文学者,总是任性的居多;而发生自己的事,便成为第一要义"⑤。武者小路这里说的任性即率性、率真。可是这人世间存在着不将内心真实地、明白地表现的大量的现象,而文学家要求本着内心创作

---

① [日]武者小路实笃:《文学者的一生》,载《鲁迅全集》第16卷,人民文学出版社1981年版,第170页。
② [日]武者小路实笃:《在一切艺术》,载《鲁迅全集》第16卷,人民文学出版社1981年版,第165页。
③ [日]武者小路实笃:《文学者的一生》,载《鲁迅全集》第16卷,人民文学出版社1981年版,第170页。
④ [日]野上白川:《武者小路实笃论》,《文章世界》1913年第4期。
⑤ [日]武者小路实笃:《文学者的一生》,载《鲁迅全集》第16卷,人民文学出版社1981年版,第169页。

就会感到寂寞。为此，武者小路指出，正是知道品尝这种寂寞的人才能谈文学。"饥饿于人的真心的人，若只有这些，却寂寞。对于天才的爱，于是发生。和没有真知道这样的寂寞的人，我不能谈文学。"① 知道这种寂寞就会产生爱，创作就源于爱。武者小路主张有爱的创作才有存在的意义，无爱的人生为荒野，创作就失去意义。文学的秘密就在于爱的经验产生的心灵颤动，创作就是将自己的心灵颤动传达给全人类。武者小路的创作要求正是建立在这种思想基础之上的。

第四，创作个性。武者小路强调，力作生发于有个性的人，而个性生发出来的作家是极少的。个性不等于创作特色："特色是可以人造的，也能用技巧。但个性，却只能从全然生发了的自己这一事上才能够产生，一到这地步，便于工作不是毛坯了，无论有了怎样巧妙的模仿者，也不要紧。"② 显然武者小路把创作个性放在比创作特色更高的地位上了。他认为人类发展首先必须是个人的发展，文学没有个性的发挥就失却了对人类意志发挥的意义，只有最出色最完善地发挥了个性，才能创造出对人类有价值的文学，创造出真的文学。

第五，爱的文学。武者小路就恋爱、友爱的问题，发表过精辟之言："首先，我希望自己的命运与恋人的命运融为一体；其次，时常与友人的命运结为一体；再次，与许多同趣者仅保持旅伴关系。换句话说，我希望自己和恋人进行中心合奏，友人协从之，让同趣者前来强化气势。以绘画喻之，自己和恋人是中心人物，友人是陪衬人物，拿同趣者做背景。"③ 武者小路认为，恋爱和友爱系两个不同层次，恋爱高于友爱，是爱的最高阶段。他认定，作为不同层次的爱，本质上是充实自我，是自我的凝集、夺取或吸收，不管是信义的友爱或者压倒友爱的纯真的恋爱，只有坚守这样的爱学立场，才是自我人格的完整，才是合乎

---

① ［日］武者小路实笃：《文学者的一生》，载《鲁迅全集》第16卷，人民文学出版社1981年版，第172页。
② 同上书，第175页。
③ ［日］武者小路实笃：《自己与他人》，《白桦》1910年7月号。

道德，珍视精神生活质量的人。这正是武者小路的爱的美学原则。

第四节　私小说文论：小林秀雄

小林秀雄（1903—1983）

日本著名文学评论家，生于东京。1912年就读第一高等学校，后毕业于东京大学文学部法文科。1929发表评论《形形色色的图样》获《改造》杂志悬赏奖。1933年与林房雄、龟井胜一郎等创刊《文学界》，1935年在《经济往来》杂志上连续发表关于"私小说"的论文，产生重要影响。1951年获艺术院奖，为艺术院会员。主要文论著作有《文艺评论》、《续文艺评论》、《续续文艺评论》、《现代小说的诸问题》、《陀思妥耶夫斯基的生活》、《历史与文学》等。

小林秀雄是活跃于日本近代及现代的文论家。关于"私小说"理论，小林写的论文收在《小林秀雄全集》第3卷中，其主要内容是：

第一，实生活的"我"与社会化的"我"。小林认为，私小说作家不能迷恋自身生活而缺乏对社会生活的关注，希望让自身生活的"我"死去，在作品中让"我"再生。要像志贺直哉创作私小说时所说的，见了梦殿的救世观音，作者自身的事全部消却，完全游离于自身事之外，这时"即使把我的那些职业上的事情表现在文艺上，不用说，'我'不会想到贴上自己的名字。"[①] 现实生活中的"我"即社会化的"我"。小林写道："如果说《忏悔录》的客观性的话，是因为相信它不忌讳说出自己当时前所未闻的企图。可为什么令人相信呢？如果把自己的问题置于社会，所说的自己的事应该是社会的问题。"[②] 小林认为，卢梭的《忏悔录》写自身而令人信服的原因主要是把自身的问题作为社会的问题，同样，社会的问题应该含有"我"的问题。作为社会化

---

① ［日］小林秀雄：《小林秀雄全集》第3卷，新潮社2001年版，第22页。
② 同上书，第20页。

的"我",小林要求让日常生活的"我"作为实证主义思想的牺牲者而被抹杀,只发现艺术上的"我",即社会化的"我"。"我"从实证主义思想中独立出来作为自律的存在,又进一步在"我"中贯彻实证主义思想,创作出社会化的"我"的形象。小林从法国文学传统中发现了文学的社会性,认为日本"私小说"欠缺法国文学社会性的实证主义思想。所以他要求:抓住法国文学传统,采取日本私小说的实证主义,实现社会化的"我",从而使日本现代文学的现实性得以表现。

第二,私小说与其他文学形式。小林主张私小说就是纯小说,即私小说是"关于实际生活的告白及经验谈,并在此基础上对'我'进行纯化提炼"[①]。他主张,私小说从自我意识的"我"扩散,再向"我"收敛到纯粹小说。所以,小林赞成横光利一在《纯粹小说论》中所说的,用19世纪实证主义思想抹杀"我",从而在艺术上去发现"我"的影子。小林不赞成横光因陀思妥耶夫斯基的作品《罪与罚》表现了偶然和感伤就认为《罪与罚》是纯文学中的通俗小说的说法。小林认为:"横光氏的《纯粹小说论》,把偶然性或者感伤性作为通俗小说的两大要素……读者不容忍连自己也不理解的偶然和感伤。现实世界里充满了谁也不理解的偶然和感伤。面向这个世界的通俗作家也如此。陀思妥耶夫斯基以现实主义对现实世界把握,他的作品表现了偶然和感伤,但与通俗小说中的偶然和感伤毫无关系。"[②] 所以,小林认为《罪与罚》是纯文学而非通俗文学,不赞成私小说是通俗小说。小林也不认为私小说是所谓的描写文学和告白文学。"我不相信描写文学和告白文学,他们仅仅根据抽象意识创作文学,其文学手法空虚。……外面社会生活发生着急激变化,而这些作家对于传统的考虑却不易改变。他们感到生活的不安,只相信描写和告白,思想上全然不管从私小说传统自身内产生的地方去反映生

---

① [日]小林秀雄:《小林秀雄全集》第3卷,新潮社2001年版,第385页。
② 同上书,第399页。

活不安的自我问题,对个人与社会的抽象问题都缺乏思考。"① 小林认为,在现实生活的不安中,不断地采用新技巧、新感觉的新感觉派和新兴艺术派是私小说最后的变种。而描写文学和告白文学的创作背后却只是潜沉着绝望的自我,所以,私小说不是时称的描写文学和告白文学。

第三,反对两种倾向。小林主张私小说创作要反对自然主义文学和无产阶级文学的两种倾向,认为自然主义文学无视创作中的思想,而无产阶级文学却陶醉于思想。"自然主义作家们和那些反抗者们,全力观察、解释、表现日常生活,否定新进作家,从不丢掉他们的日常生活,也不对他们的思想、生活观念从日常性中给予历史性解释。"② 他们记录着自身的实在生活,"总是借女儿的手,借老婆的手,去记录他的实生活,如果不认为是谎言的话就读不下去"③。小林认为,无产阶级文学要从日常生活概念中进行历史性解释,提倡写实主义的创作手法,却忽略了大正时期提倡的苦心经营的小说手法及近代诞生的心理手法,认为无产阶级文学"把日常生活题材扩大到农村和工厂,而创作手法贫弱"④。小林指摘,这是一方面排斥公式主义,另一方面产生另一种公式主义。无产阶级作家们反对文学作为无用技巧的游戏,舍去自我,缠住思想,然而,其艺术手法的贫弱化使其创作中舍掉自我而新的自我面孔却不能见到。所以,小林断定艺术手法贫弱化意味着私小说传统的死亡。

第四,私小说与传统审美。小林写道:"传统主义并不是糟糕的问题。传统是作为我们分析的动力又超越我们的分析能力。作家处理的题材如果是传统社会产生的,那么,即使作家不增加什么,读者也有共感。在传统题材所保持的这种魅力上面,作家究竟能增加什么新的东西呢?我持怀疑态度。……语言是各种各样事物不同的称谓,词汇的增加

---

① [日]小林秀雄:《小林秀雄全集》第3卷,新潮社2001年版,第406页。
② 同上书,第391页。
③ 同上书,第22—23页。
④ 同上书,第2页。

应当是社会化大众化的结果。不管你怎么巧妙地创造新词汇，也不及长期以来约定俗成的语言的魅力。再伟大的诗人也不过创造极少的吸引人的词汇。在传统词汇从单词到一般语言急遽变化的今天，新进作家们怎么去获得新文学的现实性呢？"① 小林认为，要在日本传统生活中形成的审美感中去获得现实性表现。日本民族保持了传统的审美感，过去成熟的文化不管时间多长，都是眼熟耳闻之事，特别是实证主义的思考及其方式令人产生兴趣。但应该是朝着社会化方向发展，现实地表现传统题材，表现与读者密切相关的生活。私小说的传统论具有广阔的视野，强调表现一般的社会问题。这是小林针对传统审美提出的私小说论的要点。

第五，文学表现。许多私小说对于小林来说并不是文学"表现"而是实生活的"反映"。所以他悲叹"在文艺世界里，不沉湎现实生活又深刻表现实生活的作家，在今日的日本到底有几人呢？"② 他指出，对于许多私小说来说，实生活的作家与表现生活的作家之间的距离是太短太短了。比如读《苦海》，立刻会想起作家用手揉脚揉眼的情景，从作品中看到这些实生活就感到痛心。相反，从现实生活拉大距离去表现生活，令人爽快。小林认为，这就是从表现的自律性中获得表现的可能性。小林反复强调，文学表现的关键是人物性格塑造，私小说不仅要探求人物性格，还必须探求人与人之间的关系，在人与人之间的关系中展现人物性格。现实的"切口"就是人生的"片段"，在这"片段"即现实"切口"发生的事情中，有直接见到这件事的人，有间接听到此事的人，有在事件中行动的人，还有无数在旁看笑事的人。这些人没有固定的性格、感情和心理。在这复杂关系的人物面前，作家完全客观描写有困难，不得不依赖主观的见解及思考。总之，要从人与人的关系中去把握人物性格。如果在复杂、矛盾的人物关系中失却鲜明形象，私小说

---

① ［日］小林秀雄：《小林秀雄全集》第3卷，新潮社2001年版，第402—403页。
② 同上书，第22页。

会失去光彩。

第六，重视读者。小林认为私小说要表现生活，反映现实，必然依赖作家的意识观念。读者要掌握文学表现生活及反映现实深度的话，也要依赖他们长期以来形成的意识观念。作为人的思想深处的观念要改变是很困难的，尤其难的是，看法有异，即使没有读私小说作品的人，他们心中也存在对现实生活的酸甜苦辣的记忆，这种记忆正是读者对文学理解的智慧，经常用来评判作为固有观念产物的文学所表现的事。小林相信，读者凭借这种记忆阅读文学会培育出一种社会感。因此，他提出私小说作家特别要重视读者。

第七，置身于现实。小林认为，要创作伟大的作品，必须置身于现实，埋头于现实的研究。熟悉现实的作家对现实的感受性有自信心。陀思妥耶夫斯基就具有这种自信，他对犯罪事件的处理，并非是实证的研究，而是联系着直接的观察。他沉湎于"性格破产者"的思想很明显。开始的创作期间，借款和赌博的无序生活及对现实生活的超越使他找到了文学表现的对象。人物的"绝望"和"理想"、"颓废"和"野性"的两重性均存在。生活的混乱与现实的混乱及自身的混乱连在一起，陀思妥耶夫斯基从俄罗斯社会的混乱中表现了知识分子的混乱，这是他创作成功的秘密。小林指出，陀思妥耶夫斯基即使实生活混乱，如果没有深刻的思想，绝不能有那种艺术表现。他是思想家，在冷静的实证主义思想和热情的艺术创作之间的矛盾中，找到了真正的创作场所。他置身现实，见到了知识分子与民众乖离的社会之混乱，并且带着问题去处理迷茫混乱的"我"，从而踏上社会化地表现"我"的创作道路。

第八，私小说的转向。小林认为，无产阶级文学的"文学外在论"决定私小说传统的消亡。在著名的《私小说论》结尾中，小林写道："私小说的消亡，不是人人都征服了'我'吗？那私小说又以新的形式展现。"① 他认为，无产阶级文学的写实主义、陀思妥耶夫斯基的"野

---

① [日] 小林秀雄：《小林秀雄全集》第3卷，新潮社2001年版，第408页。

性"表现、日本传统的审美感是当今日本文学的三个主道,而第四个主道是正在摸索之中的"新的形式"。私小说似乎避开了"新的形式"表现。近代日本文学家在"我"的问题上相当混乱,私小说如果没有写出被征服的"我",就无法获得"新的形式",这也是一种"人人都征服了'我'"的一种消亡。因此私小说又以新的形式展现,即所谓的"转向",回到了上述的第三个主道:对日本传统审美的回归。

第五节 心理分析文论:厨川白村

厨川白村(1880—1923)

日本大正时期著名的文艺批评家和文艺思想家。毕业于东京大学,先住熊本和东京,后定居京都,曾留学美国,回国后任京都帝国大学教授,1923年9月在日本关东大地震中遇难。厨川的主要著作有《近代文学十讲》、《文艺思潮论》、《苦闷的象征》、《欧美文学评论》、《出了象牙之塔》、《走向十字街头》和《近代的恋爱观》等,其文论的主要内容如下:

第一,情绪主观是文艺的始终。在《近代文学十讲》第九章《非物质主义的文艺》中,厨川以情绪主观为基点,论述了文学的发展。认为艺术思想形成于主体对客体的把握。作家在感受社会生活的基础上,引起了对客观事物的感情体验和思想评价,在这个过程中,有感知、认识、感情、思想、想象、意志及愉悦等,作家将客观事物通过主观情绪而具体化,因而形成艺术思想,文学作品得以诞生。在厨川看来,作家在特定环境中为客观对象所打动,其心理生理均颤动而产生激情,情绪的激发促使作家主观迅速运动,震撼心灵,作家就喷薄出一系列新奇意象,从而创作出文学作品。

因此,厨川认为,情绪主观贯穿于文学发展的始终,情绪主观成为文艺的主流。虽然文学发展存在除情绪主观之外的各种流派,但那都是因时代需要而临时出现的支流,而这些支流的文学流派是一种暂时的现象,当新的时代不断取代旧时代时,文学支流将随之被取缔,取而代之的是情绪主观的文学主流。

第二,苦闷象征说。厨川说他的文艺观"即生命力受了压抑而生的苦闷懊恼乃是文艺的根底,而其表现法乃是广义的象征主义"①。厨川这里所说的生命力是包含了性本能的生命力,是与人的个性、体验、生活现象联结在一起的,他赋予了生命力以现实性和创造性。这种生命力受压抑而生的苦闷就成为战斗的苦恼,"一面经验着这样的苦闷,另一面参与着悲惨的战斗,向人生的道路进行的时候,我们或呻,或叫,或怨嗟,或号泣,而同时也常有自己陶醉在奏凯的欢乐和赞美里的事。这发生出来的声音,就是文艺"②。厨川把对生命力的压抑的功效由精神分析心理学的"性宣泄的快感"转化为"自由创造的欢喜"。并且,这种转化是以广义的象征主义来表现的,所谓大艺术就是将人潜意识的苦闷心进行象征,用象征化的东西来成全作家生命的自由表现,作家脱离了压抑(类似生育的苦痛)而得到创造的胜利的欢喜,这种欢喜一定和文学创作联系在一起。

第三,文明批评。厨川强调要从单纯的文艺研究走向社会的文明批评,要将文艺与社会紧密结合起来,要"建立在现实生活的深邃的根底上的近代的文艺,在那一面,是纯然的文明批评,也是社会批评"③。"文艺的本来的职务,是在作为文明批评社会批评,以指点向导一世。"④他认为,文明批评具有强烈的批判性与参与精神,批评家要把文艺的内部研究转向文艺的外部研究,在此基础上,深入探讨文艺的内在规律,以文学为基点全面观照文化研究,在文化研究背景下,将文艺置于社会政治、经济现实的诸问题之中,体现及发挥文艺的社会价值。

---

① [日] 厨川白村:《出了象牙之塔》,鲁迅译,人民文学出版社 1988 年版,第 21 页。
② 同上书,第 24—25 页。
③ 同上书,第 215 页。
④ 同上书,第 244 页。

第四，文艺与人生。厨川指出，文艺家要以广义的人道主义者的态度去观照人生，要"立在善恶正邪利害得失的彼岸，而味识人生的全圆，想于一切人事不失兴味者，是文艺家的观照生活。这也便是不咎恶，不憎邪，包容一切的神的大心，圣者的爱"①。以爱人生为基础，厨川提出"人生的享乐"命题，这个命题也是文艺与人生的关系。"文艺上的天才，大抵是竭力要将'人生'这东西，完全地来享乐的人物。袖手旁观的雅人和游荡儿之流，怎么能懂得人生的真味呢？大的艺术家，即在他的实际生活上，也显现着凡俗所不能企及的特异的力。有如活在'真与诗'里的瞿提，就是最大的人生的享乐者罢。看起弥耳敦的政治底生涯来，也有此感。……在艺术和生活的距离很接近了的近代，要寻出这样的例子来，则几乎可以无限，他们比起那单是置身于艺术之境，以立在临流的岸上的旁观者自居，而闲眺行云流水的来，是更极强，极深地爱着人生的。"②厨川强调文艺与人生紧密连接一起，作为艺术就要热爱生活，挚爱人生，体验生活，在生活甜酸苦辣之中能真正理解人生的意义。

第五，文艺的表现方法。厨川认为文艺的表现方法是"广义的象征主义"。顾名思义，"广义的象征主义"不是指特定艺术流派"象征派"的象征主义。厨川对此说明："艺术的最大要件，是在具象性。即或一思想内容，经了具人物、事件、风景之类的活的东西而被表现的时候；换句话说，就是和梦的潜在内容改装打扮而出现时，走着同一的经路的东西，才是艺术。而赋予这具象者，就称为象征（Symbol）。"③作家经历的生活中的人物、事件、风景是有形的"具象"，有形具象潜在于作家的"心"中，是复杂的精神、理想的东西、思想感情等。文艺的显在形态是一种有形的具象，是将作家潜在的内容即作家的"心"、

---

① ［日］厨川白村：《苦闷的象征》，鲁迅译，人民文学出版社1988年版，第165页。
② 同上书，第172页。
③ 同上书，第30页。

"真生命"表现出来。厨川的"广义的象征主义"是文艺的表现方法，是有形的具象与作家潜在的思想内容的统一体，也是具象与思想、形与心的统一体。这也是一般的文艺表现法。

第六，文艺鉴赏。厨川将文艺鉴赏分为四个阶段，第一是理知的作用，第二是感觉的作用，第三是感觉的心象，第四是情绪、思想、精神、心气。他进一步分析了这四个阶段的过程。文艺鉴赏者"先凭了理知和感觉的作用，将作品中的人物、事象等，收纳在读者的心中，作为一个心象。这心象的刺激底暗示性又深邃地钻入读者的无意识心理的底里，就在上文说过的第四的思想、情绪、心气等无意识心理的底里所藏的生命之火上，点起火来。"① 如此达到读者对文艺的共鸣的创作，即文艺鉴赏。文艺鉴赏的目的是"在自我的根底中的真生命和宇宙的大生命相交感，真的艺术鉴赏乃于是成立。这就是不单是认识事象，乃是将一切收纳在自己的体验中而深味之。这时所得的东西，则非 Knowledge 而是 wisdom，非 fact 而是 truth，而又在有限（finite）中见无限（infinite），在'物'中见'心'。这就是自己活在对象之中，也就是在对象中发见自己"②。

第七，文艺批评方式。厨川主张"印象批评"，即"将批评当作一种创作，当作创造底解释（creative interpretation）"③。这种批评偏重于批评家的主观印象，强调鉴赏者（批评家）的个性和创造性，认为最高的批评比创作更有创造性。厨川反对客观批评，认为客观批评抱着传统主义思想，将批评标准放在客观的法则上，毫不顾及批评家的个性和主观创造性。

第八，文艺的起源和产生。厨川写道："就是生命的自由的飞跃因为受了阻止和压抑而生苦闷，即精神底伤害，这无非就从那伤害发生出

---

① ［日］厨川白村：《苦闷的象征》，鲁迅译，人民文学出版社 1988 年版，第 61 页。
② 同上书，第 55 页。
③ 同上书，第 48 页。

来的象征的梦。是不得满足的欲求，不能照样地移到实行的世界去的生的要求，变了形态而被表现的东西。诗是个人的梦，神话是民族的梦。"[①]厨川在这里联系了文艺创作的苦闷象征说，把文艺起源和产生视为人类日常生活特别是苦闷生活发生出来的梦，这种梦变了形态而用象征形式表现出来，就是诗，就是神话，统而言之就是文艺。

第九，文学思潮。厨川强调了文学思潮的发展变化与社会生活及社会思潮的变迁密切相关。在《近代文学十讲》中，他论述了欧洲文艺思潮从古典主义、浪漫主义、自然主义到新浪潮主义的进化过程，对自然主义、新浪漫主义产生的背景、性质、特征等进行了系统的论述。厨川的这些论述，为西方文论不断地移植于日本近代文论之中发挥了重要作用。

第六节　无产阶级文论：青野季吉、藏原惟人

青野季吉（1890—1961）

日本著名的无产阶级文学理论家。生于新潟佐渡郡，1915年于早稻田大学英文科毕业，先后任职在《读卖新闻》社、《大正日日新闻》社，后加入日本共产党，在《赤旗》编辑部任编辑，在党内及退党后，一直从事文艺理论研究。其主要文论著作有《心灵灭亡》、《解放的艺术》、《转换期的文学》、《实践的文学论》、《文艺批评的一个发展型》、《调查的艺术》、《自然生长与目的意识》、《政治价值与艺术价值的问题》等。其文论的主要内容是：

第一，外在批评论。外在批评是针对内在批评而言的。青野说："内在批评的批评家对作品内部进行分析，分析作品结构如何分解和组合，评论作品的内容与形式（技巧）的关系，找出其中的缺失等。内在批评是说明式的批评，或者说是文学史的批评。外在批评的批评家对作品所反映的社会现象进行批评，这种批评强调的是社会存在决定着艺

[①] ［日］厨川白村：《苦闷的象征》，鲁迅译，人民文学出版社1988年版，第88—89页。

术家的思想和他所产生的作品,与内在批评相对立,外在批评是社会性的批评,或者说是文化史的批评。"① "外在批评"不限于文艺方面,"它分析了作品内在的价值后,还包括作品之外的具有广泛的社会观点的批评"②。"外在批评是非常新颖的文坛现象。自然,它是摆脱了传统文艺批评约束的批评,不采用文学史的批评方式,而是文化史的批评。作为近年来文学社会的一个显著现象,外在批评遭到坚持传统方式的保守家的种种非议。"③ 但是,"外在批评的出现有它的必然性"④。"对于文艺作品的观赏,如果进一步去探讨它的价值的话,必须要求观照广阔的生活事实。"⑤ 青野多次提出,不能局限于对文艺观赏的自慰和困惑中,而必须关注社会生活。"以社会生活发展为中心,去观察生活事实在大的社会中变化着的处境。"⑥ 为此,青野指出,时代要求艺术家发现新社会,融入社会之中,艺术家没有生活根底是不行的,没有融入社会中的生活是隐退的、消极的生活,而外在批评强调的是作品的积极的社会意义,它是一种文艺批评的社会学方法。外在批评依然要对作品的艺术价值进行评价,但它带有明显的政治态度,主要是从社会现象中去评价艺术作品。青野提出的外在批评论一度成了日本无产阶级文学理论的指导性观点。

第二,调查的艺术。青野认为:"目前日本的小说,是作者生活里面所意识到的及大部分无意识的各个印象的组合。"⑦ 不用说,单个印

---

① [日]青野季吉:《文批艺评的一个发展型》,载《现代日本文学全集》第55卷,筑摩书房1973年版,第72页。
② [日]青野季吉:《对外在的批评的寄予》,载《现代日本文学全集》第55卷,筑摩书房1973年版,第72页。
③ [日]青野季吉:《文艺批评的一个发展型》,载《现代日本文学全集》第55卷,筑摩书房1973年版,第72页。
④ 同上书,第73页。
⑤ 同上。
⑥ 同上。
⑦ [日]青野季吉:《"调查"的艺术》,载《现代日本文学全集》第55卷,筑摩书房1973年版,第69页。

象不能代表作者努力去寻求结果的事实，以及根据这些事实产生的思想和全部的认识，所以，作家对社会进行全面观察，就要摆脱印象式小说和印象艺术。但日本小说缺乏的正是作家全面观察的意识。既然作家"将单片印象合并起来的观点是不够的，那就应该具有强烈的现实的意识，寻求调查的方法，在此基础上获得的思想才能摆脱那种文坛（指印象的小说艺术——引者注）之路"。"以从反抗意识和叛逆意识中自然产生出来的思想作为基础，这并非是单片印象的合并，而是自己从调查中所认识到的沉实的东西。"一句话，"就是调查的艺术。它包含了各种各样的行为，采用了科学的调查方法"①。青野认为调查的艺术是无产阶级描写这个世界的特权。他写道："真正的宽阔的描写，只有经过调查的努力才能达到，这是斗争期间无产阶级应努力的方向，也是挽救日本无产阶级文学的一个坚实的道路。""无产阶级作为把握生产机关的阶级，作为推动社会运转的阶级……解剖这个世界（指无产阶级世界——引者注），描写这个世界，是无产阶级所具有的唯一的特权。"② 他号召"不单单满足于兴奋和感伤的日本无产阶级作家一定要面向世界，大大地睁开眼"③ 去调查。他还指出，以反抗意识、叛逆意识为基础，从现实根据的必然性中从事调查的艺术，把握了生产机关的无产阶级必然解剖和描写无产阶级的世界，即着眼于现实，描写"我们的世界"。运用调查的艺术，对社会各种现象进行解剖研究后而创作的文学作品，当然面对的是日本广大民众。青野认为，现在日本通俗小说和大众文学，仅仅记录了作家身边的印象。而艺术要置于真正的社会的动荡生活之中，不面向大众，表现真正通俗的艺术，"只记录作家身边的印象"是不行的。面对大众的作家，必须对大众生活进行调查。只站在大众之上，向大众谈论历史社会意识和作用的大众化也

---

① ［日］青野季吉：《"调查"的艺术》，载《现代日本文学全集》第55卷，筑摩书房1973年版，第69—70页。

② 同上书，第70—71页。

③ 同上书，第71页。

是不行的。相反，要在大众下面，而非大众之上进行大众化。要通过调查的艺术，解剖和描写无产阶级的世界。正是这样，文学创作才结合了艺术的大众化。青野提出的"调查的艺术"的观点，当时特别引人注目，也为日本无产阶级文学理论带来了一线生机。

第三，目的意识论。什么是目的意识论呢？青野是这样回答的："描写无产阶级的生活，追求对无产阶级的表现，如果仅仅作为个人的满足，没有自觉的无产阶级斗争的目的，那不是无产阶级完全的行为。开始有了自觉的无产阶级斗争目的，为阶级利益而从事艺术，无产阶级文学运动兴起是以阶级意识为指导，使艺术成为阶级的艺术。无产阶级文学运动，从自然发生被培植转变为有目的有意识的运动，进而成为无产阶级全阶级参加的运动。"① 无产阶级文学自然发生而生长，但"自然"生长终究是自然性行为，必须对之引导，"使它朝着具有目的意识方面发生质的变化，这才是无产阶级文学运动"②。所以，必须培植"社会主义的（真正的无产阶级）目的意识。事实证明：自然发生的无产阶级文学混杂了各种思想观念，其中包括资产阶级的、小资产阶级的，甚至还有中世纪的（指封建主义思想——引者注）等。为此，必须让社会主义的目的意识去取代。"③ 青野的目的意识论源于列宁《应该做什么》文中的观点，针对的是日本文学现象。他强调目的意识论，将之作为日本无产阶级文艺运动的指导理论，使无产阶级文学具有更强烈的政治色彩。他指明，这是无产阶级文艺运动发展的方向。日本无产阶级文艺运动中的许多重大理论问题，如无产阶级写实主义，现实描写与阶级观念的具象化，唯物主义的创作方法，社会主义写实主义论争等等，莫不与目的意识论息息相关。

第四，艺术形式和内容。青野在《政治价值与艺术价值的问题》

---

① ［日］青野季吉：《自然生长和目的意识》，载《现代日本文学全集》第55卷，筑摩书房1973年版，第78页。
② 同上。
③ 同上书，第79页。

一文中指出：马克思主义艺术论与全部艺术论一样，都认为艺术形式和内容是不可分割的。不用说，文学形式依存于驱使作者创作的内容，内容决定形式。但两者并非是有对立意识的二元关系。形式由内容所具的力产生出来，这就意味着形式依存内容，内容决定形式。关于内容与形式的这种关系，马克思主义的文学与资产阶级文学没有多大差异。马克思主义文学的内容具有无产阶级的意识观念，由此必然产生出其形式（至于其形式完全产生出来与否另当别论）。资产阶级文学也是受资产阶级的意识观念的影响而必然地产生出的形式。这是两个阶级的两种文学的根本差异所在。但形式从属于内容这点上两者无根本差别。目前，无产阶级文学特别重视内容，资产阶级文学尤其重视形式，这只是文学创作的历史性表现，不是内容与形式二元论的实证。无产阶级现今处于发展时期，在内容的内在力必然产生出形式之前，特别热衷于内容的充实。资产阶级现今处于崩溃时期，它不要求内容的充实，而是极力保存昔日业已完成的形式。现在如果无产阶级文学脱离了尊重内容的一面，由内容必然产生的独自的形式就显得浮泛了。无产阶级文学运动，要从理论上摆脱文学形式这种浮泛现象，只有这样，无产阶级的各种各样的文学才能成立。内容与形式的二元论是两者关系的机械论，这种理论毫无成效。所以，无产阶级文学始终强调尊重内容。

第五，现代文学缺陷。青野在《现代文学的十大缺陷》一文中指出日本现代文学（包括无产阶级文学）存在着十大缺陷，即：一是小说运用的材料是作者身边经验的事，是作者个人印象的经验的东西。二是小说无思想，缺乏将社会现象或现实加以批判考察而得出的活的观念。三是缺乏新的样式，大抵还是自然主义文学所创出的样式。四是文学成为没有苦闷的享乐。五是偏于技巧化的倾向。六是重于对欧洲文学的模仿。七是迎合于读者的作品商业化。八是歇斯底里的焦躁和轻浮。九是渲染虚无的情绪。十是文学没有变更世界的意志。青野在该文中根据日本现代文学的情况罗列出了上述十大缺陷，而并没有从理论上去评论所谓的现代文学十大缺陷的社会原因以及生成因素等。不过，他所罗列的问题和举例说明，与日本无产阶级文学相对的立场以及青野的文论观自然就显现出来，从而也显现了青野独特的无产阶级文学观。

藏原惟人（1902—1991）

著名的日本共产党理论家，日本无产阶级文学理论家。生于东京。东京第一中学肄业后，就读于东京外国语学校俄语科。毕业后，入佐仓联队当志愿兵，开始研读马克思、河上肇等人的著作，1925年留学莫斯科，两年后归国，后二十余年一直从事理论工作。其文论著作主要有：《到新写实主义之路》、《再论新写实主义》、《普罗列塔利亚艺术的内容与形式》、《马克思主义文艺批评的标准》、《无产阶级艺术运动的新阶段》、《艺术运动的"左翼"清算主义》、《关于艺术方法的感想》等。其文论的主要内容是：

第一，无产阶级写实主义。藏原批判从观念出发的理想主义，认为那是没落的地主阶级的文学态度，非写实主义。而法国自然主义作家福楼拜等所代表的写实主义，从还原人的生物本能、人性、遗传等方面来描写生活，不能全面表现社会的存在。以左拉、霍普特曼、易卜生、陀思妥耶夫斯基为代表的写实主义是小布尔乔亚的写实主义，他们站在个人主义的立场，描写社会的阶级协调，宣扬人道、博爱，同样不能全面正确地表现社会的存在。无产阶级写实主义与他们有本质的区别。"无产阶级作家对现实的态度必须是客观的、现实的，他们必须脱离全部主观的构成去观察现实，描写现实，这意味着他们必须是写实者。站在抬头的阶级立场上，他们是写实主义唯一的继承者。""这就是无产阶级写实主义与资产阶级写实主义、小资产阶级写实主义的区别。"[①] 在强调无产阶级写实主义必须是忠于现实的真实描写外，藏原进一步提出，到无产阶级写实主义的路有两点："第一，用无产阶级前卫的眼光去观

---

① ［日］藏原惟人：《无产阶级写实主义之路》，载《现代日本文学全集》第55卷，筑摩书房1973年版，第164页。

察世界；第二，用严正的写实主义态度去描写世界。"① 藏原所谓的"前卫的眼光"，即掌握和运用马克思主义理论的方法。他所谓"严正的写实主义态度"即前面他所说的忠于现实的真实描写。这些概念术语源于苏联的"拉普"理论，在推崇"拉普"理论的基础上，藏原提出并强调了日本无产阶级写实主义的上述主张。

第二，唯物辩证法的创作方法。这也是藏原源用"拉普"理论在日本文坛上提出的无产阶级文学的主要创作方法。在《再论无产阶级写实主义》中，藏原写道"无产阶级世界观是唯物辩证法，这正是无产阶级飞跃发展的方向，无产阶级写实主义的艺术要以无产阶级世界观为基准，这也是过去的写实主义的变革"②。他指出，无产阶级写实主义发现现实、描写现实，就是唯物辩证法的创作方法。"唯物辩证法使我们去正确认识社会如何发展，去探寻社会本质是什么，社会偶然性是什么。无产阶级写实主义依据唯物辩证法，可以从社会复杂现实中寻觅到社会的本质，描写出社会发展的必然方向。换言之，无产阶级写实主义要在把握社会动态中，用形象的语言，艺术的方式，去描写无产阶级胜利的发展方向。"③藏原提出作为无产阶级写实主义的唯一创作方法——唯物辩证法有两点很明确，一是要认识和把握唯物辩证法，二是用唯物辩证法去描写现实。在这里，藏原考虑到要通过掌握唯物辩证法去认识现实，把握现实，这是世界观的问题。但如何艺术地认识把握现实以及它与世界观之间的关系，创作方法与世界观两者如何融合等，藏原并没有深入下去。藏原还论述到，辩证唯物论与历史唯物论并非要抹杀个性，而是从社会方面去解释个性。他说"人存在着下意识的生活及意识性的生活。……两者相互关联着，终究是以物质为基础。物质存在支配着生活的现实"④。对于具体的形象人物，无产阶级

---

① ［日］一条重美：《日本无产阶级文艺理论史》，彰考书院1948年版，第125页。
② 同上书，第137页。
③ 同上书，第147页。
④ 同上书，第152页。

写实主义要求展示人的潜沉的心理。人的这种潜沉心理存在于社会之中，所以要从社会发展中去发现人的独特的个性。藏原谈到描写社会中人的个性时，批判了所谓的现实各阶层存在共通的人性，认为它是抹杀阶级差别和对立的反动意识，是与辩证唯物论、历史唯物论相背离的。

第三，文艺大众化。在《艺术运动的"左翼"清算主义》一文中，藏原专门论述了文艺大众化问题。他认为，无产阶级艺术是鼓动的艺术，所以，无产阶级文艺运动常常被广泛地解释为政治运动。从这意义上来说，文艺的宣传就是政治的宣传。无产阶级的文艺要鼓动起大众的感情和思想，为此而产生文艺的运动。为展开无产阶级文艺运动，就要用文艺的形式向大众直接鼓动、号召、呼吁。当然，这与一般的用政治形式向大众直接鼓动是有区别的。如何用文艺形式向大众进行鼓动呢？无产阶级特意创作的广告画、宣传画、漫画、鼓动剧、鼓动电影等都是文艺作品。然而，这并非无产阶级要确立的无产阶级文艺的直接目的。无产阶级文艺强调真实意义，它不限于那种有一定社会行动的对大众直接的鼓动。作为向大众直接鼓动的作品，很多场合是企图与鼓动对象一起来行动的，文艺这样反而会失去鼓动意义。无产阶级文艺相当长时期地、高度地结合着大众的思想感情和意志，所以，它的作用是写出有艺术性的作品，写出既长期高度与大众思想、感情和意志结合又具有高度艺术性的作品。可这非朝夕能达之事，它必须有一定的艺术完成过程。艺术的完成决非自然而然地完成，它必须经过作家的努力创作。艺术创作与对大众的直接鼓动（即一定的社会行动的直接鼓动）是没有直接关系的，它必须经过艺术的习作、马克思主义的艺术理论研究、对昔日及现代的艺术研究等。同时，还要求作家投入无产阶级文艺运动中去，加入无产阶级文艺运动的机构。无产阶级文艺运动机构不能与大众隔离，它存在于大众之中，渗透在有特别意识的无产者及马克思主义知识分子之中，必须使他们与广大民众结合起来。这种机构决不能在直接鼓动的大众之中埋没。如何区别无产阶级政治运动与无产阶级文艺运动呢？藏原认为，无产阶级文艺运动是以无产阶级中的一部分人为主体进行的，不是以直接受鼓动的大众为主体的。以文艺形式直接鼓动大众的人是共产党、青年同盟指导下的文艺家。无产阶级文艺运动本质上是广泛的政治运动，与无产阶级政治运动密切相关。但在艺术创作中，作家、美术家、戏剧家、音乐家等，各自必须有自己专业的统一组织，并且，这些组织分别加盟在国际化的无产阶级艺术专业组织中，进行自己的艺术创造，这种艺术创造正是与无产阶级政治运动的区别。藏原提出，文艺大众化问题是日本无产阶级文艺运动的中心问题。1930年，围绕文艺大众化问题，藏原与贵司山治在"纳普"内部展开了一次论争，从而促成了日本无产阶级作家同盟中央委员会《关于艺术大众化的决议》的诞生。根据决议，藏原进一步阐述了文艺大众化问题，提议"纳普"与青年同盟、左翼工会及其他团体保持密切联系，在工厂组织工人成立自己的文学小组、戏剧小组，推动日本无产阶级文艺运动的发展。

第四，主题和方法。藏原认为，罗列题材丝毫不能解决问题，因为，第一，罗列题材会无限扩大题材；第二，形成题材决定论。在《关于艺术方法的感想》一文中，藏原写道："我们必要的事，不仅是做什么，这只是必要事中的一部分，而且要结合如何做以及写出如何做什么。可是，过去把单个题材抽象化了，作为全体中一部分作品的中心题材是包含着作家见解的主题。主题密切联系着方法，方法也离不开主题。"总之，"艺术方法问题，经常结合着主题问题，提到艺术主题同时要提到方法"[①]。藏原认为，"主题是作者观点整理出来的题材"。例如"政治罢工的题材"和"帝国主义战争的题材"，对之进行处理，根据各自的分析，可以表现出革命的或反革命的立场，关键在于是否正确把握，对对象客观本质进行描写。题材具有中立性，不限于所谓革命的或反革命的性质。提炼主题的方法应该从生活现实出发，解决出现在面

---

① ［日］一条重美：《日本无产阶级文艺理论史》，彰考书院1948年版，第167页。

前的问题,即生活现实提出的问题。这问题也是某种阶级面对的问题,作为阶级代表的作家抓住了它,形成了主题思想。这些主题思想是作家自身经历形成的思想,是作家关注的焦点,是作家艺术创作的升华。主题的选择源于作家对深化现实的需要。主题是作家置身现实,从不断闪过的现实生活现象中抓住的要点。无产阶级文艺强调主题的积极性,要从无产阶级运动的任务、作用中,从阶级实践面临的课题中,从阶级运动中去发挥文艺的作用。所以,主题是文艺运动整体的有机组成部分。文艺必须是党的事业的一部分。因此,"我国的无产阶级和他们的党现在面临的课题,就是我们艺术家自己艺术活动的课题"①。主题的积极性必须成为无产阶级文艺的主张。无产阶级文艺的现实要求就是社会现实的要求。在这里,藏原强调主题的积极性时又指出,创作题材应该多样化,要描写社会各阶层的种种人,描写与无产阶级解放相关的一切事,要清算只限于描写无产者的错误观点。他写道:"我们的文学反映现实要以我们的标准,不搞公式化,而是多样化,与本质相连的丰富的多样化。这绝非解释现实的所谓的'主观的多样性。'"②藏原指出,主题的积极性,常常是指阶级斗争的主题,但不能对之机械解释。阶级斗争存在于政治、经济、文化以及日常生活场面之中,要用唯物辩证法去把握主题积极性,去全面表现复杂的社会现象。然而,藏原这里的论述容易导致艺术创作从愿望出发的"主观主义",缺乏深入的艺术方法的思考。在《关于艺术方法的感想》中,他经常把主题和方法结合起来论述,特别强调确立共产主义艺术相关的积极性主题。在论述怎样描写时,又确认了主题积极性是创作之根本要求。该文发表一年后,他在无产阶级文艺运动实践中,谈及对主题积极性的理解时,又密切结合了对艺术方法的思考,强调了艺术方法是无产阶级文艺的要求。

---

① [日] 一条重美:《日本无产阶级文艺理论史》,彰考书院1948年版,第170—171页。
② 同上书,第183页。

第五，阶级分析。藏原写道："对作品正确的阶级分析应放在首位。……实际上，如果没有正确的阶级分析，就不能正确地认识社会和人的现象，无产阶级文学作品就会失去真正意义。无产阶级文学艺术方法的基本问题就是依靠阶级分析去解决一切问题。……无产阶级作家，其作品中即使采用了不少奇闻逸事，也不如正确地采用阶级分析方法。所以，我们不能抛弃阶级分析方法，或者部分地抛弃，或者简单地运用也不行。"① 藏原指出了当时日本无产阶级作家没有正确采用阶级分析方法的现象。例如回避劳动者生产场面的作品，没有写出劳动者生产场面所反映出来的劳动与生产关系中的阶级剥削、阶级斗争的根源。他说，无产阶级作家的一些作品，"描写工人罢工、农民斗争与他们日常劳动分离开来。这些作品没有立足于大地，而是飘浮在半空，所描写的工人罢工、农民斗争缺乏现实性"②。因此，藏原强调，无产阶级作家要学会阶级分析方法的话，至少要学习历史唯物论，学习马克思主义初步理论。掌握阶级关系、劳动与生产关系这些理论概念，有利于创作实践使作家在反映现实的过程中能通过偶然寻必然。"不用说，理论分析是一切分析的基础，艺术家真正地知道了阶级关系，一定会运用理论分析，这不仅针对理论文章，艺术作品也一样。"③ 藏原同时强调艺术家要保持敏锐眼光去认识现实，认为作品生动地再现现实是必要的。艺术家在创作中即使没有清楚地持有理论概念，如果他们具有对现实敏锐的艺术眼光，在某种程度上也能接近阶级分析方法。因此，无产阶级作家，对于阶级社会中人的复杂性的描写，绝不能失去对阶级本性的描写，他在表现所理解的现实时必须具有艺术家敏锐的眼光。藏原这里所谓的"敏锐眼光"是指对阶级分析方法的掌握。

第六，艺术概括。藏原认为，描写"现实以上的现实"是真正的

---

① [日] 一条重美：《日本无产阶级文艺理论史》，彰考书院 1948 年版，第 238—239 页。
② 同上书，第 240—241 页。
③ 同上书，第 242 页。

写实主义的艺术道路。因此，要从现实的偶然因素中，除掉无用的东西，展示出必然因素来。也就是说，"从社会的真实中去发现典型的东西"①。为了描写"现实以上的现实"，艺术概括是必需的。他说："艺术概括与科学概括是不同的。一个是具体的，另一个是抽象的。但两者都是要表现客观真理。艺术表现客观真理是具体性的，科学概括是抽象性的。"② 科学概括出的"科学真理也是具体的，它不仅具体存在于现实的本来面目，而且具有适应现实本质的意味。可是，适应现实本质能获得科学真理，而不能获得艺术真理。为了获得艺术真理，必须直接再现存在于本质中的现实的面貌，这就是艺术概括。艺术概括绝不能失去概括现实的直接性，这就是艺术概括与科学概括的根本区别"③。藏原在这里指出了艺术概括与科学概括两者的不同形式。艺术概括的特殊性是用形象去表现典型现实，从许多偶然的非本质的现象中去将某种本质性的人的意识具体化，表现出真实的、典型的现实，即描写出"现实以上的现实。"藏原指出，艺术家要"用他的眼光去发现并除掉一些偶然因素，写出所见到的固有的社会面貌，从而创造出新的世界。……无产阶级文艺不是无差别的记录现实的现象，而是再现经过统一整理后的无产阶级观点，是用唯物辩证法统一整理出来的现实，这也是认识现实的唯一的正确的观点，只有采用这种方法，表现的现实与客观才能达到一致，才能表现现实的本质。……只有这种方法，才不会失却现实存在的本来面貌"④。藏原在这里是把认识现实与描写现实分开来论述的。显然，他还没有从理论上论述艺术概括的特殊性。藏原指出艺术概括要把不同阶级的阶层、职业、年龄、性别、环境、意识的特点概括出来。同时，相同阶级的阶层、职业、年龄、性别、环境、意识的具体差别也要考虑。艺术概括必须考虑艺术的具体形态，这又涉及艺术典型问题。

---

① ［日］一条重美：《日本无产阶级文艺理论史》，彰考书院1948年版，第254页。
② 同上书，第255页。
③ 同上书，第256页。
④ 同上书，第260页。

他指出,在艺术典型方面"无产阶级文学特别地薄弱"①。为此,他强调恩格斯的"典型环境中典型人物"塑造的必要性。至于如何具体地进行典型性的艺术概括,藏原当时没有展开论述。他只是反复强调,无产阶级作家一定要分清衰落的艺术形态和新生的艺术形态,要与民众结合,要亲近、热爱、理解劳苦大众,这样,才能较好地表现广大民众的思想感情和意志。

第七节 新感觉派文论:川端康成

川端康成(1899—1972)

生于大阪。东京帝国大学国文系毕业。在大学期间发表了短篇小说《招魂祭一景》,引起文坛注目。大学毕业后开始从事文学创作,先后创办过《文艺时代》、《文学界》等杂志,曾任国际笔会副会长,日本笔会会长等职。1957年被选为日本艺术院会员,获"艺术院奖"和日本政府授予的文化勋章、西德政府颁发的"歌德金牌"、法国政府颁发的"文化艺术勋章",1968年获诺贝尔文学奖,1972年自杀。川端文学的主要文论著作有:《新春新人创作评》、《文艺春秋的作家》、《冒险的未来》、《新进作家的新倾向解说》、《最近的批评与创作》、《遗产与恶魔》、《关于日本小说史研究》、《文坛的文学论》、《新感觉派之辩》、《答诸家之诡辩——小论新感觉主义》、《论现代作家的文章》等。作为新感觉派理论的代表作是《新进作家的新倾向解说》。川端的新感觉派理论的主要观点是:

第一,文艺勃兴之新。川端强调的"新",一是创作要新,二是艺术观念要新,三是发现的作家和作品要新,四是评论作家作品的艺术观要新。川端在《文艺时代》的创刊号上发表的《创刊之辞》中写道:"我们的责任是使文坛的文艺焕然一新,更进一步使人生的文艺、使艺

---

① [日]一条重美:《日本无产阶级文艺理论史》,彰考书院1948年版,第263页。

术意识从根本上焕然一新。"这就是川端呼吁的文艺勃兴。如何使文艺勃兴呢？川端认为："所有对文艺感兴趣的人，今天必须要注意的首要目标，就是当今涌现出的新进作家，就是这些新进作家的'新'，理解了他们的'新'，就获得了通向新时代文艺王国不可缺少的唯一的入场券。"① 川端强调了文艺勃兴首要是注意新进作家，理解他们的"新"，预测他们充满生机的未来。当时日本文坛"新进作家"主要有两部分，一部分指无产阶级作家群，另一部分指新感觉派，川端是以新感觉派代表而言文艺勃兴之新的。

第二，感觉之新。新感觉派重在感觉之新，对此川端写道："没有新表现就没有新文艺，没有新表现就没有新内容，而没有新感觉就没有新表现。"② 川端指出，新感觉不是感觉主义，而是感觉的"新"的发现。他举例说，以往的文学描写糖是甜的，是通过舌尖把甜的感觉送到大脑，大脑反映后写出"甜"字来。而新感觉是用舌头直接写出"甜"字。又比如以往的文学描写眼中的蔷薇花，写"我的眼睛看到了红色的蔷薇"。而新感觉派则把眼睛与蔷薇融为一体，写成"我的眼睛是红色的蔷薇"。这种表现精神正是新感觉派感受事物的方法和创作的方法。川端还指出，感觉和感情是不可分割的，正如没有色彩的形态和没有形状的色彩都不可能存在一样，新感觉文学绝非"没有新感情的文学"和"没有新内容的文学"。新感觉派文学是具新感情、新内容的文学，所以新感觉派作家的创作必须要有感觉之新。

第三，认识方法之新。川端指出，新感觉派作家的认识方法之新就在于主观的扩大，自我与万物如一。他在论述中举例说："山野里开着一朵百合花，对此花看法有三种，发现此花的心情也只有三种：或者是我在百合花之中，或者是百合花在我之中，或者是百合花与我分别存在。从百合花与我分别存在的角度去描写百合花，是旧的客观主义、自

---

① ［日］伊藤整等编：《日本现代文学全集》第67卷，讲谈社1980年版，第365页。
② 同上书，第366页。

然主义描写手法。"① 新感觉派作家要采用前两种对百合花的看法,并怀着这两种心情去写事物,"有我而有天地万物的存在。自己的主观内部存在天地万物。用这种心情去观察事物,就是强调主观的力量,就是确信主观的绝对性。……用天然万物之中有我的这种主观心情去看待事物,即主观的扩大,主观的自由流动。此想法之拓展,则变成自他如一,万物如一。天地万物完全失去境界,变成融为一种精神的一元世界"②。川端论述的这种认识方法正是表现主义的认识论。基于自我表现欲的彻底的主观强调,不受客观束缚,依靠自我去把握世界,自己存在于万物之中,万物存在于自我主观之中,以此观察世界,超越现象和事物投入到自我世界,自我触及了事物的精神,这就是表现主义认识论之特征。1923年1月,川端访问了大学的同学北村喜八。北村作为剧评家,在《中央美术》杂志上提倡介绍表现主义。川端在日记写道:"听了喜八的话,想到创造新表现和新精神,突然一下拓开了新的境界。"③ 川端的表现主义认识论大概源于此。川端引用表现主义来作为新感觉派认识方法之新,主张用主观存在于万物之中的心情去看待事物,使描写的情景人物等浮现眼前,栩栩如生,描写的对象立体鲜明,在物我如一之中产生出新感觉,从而创作出新感觉派艺术作品。

第四,表现方法之新。川端认为新感觉派作家的新的表现方法就是达达主义的"发想法"。作为西方现代派的一种文学表现方法,达达主义促使川端联想起创造新表现和新精神。他写道:"我把达达主义的、时而不知所云的诗或小说的表现,看作是一种'思维方式的破坏'。并试图从这种'思维方式的破坏'中找出新进作家的新表现的理论根据。"④ 川端把达达主义的表现法与精神分析学派析梦的"自由联想"联系起来进行论述。他指出,精神分析学家的析梦是让被分析者坐在安

---

① [日]伊藤整等编:《日本现代文学全集》第67卷,讲谈社1980年版,第367页。
② 同上。
③ [日]红野敏郎编:《新感觉派的文学世界》,名著刊行会1982年版,第122页。
④ [日]伊藤整等编:《日本现代文学全集》第67卷,讲谈社1980年版,第368页。

乐椅上，或躺在睡椅上，采取一种全身放松的姿势，然后使其尽可能地说出梦的片段的联想。不管这种联想如何杂乱无章、如何羞于启齿，或如何荒谬绝伦都无妨。例如，患者梦中出现了蛇，就要他尽可能地说出心中关于蛇的种种联想，以便去分析患者之所以梦见蛇的心理过程。川端又举例说："请你想一想，假如你被置身于日向的草坪，或躺在柔软的睡床，空想会展开翅膀，随心所欲地自由翱翔。种种物像或词语将不断地浮现、消失，从脑海闪烁掠过。然而，即使把这些浮现的物像、词语原原本本地说出来，于听者几乎是毫无意义的谵言呓语。可精神分析学家却从这些无休止的自由联想中，找到了洞察心理的钥匙。也正是从这些闪烁掠过的自由联想中，达达主义找到了新思维方法。"① 川端这里所说的新的思维方法就是达达主义的发想法，也是新感觉派表现方法之"新"的所在。这正如新感觉派作家横光利一在其《感觉活动》中所说的达达主义属于新感觉派。川端将达达主义作为新感觉派表现的理论基础建立起新感觉派的新的表现方法，并非是盲目对西方现代派艺术的盲目模仿，而是在西洋和东洋思想结合之上建立起的新感觉派文学观。川端在其毕业论文《日本小说史小论》中说，日本文学的传统需要置于世界文学视野之下。后来在《乡土艺术问题的概观》一文中川端写道："日本的艺术发展，今后有两条路要保持，即世界化与东洋化。"② 达达主义也好，表现主义、精神分析学说也好，在川端新感觉派理论的建构中都是结合着日本文学而展开的。

第八节　浪漫派文论：保田与重郎

保田与重郎（1910—1981）

出生于奈良樱井市，1931年大阪高等学校毕业，入东京大学文学

---

① ［日］伊藤整等编：《日本现代文学全集》第67卷，讲谈社1980年版，第369页。
② ［日］红野敏郎编：《新感觉派的文学世界》，名著刊行会1982年版，第134页。

部专攻美学。翌年与大阪高校毕业的同学创刊《我思》杂志。1934年东大毕业,写《"日本浪曼派"广告》,与同人发起了日本浪漫派(保田有意将浪漫写成"浪曼")的文学运动。1938年其论著《戴冠诗人的御一人者》,获第二回透谷奖。在第二次世界大战时文化统治下,作为近代文坛影响颇大的日本浪漫派的代表者,保田因其文学主张迎合并宣传了军国主义文化政策,战后被开除公职,回老家隐居,直至去世也没参与重大的文化活动。保田去世后出版全集,含别卷共45卷,代表日本浪漫派文论的著述主要是全集第5卷、第6卷的《戴冠诗人的御一人者》、《浪曼派的文艺批评》及《文艺时评》,其具体内容是:

第一,尚武美学。适应日本军国主义侵略政策,保田极力推崇尚武美学,提出要开展艺术的战争,把战争视为日本精神文化的展示,把侵略出兵视为浪漫行动。他说:"浪漫派高扬诗人、英雄、大众三位一体的世界,树立日本诗人和英雄的血统。"[①] 保田鼓吹艺术家要像战场上驰骋的英雄那样,用笔投入战斗,诗人与英雄具有同样的作用,认为这就是21世纪浪漫精神的发现。所以,保田声称:日本浪漫派要以"'日本世族'的名义作文化的防卫,日本浪漫派提倡国防精神"[②]。第二次世界大战期间,站在军国主义立场上,保田宣扬战争与文艺结合的互补共进,其尚武美学应归属于日本军国主义的国策文艺观。

第二,日本古典美。在《戴冠诗人的御一人者》序言中,保田写道:"日本从未有的伟大的时刻到来了。这是传统和变革共同一体的稀有的瞬间。用古代日本的神话和现实存在的新的历史理念,表现世界结构历史的行为开始了。"在伟大时刻来临之际,保田提出现在的时代精神就是伟大日本的古代文学神话内容,结合自己的体验传达的日本古典美。他说:"我在故国日本生长,少年的日日见闻和游戏,熟悉故国的宫廷、记忆和歌枕词,见闻神社寺庙,从小在故国山河草木之中就接受

---

① [日]保田与重郎:《保田与重郎全集》第6卷,讲谈社1986年版,第245页。
② 同上书,第205页。

了大倭宫廷的英雄、诗人、美女的传说。"① 用文章来恢复日本古典美和古典精神是他的理想。他理想中的日本古典美及古典精神的实质是什么呢？保田强调，日本上代文艺最美的是武人的典型形象及其武功，这是现代日本人的英雄的血统、文化的历史、悲剧的诗和文艺的光荣，也是明治以来崇拜西洋的日本人所淡化、省略的内容。因此，日本浪漫派进行文艺革新运动就是从日本古典文艺表现的神话、英雄、诗人的血统中开始的。保田推崇回归民族传统，赞美古典文艺所呈现的浪漫精神，不仅仅是要否定明治以来出现的欧化现象，而且是对第二次世界大战时期日本极力否定欧美文化的一种迎合。

第三，文学主情论。大凡浪漫主义文学观都是主情的，日本浪漫派文论也如此。保田推崇文学的主情，把主情的诗人气质放在艺术中最重要的位置。他写道："气质高的风格，当然是艺术不可缺少的。技巧也好，语言熟练也好，在艺术创作中都是第二位的。"② 他特别强调，文艺家要像抒情诗人那样，讴歌日本，讴歌雄大的时代。为此，艺术家要具有很高的趣味，丰富的想象，从日本古典美的纯情领悟中作时代的歌手，唤起文艺的高昂的激情。日本浪漫派正是"在世界上以抒情诗的方式论述犀利的思想和尖锐的理论，振奋人心意志，表现了历代诗人明白的信念"③。保田的文学主情也是为军国主义战争而呐喊的。

第四，没落的热情。保田在《关于日本浪曼派》文中写道："日本浪漫派的'走向没落的热情'理念，或许恰如'伟大的败北'往往孕育出诗人似的辩证法思想。而且这一辩证法是浪漫的辩证法（即反诘式的辩证法），是非常之原始的东西。这一走向没落的热情，同时也以一个反诘的形式让日本（包括其文化）成为日本的现实。这个以反诘的形式发现的日本，正是日本浪漫派所秉持的反抗精神（当时浪漫式

---

① ［日］保田与重郎：《保田与重郎全集》第5卷，讲谈社1986年版，第10—11页。
② 同上书，第14页。
③ ［日］保田与重郎：《保田与重郎全集》第6卷，讲谈社1986年版，第243—244页。

的反抗是被明确宣示了的）的根源。"① 保田所谓的"没落"是反语，含有对时代感到绝望的颓废意味。他所谓的"热情"是正说，就是克服绝望颓废的反抗。对于日本浪漫派这种文艺观，保田在《我国浪漫主义概观》中说道：日本广大青年在三十年代初期经历了生活陷入最恶劣的状态，"基于人道主义的青年运动已经极端颓废，自暴自弃，失去了正面抨击权力的力量。日本浪漫派运动的最大贡献就是为克服绝望时代找到了文艺的方向"。在《关于日本浪曼派》中，保田强调要从文艺方向找到"没落的热情"，"日本浪漫派是一场青年运动，是青年发现自己失落后，为恢复青春、确立青春，而向广大的社会（自己不除外）呼吁青春的运动。这两点还是应该特别书写在这里的。这不是在自己遭遇了没落，而是发现自己已经意识到这一事实之后所发出的现在我能做什么的追问。其实在这一意识的过激反省过程中，很快就会有一种彻头彻尾的颓废的'命运'（这是靠意识无可奈何的事）出现。这一从颓废出发最后又走向颓废的命运，一般来说就可以称之为是文学的性格"②。绝望颓废中唤起青春活力，遭遇没落后激起文学的热情，成为保田浪漫文艺观的内容之一。

第五，艺术至上论。保田认为，艺术要超越一切理性知性和世俗道德伦理，浪漫派的艺术是将现实世界转化成神话世界。浪漫派文学不是进步和社会的注释说明，它自成一体，是建立"新日本的缪斯"③。因此，他大声呼吁："我们的浪漫主义喜好极端的艺术"④，"我们提倡恢复专门艺术的独自价值"⑤，"我们必须使用艺术至上的神圣的概念"⑥。保田文论始终强调艺术的重要性和独自价值。可是，联系他将艺术去迎

---

① ［日］保田与重郎：《保田与重郎全集》第6卷，讲谈社1986年版，第245—246页。
② 同上书，第249页。
③ 同上书，第41页。
④ 同上书，第244页。
⑤ 同上。
⑥ 同上书，第247页。

合国策的行为可以看出，这与他喋喋不休的艺术独立价值观存在着无法自圆其说的矛盾。

第六，反对两种倾向。保田张扬日本浪漫主义，极力反对文明开化和进步主义两种倾向。他视明治以来的文明开化为殖民文化，认为文艺创作和文艺批评在文明开化理论下失却了日本特性，文章欧化，议论引用权威来自欧美，这些都与德国犹太文艺学息息相关。所以，要反对文明开化理论，要排斥德国犹太文艺学。保田还反对进步主义。他写道："新浪漫派是从反对日本的进步主义文艺和新的知性主义文艺起步的。这个系统所倡导的现实主义，不是小说世界对人类社会的昂扬，只是把单纯的理论进行了小说式的应用而已。即理论先行于小说。小说家们立志要创作的是迎合极端的政治化的、理论要求的文学。"① 保田所谓的进步主义主要指日本无产阶级文学，他的文学观历经了对无产阶级文学推崇到反对的过程，用文艺的浪漫主义反对现实主义。他主张的文艺远离现实主义，主要指远离政治政策。然而，其文论作为日本浪漫派文学的指导，却迎合了日本战争国策，这也说明，保田文论并非疏离政治化独立存在于艺术之中。

第九节　俳论：正冈子规

正冈子规（1867—1902）

爱媛县松山市人。自幼跟从外祖父学习汉籍，奠定了深厚的汉学基础。1883年进入东京入神田共立中学，后进入一桥大学预科，东京大学国文科肄业。1885年，在《寒山落木》上首次发表俳句。1890年，以内藤鸣雪为首成立了"红叶会"，其主要创作和歌、俳句、狂句、短文等，正冈成为"红叶会"的中心人物。1891年，正冈开始编撰巨著《发句类题全集》，运用最新的植物分类学的素材分析法对俳句进行了

---

① ［日］保田与重郎：《保田与重郎全集》第6卷，讲谈社1986年版，第244页。

分门别类。1892年，正冈在《日本》报纸上连载《獭祭书屋俳话》，宣扬新俳句，并加入了"新派"的椎之友社。1893年正冈以芜村为师，创立了清新明了的写生句，掀起了俳句革新的浪潮。1902年9月19日，正冈病逝，年仅三十六岁。他的著作有《正冈全集》（22卷），其中，最著名的著作是《獭祭书屋俳话》、《芭蕉杂谈》、《俳谐大要》、《独吟白韵》、《俳句问答》、《俳人芜村》、《与歌人书》、《松萝玉液》、《墨汁一滴》、《病床六尺》、《仰卧漫录》等。正冈俳论的主要内容是：

第一，俳句具独立地位。正冈说："俳句是文学的一部分。文学是美术的一部分。所以，美的标准即是文学的标准，文学的标准即是俳句的标准。即以对于绘画、雕刻、音乐、演剧、诗歌、小说，皆同样的标准进行评论。"① 在这里他强调了俳句作为文学的一部分，在《芭蕉杂谈》中正冈又写道："发句是文学、连俳非文学。"这里正冈又将俳句与文学其他样式分开，强调俳句在文学中的独立地位。俳句与其他文学有别，特别与和歌、汉诗的形式有别，这是正冈所谓"俳句非文学"的实质内容。正因为强调俳句的独立地位，所以，正冈在《文学漫言》中写道："文学是神圣的、绝对的、高尚的、超脱的。不能受政治风潮所左右，不能由金钱价值定高下，不能适应无识之人或少儿初学者来削弱雅致。"② 正冈以此对俳句为游戏的现象进行了批判。

第二，俳句写生法。对于俳句的写作技巧，正冈倡导写生法。他说："现在，假定画一两支野花。我见到画中的花感到了美，这不仅仅是见到这个小的天然实物兴起的美感，而是见到比实物更美的感受兴起。正如绘画，写生法就是把天然实物中易见的美巧妙地显现在绘画之中而表现美。……俳句写生法与绘画相同。"③ 在《俳谐大要》中，正冈写道："由空想而得的句作若非最美，定是最拙，而最美者极少。往

---

① 郑民钦：《日本俳句史》，京华出版社2000年版，第107页。
② ［日］土方定一：《近代日本文学评论史》，法政大学出版局1973年版，第229页。
③ 同上书，第231页。

往创作时自以为极美之句,然半年一年后读之竟有呕吐之感。描写实景之句虽难以达到最美标准,但容易达到第二流的水平。而且,写实的句作常在无数年后仍多少留有余味。"1902年,正冈发表《病床六尺》,在该文中他写道:"写生在绘画或创作记事文方面都是十分必要的,如不采用此方法,则根本不可能创作出好的图画或记事文。西洋早已采用了此方法,然而,因为以前的'写生'属不完全的'写生',现在进一步采用了更精密的方法。由于日本以前不重视'写生',这不但妨碍了绘画的发展,就连文章、诗歌等也一概不得进步。"对于写生,正冈经常用"趣"、"趣味"、"俳想"、"一七字天地"、"诗想"等词,这些词意味差不多,均是表现俳句写生的观念。此外,正冈常用"写实"、"实叙"、"具象的叙述"等词,这些词也均为写生之义,主要是要求写出有趣的文章,写出美文。

第三,俳句意象和语言。正冈提出,应"把俳句分为意象和语言"两部分,意象有"健劲、优柔、雄壮、纤细、雅朴、婉丽、幽远、平易、轻快、奇警、淡泊、复杂、单纯、一本正经、滑稽世俗等,细分则千般万种"。"意象已贯穿于古今中外的各种美术之中,无有异者。所以和歌的好意象就是俳句的好意象,汉诗的好意象就是西方的好意象","也就是绘画的好意象,其他美术的好意象"。"意象之美是文学根本,具有感动人心的力量。"[①] 俳句的意象通过语言来表现,意象的差别也就是语言的差别,"雅朴的语言适合雅朴的意象"、"平易的语言适合平易的意象"。表达意象分主观与客观两种,主观表达是"吟心中之状",客观表达是"写心象,客观地吟咏事物"[②]。

第四,俳句风格。正冈将俳句风格分为两大类:一是古雅、幽玄、悲惨、沉静、平易之美。正冈认为这主要体现的是日本的消极美,芭蕉俳句属于此类。二是壮大、雄浑、劲健、艳丽、活泼、奇警之美。正冈

---

① 郑民钦:《日本俳句史》,京华出版社2000年版,第107页。
② 同上书,第108页。

称之主要体现了西欧积极美，芜村属于此类。如果以时代而言，则无分日本西欧之别，古代消极美居多，近代积极美不少。正冈特别推崇芜村俳句之高雅，认为其俳句显示出浪漫性、有表现事物具象之印象。所以，正冈俳论中对美的推崇用语多是豪壮、雄健、织巧、华丽、奇拔、滑稽、猖狂等。

第五，俳句的创作态度。正冈曾在《日本》杂志《答读者问》中，列举新派俳句与"月并俳句"的五个不同点，体现了俳句的创作态度。五个不同之点如下："第一，我（新派）欲直接诉于感情，彼（旧派）欲直接诉于知识；第二，我嫌弃意匠陈腐之作，而彼嫌弃意匠陈腐之情较我为少，彼之倾向可称为好陈腐而厌新奇；第三，我嫌弃语言之懈弛，而彼嫌弃语言懈弛之情较我为少，彼之倾向可称为好懈弛而厌紧密；第四，为了使音调调和，我不反对有雅语、俗语、汉语、洋语；彼则排斥洋语，汉语亦必须限于自己惯用的狭小范围内的语言，雅语亦不多用；第五，我方既无俳谐系统又无流派，彼则有俳谐系统及流派，甚且自信为殊荣之事。彼等对其流派之祖师及承受衣钵者特别尊敬，视其著作有无上之价值。我则因某俳人之句作佳美而对其尊敬，即使是对表示敬意的俳人更尊重其句作。句作有佳劣之分，正确地说，就是我不尊重其人而尊重其句作，所以对于我相当反对的流派，也承认他们各有佳句及恶句。"[①]

第十节 小结

日本文论史的近代时期是指明治之年即 1868 年至第二次世界大战结束日本投降的 1945 年。

日本明治维新运动的最显著特点之一是日本整体向西方靠近。在学习、引进、介绍、融汇西方文论的基础上，日本近代文论主要特点是西

---

① 彭恩华：《日本俳句史》，学林出版社 1990 年版，第 69—70 页。

方化。

　　日本近代文论确立的标志是坪内逍遥的文论。坪内参照西方文论，倡导日本文学的写实主义理论，其代表作《小说神髓》阐明小说形态的变迁过程，论述了小说的法则、文体、结构及小说的创作方法，确立了近代日本文学现实主义理论，被视为日本近代文论之起步。

　　在日本文论的发展中，夏目漱石和森鸥外的文论是日本文学现实主义和浪漫主义理论的两个高峰。夏目从文学内容与形式上提出文学新概念，把有余裕的文学作为一种创作态度和方法，"非人情"艺术观、"知情意"创作态度及理想，则天去私说等文论思想，均主张学习借鉴西方文论，彰显日本特色，显示出日本文论既要接受西方文论又要保持日本文化之融合性特征。森鸥外以西方美学为参照，追求日本文学是具有真善美的有理想的文学，倡导日本近代浪漫主义。日本近代唯美主义思潮也与之十分吻合。

　　西方文论推崇的人道主义精神在白桦派文艺观中得到充分体现。白桦派代表文论家有岛武郎、武者小路实笃等，他们均不遗余力地强调，文学必涉人生，主张"为人生的艺术"，忠实自己，发挥个性作为文学创作的出发点。他们张扬的是一种理想主义文学。

　　西方自然主义文学结合日本传统审美思想，在日本近代文坛形成了独特的文学，即私小说。私小说文论家小林秀雄总结了私小说文论就是实生活的"我"与社会化的"我"之融合。他要求，以法国文学传统和俄国陀思妥耶夫斯基创作为参照，采取日本私小说的实证主义，实现社会化的"我"，使日本文学的现实性得以表现。

　　受西方文论影响，厨川白村提倡苦闷象征说，将西方流行的精神分析学说、释梦说、象征主义、印象主义等现代文论不断移植入日本，使日本近代文论更具有西方现代文艺思潮的特色。

　　日本无产阶级文论是随日本无产阶级运动的发展而发展的。作为无产阶级文论家代表的青野季吉、藏原惟人，他俩集政治家和文学家于一身，一边从事革命运动，一边根据革命的发展建构文艺理论。两人的文艺观一度成为日本无产阶级文学运动的指导性观点。他们强调作家意识，要自觉描写无产阶级生活，指出无产阶级文学是大众化、通俗化的文学，强调文学的阶级性、鼓动性及教化作用，文学批评要着重社会性，创作方法着力于现实主义等。

针对无产阶级文学，受西方现代派思潮的影响，日本新感觉派诞生，其代表人物是川端康成、横光利一。新感觉派文艺观的要旨是表现新的感觉。西方现代文艺思潮，如表现主义、精神分析法、意识流小说、印象主义、达达主义等，均被新感觉派作家移植过来。同时，他们还强调，日本文艺发展要保持世界化和东洋化之结合，在感觉之新、认识方法之新、表现方法之新的"新"形式上狠下功夫。

第二次世界大战期间，日本文论的主潮是适应日本战时文化政策，其中适应性最强的是日本浪漫派文论。作为日本浪漫派代表人物的保田与重郎，其文论主张是尚武美学。他提出开展艺术的战争。为对抗日本文艺长期以来的西化现象，保田强调日本古典美，弘扬日本古代文学神话内容，把日本上代文艺的武人典型形象及其武功与现代日本人的尚武精神结合起来，以艺术的重要性和价值迎合国策文艺政策，以日本浪漫主义反对欧美的文明开化和进步主义倾向。随着战争的失败，日本浪漫派文论喧嚣声即刻销声匿迹。

日本近代俳论为非主流文论，然正冈子规掀起的俳句革新一度在文坛掀起波澜。正冈俳论的要点是主张俳句独立性，倡导俳句写生法，重视俳句意象和语言并给俳句风格以审美价值进行了分类。第二次世界大战伊始，俳坛又落入了低谷。

在学习、介绍、移植西方文论之际，日本文论融合了东洋传统文化，逐步显示出了西洋文化与东洋文化融合后的独特而丰富的日本近代文论色彩，为日本现代文论更密切结合东西方文化奠定了基础。

第五章 现代文论(上)

第一节 新日本文学会文论:中野重治

中野重治(1902—1979)

生于神井县,父亲是公司职员。1924年考入东京帝国大学德文科,1926年11月加入日本无产阶级艺术联盟,当选为联盟中央委员,同年与同仁创办文艺刊物《驴》。1927年6月,全日本无产阶级艺术联盟发生分裂,中野与鹿地亘等创办机关杂志《无产阶级艺术》,为主要撰稿人,同年大学毕业。1928年3月,中野与藏原惟人等结成全日本无产者艺术联盟(以下简称"纳普"),任常务委员,主编机关杂志《战旗》,后与藏原惟人就艺术大众化问题展开了论争。1929年,中野成为日本无产阶级作家同盟中央委员,1931年加入日本共产党,1932年4月被捕入狱,后脱党获释出狱。1945年6月被征兵,9月退役,11月重新加入日本共产党,开展无产级文学运动,年底与藏原惟人、宫本百合子、德永直等共同发起创立"新日本文学会",被选为该会秘书长,创办机关杂志《新日本文学》,成为日本民主主义文学的先驱。1947—1950年作为参议院的共产党人议员在国会开展政治活动。1959年获读卖文学奖,1969年获野间文艺奖。

中野的文论观是努力发展第二次世界大战前无产阶级文学运动及创

作方法，建构日本民主主义文学理论，他的主要文论著作是：《文学论》、《批评的人性》、《政治与文学》、《日本文学史的问题》、《宫本百合子的文学》、《文学者的国民立场》、《文学各种话》及《中野重治全集》（28卷，另别卷一）等。其文论的主要内容是：

第一，新日本文学会作家论。中野站在第二次世界大战前日本无产阶级文学及第二次世界大战后日本民主主义文学的立场来评论新日本文学会作家，他的评论立足个案分析，体现出鲜明的政治观点及阶级论色彩。例如在对宫本百合子的文学评论中，他指出："宫本百合子，从小资产阶级环境中摆脱出来，与自我欣赏者和艺术至上者进行斗争……她独自地执着地追求真实，但她决不孤独。她在艰难困苦之中，广泛结交人，终究与劳动者阶级结合起来。只有这种结合，作为个人对真实的追求才能实现。三十五年的文学和社会实践，证实了宫本是目前文学的最勤奋者。她的文学并非一定要反映劳资冲突的大问题，可即使不是重点描绘劳资冲突大问题，她的文学也突出了学徒反抗老板的种种心绪和感受。或许说，她的文学不完全是劳动者的口吻，但却体现了为全人类的利益，引领人民为社会主义和人性而奋斗的决心，她也提出了无产阶级的任务。如果放弃劳动者阶级的立场，作家与劳动者相结合则不可能，必将迷失行动的方向。""大资产阶级企图对朴素的劳动者进行欺骗，对此，许多作家没有认识到这点，以至于站在大资产阶级利益一边去考虑问题。"① 中野对宫本文学的评论与第二次世界大战后日本无产阶级文学发展及日本共产党的战后策略联系在一起，强调文学中的政治意义，这也是新日本文学会初创时的文论主流。

第二，民主主义文学论。中野在1946年7月发表的《日本文学史的问题》一文中，论证了昔日无产阶级文学运动是由无产阶级领导的

---

① ［日］中野重治：《宫本百合子的文学》，载《中野重治全集》第18卷，筑摩书房1979年版，第182—183页。

民主主义革命在文学上的反映，在日本帝国主义受到谴责、革命得到准许的今天，进行民主主义革命活动是正规的、成功的、发展的。他多次撰文指出：民主主义文学运动的兴起，给第二次世界大战后文学带来繁荣。民主主义文学不是传统文学的重复，而是追求无产阶级远大理想过程中具有更高思想境界的个人生活和感受的表现，它以广大人民群众为基础，促进了日本第二次世界大战后文学的发展。中野指出：当今的民主主义文学从日本文学发展的主流中开始的，是"从文学所有分野中产生出的民众组织"。而"反民主的作家及文学活动不能形成公开的组织"，"民主主义文学的组织基础是广泛的文学小组和被动员了的人民大众。反民主的文学却没有这个基础"[①]。中野的民主主义文学论着重强调了人民性及文学集团的重要性，并且，他始终把新日本文学会纳入第二次世界大战后民主主义文学运动的范围。

第三，文学与政治论。以中野为代表的"新日本文学"派与荒正人、平野谦为中心的"近代文学"派之间，战后围绕"政治与文学"的问题，展开了一场激烈的论争。中野认为："平野谦不具有按人性去思考政治的能力。他把'为了目的而不择手段'的帝国主义的专制制度作为一般的政治来加以'沉着'地看待，认为在政治上的目的和手段的关系中，由于目的是人性的，所以每一个手段同时必须是人性的。这正如前面窪川鹤次郎写的。手段和目的存在一个'乖离现象'……按人性空想人性政治的批评家，自然会为了目的而不择手段。荒正人和平野谦就不择手段。想以其自身粗俗的空想和死亡的东西、亡命的东西为根基来达到他们的目的，即阻止新民主主义文学运动的发展。"[②] 中野批判荒正人、平野谦等人的"艺术至上主义"，认为他们装腔作势、陷入宗师秉性之中，"以拥护人性、捍卫艺术为幌子的宗师根性是非人

---

① ［日］中野重治：《新日本文学会〈大会报告〉随笔》，载《中野重治全集》第12卷，筑摩书房1979年版，第295页。
② ［日］中野重治：《批评的人性（一）》，载《中野重治全集》第12卷，筑摩书房1979年版，第93—94页。

性的,是反人性的。站在人性立场上来说,它是卑贱的"①。中野的文学与政治论强调的是用民主主义的文学去反对帝国主义的政治,强调文学不能脱离政治,政治生活的焦点在文学中要表现出来,达到文学与政治的统一,这也是第二次世界大战后日本民主主义作家努力的方向。

第四,批评的人性。在第二次世界大战后"文学与政治"论争中,中野先后发表了《批评的人性》(一、二、三)等言辞激烈的文章,指出想培植人性文学或想把文学培植成人性化的批评家(主要指荒正人、平野谦——笔者注),其批评本身就非人性化。因为,批评的人性在批评对象方面首先就要区分美化帝国主义的文学与反抗帝国主义的文学。中野认为,美化帝国主义战争的《麦与士兵》的作家火野苇平与忠实于无产阶级文学运动的作家小林多喜二是不能混为一体的。对两者的批评是对批评的人性之诬蔑。批评的人性要反对以臆想为基础得出结论的批评家。"空想的扩展,制作假造形象,是这一类批评家拿手的。可这帮批评家仅仅以空想和假造形象为理论基础,正表明他们自身的欠缺和理论的苍白。还有,热衷于死的东西,利用僵死的闲话,频繁地引用外国的东西,充分利用'死人之口'也是批评的非人性化。离不开'卑小贱劣'的空想和假造形象的批评家正说明了他们自身的'卑小贱劣'。"② 中野的批评的人性论的前提就是批评家要具备思考政治问题的能力,要区分帝国主义专制政治与反帝国主义的民主政治,才能展开充满人性的文学批评。

第五,与反动文学斗争说。中野的文论具突出的政治性,又有强烈的战斗性。他的战后文论观重要的是强调与反动文学斗争说。他认为:"我国反动文学是整个反动文化的一部分,整个反动文化主要表现之一就是旧统治势力对民主主义革命进行反击。"所谓"反动文学"表现为

---

① [日]中野重治:《批评的人性(一)》,载《中野重治全集》第12卷,筑摩书房1979年版,第87页。
② 同上书,第92页。

三种:"第一,宣传忘却战争。忘却战争的原因,战争的经过,战争对自己的影响,战争后的根本恢复,投入战争的精神状态,战争的破坏性等。回避阐释侵略战争本质而创作的战争文学,以及表面上反军国主义、反军反战,但却保持了军国主义、帝国主义的侵略战争精神下的民众盲目顺从的文学。""第二,表现挑逗的色情生活的文学。战争把民族的爱情、恋爱生活全部破坏了……人类正当的爱情、恋爱与侵略战争发生了冲突……反动文学却把人类正当的爱情恋爱作为麻醉剂而渲染色情。""第三,表现那些想让在战争中受到摧残的民众的精神滞留在崩溃和衰弱之中,显得乏力而愚痴的文学;幻想恢复战前'和平''安定'的非历史性,以破坏民主主义建设的文学。"① 中野还指出,"反动文学"的有力手段包括了文学理论、文学作品、文学出版业,所以,民主主义文学者必须在这些方面对之展开斗争。战后初期,中野视"近代文学"派提出近代自我的确立及对无产阶级文学运动中的偏差的批判均为"反动文学",但1964年8月,中野在《近代文学》终刊号上撰写了《〈近代文学〉的人们》,他对这种偏颇的态度有了改变。

第六,文学责任论。中野认为,文学与政治紧密相连,它承担着社会的责任,文学家的活动要对社会负责,特别是在社会伦理确立民族道德方面要对社会负起责任。第二次世界大战后初期,日本文论的一个焦点问题就是"文学家的战争责任"。中野撰文表达了他的文学责任论,批评了当时的"文学家的战争责任"的不良现象,认为"理应被革职的文学家反而在横行肆虐,本应通过自我批判、鼓起勇气振作起来的许多文学家却灰心失望,受战争压迫而不得不沉默的作家们在获得战争解放的同时却陷入心理虚脱之中。全面战败后,那些本应陷入虚脱中的战犯作家们却心安理得、精神抖擞"。之所以如此,"主要是因为追究文

---

① [日]中野重治:《批评的人性(二)——关于反动文学问题等》,载《中野重治全集》第12卷,筑摩书房1979年版,第95—97页。

学家战争责任的方法是错误的","这错误的根本是追究战争责任主要被当作作家的良心问题、伦理问题而抽象化、概念化了"。"作家的良心能够追寻,抵制侵略战争进行英勇斗争的作家们的良心,必须受到大家的景仰。""追究战争责任是同反动文学做斗争的一个焦点。不与战争责任相关的反动文学做斗争,势必会出现偏颇,失去平衡。对战争责任的正确追究就是同反动文学的整体进行斗争,同反动文学的正确斗争当然表现为对战争责任进行严格而又坦率的追究。"[①] 中野的上述观点,代表了"新日本文学会"对"文学家的战争责任"问题的态度,同时也是他的文学责任论的主要内容,即文学家必须在社会伦理方面担负起重要的责任。

第七,评论家文体。中野在《评论家的文体》一文中所说的评论家,主要指第二次世界大战后民主主义文学评论家。文中所说的文体,既指文章的样式,也含评论家的风格。他写道:"对于文体的弱势,我认为要做到自省。为此我反复思索,未得要领。这里仅仅为方便进行演绎,从观念上展开。阐释文体论的话,不能用叙事诗、散文、科学说明文的方式,只能用抒情诗、音乐、心领神会的方式。而这种方式的运用,可以避免不时给予读者太多的伦理说教。如果仅仅是评论家不时说出自身伦理,还不是问题,让读者接受太多的伦理说教才是问题。应注意读者与评论家同心的方面,如果读者讨厌评论家与之离心则是问题了。实话说,我的文体与竹内好的相似,同样的弱势或许是我俩过多地重于感情吧。"[②] 评论家文体具有"稳定性"。"总之,评论家全是学习者,在评论中勤奋学习。他们是善意和纯情的人,对日本民族的状态,包括日本政治的状态比一般人更敏感。他们尤其关注民族解放、民主统一战线策略如何自然地形成和完善。但是,他们对此不是使用政治言

---

① [日] 中野重治:《批评的人性(二)——关于反动文学问题等》,载《中野重治全集》第12卷,筑摩书房1979年版,第99—100页。
② [日] 中野重治:《评论家的文体》,载《新选现代日本文学全集》,筑摩书房1960年版,第336页。

论。比较那些滥用政治言论而言,评论家必然要经历一阵寂寞、一种急躁的阶段,在这阶段里,评论家文体的强势与弱势同样地形成。"① 中野上述文体论成为他文论观的部分内容。作为评论家的他,其文体正如他所说的是重在感性和领悟。

第八,国民教师说。中野认为文学家是提高国民素质的教师,文学的任务是在展示国民生活中不断地提高国民作为人的自觉性。他写道:"包括国民全部生活在内所展开的人性和非人性的各种事情都集中在个人身上。个人身上就集中了人性的与非人性的斗争。看到斗争的胜利,就成为最初文学的基础。""日本人民要从封建的半奴隶的物质和精神状况中摆脱出来,只能依靠自己的努力。"第二次世界大战中,"日本民族数十万风华正茂的青年不知为何赴向死亡。他们无暇追问自己为什么不得不去直面死亡。因此,日本民族最终将被驱逐掉。这也是日本人目前所面临的问题,也是日本文学目前面临问题的基础。如这个问题得到解决,作为世界文学最美的一部分——日本文学就将产生"②。"文学本来的任务就如教师去做人生的示范。作为教师的文学家,必须知晓并展现出一般人的,特别是日本人的思考方式和情感方式。同时,必须知晓并展现已存在的及随后要发生的事情。因此,作为教师的文学家应该清晰地说出这些话。"国民教师的"文学家绝非限制日本人作为人的成长,也绝非限制作为日本国民的自我成长。国民中存在着无限的无止境的人间风俗,展示无止境的人间风俗正是文学家必须做的全部工作的立场。站在这个立场上的文学家,必须首先解决的是人的问题,其次才是国家重建的问题。""日本文学家必须教育国民,必须与养成民族卑劣性的日本人做斗争,在培养国民方面花大力气,朝着培养国民的方向努力,在这方面发挥最大的作用。我想,这就是日本文学家作为国民及国

---

① [日]中野重治:《评论家的文体》,载《新选现代日本文学全集》,筑摩书房1960年版,第340页。
② [日]中野重治:《文学家的国民立场》,载《中野重治全集》第12卷,筑摩书房1979年版,第28—29页。

民生活教师的立场。"① 中野的"国民教师说"实际上强调的是文学的教育作用。

第九,诗的精神。中野要求文学家用诗的精神去提炼语言。何谓诗的精神呢?他写道:"诗的精神根本上来说,就是持有对人的纯洁性追求的心绪,同时具备对这种追求的一贯性。追求人的纯洁性、统一性,体现出个人和民族的共通性,它直接联系着全人类、全国民、全民族的自身道德的需求……人的道德观民族的道德观实际上必然要在物质方面持续地展示在人和民族的日常生活、日常言论、日常世界之中。""诗的精神就是文学的精神,语言的精神,它要求追求语言的纯粹性和统一性。作为日本人就要追求日本语的纯粹性和统一性。对诗的精神的一个基本态度,就是表现日本语言的美和语言的丰富性。某种语言十分的活泼,十分的丰富,十分的美,考虑采用这种语言,就要终结冒昧的话。与产生冒昧的话的条件比照,首先要决定的是,正确发出诗的精神的话语。带侮辱性的话,使人恼怒的话,是日本语的恶语,这种语言绝不能体现诗的精神。写出和发出这种语言也不适合国民的道德。""诗的精神体现在诗人追求语言的真实性。诗人通过语言真实地反映现实,从无数话语中提炼出它的纯粹性。根据这个要求,诗的精神和诗人的精神是必需的,即要追寻国民生活的净化,驱除国民生活的不公平,全面恢复国民的人权。""部分日本语,不能体现国民生活,也非日本国民言语的全部。日本语缺乏,日本国民的灵魂必然僵化。快乐和平的语言充溢在国民生活中,纯粹活泼的语言洋溢在日常生活里,提炼使用这些语言体现诗的精神,就是体现文学内含的诗的精神。"② 中野提倡的诗的精神,实质上是文学创作如何提炼语言的问题。他要求文学家提炼语言要纯化、净化、美化,以弘扬道德,除却污秽,美化心灵,消

---

① [日]中野重治:《文学家的国民立场》,载《中野重治全集》第12卷,筑摩书房1979年版,第29—32页。

② [日]中野重治:《诗的精神》,载《中野重治全集》第12卷,筑摩书房1979年版,第77—80页。

却恶语。

第十，文学小组说。这里的文学小组指日本第二次世界大战后民主主义文学小组。第二次世界大战后日本出现了许多劳动者组织，也出现了代表劳动者利益的文学小组，对此有人发出微词。中野则撰文《文学小组的二个问题》，表达了他对文学小组的看法。他认为，要分析文学小组的做法和通盘考虑的问题，特别是要分析面临恶劣环境，作为启蒙的文学如何具体地对劳动者进行启蒙。文学小组是在被压抑的不景气的环境中产生的，特别在农村，目前的力量很弱。文学小组主要"围绕文学同人杂志而开展活动。几乎所有的同仁杂志都显示了不同的色调，但都要认真面对社会问题、民族命运、和平问题"。"文学同仁杂志与文学小组的工作方式尽管有所不同，然而两者具有相同点即：要把劳动者经历的艰难困苦大量地整理出来。""文学小组是独立于劳动者组织的，但独立而非对立。例如，一个工厂，在劳动组织里产生了文学小组。这个文学小组不能是劳动组织里的文化机构。劳动者组织是在一定的劳动制度规定下进行活动的。文学小组是关于文学的话语，在那里，获取的是文学上的乐趣和利益。相互的批评是为了提高文学的修养。文学是个人分别进行的，文学的能力是在同人之间发挥出各自的水平后而显现的。""许多劳动者组织，为保护劳动者阶级的利益而展开了活动。文学小组，例如'新日本文学会'，它是肩负起民主责任而形成的组织，在这种情形下，新日本文学会与其他劳动者组织是一样的。""文学小组为展示人的真实和文学的真实，为实现世界和平与民族独立而努力，这点，文学小组和劳动者组织又达到了一致。"[①] 中野有针对性地提出的"文学小组说"对第二次世界大战后日本民主主义文学的兴起和发展具有重要的理论意义和现实价值。

[①] ［日］中野重治：《文学小组的二个问题》，载《中野重治全集》第12卷，筑摩书房1979年版，第273—292页。

第二节 《近代文学》派文论:本多秋五、荒正人

本多秋五（1908—2001）

生于爱知县。中学时代与渡边纲雄等人创办了《朱雀》杂志,并结识了平野谦、藤枝静男等人。1932年东京帝国大学国文科毕业,同年入无产阶级科学研究所,结识了山室静。1932年发表处女作论文《关于文艺史研究的方法——以评价为中心》,后发表许多有影响的评论文章。1946年参与《近代文学》创刊,在创刊号上发表《艺术·历史·人物》一文,成为第二次世界大战后文学的积极推进者,并多次获奖。1965年《物语战后文学史》获第19届每日出版文化奖,1983年《古老记忆的老井》获第34届读卖文学奖,1991年《志贺直哉》获每日艺术奖。他通过评论以确立作家和评论家的地位,指出第二次世界大战后文学的理想,在日本文学史论方面也取得了瞩目的成就,其主要的文论著作有:《"白桦派"的文学》、《小林秀雄论》、《宫本百合子论》、《转向文学论》、《物语战后文学史》、《战后文学史论》、《战时战后的先行者们》及《本多秋五全集》（共16卷、别卷1卷）等,其文论的主要内容是:

第一,战后初期作家论。本多在《物语战后文学史》中指出,战后初期,除宫本百合子与川端康成发表了影响较大的作品外,还有平林泰子的《终战日记》、《这样的女人》,舟桥圣一的《毒》,上林晓的《在圣约翰医院》,德永直的《战败前》,尾崎一雄的《蟋蟀》,高见顺的《我心深处》,伊藤整的《鸣海仙吉》,织田作之助的《世相》,坂口安吾的《白痴》等。"作家用各自生命的核心书写出看到的社会断面。"[①] 在《"战后文学"的不易与流行》文中,本多秋五认为,"战后第一声"的野间宏的《阴晴的圈画》与椎名麟三的《深尾正治的笔

---

① [日] 本多秋五:《物语战后文学史》,新潮社1960年版,第24页。

记》,"都表现了人在孤独、烦恼走向死亡时存在自知之明。人的自知之明是无意识地把握自己,把自己存在的条件与世界的关系联系起来产生自觉性。这种自觉性在堀田善卫的《广场的孤独》中也存在"。第二次世界大战的战后初期作家"不懈追求的是人的自由。椎名麟三、植谷雄高、野间宏、武田泰淳、中村真一郎、梅崎春生、堀田善卫等,从不同的高度,以不同的色调,表现了对'自由'的追求,体验了自我的实现、个人主义实现的意味。他们多在个人主义实现中表现人的自由这一框架内写作。只有'自由'是他们不懈的追求"①。

本多以《阴暗的图画》为例,论述了当时人们对第二次世界大战后作品的印象:"对于今天的读者,也许以为当时觉得很难理解的《阴暗的图画》不过是文学发展路上一个已踏平的碑石。但在那时,像作品中开头之类的描写几乎被认为怪物一般。这种思想、思考方法及感受性究竟从何而来呢?令人感到茫然,在《黄蜂》第二号上发表了第二部分后,他们一方面的确感到有些切身的问题,另一方面仍然觉得有些难以捉摸。即使读完全文后也不能说充分理解了。"② 本多认为:"战后文学的时代已过去,但其影响仍在。虽然多年来对之评价不高,但不能忘却战后作家的努力,年轻一代作家应该把握住战后文学的精神实质。"③ 本多上述"战后初期作家论"显示出一位文学史家的真知灼见,对日本战后文学的发展起到重要的促进作用。

第二,文学与政治论。本多在《近代文学》创刊号上发表的《艺术·历史·人》体现了"近代文学派"同人的一个共同的理念,反对政治干预文学。他写道:"政治如果不能把握人的物质方面的话,就是失败的政治。文学如果不能把握人的精神方面的话,只有消亡……政治最重

---

① [日] 本多秋五:《战后文学的不易与流行》,载《昭和批评大系》第4卷,番町书房1968年版,第320—321页。
② [日] 松原新一等:《战后日本文学史·年表》,讲谈社1978年版,第26页。
③ [日] 本多秋五:《战后文学的不易与流行》,载《昭和批评大系》第4卷,番町书房1968年版,第322页。

要的是要打倒眼前的敌人,逐步纠正谬误。文学最重要的是自立,在自立的文学面前,未来的敌人也将会不攻自破。文学为何而战不得而知,但是,政治常常围绕权力而争斗。争夺权力激烈之时,仅仅一周,甚至一夜之间,执政者就会出现更迭。在政治最富有政治色彩之际,正是紧紧围绕权力展开争夺之时。可见,政治最富有政治色彩之时,正是一种波长很短的运动,而文学则在其他方面反映出是舒缓的波长运动……我们之所以标榜艺术至上主义,是因为看到政治与文学的波长不同,并且想象只有那个幸福时代——全人类大同时代,政治和文化才能融洽无间。在此之前,政治的道路与文学的道路肯定不一致。无论它们怎样不一致,也不过是意味着文学始终要固守文学的看法。"① 本多的文学与政治论联系了第二次世界大战后文学的实际,在《战后文学史论》中,他写道:"椎名麟三的《深尾正治的日记》,连曾经是共产主义的热烈的信奉者,对战后共产党也已经不是无条件地皈依了,而是直觉地表现精神方面的事情。堀田善卫的《广场的孤独》和《历史》及另外写的上海的事,连同德永直和中野重治,都在寻求政治视野的扩大,特别是国际视野的扩大。对于椎名麟三和堀田善卫,开始承认政治对文学不可避免的侵入。不用说,积极把政治引入文学里的战后文学者,对政治与文学的关系和文学的自律性应该树立新的原理。同样事情的迹象,已完全包含在野间宏的《阴暗的绘画》里。战后文学对待政治已经不是昔日的处女了。"② 可见,本多反对政治干预文学是针对第二次世界大战后日本文学现实的。

第三,艺术个性论。本多特别强调艺术创作的个性化,他认为:"艺术家绝不能抹杀、牺牲'自我'。如果一个艺术家自身不洋溢着兴趣和欢快,其心灵深处无法喷出无限的热情,那么,他的艺术之路也将

---

① [日] 本多秋五:《艺术·历史·人间》,载《现代文艺评论集》(二),筑摩书房1958年版,第242—243页。

② [日] 本多秋五:《战后文学史论》,新潮社1971年版,第87页。

随之走向终结。""自然科学可以被超越,而艺术却无法被超越,为什么呢?我认为解答这个问题的关键在于个性。""个性的真正含义在于自然科学和艺术的对象不同。以过去希腊自然哲学到发明原子弹的当今,自然哲学的对象始终是同一个自然。与历史相对,自然是永恒的、不变的。自然科学的对象是始终如一、一成不变的。所以,自然科学是屹立于当代成果之上的,同时又有效地利用过去的积累,不断发展进步,开拓新的领域,因此,毋庸置疑,过去的科技业绩会被掩盖。科学工作者也同样,即使是天才,也总有一天会被超越。然而,在艺术领域,其对象是历史性的事物。以文学来说,其情势是十分明了的。例如,荷马的对象,莎士比亚的对象,托尔斯泰和陀思妥耶夫斯基的对象等,均是完全不同的事物。因此,也不存在被超越、被凌驾之类的事情。""艺术不会被超越,原因在于其对象的差异,如果穷追其对象差异的话,则会引出有关个性的话题。人们轻率地说出现实主义,诚然,语言是简单的,但是,当我们说现实主义之时,我们又不可避免地会发问或质问:现实主义究竟是什么呢?我们必须为此思考科学的真和艺术的真之间的差异。"[①] 本多的艺术个性论主要是针对自然科学与艺术的不同对象而展开的。自然科学的价值在于能重复,艺术的价值则相反。没有个性,就无法反省艺术家切实的内在的一面,所以,无个性则无艺术。本多的艺术个性论涉及了艺术创作的规律性的问题。

第四,文学世代论。以日本战败时间为界分为战后文学与战前文学。本多在《战后的作家与作品》一书的后记中写道:"面临战败的日本历史未曾有的事情,战后作家的世界观人生观对这些事情起码存在一种预感。从战前文学里没有探求到新的东西出来只是苦斗着的战后文学,这种预感行吗?如果说'战后文学'没有从战败以前的文学里学习过任何东西,那是大谎言。事实上也并非那样。不过,'战后文

[①] [日]本多秋五:《艺术·历史·人》,载《现代文艺评论集》(二),筑摩书房1958年版,第240—242页。

学'对战前所有文学都不满意,与它们切断关系,至少存在切断关系的愿望。"① 正是第二次世界大战后一代作家继承了前辈创作的长处,检讨批判了前辈的弱点和谬误,他们的精神活动的发展及深化才得以进行。所以,本多按文学世代论把战后派作家大致按登场顺序分为第一批战后派和第二批战后派。第一批战后派包括野间宏、梅崎春生、椎名麟三、武田泰淳、埴谷雄高、大冈升平等。他们的共同特点,一是第二次世界大战前接受过马克思主义的洗礼,相信那是唯一正确的社会科学。二是第二次世界大战时当过兵,战争体验促使他们战后走上作家的道路。第二批战后派的经历和倾向更加多样化。本多在《物语战后文学史》中指出,第二次世界大战前有名的老作家复出形成了第二次世界大战后文学界的一道特殊风景线,在长达数年文学大空档的结束期,读者需要听那些耳熟的老作家的名字。本多从文学世代论角度评价第二次世界大战后文学总体说来是恰当的,并且结合了日本第二次世界大战后文学的实际情况,在日本文坛产生了重要的影响。

第五,文学者战争责任论。在《近代文学》刊物编辑部召开的题为"文学者的职责"座谈会上,本多指出:"说我们在战争责任这一点上毫无瑕疵,这种说法源自何处呢?简单地说吧,那是因为我们是无名之辈","长期以来,战争的歪风以强劲之势席卷整个文坛,不能说我们完全幸免没受它的影响。因此,我们在对于文学界的战争责任问题发表意见时,不要把我们自身当成局外人。"② 在《物语战后文学史》中,本多直截了当地说:"对于文学者来说,是不允许无视文学者的战争责任问题的。但是,追究起战争责任来,首先追究者本身的资格就成为问题。如果对追究者的资格严格审查下去的话,对战争毫无责任的只是极个别的了。"③ 本多认为,追究文学者战争责任的方式有两种,一是日

---

① [日]松原新一等:《战后日本文学史·年表》,讲谈社1978年版,第55页。
② [日]本多秋五:《座谈会·文学者的职责》,载《现代日本文学讲座·评论·随笔》,三省堂1963年版,第350页。
③ [日]本多秋五:《物语战后文学史》,新潮社1960年版,第60—61页。

本文学者内部自发式行为，二是联合国占领军司令部（CHQ）的指令行为。战领军的指令属于外部强加的形式。日本文学者在战争中的行为，虽有差异，但真正的战争责任是在他们中间产生的。追究战争责任从开始就具有日本文学者自发地检举的意味。第二次世界大战战败后很长时期以来，公开否认文学者的战争责任问题是行不通的。追究战争责任，往往谈到文学外的问题，从文坛的意识形态方面考虑较多，这是很重要的。然而，日本文学者从社会责任方面自觉地反省历史，只是在作品中表现战争风情的化妆生活广告也不行的。当然有人提出从伦理角度抽象地追究"良心"问题，但更重要的是要对"人的责任"提出批评①。就"人的责任"同发动罪恶战争的因果关系，本多指出，在军国主义者当中都是一些拼命制造白色恐怖的人，自太平洋战争爆发以来，为反对战争进行殊死斗争的和平主义不曾出现，这是必须深思的②。本多的文学者战争责任论与日本"近代文学派"文论家的观念一起构成了日本现代文论的重要内容。

第六，战后文艺杂志论。本多认为，战后文艺杂志在1946年发展迅速，"《人间》、《新小说》、《近代文学》于1月创刊。《新日本文学》于3月、《世界文学》于4月、《群像》于10月创刊。2月创刊的还有《别册文艺春秋》，加上1945年底复刊的《新潮》，上述刊物成为第二次世界大战后文学第一年的主要文艺杂志"。"另外，《新文艺》（1月），《三田文学》（2月复刊），《艺林间步》（4月），《东西》（4月），《进路》（5月），《大地》（5月），《批评》（8月复刊）等刊物也很醒目。作为季刊的《艺术》（7月），《文学季刊》（8月），《高原》（8月），《素直》（9月）也醒目于世。不过，这些刊物的发行期很短。从战争中改装出来的《新文学》，1946年还默默无闻，1947—1948年才成

---

① [日]本多秋五：《物语战后文学史》，新潮社1960年版，第61—70页。
② [日]本多秋五：《座谈会·文学者的职责》，载《现代日本文学讲座·评论·随笔》，三省堂1963年版，第350页。

为一流刊物。信州小诸发行的《高原》连载了中村真一郎的《死影下》,《素直》登载了梅崎春生的《樱岛》,但两季刊没有办下去。由荒正人、小田切秀雄、佐佐木基一主持的战后唱主台的《文学时标》(1月创刊) 和刊载中村真一郎、加藤周一、福求武彦共同执笔的《CAMERA EYES》的《世代》(7月刊) 也不可忽视。""当时的文艺杂志,现在重新去读的话,似乎有些保守、陈旧。大杂志的文艺栏目更是如此。例如,《新生》杂志原是战后引领新风潮而发刊的。但其文艺栏目很保守,事大主义的现象突出,只登载荷风、白鸟、谷崎这些大家的原稿。那时喜欢按大杂志的老关系办刊,给新人篇幅多的杂志,哪怕是优秀的新人主办,也存在生存的危险。为新人提供舞台终而倒闭的杂志在战后数年间很多。新人结集的杂志不合算、成废纸,应该成为永远的教训。今天极其安定社会里的新人风潮与那时完全不同。"① 本多的"战后文艺杂志论"符合日本战后文坛的实际。他总结出办刊的经验教训,为日本战后文学史的书写提供了依据。

第七,占领下的文学说。本多所说的"占领下",一是指在占领政策的严格规定下,二是从天皇制国家主义桎梏下的解放。他说:"现在是原有权威崩溃的时代,人权意识开始扎根,生命的贵重得到公认,言论能够充分地表达。新权威还没树立起来,令人有些困惑。""被占领给我们带来什么?剥夺了我们什么?我不能确切回答。"② 在《物语战后文学史》中,本多写道:"提道'占领下的文学',我想起河上彻太郎的'配给的自由'的言论,觉得两者很相似。当然,不是说两者绝对没有差别。两者都是日本人主体失落的苦闷。所以,与其白眼看这点不如思考两者的共通点。""战败后不久我们到手的自由,确切地说是'给予的'自由。但是,这'给予的'自由的立脚点,是从不久前的民主革命继承了明治维新后所掀起的波澜,是文学阵营发热的一部分的活

---

① [日] 本多秋五:《物语战后文学史》,新潮社1960年版,第17—20页。
② [日] 本多秋五:《战后文学史论》,新潮社1971年版,第76—77页。

动。许给我们的自由，确实被置于占领政策的框架内，那时候对占领政策的框架有抵触就会遭到厄运。对于将得意自夸与自暴自弃放在一起的战后文学，中村光夫在《占领下的文学》中谈道：'所谓战后文学是从美国占领政策下产生的，全部是占领政策的一个体现。'客观地说，这实际上是忽略日本人主体性觉醒的评论。如果思考战后的劳动组合运动，就会明了这些问题。撤废了占领政策，社会和文学都出现了对占领政策的逆反现象，向右转的倾向更加突出。中间小说也好，风俗小说也好，同样如此。中村界定的'占领下的文学'，没有抓住战后日本的二重关系，即解放与隶属、援助与约束的独立与依存的二重性。不仅如此，它也没抓住那实在的旧金山条约框架里的文学的实际状况。那样说来，河上彻太郎在1945年10月的言论才较妥当，仅仅是稍稍妥当。即使那样，对'战后派'文学意义的抹杀意向也是存在的。那个'占领下的文学'的界定抽象地说是片面而绝对的。按他的看法，那个界定说明的各个方面都会被印证吧。但是，这种界定正如指着那个壁龛和厕所内外或建筑物的一个角落，竟然命名为是那建筑物全部或宅地全部的特点一样。也可以说，好比抓住肝和肾一角的特点就看不见其他的了。"①本多认为界定"占领下的文学"不能以偏概全，而是既要掌握界定的时段性，更要抓住其实质性，那就是抓住第二次世界大战后日本的二重关系，不要忽略日本人主体性觉醒的方面。本多的"占领下的文学说"比较符合第二次世界大战后日本文坛的实际。

第八，第二次世界大战前无产阶级文学否定说。本多认为，第二次世界大战前许多无产阶级文学者"在昭和初年接受过马克思主义思想的洗礼，对战争保持批判而渡过战时。他们直接去抵抗战争是不可能的，特别是太平洋战争爆发后，表面上流露出抵抗的余地都不可能存在，只能在意识里面保持反抗。无论如何，他们在各种不同程度的形式下，保持着对战争的批判。他们以前的经历明显地受到昔日无产阶级文

---

① [日] 本多秋五：《物语战后文学史》，新潮社1960年版，第113—114页。

学指导者的影响,一边强制地接受思想检查,一边并非强制而自发地黯然地检查思想。他们不过是无名的青年,为摆脱作为文人也要被从军及征用的境遇而尽量默默无闻地存在。默默无闻给了他们很大的优惠。在战争最后阶段,即使分散,也能继续保持对战争的批判意识。战后他们的工作,就是把战时下在各自的密室里反复捏搓的蓄积的郁闷一下弹出来"①。本多指出,沉湎于对战争压抑的苦痛的发掘是不行的,战后"日本无产阶级文学的发展,必须脚踏实地,立足现实。如果只沉湎于孤独和怀疑,做否定的苦痛的发挥,就无法发掘更深刻、更丰富、更新鲜的新生活,无法把握到艺术的脉络。这种无产阶级文学观是狭窄的、肤浅的"。"战前无产阶级文学的道路越走越窄,处于无法发展下去的僵局。"② 因此,为了使第二次世界大战后日本民主主义文学获得更大的发展,本多提出第二次世界大战前无产阶级文学否定说,强调第二次世界大战后文学必须弃旧图新、确立自我、恢复文学主体性。

第九,文学自立性。第二次世界大战后不久,本多反复强调"文学的自立",他说:"文学完全是实际性的工作,优秀的作品,优质的作品,只能在创作实践中产生(文学批评亦然)。无论谁,难道一言半句都写不好就能偶然获得好作品吗?政治优势也好,文学优势也好,语言的功夫是实实在在的。文学者铭记自己的责任才能确保优秀文学繁荣的可能。政治保持其政治的优势语言即如此,文学保持优势语言,并非政治上的变色眼,要想到文学自立的重要性才行。文学世界里除了文学,其他都不通用,把文学之外的东西用来替代文学自立是不能产生文学作品的。对各种各样的自立性进行活用,进行调和,那只是政治的优势。"③ "文学者们的责任是诉说各人的内心,这才是正道。"④ 在《近

---

① [日] 本多秋五:《战后文学史论》,新潮社1971年版,第135页。
② [日] 本多秋五:《艺术·历史·人物》,载《现代文学全集》第95卷,筑摩书房1958年版,第243页。
③ [日] 本多秋五:《战时战后的先行者们》,劲草书房1971年版,第172—173页。
④ 同上书,第177页。

代文学》1946年3月号刊上,本多指出:"文学最重要的问题,首先必须自立","没有个人内心喷射出的热情,艺术家就会死亡。"本多的"文学自主性"是代表《近代文学》部分同人在日本文坛围绕"作家的主体性和文学的自律性的论争"而展开的,对第二次世界大战后日本文坛影响重大,至今对文学创作也不乏积极作用。

第十,诚实型文学说。本多在《文学的现代纪行》中谈道:"诚实和诚实型文学的真正意味是对显示的探求,而非人生修行向往诱惑的事。一看外观就知道,文学向往诱惑的事,实际上是对诚实的回避。自己酣醉拉别人一起酣醉,欺骗自己也欺骗他人,这就是'作为商品的诚实'。这种文学完全服从于市民社会的现实世界中的审美情趣,只个过是'实用的文学'。诚实型文学,对于文学上的修行派来说,有别于耽美派保持对某种现实的耽美认识和对庸俗性无批判的适应,它与《通俗文学》的堕落有区别。真正的文学要批判不实用不通俗的庸俗性。支持文学的是'文人的反骨'。剥掉婊子皮进行的议论,在文学作品中坦率地倾吐观点,在坦率倾吐的反叛中主张和理解文学精神和真实面貌,而追求低级和庸俗性悬念的,既非进步的人也非有识之士。"[①]诚实型文学也是本多第二次世界大战后不久所思考的具现实主义精神的纯文学。他认为,保持诚实型文学的作家少了,而倾向于上述所谓的"实用"和"通俗"的文学者多了。为此,他呼唤诚实型文学,主张以人为本,追求文学的真实性,展示文学精神的真实面貌。

荒正人(1913—1979)

生于福岛县。1923年入德岛县立德中学。后转学到县立岛取第一中学。1929年在岛取市的行会教堂接受了洗礼。1930年入山口高中,在校期间接受了社会主义思想。1932年被日本当局逮捕,一个月后被释放。1935年入东京帝国大学英国文学科学习,1938年毕业后先后在藤泽商业中学、东京府立九中任教。1939年参与创刊《构想》杂志,

---

① [日]本多秋五:《战时战后的先行者们》,劲草书房1971年版,第358—359页。

后成为《现代文学》杂志成员。1944年4月和佐佐木基一、小田切秀雄一起被日本当局逮捕,同年12月被释放。日本战败后,荒正人积极参与《近代文学》创刊工作,同时与小田切秀雄、佐佐木基一创办文学报纸《文学时标》,大量发表文学评论文章,成为第二次世界大战后日本文坛的核心人物。1974年因《漱石研究年表》获每日艺术奖。荒正人的评论主要涉及第二次世界大战后文学的主体性世代论,对日本近代文学研究特别是夏目漱石的研究自成一家,同时在日本文明批评方面也取得了丰硕的成果。其主要评论著作有《第二青春》、《民众是谁》、《经纬的忍耐》、《中野重治论》、《批评的变形》、《文坛论》、《文学人物像》、《主体性知识分子》、《市民文学论》、《战后文学展望》及《荒正人著作集》(共5卷)等,其文论的主要内容是:

第一,艺术第一论。荒正人在《近代文学》杂志创刊号上发表了《同仁杂记》的文章,他写道:"我们需要彻底地自由地尊重艺术的政策,我们需要艺术至上主义的再生,像那蕴藏着原子弹一样巨大威力的第一流文学必将诞生。第一流文学会自觉地在本质上与公正的政治息息相通。"荒正人在该文里提出的艺术至上是与政治相通的,在《现代文学》第2期的《第二青春》一文中,他又进一步对此做了阐释:"如果今天能够由我们来继承艺术至上主义,那么,我们必须为此常常把美、幸福、人道主义放在心上,它们是一棵树上生长的三根枝干。优秀的艺术即使不受到强制也能够通向正确的政治,进而政治会遵从艺术之道。没有这种确信,在这惊涛骇浪的政治季节里,到底能做什么呢?"① 荒正人的艺术第一论不是单纯的排除和逃避政治,也不是纯粹的为艺术而艺术,他指出第一流文学能通向正确的政治在于说明,艺术与政治有关系,两者之间,艺术第一。艺术家要常常考虑美、幸福、人道主义。他认为,强调"非文学的过分的政治,用文学方式表明对人的不爱,归

---

① [日] 荒正人:《第二青春》,载《现代文学讲座:评论·随笔》,三省堂1963年版,第258—259页。

根结底，是对人类幸福及人心欲望的丧失"①。

第二，批评的新形式。荒正人在《批评的变形》文中写道："战后开始写文章，我仅仅是凭着想把脑中积存的东西倾吐出来的冲动，把战时中的《现代文学》等杂志的批评文章剪下来的碎片发表，把自己写出的东西填进批评的框架里，与特定的批评不一定相关。""《第二青春》、《民众是谁》、《终末之日》等在心理的契机上产生，接着从中野重治那里描写，我的批评涉及的还有中村光夫的私小说批评、佐佐木基一的艺术先锋等杂乱无章的东西。无论如何，实际上是想突破批评的'外皮'，不是为了突破而突破，是想创造自由批评的形式。花田清辉、福田恒存等保持了各种各样独特的批评形式。他们都不固定化，而是流动式，其批评倾向于自己的兴趣。福田恒存的《批评笔记》等形式很随意，超过小说的趣味。花田清辉不像我，批评不是小说，他怀着对文学的抱负做得很好。批评是文学，应该是文学。所以，我现在重新提倡新的创造的批评。为了科学地批评，我给那拼命努力的热心的文人带来扫兴，令他们不满意。这不是批评的问题。提到坚持现代意识批评的存在形式，起码是摆在战后世代的人们面前的问题。《复兴期的精神》和《1946年文学的考察》的追随者们不是证明那问题普遍化了吗？"② "战后我不仅仅对作品，而且对体验的全部现实有兴趣。并非总是对风俗的关心，还有更特别关注的，如原子核能源、世代问题、政治的风土、知识分子观点、虚无主义等等。文化评论和文明批评这类也许涉及。我不仅仅作为观察者，而是把自己的问题包含进来。立刻想起十返肇氏，作为30岁这代人的特征，高扬自我的热情，全部文学都作为自我表现的抽象论的各种主张，作为战后现象在文艺批评界以各种各样形式流行。本多秋五、平野谦、花田清辉、福田恒存等全部谦恭地还未有气候地写

---

① ［日］荒正人：《第二青春》，载《现代文学讲座：评论·随笔》，三省堂1963年版，第259页。
② ［日］荒正人：《批评的变形》，载《荒正人著作集》第1卷，厚德社1983年版，第311—312页。

出自我。战后世代比他们更应该保持丰富的自我，更瞩目于世，难道不是这样吗？我现在回避把那已打上句号的世代论开始拿出来的愚蠢做法。只是写自己的那个批评世代，有意识地提出批评的新形式所要求的事实，想考虑这个事实保持的意味。"① 荒正人所要创造的批评新形式，主要指自由的批评，关注全部现实的批评、自我表现的批评等，这些都是战后日本文坛的热门话题。

第三，文学家战争责任说。对第二次世界大战后日本文坛讨论的战争责任问题，荒正人断言："只要作为半封建的日本社会象征的天皇制还存在，就不可能确立近代的自我。如果用政治术语来说的话，就是民主主义革命并没有完成。"② 他认为，必须承认确立近代自我的最大障碍就是天皇制。战后大多数文学家认为要同"自身内部的天皇制"做斗争，对此荒正人说道："文学家如果在文学上追究天皇的战争责任，那么，要与根植于自己内部的'天皇制'的半封建感觉、感情、意志这些东西做斗争后，才能够否定天皇制。归根到底，不就是开拓一条确立近代自我的大道吗？"③ 在1946年2月上旬，由《人间》杂志社编辑部召集"近代文学派"同人举行的一个座谈会上，荒正人指出：旧作家同盟的人，或多或少都有战争的责任，坦率地说出自己走过的路，不否认自己的战争责任。无论如何，文学家自己或真心或不得已地胁从了战争，不这么说出来怎能安心呢？在民主主义的转向行动中，自己没有感到有文学的责任吗？必须对纯粹的文学问题做进一步的严厉检讨。所以，我们这一代人应开始从文学角度去思考这个问题。追究战争责任联系到我们转向的问题，即埴谷所说的要确立近代的人性，对体验到的半封建生活，在内心里进行斗争，并逐渐清算④。荒正人的"文学家战争责任说"与"近代文学派"同人的观点基本一致，即否定"天皇制"

---

① ［日］荒正人：《批评的变形》，载《荒正人著作集》第1卷，厚德社1983年版，第320页。
② ［日］松原新一等：《战后日本文学史·年表》，讲谈社1978年版，第47页。
③ ［日］臼井吉见主编：《战后文学论争》（上），番町书房1977年版，第66页。
④ ［日］荒正人：《现代日本文学讲座·评论·随笔》，三省堂1963年版，第351—357页。

的半封建的感情和意志，确立近代自我和近代人性的文学。

第四，利己中发掘崇高美。从反对政治主义倾向的艺术至上主义的认识出发，荒正人指出："通过左翼运动的时代和法西斯战争时期，民主主义革命的今昔充满希望与绝望。在又一次充满希望的这种'光明—黑暗—再光明'的时期，我发现人类既美丽又丑陋、既丑陋又美丽的东西。自己感到在伟大中看到了卑微，在卑微中发现了伟大。"① 为此，荒正人提出文学家在利己中发掘崇高美的问题，他说："剥去人道主义外表后，呈现在人们眼前的就是利己主义，它牢固地潜藏在人的本性里。人是自私的，在这种感觉里产生新精神，在人道主义中注视利己主义的丑恶，在利己主义中发掘人道主义的崇高美。"② 之后，荒正人在《近代文学》4 月号上发表了《民众是谁》一文，进一步提出利己中发掘崇高美的观点，他说："在文学世界里，民众到底是谁？一言以蔽之，既不是诸位及他们，也不是我们，是自己，孤独的自己就是民众。""艺术和文学通往民众的道路就是揭露自己，奋不顾身地同内心做斗争。""自己就是自己，这就是走向民众的路。""民众是谁呢？除了我以外便没有民众。不要踟蹰不前，不要畏惧，要迈向你的蜡烛所照亮的道路。"③ 面对内心的利己主义，通过自我认识才能掌握主体人的本质。文学家要对自身的利己主义进行反省和把握，才能解释清楚人是真正的一切，才能发掘出人的崇高，这就是荒正人的"利己中发掘崇高美"的实质所在。

第五，文学世代论。荒正人在其著名文章《第二青春》中提出了文学世代论。他认为：现在 20 岁一代的年轻人，正在确立单纯、明快的爱憎世界观，创造着他们的青春，对他们不能轻蔑和否定。40 岁一

---

① ［日］平原新一等：《战后日本文学史·年表》，讲谈社 1978 年版，第 37 页。
② ［日］荒正人：《第二青春》，载《现代日本文学全集》第 95 卷，竹摩书房 1958 年版，第 304 页。
③ ［日］荒正人：《民众是谁》，载《新选现代日本文学全集》第 38 卷，筑摩书房 1960 年版，第 304 页。

代的许多人，经营着酒店，考虑商业活动，丧失了昔日战场中士兵的青春，更不像中学生那样对未来抱着很大希望。战后文学要靠30岁一代的人。30岁一代人在左翼运动时代里，历经了人道主义洗礼，与早期的无产阶级文学运动一起结束了"第一青春"，历经了法西斯战争的黑暗低谷，穿越了战争的"黑暗峡谷"，见到了人的利己主义，正值30岁时，迎接了"第二青春"，他们应该成为新时代文艺的主力军。"第二青春"的作家，在解放事业中必须朝着恢复知识分子的新的主体性而努力，确立作家的"自我"。在《中野重治论》文中，荒正人写道："我们30岁这一代人从现代的人道主义感受中，指出了它的二重性，产生了我们应自制的主张。所谓自制，就是面对不尽的点，存在空想的随意性。"[①] 也就是说，要在人道主义的丰富想象中创作文学。荒正人的"文学世代论"以年龄阶段来划分，总体而言，符合第二次世界大战后日本文学家的创作要求和态度，特别是他呼唤"第二青春"的作家要恢复知识分子的主体性和人道主义的想象性，于第二次世界大战后日本文坛不乏重要意义。

第六，纬经线交织说。荒正人所谓的纬线是指外国文学，经线是指日本传统文学。他认为，织布需要纬经线交织，第二次世界大战后日本文学亦然。在《经纬的忍耐》一文中，荒正人写道："以布为喻，织布需要纬线与经线，文学如织布一般，恰似野间宏在《灵魂与肉体与社会的结合》短文中正确阐述的那样，理出欧洲文学这根纬线的同时，也需要理出日本文学传统这根经线，这需要追溯到北村透谷。（我认为应追溯到在《浮云》中塑造出'最初的多余者'形象的二叶亭四迷）当然，我们可以从树上俯视法国文学、美国文学等，甚至可以把纬线延长到延安、莫斯科、首尔。可是，那终究不过只是横向的眺望，文学仅仅由纬线是创造不出来的。诚然，在日本的文学环境里也能造出文学的

---

① ［日］荒正人：《中野重治论》，载《新选现代日本文学全集》第38卷，筑摩书房1960年版，第163页。

殖民地和自由市场，而且那样更容易。可是，那绝不是创造。现代文学的母体是文学革命。所谓革命，不能通过对外国文学的介绍、移入、模仿等来完成，它需要对本国文学的传统进行确认并与之决战。""早日醒悟到自己不过是树上的寄居者（指文学的崇洋媚外者——引者注），必须发现自己的经线——日本文学的风土、传统。如果疏忽这一点，以为仅凭纬线就能织出日本文学这匹布，那就大错特错了，仍然仅靠攀附树上的优越感而继续创作的话，无论写出多少诗歌、小说，那也只不过像一匹没有经线的布，只要稍微一挪动，就会分崩四散。如有怀疑，就请你们翻阅一下明治、大正、昭和的文学史吧。"① 荒正人的"纬经线交织说"是针对日本文坛中崇洋媚外的现象而提出来的。他强调，文学家既要学好外国文学，更重要的是继承发扬日本文学的传统。

第七，文坛作用说。荒正人在《文坛论（一）》文中写道："文坛正如市民社会存在的代用品一样发挥作用。比较大学结构而言，文坛象征着落后社会中的特殊地带，它与新闻界结成联姻，其市民社会的诸多特点在某种程度上就形成了。第一，在那里无限追求的努力得到保证，成为可能。所谓杰作也罢，大作也罢，都可以得以施展。第二，那里容许彻底的自我意识的存在。不怕误会地说，作为一个小社会的文坛，作家是受到款待的社会人，在那里，呈现出文化人的繁忙形式，座谈会、讲演会、编辑会、旅游、文人艺妓等融为一体。上述两点，实际上是某社会学者提出的近代市民社会的特质，被适当地用在"文坛"上。'文坛'作为'自由人'集聚的场所，实质上不就是市民在里面吗？当然，这还没有被充分地意识到。文坛与市民社会的区别之处在于，重视平民是通过有识之士的非难而存在的。文坛里不管哪个人，像大学里面明显的特权意识是不存在的。这样说来，伊藤整给文坛居民下的'逃亡奴隶'的定义就有必要修改为：文坛大概是作为理想市民集聚的地方。

---

① ［日］荒正人：《线纬的忍耐》，载《现人日本文学讲座·评论随笔》，三省堂1963年版，第382—383页。

当然，对于我来说，还没有这么断言的勇气。某种意义上说，现在的文人难免有市民意识。例如，自己工作要联系报酬金钱，正面直说不想钱或对钱没感情的人怕不多，对原稿费和讲演谢礼的数额说三道四后签合同的人很多。月收入要提高，物质报酬上升要调整，这点与就职大学的教授来说比较陌生，而近代文坛人也许就这么强调。无论如何，文坛发挥了市民社会的代用机能作用。前近代社会很充分地保持了那体现近代化的部分。那样的话，现在也许应该称呼大文坛，或者不妨加上文学共和国的命名。但我不放弃文学就是文学世界的梦想。"[1] 荒正人的"文坛作用说"概括了第二次世界大战后日本文坛的实质，反映了日本文坛市民化、商业化发展的一个趋向性。

第八，市民文学说。在《市民文学的推移》文中，荒正人写道："如果真正把近代文学与市民文学作为两个不同概念分别论述，就很难说清这个道理。为什么呢？因为近代与市民是一心同体的。近代文学包含市民文学，市民文学在近代文学里又不可缺少。进一步说，作为市民用语，即使近代以前早就存在了。例如，罗马和希腊时代的有些场合使用过市民用语，若用文学语言可说是市民文学。把市民文学作为近代文学的特别称谓，只是学者特意把近代文学和市民文学分别地论述而已。"[2] 荒正人接着从文学史的角度论述了市民文学的变化后写道："作为自我的一个人，多少有些限定的范围。市民阶层十分发达，这里不得不展开说。战后文学继承和延伸了市民文学的传统，但在形态和内容上发生了变化，丧失了昔日市民文学的纯粹性。好比温室里的花朵，对外面气候缺乏抵抗力。庶民、小市民、混杂阶级等文学依然在名与实上占有优势。近代文学里的市民文学没有欣欣向荣的繁荣，这是日本文学根本性格所规定的。与之相反，近代文学也许能充分解开未进入近代化的

---

[1] ［日］荒正人：《文坛论（一）》，载《荒正人著作集》第3卷，三一书房1984年版，第70—71页。
[2] ［日］荒正人：《市民文学的推移》，载《荒正人著作集》第3卷，三一书房1984年版，第93页。

半近代的文学开始成立的秘密。战后，各种各样的人对近代文学的纯粹化进行了倡导，却疏忽了作为前提条件的市民本质的考察。在这个异样的过渡期里，看见的上升现象仅仅是泡沫现象，实际上，下降现象不过是被上升现象的伪装所掩饰，对此进行反省的最佳时刻也存在于此。作为近代文学的市民文学的时季已过去，即使拥有杰出的才能，事到如今再恢复已是不可能。不是吗？除非真有特殊的实验装置和异端才能的出现。"① 小田切秀雄在该书的"解说"中说，荒正人写的"作为市民的个人主义"，"培养自己内部充足的人生意识"，"作为生活者在现实生活中取得胜利，在精神上有反映"等，都是现在日本人存在的情况，市民文学的理念成为普遍化，文学形式成为一般化之际，荒正人的"市民文学"不是文学史的概念，而是普遍的文学理论的思考②。显然，荒正人的"市民文学说"论述的是战后市民文学的本质问题，探寻文学的纯粹性如何演变为大众性，这也是他文学理论的一个建构。

第九，文学职业说。荒正人在《文学能成为职业吗？》文中写道："文学可以作为职业吗？要是作为职业，那就应该通过劳动与交换成为持续收入的源泉。根据阿川弘之的提案，文人也应享受健康保险，失业保险按特殊情况处理。文艺家协会认真采纳这提案实属必要。但是，文学到底能否成为职业呢？文人们去旅馆登记，与卖药的一样，写上卖文业吗？""我不是针对文学者原本不走运而言，文学者的工作报酬最好在文学自身之中，此乃格言。那样，本多秋五、花田清辉等似乎觉得刺耳。我考虑贴上近代主义者、合理主义者的标签，上述格言、老派作风、神秘主义（濑沼茂树的批评似乎那样）以及矛盾冲突等也是非常刺耳的。但是，我考虑的是文学的工作性质与政治家、宗教家比较相近，这里诚然指的是所谓职业宗教家和职业文学家。假如那么极端地

---

① ［日］荒正人：《市民文学的推移》，载《荒正人著作集》第3卷，三一书房1984年版，第112页。

② 同上书，第372—385页。

(界定)吧,文学就不是职业,即使把学问作为职业,职业不过是想法而已。文学被看作职业的场合,即某人创作'文学'就要遵从需要供给的法则。预备高额费用,有足够的饮食,那个作家的名字要进入税务署登记的高额收入者的名册。当然他要把文学作为生活的手段。此外,'为了文学'作用的成立,他还必须提供读者需求的文学。""只出乎于人的内心而不是生活手段目的而创作'文学'的不是问题。问题是,文学不作为生活手段,而是作为生活目的的一种特殊方式,那个人的内心就是'为了文学'而生活。同样创作文学,前者把文学作为职业作为持续收入来源的手段,而后者一定没有持续收入,即使愿意在自己精神上保持不把文学作为生活的手段,而出乎其意料的是,很多读者往往用三文钱来估价其文学价值,不给他名气和金钱。""要是那样,文学就不能成为职业,即使这么称呼也不恰当,仅仅为自己而文学,难道不为他人着想吗?人世间对那样的人是决不会供奉的。从事那种职业一开初他不是就没有考虑到他人吗?""文学不能成为市民社会职业的最后理由是,因为作为艺术家给予市民的同时又超乎市民阶层的。传达到人世的是'精灵'。为什么西欧的'富裕市民'的艺术家举不胜举呢?他们首先把自己的精灵供到所有的黄金上,接着与私生活轮换。那么,比较日本某种文学者,他们在自己的私生活里只是把应该供奉的黄金使用在精灵上。'贫困'不是理由。他们对待金钱,对待市民社会的职业,不是犯了根本性的错误吗?"①荒正人的"文学职业说"针对战后日本文坛状况,论述了文学家的物质基础的重要性,批评了忽略物质基础仅仅"为了文学"而创作的不现实的状况。

第十,投稿弊端谈。第二次世界大战后日本文坛,文学家在投稿方面存在着诸种弊端,荒正人对此进行了分析,他说:"某时某小说翻译的书评要依赖某翻译家,自己做翻译的一个体会是做评论很困难,因为

---

① [日]荒正人:《文学者的生活法》,载《荒正人著作集》第3卷,三一书房1984年版,第57—59页。

缺乏诸多见解。偶尔翻翻某书评新闻，虽然那人只写了二三页，可称为通篇谎言。正如 you tell a lie（你撒了谎——译者注），若是绅士必将怒目而视，发出决斗命令。在日本登载谎言实乃庸俗不堪，恰似被嘲笑的串街巷卖唱的一样。我试着猜测那人的心理，不过想那一千日元稿费罢了。真是无聊之极！比较同人杂志，又去考虑商业周刊报纸的更高价格了。即使不过想让多一点的读者知道自己的名字，他就说谎。那种人如此心理的确可悲，的确可怜。日本的新闻报刊与西欧的不同，它公平无私地显现在共同的场合里。保持市场价格的文学家的作品，在这个场合里买卖，在 A 杂志刊载，B 杂志也刊载。不仅仅是杂志，报纸也一样。根据这个报纸与那个报纸的不同风格把作品卖出去。流行作家就这样产生了。这种现象有一利也有一弊。说弊的话，在那种场合的买卖中，文学者的个性被磨减了，是自己进行的磨减。这个杂志这个题材这种手法，那个报纸那个题材那种手法，均出自一只手一张嘴，一定不奇怪。""根据这些条件，文学也好，文学者也好，一定不必对不喜欢的东西去重新思考。仅仅在一定的杂志和出版社发表自己作品的人，是被固定了的，吸引他的是稿酬，是固定的杂志和出版社给予的持久的照顾。但他一定要迎合读者才能被视为权威受到照顾，同时被滥用的商业主义赋予为写手，其中的原因是不可抛弃的津津乐道的高收入。我的愿望是，现在从固定的出版社中解放出来，分别抓住多数出版社而自言自说。当然，自费出版等也有考虑的余地。好的就是好的，没有暧昧的公平主义，有必要看人家相互评判的态度吗？要是屈从那偏狭的态度，个性的文学能创造出来吗？相信自己的工作，百年后保持知己是好的，即使千万人不睬也是我行我素。有这种思想准备多好啊。说到市场买文章的事，最后的准则一定是针对现状，虽不说是根本但也是必要的改革吧。"① 荒正人的"投稿弊端谈"除针对文坛弊端外，也提出了保持个

---

① ［日］荒正人：《文学者的生活法》，载《荒正人著作集》第 3 卷，三一书房 1984 年版，第 57—59 页。

性的文学创作的必要性和重要性。

第三节　无赖派文论：坂口安吾

坂口安吾（1906—1955）

　　本名炳五，出身于新潟县新津町一个豪门家族，父亲曾任众议院议员。1922年坂口读中学因耽于文艺，在考试时交白卷被开除，之后在东京继续读中学，中学毕业担任过小学代课教员，1926年入东洋大学印度哲学系研究佛教，学习梵语、拉丁语。1930年大学毕业，与同人创刊了杂志《话语》。1931年发表小说《风博士》、《黑谷村》，得到日本文坛的承认。第二次世界大战期间，写了一些影响甚微的文章。1946年4月，发表评论文章《堕落论》，指出为了活下去，人必须堕落，要求恢复人的本来面目，冲击了日本主流观念，引起社会广泛关注。同年6月，发表"堕落论小说化"的小说《白痴》，轰动文坛。后发表诸多著述，成为第二次世界大战后日本无赖派文学的代表。1948年因长篇推理小说《不连续杀人事件》获第二届侦探作家俱乐部奖。文学上确立对人的感情的新批判，最严格地追求爱憎悲怨和生命道德为最高的艺术精神支撑着坂口的文论，其主要文论著述有：《堕落论》、《续堕落论》、《日本文化私观》、《文学的故乡》、《关于荒诞》、《颓废的文学论》、《通俗与变貌》、《为了未来》、《排斥枯淡的风格》、《教祖的文学》及《坂口安吾全集》（12卷）等，其文论的主要内容是：

　　第一，诚实堕落论。坂口于1946年4月在《新思潮》杂志上发表了代表无赖派文学思想的著名文章《堕落论》，文中写道："人们即使面对战争带来的巨大灾难和悲苦的命运，也不会改变人的本性。战争结束后，特攻队的勇士变成了黑市的商人，寡妇换了新的面孔重新燃起嫁人的希望。人丝毫没有变，反而是恢复了人的本性。人在堕落，义士和圣女都在堕落，这是无法阻挡的。不可能阻挡堕落来拯救人。人活着就要堕落，根本没有拯救人的近便之路。因为是战争失败，所以并非堕落于战争，因为是人，所以会堕落。人要活着只能是堕落。"① 坂口这里的"堕落"并非指伦理上的堕落本身及颓废倾向，他不以堕落本身为文学的目的，而是探求第二次世界大战后人以及人性的必然生活方式。他憎恨的是健全的假道德，需要的是诚实的堕落。所以，他尖锐地指出，天皇制及武士道是日本人出于政治目的而制造出来的。第二次世界大战后，特攻队员投机倒把，寡妇急迫找情夫，老将军法庭上苟且偷生，这都是人的本性。因此，要撕掉尽忠尽义的伪装，要暴露人的内心，追究和解剖人的赤裸裸的内心思想是复活和拯救人性的第一个条件。首先是堕落，然后才能攀上天国之门②。实际上，坂口的诚实堕落论是抛弃道义和人情的虚伪，着力揭示人性的阴暗面，在自虐中追求人的完善，去发掘日本第二次世界大战后埋没在世俗灰尘中的人的美和真实。

第二，孤独文学论。坂口在《文学的故乡》中写道："生存的孤独是我们的故乡，在里面的凄凉是无以拯救的。我的思索正是这种凄凉和无救。在黑暗的孤独里不管怎么都是无救的。如果世人迷路的话，往往会朝着预想的拯救的家一步步走去。可是，这种孤独，总是在旷野里迷惑，不能朝着预想的拯救的家走去，最后只是孤独痛苦和无救。只有孤独痛苦和无救才是人生本质的唯一的拯救方式。无道德与自己的道德同样，无救与自救也一样。这就是我的文学的故乡，或者说是人类的故乡。我想，文学正是从这里开始。"③ 坂口主张无以拯救的生存孤独是文学本源的出发点，他把人生本质的孤独痛苦和无救作为文学真正的故乡，强调文学必须立足于绝对孤独的自觉之上。坂口在《文学时评》中指出作家无论是谁大概都是孤独的，所以怜恤自我的孤独就不是文

---

① [日] 坂口安吾:《堕落论》, 载《日本文化私观》, 评论社1968年版, 第115页。
② 同上书, 第109—114页。
③ [日] 坂口安吾:《文学的故乡》, 载《日本文化私观》, 评论社1968年版, 第211页。

学。以前浪漫的抒情只见到悲伤，从而放弃苦难的人生。只有坚守孤独的艺术，作家孤独的内面与外部的文化价值才能结合起来。坂口的孤独文学论的针对性，主要指战后作家在政治上、生活上的失意而留下的压抑，这种压抑形成了一种心理变态和渲染，即在孤独痛苦绝望中以"无赖"来开辟一条文学新路。在这种文论观指导下，作家追求和描写的对象，往往是那些冲破世俗的虽有恶德但又乐道于此的人物。

第三，荒诞文学论。在《关于荒诞》一文中，坂口首先对悲剧、喜剧、荒诞剧进行了阐述，认为悲剧基本上是正规的，喜剧是由寓意或在泪水的背后或若有所思的笑来打动人心，荒诞剧是自始至终都处于醉狂状态的文学。他说："我的论述绝不限于剧作，包括其他所有的文学形式都可用荒诞来概述。""所谓荒诞，就是要把人类的所有，全面地毫无保留地给予肯定。凡是人类的真实，空想也好，梦想也好，死亡也好，愤怒也好，矛盾也好，乱弹琴也好，嘟嘟囔囔也好，全部都要肯定。""肯定达观，肯定叹气，肯定胡言乱语，一句话，全部肯定人类的存在。"① 在《靠近闹剧》一文中，坂口进一步对荒诞文学进行了探讨。他写道："荒诞压倒合理精神，完全肯定了不合理。没有经历合理精神恶战苦斗的超人和在合理精神恶战苦斗中疲惫不堪而绝不想停息的超人，他们不打喷嚏地应付荒诞的笑。荒诞总是在那一步面前停止了笑。"在荒诞国里，"没有否定精神，完全是肯定。不憎恶强盗，不善待圣人，学者没有学问"。"强盗与牧师都是善人，也都是恶人。不批判好人和坏人，只是进一步肯定人性矛盾的抵触，无论在哪里只是肯定。""荒诞作家谁也不偏袒，谁也不同情，谁也不憎恶，除了肯定之外，没有什么感伤，如木头雕像似的。""荒诞文学家所有的工夫就是让读者笑。"② 坂口"荒诞文学论"的实质是强调采用讽喻、戏谑、虚构等艺术手法来宣泄对社会的不满情绪，用文学来反映日本第二次世界

---

① ［日］坂口安吾：《关于荒诞》，载《日本文化私观》，评论社1968年版，第159—168页。
② 同上书，第176—178页。

大战后的社会荒诞现象,这也是无赖派的一种艺术追求。

第四,颓废文学论。坂口在《颓废的文学论》一文中写道:"岛崎藤村被人称为诚实的作家,实际上他是极不诚实的作家。藤村自身与他的小说之间距离很大。""作家和作品之间的距离,指作家的处世不正经但表面上却道貌岸然,这就意味着他灵魂深处不诚实。作家与作品之间的空白内容中有杂质,思考这些杂质会联想到作家如何操纵作品、操纵自身,甚至于如何操纵人的。""这个距离,指作家与作品之间穿插着没交代的空白,存在着关于肉体的伦理却没有用明确的言语述说出血肉真实性的意味。这种写法读后不能苟同,这也是批评家最蔑视之处,无非是对批评家的欺骗。批评家无法区分出作家与作品之间的距离。当事者自身写的吊儿郎当,花心思去蒙蔽这个距离。这是评论文学的难处。像藤村这类积累了多年写作笔力的人,批评家是无法与之比拟的,所以欺骗批评家轻而易举。"① 根据文坛这些状况,坂口谈道:"我讨厌世上所谓的健美的美德、节俭精神的美德、忍耐困苦的美德、谦让的美德等,这些不是美德而是恶德。"为此,"我不把颓废自身当成文学的目的,我追求的是人,是人性所带来的必然生存方式。也就是说,不想自欺欺人地活着。我憎恶'健全'的现实的伪道德,不担忧现实中产生的诚实的堕落。回归到人自身无虚假的愿望中是必要的"②。坂口对颓废的阐释与众不同,他所谓的"颓废"并非"厌世",只是一种追求人、追求人性所带来的必然的生存方式,是不自欺欺人地活着的一种方式,他反复强调,活着才是最真实的,同时必须真实地活着,活出真实的自我,文学家更是如此。坂口用颓废观来印证日本文学,他写道:"日本文学显现出风景的美,然而,对于人来说,人世间并非全是美的东西。""我不想在美的风景中安息,或者说不安息才是人世。我仅仅

---

① [日]坂口安吾:《颓废的文学论》,载《日本文化私观》,评论社1968年版,第193—194页。
② 同上书,第203页。

爱人，爱我，爱我所爱，彻头彻尾地爱。所以，我必须发现自己，必须发现我的爱。我不断地堕落，我才不断地写。"① 实际上，坂口的颓废文学论也是战后无赖派文学的一种指导理论。

第五，文学叛逆说。坂口曾撰文《日本文化私观》，猛烈批判了日本传统文化的伪善与做作之处，体现出与传统文化叛逆的姿态。他说："法隆寺和平等院全部烧了一点儿也不难受。必要的话，毁掉法隆寺作为停车场最好。"② 在《白痴》中，坂口写道："所谓自我的追求及个性和独创等，在这个世界上是不存在的。""在日常会话中，比照公司职员、政府官员、学校教师这些词汇，自我、主体、个性、独创等词用得太滥了。""事实上，所谓的时代仅仅是如此浅薄、愚蠢，即将推翻日本两千年历史的这场战争失败了，这究竟同人类的真实有何关系呢？一国的命运仅仅依靠很内省的薄弱意志和一群愚笨者的轻举妄动来改变"是不行的③。根据这种叛逆说，坂口在文坛上就斥责夏目漱石的"理性"和岛崎藤村的"虐伪"；认为小林秀雄是一个古董鉴定者，专注死相，失去了造就人生的热情。坂口的文学叛逆说表示了对权威的轻蔑和否定，强调真正的文学家不要屈从于权威的压力，要从传统文化束缚下解放出来，既要对伦理本身进行破坏，又要对现实进行叛逆，更要在文学观念、文学方法上进行反叛。

第六，文学变貌说。坂口所谓文学的变貌指文学创作的一种变形，具体而言，指作家创作时要灌注作家精神，高度深入描写的对象，在淡泊、无聊、无趣中，达到纯粹文学的境地。在《通俗与变貌》文中，坂口写道："因为文学不是要解决什么大的问题，所以它也不能根本地解脱悲痛不幸。可以说它有抑制毒的作用，即所谓病人心灵的镇痛药。

---

① ［日］坂口安吾：《颓废的文学论》，载《日本文化私观》，评论社1968年版，第203页。
② 同上书，第37页。
③ ［日］《石川淳·坂口安吾·太宰治集》，载《现代日本文学全集》第49卷，筑摩书房1954年版，第154页。

我并不认为它了不起，只是考虑它是尽量给人安慰的玩意儿。"① "文学不管有多少趣味，就是见情节波澜起伏，手里握着汗，口里发出惊叹，这也不是文学本质上的变貌。日本文学过度讲趣味，只是一副太直截了当的镇痛药，缺乏让病人长时期轻松的作家精神……艺术是力的世界。在轻淡风格中深入描写对象之高低程度反映文学价值之高低。从高处考虑的话，日本文人们总体上以轻淡风格描写对象即使淡泊得如玩弄许多古董一样地无聊，那也是高级的文学。我想，轻淡淡泊风格的、无聊的、无趣的正是纯粹文学的境地。需要明确告之的是，如果仅仅是轻淡淡泊的风格、无聊和无趣，而作家精神不高的话，作家的体力上要短寿，精神上要失却最大的愿望，艺术的欲火和恣肆一定是自身毁灭。"②坂口的"文学变貌说"主要是区别通俗小说而进行所谓纯小说创作而言的，从中也能窥视到第二次世界大战后无赖派文学的一些特征。

第七，未来文学说。坂口在《为了未来》一文中，批判日本近代以来的私小说作家把虚假生活复写成为文学的样式，把文学本质的真实视为"实在的人生"的说法。为此，他提出了未来文学说："真实的文学常常着眼于未来。与其说面向未来，不如说把眼光定影未来。定影未来的眼光也包含着把镜头对着过去，把过去的事在文学里再生，但仅仅是对过去复写的话不过是写作而已。" "把眼光定影未来的文学，那过去实际人生的真实性未必一定。过去的已经进行过了，那就意味着是不变的。如果用谎言去改变过去，已过去的真实对于未来的真实就不能保证。对于未来，一切谎言都有可能。也有可能全是谎言，谎言和真实这里没有区别。所有的谎言，所有的可能性，终将被生活化为真实的存在。并且，得到的真实不仅仅是生活化，因为任何事情一旦生活化就有成为事实的更大的可能性。过去实际人生的真实只不过是取的脚印而已。文学正是为未来而创作，为了未来更好的生活而存在。把人们所能

---

① [日] 坂口安吾：《通俗与变貌》，载《日本文化私观》，评论社1968年版，第131页。
② 同上书，第132—133页。

想到的所有的可能性都当作真写进作品里，这才是文学真正的意义。在这里，人类的合理发展得到策划和实际存在。毋庸置疑，那种不把眼睛定向未来的文学，只能算是作文而已。"① 坂口的未来文学说，既是对私小说理论的一个反驳，也是他的文论观的一个建构，是从一个新颖的角度提出了文学真实性的问题。

第八，枯淡风格排斥说。坂口反对回避人的灵与肉冲突带来的苦恼的文学，并把这种文学称为"枯淡风格"。他说："我不认可文学的'枯淡风格'及被称为'古雅风趣'，那是一种完全避世的态度。这态度的反面是强调人的本质是灵与肉、生与死之间的纠葛。人常常在这纠葛中产生苦恼。然而，'枯淡风格'也好，'古雅风趣'也好，作为人生态度，就是面对存在的灵与肉的纠葛却去虚构造作，不接受自己为此带来的伤痛，企图达到至高无上的境界。再加上心绪好的言论，从中见到的是庄严而产生的愉快。'枯淡的态度'是想消却烦琐逃到山里隐居享受孤独，但也不只是逃避，还纠葛着肯定的现实。然而，自身又不接受这种纠葛所带来的伤痛，反而无耻地逃避。一句话，那个人生态度主要是对自己行为方式中的丑和恶根本不后悔，对自己行为方式中的善和美根本不强调，这就是那个人生态度的特质。""在那里，掩饰了应该烦恼的地方，去迎合枯淡的风格，那样描写出来的枯萎的性欲画面，没有触动人的悲伤所在，只是一味地醒目刺眼。"那种文学中的"诗所咏的，小说所描绘的，形式上的确是美的，可是，它的本质总的是贫弱，不过是丑恶而已"②。

针对那种文学，坂口反复指出：十七八岁少年的狂热，作家视而不见，消灭了许多性欲和个体烦恼，只想在梦里思维，这种"枯淡风格"要排斥。排斥枯淡风格文学的反面，就是强调文学描写肉欲的本能，不

---

① ［日］坂口安吾：《为了未来》，载《日本文化私观》，评论社1968年版，第213—214页。
② ［日］坂口安吾：《排斥枯淡的风格》，载《日本文化私观》，评论社1968年版，第179—181页。

受道德观念的制约。这正如在他的短篇小说《白痴》主人公和没有灵魂的白痴女在一起时的想法一样，满足肉欲，发现人类"源泉"才具有真实感、美和善。所以说，坂口的"枯淡风格排斥说"既指出文学对世俗伦理道德的反叛，也强调文学要展示人的灵与肉冲突的苦恼，从而去追溯人类源泉，满足性欲。

第九，天皇道义说。第二次世界大战后的日本文坛，围绕天皇及天皇制问题展开了激烈的讨论。作为无赖派文论家的坂口也撰文多篇，提出关于天皇及天皇制问题的独特观点。他认为："天皇制虽然是贯穿日本历史的一种制度，但天皇的尊严只不过作为一个道具常常被人利用，从来不曾真正的存在过。""天皇的命令并非天皇本人的意志，实际上是他们（指军部——译者注）的号令。他们以天皇的名义推行自己的意欲，自己却假装成服从天皇，将他们服从天皇的规范强加于人民，强行推行自己的号令。""发动这场战争，实际上天皇是不知道的。天皇没有下达命令，只是军人的意志。满洲事变的战火燃起，华北战火的点燃，甚至于总理大臣也没有被告知真相，完全是军部的独断专行。军人如此蔑视天皇，尽管他们一边从根本上亵渎天皇，一边却盲目地崇拜天皇，是荒唐！荒唐至极！这就是日本历史上的一贯的天皇制的真相，日本史上的虚假的实体。"① 坂口对天皇及天皇制的政治价值判断，没有追究到天皇制国体成为侵略战争的根源，只是从天皇道义上把问题抽象化，把天皇与天皇制截然分开。但面对战后存在的坚持维持既有天皇制国体的势力，坂口的天皇道义说也表达了对天皇制的否定。他强调："经历多年历史的机构——天皇制，囿于日本观念的残留被保留下来，那在日本就不能希望人和人性的正常发展，照耀人的正常之光永远就被封闭，人的幸福、人的苦恼、人的完全真实姿态在日本出现的时间则遥遥无期。"② 所以，坂口提倡文学要对正统的观念、健全的道义、战时

---

① ［日］坂口安吾：《续堕落论》，载《日本文化私观》，评论社1968年版，第119—120页。
② 同上书，第122页。

天皇制、军国主义思潮进行完全否定性的描绘。

第十，文学与生活及人生说。坂口对文学与生活、文学与人生之间的关系，阐述了独特的见解。他说："文学也好，哲学也好，宗教也好，都能够生成培育生成各种各样的思想，也生成了所有的矛盾，不畅通、不能解释，从先前完全不知道的恶战苦斗武器里产生出玩意儿，不用说，像转不动的棒子块似的一种东西，那就是文学。""可人为什么要做那玩意儿呢？文学不就是那样的吗？说什么是历史之必然，人之必然，那样说法似乎想得透，可要是耐住性子去鉴赏的话，文学就没有什么必要啦。""文学是生活，不是看的东西。也许，生活不一定那样的进行。作家最好关闭在书斋里，然而尽管他退出现实的生活，独自剥掉自己每一幅假面具，把自身藏在痛苦里，最大限度地与人相见，如果不从那里歌咏和发表人间的诗的话，也是白搭。把人的生活封闭起来不是文学。""孤独的人生到底是什么呢？诚然人死了作品能残留，所谓艺术长久，人生苦短。从时间长短的标准来计算人生与艺术的价值，太明白不过了。对于作家来说，重要的是，自己所具有的完整的人生在作品里没有述说出来。艺术之类对于作家人生而言不过是商品而已，或者说是游戏也不过分。作家花很多时间在拼命劳作之中，即使有时作家的生命要被夺去，他也在艺术那里专心致志做那关于作家人生的玩意儿，其他什么都不能打动他的心，除了这游戏外什么也没有。或者，在不正当交易中艺术仅仅成为赚钱的工具，是为了获取婚外恋中迷恋女人的本钱而拼命劳动形成的商品。""文学和思想、宗教、文化，一般而言都有根底，人生的主题要点通常仅仅是写自己的生活。""小说就像高价的商品，也不过是梦罢了，就像那第二人生一样，有的东西没有写出来，也有的写出完全没有的东西。"① 坂口对文学与生活及人生关系所下的结论是：文学与生活及人生是有差别的，因此，作家要享受生活，享受人生。

---

① ［日］坂口安吾：《教祖的文学》，载《日本文化私观》，评论社1968年版，第222—234页。

第四节　战后派文论：平野谦、小田切秀雄

平野谦（1907—1978）

本名朗。1930年入东京帝国大学文学部，1932年毕业后进入无产阶级科学研究所工作。1933年发表评论《小资产阶级知识分子的道路——读唐木顺三的〈现代日本文学序说〉》，评论无产阶级文学运动。尔后，撰文分析作家转向问题，第二次世界大战后与本多秋五、荒正人、小田切秀雄等一起创刊《近代文学》，与中野重治围绕"政治与文学"展开论争。1950—1957年，先后在相模女子大学、明治大学任教授。1960年针对"中间小说"发起了"纯文学论争"。1963年辑录为报刊撰写的评论以《文艺时评》上、下卷出版，影响颇大，奠定了他的文艺时评家地位。平野谦作为密切关注各种作品的敏锐的文艺时评家，对战后派文学特别是日本现代文学体裁研究颇深。其主要文论著作有《战后文学评论》、《艺术与现实生活》、《政治与文学之间》、《文艺时评》、《昭和文学史》、《我的战后文学史》、《昭和文学的可能性》、《平野谦全集》（共13卷）等，其文论的主要内容是：

第一，文学非政治手段说。在日本文坛上展开的"文学与政治论争"中，平野谦针对左翼演剧者杉本良吉和电影女演员冈田嘉子一起越境逃往苏联的新闻报道，提出了他的"文学非政治手段说"。他写道："为了目的而不择手段是政治的特点。即使是无产阶级的政策，有一时期也采用像女管家式的'制度'？（越境的离奇劲儿也源于此）如今从事文学的人，无论如何，即使是信口而言不需要政治，也未必会遭到非难。文学和艺术朝着目的一步一步地靠近的过程，这本身就可以说是目的，在此决不允许手段和目的背离的现象。也就是说，与要实现的目的自身相反，必须从手段本身去探讨。无论杉本良吉抱有怎样悲壮的理想，就以他为了实现其理想而活生生地把一

位女性作为垫脚石这一点,他那整个远大理想也必须公开受到严厉批判。"① 平野谦的"文学非政治手段说"是舍弃文学与政治的紧密关系,反对把无视人性、不择手段的政治方式赋予文学,认为文学与政治要拉开距离,特别不能像政治那样为了目的而不择手段,主张朝着文学目标一步一步地进行才是文学。

第二,无产阶级文学否定说。平野谦在1946年《新生活》4、5月合刊号上发表了《政治与文学(一)》的文艺时评,他写道:"贯穿昭和二十年间的文学特征到底是什么呢?那就是在明治文学和大正文学中都能看到的一味以'政治与文学'为回转轴所展开的一切。以昭和十一年前后为界,清楚地把昭和文学史分为前期和后期。(指日本无产阶级文学史的前后期——译者注)在前期,主要是以由工人运动一翼的马克思主义文学所提出的'政治与文学'问题为中心。在后期,随着马克思主义文学的衰退,其重心成了由军阀、官僚及围绕其'革新的'文学家所提出的'政治与文学'的文艺政治。前期的'政治'概念和后期的'政治'概念正好完全相反。"② 平野谦这里说的前期"政治",指日本无产阶级文学运动主张的文学与资产阶级进行政治斗争,文学服务于政治。后期"政治"指日本无产阶级文学在军国主义国策下文学必须迎合军国主义政治,服务于国策。平野谦在《政治与文学(二)》文中,提出代表无产阶级文学前期政治的作家是小林多喜二。平野谦在该文中写道:小林《为党生活的人》一书中的笠原女性,其个人尊严和自由受到侵害,但作者借着革命运动的名义,丝毫没有给予同情,这不仅仅是小林的弱点,也是涉及整个马克思主义文学艺术的一条病根。在《战后文艺评论》后记中,平野谦写道:"小林多喜二的一生意味着,他是从含有各种偏见和谬误的马克思主义文学运动中产生出来的最忠实的时代牺牲品。殊途同归,以小说《麦和士兵》为开端的火野苇平

---

① [日] 松原新一等:《战后日本文学史·年表》,讲谈社1978年版,第36—37页。
② [日] 平野谦:《平野谦全集》第1卷,新潮社1975年版,第189—190页。

的文学创作不也是一个在侵略战争中随波逐流的时代牺牲者吗？"平野谦偏激地将鼓吹侵略战争的火野与小林相提并论，分别定为无产阶级文学后期与前期的代表，从而来否定日本无产阶级文学，主要是为了表达否定文学屈从政治的观点。为此，他主张文学要建立人的尊严和个人权威，政治和文学既然尖锐对立，那么，文学与政治就要保持一定的距离。

第三，文学者的战争责任论。平野谦在《一点反论》文中提出了"文学家的战争责任问题与马克思主义文学运动的功罪及其转向问题几乎不可分割"。他在"近代文学派"同仁举行的"文学者的义务"为主旨的会上提出："与所谓的一亿人总忏悔一样，这次战争冲击了所有的文学家，这不得不归咎于我们传统的弱性。"[①] "我想是人性的劣根，面对人世产生悲观主义情绪，在战争中没有改变，且越来越重。无论如何，根本的问题是自身的愚劣，愚劣没得到改变，所以，存在的悲观主义在文学中就表现出来。"[②] 同时他还指出，由于存在悲观主义情绪，对现实感到无可奈何，一部分文学家提出文学对现实是苍白无力的论调。在平野谦看来，有些人虽然不存在悲观主义问题，但在战争期间明显地表现出消极抵抗，这是明哲保身。此外，意识到战争的政治责任在于天皇制，因此，文学家应该否定扎根在自己内部的天皇制。对于这次关于文学者的战争责任的座谈会，平野谦后来谈道："在那次座谈会上，荒正人和小田切秀雄最左翼，只有我一个人像异己分子一样最右翼，在这中间，本多秋五和植谷雄高从各自的视点出发，展开了战争责任问题的讨论。最后我谈了一下为战争中的小林秀雄辩护的话。本多、埴谷等人以摸头的狼狈样子，否认了我的本意。也许那次座谈会上有趣的一些事是佐佐木君的侃侃而谈。……总而言之，那个座谈会上讨论战争责任问题的发言，当初是最引人注目的，这是事实。"[③] 在《准则的确立》

---

① ［日］平野谦：《座谈会·文学者的任务》，载《现代日本文学讲座·评论·随笔》，三省堂1963年版，第354页。
② 同上书，第359页。
③ ［日］平野谦：《我的战后文学史》，讲谈社1972年版，第32页。

文中，平野谦指出："所谓行动的人道主义和当今的卑鄙作家活动完全表里一致了，舟桥圣一作品《毒》出色地证明了这点……战后文坛无力的真正原因，是一点一刻也没有确立对战争责任自我批判的准则。"① 平野谦上述"文学家的战争责任论"着重批判了文学家普遍存在的传统的弱性，即悲观主义情绪和自身内部的天皇制思想。因此，他主张确立自我批判的准则。

第四，战后作家论。平野谦对许多战后作家进行了评论，其观点独到，论述精当。例如，在《妻子文学论》中，他谈到太宰治是按艺术构思方式处理题材，扭转了艺术与实现生活的关系。可以说，太宰一边不停地描绘现实生活，一边丢失现实生活。作品中人物的日常生活危机，其价值已被颠倒。太宰是这种创作观念的牺牲者。从这个意义上讲，他就是私小说传统的最后继承人，其晚年作品《失去为人资格》、《斜阳》等正是从这种创作方式中得以产生的。平野谦对伊藤整的评论，也不乏精当。他写道："如何很好地解决艺术家生活中的无结果的二律背反现象，那就是打破狭隘的私小说传统。伊藤整的力作《鸣海仙吉》就是一个佐证。《鸣海仙吉》是战后体现私小说文学精神方法的成功之作。最初，伊藤整处理现实与艺术，根据私小说方法，直面生活的危机，对残酷人生的认识不是用文学之光去遮视，而是在克服危机过程中达到生活与艺术一起的净化和蝉脱，在艺术处理中仅仅是对人生认识的封存，这就是我呼吁的私小说文学精神的方法论。《鸣海仙吉》就是按此方法形成的。志贺直哉创作《邦子》也是如此。"② 还有对野间宏及梅崎春生的评论，平野谦写道："野间宏用强有力的笔触描绘了学生反战运动，他保持了战后新生代文学注目的风格。梅崎春生的《樱岛》首先给人一气呵成的感觉。他以细腻的笔触，象征的手法，倾泻

---

① ［日］平野谦：《准则的确立》，载《平野谦全集》第1卷，新潮社1975年版，第188页。
② ［日］平野谦：《私小说的二律背反》，载《现代日本文学全集》，筑摩书房1958年版，第229页。

出带有巨大力量的瞬间感受。作者以虚构方式,巧妙的笔法,对纷乱的素材进行了明晰的处理。无疑,他与野间宏一样,在战后文学中显露头角。他俩很好地解决了现实人生与艺术的相关的微妙问题"①。平野谦的"战后作家论"是用敏锐眼光关注作家,把文学与现实生活密切结合起来展开的论述。

第五,战后文学论。平野谦的战后文学论结合日本战后作家实际,主要谈了以下三点:首先是作家以抒发自我创伤作为创作的前提,他写道:"战败后处于未曾有的变动时期。总体而言,从自我检讨中迈向再生的路,这几乎成为战后派作家的常规。宫本百合子战后写了《播州平原》,接着发表《两个院子》和《路标》,正是沿着这条常规路走的。佐多稻子在踌躇中写了《我的东京地图》,德永直写出自传体小说《妻子啊!安息吧》,也踏上这条常规道。高见顺如此顺应了这个创作的主旋律。这是战败后最普遍的文学再生的起跑线。战败后文学家自我再建的方式首先是从自责和反思自己过失开始,抒发自己的历史创伤特别是心灵的创伤来作为创作前提,从而摸索出自我再生之途。"② 其次是作家与世隔绝行不通。平野谦说:"林房雄、织田作之助、坂口安吾、太宰治、石川淳等被称为新戏作派。新戏作派不过是文坛上的一个标签,他们肯定是作为作家活在人间。'艺术和现实生活'自产生自然主义以来存在二律背反,存在职业作家与职业的矛盾。石川淳讨厌的守旧态度,坂口安吾散漫放纵的滥作,太宰治苦涩的滑稽等等,只不过是他们在有缺欠的与人世隔绝的职业作家的极限矛盾中行不通的一个佐证。我之所以把伊藤整与上述作家及其作品区别开来,是因为伊藤整的《出家遁世之愿》表达了对上述作家行为的质疑,也表现了遁世之愿是今

---

① [日] 平野谦:《民主主义文学的问题》,载《平野谦全集》第1卷,新潮社1975年版,第229页。
② [日] 平野谦:《关于高见顺在战败》,载《平野谦全集》第4卷,新潮社1975年版,第73页。

日作家走向死胡同的代表性主题。"① 再次是文学不能作为现实生活的演技说。平野谦认为:"现实生活演技说与艺术自律论是两个极端。对于文学而言,艺术的立场与现实生活的立场两者不能混同。""倘若熟视无睹,令人震惊的三岛由纪夫的剖腹自杀事件,只能解释为绝对地追求死亡以保证艺术的真实了。可作为具象的构思,三岛由纪夫的死,不得不说是与现实生活演技说完全吻合的。"② 平野谦这里强调文学要遵循艺术的自律,而战后文学就缺乏这种自律性。

第六,战后私小说论。平野谦关于战后私小说论的精彩文章很多,如《艺术与生活》、《妻子文学论》、《社会革命与人间革命》、《私小说》、《私小说主人公与读者》、《战后的私小说》、《私小说的二律背反》等。他认为:在现实生活中,追求创作理念,保证日本独特的私小说和心境小说,突出暴露了现实生活与艺术相关联的二律背反矛盾。私小说和心境小说的共同点是:都以拯救现实生活上的危机意识为创作主题。两者的明显差别是:私小说是破灭的文学,心境小说是拯救的文学;私小说在于表白无法克服现实社会中混沌的危机,心境小说能克服这些危机;私小说是源于外界和自我的不协调,心境小说是努力探求它们之间存在的和谐点;私小说代表了无理论无解决的自然主义文学,心境小说代表了理想主义的"白桦派"文学。平野谦把私小说和心境小说的上述特点称为"二律背反"规律,即文学和日常生活在私小说和心境小说中不能并存。作家在生活危机中设置主题,在实际生活中寻找危机,终于导致文学对实际生活本身的变异。因此,私小说和心境小说又分化为"破灭型"私小说和"调和型"私小说。平野谦的"战后私小说论"是对日本文坛关于私小说问题讨论的一个总结,也是他对日本文论史的一个重要建构。

第七,艺与生命关系说。在《小说的方法》文中,平野谦写道:

---

① [日] 平野谦:《人性的演员》,载《平野谦全集》第1卷,新潮社1975年版,第188页。
② [日] 平野谦:《三岛由纪夫》,载《平野谦全集》第2卷,新潮社1975年版,第448页。

"保持对现实的充分接受力和正确的充分表现力,这是成为优秀文学者的首要条件。即使这个条件不突出,特别的'生命'理论也并非毫无价值。可以这么说,充实的生活者或实践者和优秀的表现者兼而有之,这不过是文学者的必要条件而已。在那里,艺的着眼点和现实的着眼点含混不清地继续存在下去也不过分。比较而言,艺的着眼点的独立性几乎是一样的。但是,如果又一次以'小说的方法'理论来说明的话,'艺'处理作品中人物的生死恋爱以及革命的素材,只是为了'艺'的效果而取舍选择。那样,自在地运用所谓'艺'的人,不得不极端地人工虚造。就是在人工虚造中,痛切的生命的东西流露出来。无论如何,这也是两者没有得到和平共存的道理吧。根本说,'艺'和'生命'很有利于自身的二律背反。如果那样,关于'艺'生命感的流露得到了表现。我想,表现者从自己伦理道德上一定会产生内疚,如此反复的立场,'我的全部错误在那里'的内疚式的呼叫如果不像《鸣海仙吉》那样的男主角的话,痛切的生命感也就不能很好地把握,因此我产生对《鸣海仙吉》的一个信赖感,进而对伊藤整产生信赖感。"① 平野谦上述"艺与生命关系说"指出了艺术创造与现实生活的关系,认为作家的艺术生活与现实生活在自身的二律悖反中使艺术生命的感受得到充分的表现。

第八,艺术着眼主体性。关于世界观与艺术创作的关系,平野谦谈道:"作为文学界的无名小辈,我一直希望能够从实感出发进行创作。尤其是在战后,我越来越深刻地感到忠实于真实感情之必要性。所以,我对近来小田切秀雄以文学创作的主体性为重点,努力不断展开这一理论的态度深有同感。如此说来,看到为警示世人而孤军奋战的小田切秀雄,我感到自己不能再袖手旁观了。小田切秀雄一方面指出,必须否定'无论怎样都要学习世界观的说法。因为,单靠世界观连一篇短篇小说是写不出来,而且,即使作家的世界观正确,但其创作小说,形象塑造

---

① [日]平野谦:《我的战后文学史》,讲谈社1972年版,第259—260页。

却不足'。(新日本文学)另一方面,小田切又坚持认为'作为文学之徒,必须要忠实自己的真情实感,同时,还要保证自己的真情实感,决不能平庸无奇。对真情实感的坚守包含了与自我的悲痛较量。'(近代文学)但是,在此我并不是要对近来小田切秀雄殊死搏斗的相关细节说三道四,只是近来小田切秀雄的批评立场极其微妙,如果用这种措辞的话,我们就不得不说其中蕴含着危险的一面。志贺直哉在《新町随笔》中论证了文学家的实感相当于阶级社会的意识形态,既然提到这一点,那么就必须解释说明一下普通的世界观与文学家持有的实感之间的隔阂,这是一个令人苦恼的两面作战。换句话说,其两面都包含着立场不明确、充满不彻底性的危险……关于这一点,我认为诸如岩上顺一的《文化革命与文学课题》(中央公社)和大井广介的《作家的归宿》(文化人)等各自明快的立场,远比想要探求小田切秀雄的不彻底性这一俗见更加重要。过分地畏惧或者厌恶不彻底性是毫无用处的。我们不要单方面地'清理'或'克服'不彻底性,而是要努力地发掘培育不彻底的独创性。"[①] 平野谦的"艺术着眼的主体性"指出了作家的世界观与艺术创作之间存在着隔阂,艺术着眼就在这隔阂之中,艺术着眼的主体性就是艺术的独创性立场,这正是平野谦所称道的艺术着眼点。

第九,艺术时评。在《文艺时评之事》文中,平野谦写道:"战后文艺批评家地位低下,不值一提。作家论的文章和时评的文章,成为我的战前战后工作的主要内容。作为批评家,不写作家论和文艺时评的人怕一个也没有吧。可是,例如宇野浩二,说到宇野浩二他作为作家写的作家论和文艺时评,与批评家写的就有不同。后者通过作家论和时评,较普通的更加细化,他们必须志于探求更加系统的东西。或者反过来说,更加细化的更加系统的东西即所谓的应用篇。作家论也好,时评也好,批评家与作家在这方面就存在不同点。无论是伊藤整或中村真一郎

---

① [日] 平野谦:《平野谦全集》第 1 卷,新潮社 1975 年版,第 259—260 页。

等与作家写的就不一样。普通的东西细化，志于系统化，从而对之更好地建构。批评家与作家之比较，不过是相对的。既然是相对，那么，即使某方面说来也是优秀批评家的佐藤春夫和川端康成，也缺乏（文学）原理方面的探讨，仍然在应用篇方面缺乏优秀之作。"① 在《我喜欢的不彻底性》文章中，平野谦指出：作家对批评家从内心深处有一种轻蔑感，认为批评家不过是作家真知灼见的旁观者。同时，作家对批评家又有一种难以言表的敬畏，或许是作家缺乏批评家那样对普通事物在抽象层面上的思考训练的缘故。平野谦关于"文艺时评"的论述，密切结合了第二次世界大战后日本文坛的具体情况，其中不乏经验之谈。

第十，纯文学与大众文学同步说。在《小说的社会性》文中，平野谦对第二次世界大战后日本纯文学与大众文学同步发展的现象进行了论述，他写道："我对所谓纯文学与大众文学进行比较，界定前者是有名少实利的文学，后者是有实利少名的文学。当时已经对名与实关系很不稀奇了，说不稀奇，只是我对两者的相异之处清楚地做了说明。但是，不要金钱，一定想要名，即使保持对金钱不屑一顾，作家仍然从喉咙里伸出手来，人的通性是希望名与实都有。即使表情上拒绝，并非就解决了不要名与实的问题。问题是要准备那好不容易才实现名与实都有的外部条件。那个外部条件无非就是战后总量（指社会产值——译者注）的极其发达。全靠这个总量产生实与名扩大与减少的同步现象。""文学的实质，果真是消除纯文学与大众文学之壁吗？或使两者都高高地扬弃吗？实际上，仍然存在着的现象与实质的鸿沟并没有被填平，还没有成为岩石。我不是根本否定名实都要的想法，只是分析贫困人存在的偏见的根性。反对艺术与娱乐这古典的标准，老天仍然不会赋予二者兼备，也不会拉大两者距离。我认为应该容忍作为纯文学与大众文学同步的现象，只是容忍更加同步的方向，乐观地向更高层次扬弃，但那样会遭到为纯文学的变质的指摘。站在纯文学一边，估计也会遭到那样的

---

① ［日］平野谦：《文艺时评之事》，载《平野谦全集》第5卷，新潮社1975年版，第131页。

指摘。一般而言，这样就越来越对纯文学亲近，而不靠近大众文学。站在大众文学一边，不想说大众文学的变质，也不必真正地担忧大众文学的命运。"① 平野谦认为：日本文学的发展，既要认可大众文学也要坚守纯文学，两者的同步发展是第二次世界大战后日本文坛之正道。但他又对当前容易取得名利的大众文学发展的迅猛势头有所微词。

小田切秀雄（1916—2000）

生于东京。1933年在东京府立高等学校学习时，曾因违反治安维持法被捕。1935年入法政大学国文系，研究日本文学史和文学理论，在校期间开始撰写文论文章，成为引人注目的新批评家。1941年于法政大学毕业，从事教学工作，出版《万叶的传统》等著作以对抗军国主义文学潮流。1945年4月被宪兵队拘捕。战后参加组织了新日本文学会，并任该会中央委员，后参加《近代文学》创刊，不久，因文论观与同人相左甚大，就退出了《近代文学》刊物的工作。1947年始担任《新日本文学》主编。1988年因《我的昭和文学思想五十年》一书获每日出版文学奖。他基于第二次世界大战前二三十年代日本无产阶级文学运动的经验和教训，在战后提倡民主主义文学统一战线，让"政治与文学"中的政治进一步人性化，主张作家凭实感进行创作。他的主要文论著作有：《文学论》、《文学概论》、《民主主义文学论》、《新文学创造的主体——为了战后新阶段》、《日本近代文学史讲座》、《小林多喜二》、《战后文学作品鉴赏》、《进步文学的中心课题》、《进步文学理论的国际性新展开》、《日本文学的百年》及《小田切秀雄全集》（18卷）等，其文论的主要内容是：

第一，创作主体论。小田切于战后发表了一篇重要的文学理论文章《新文学创造的主体——为了战后新阶段》，文中他写道："我们必须根据自身的创作实际，用自己的手证明真实的自由。所谓自由，对文学者

---

① ［日］平野谦：《小说的社会性》，载《平野谦全集》第5卷，新潮社1975年版，第116—117页。

来说首先就是文学创作。"① "文学创作要发自自己内心深处的真切感受，这种感受，孕育着强烈的创作意愿。进而形成独特的主题。主题如果不写出来，那么，主题包含的世界观思想也不会显示出来。所以，创作必须发自内心深处的要求、主张、疑惑、感兴等。"② 创作内心深处的要求、主张、疑惑、感兴即小田切所谓的创作主体性。那么，第二次世界大战后如何发挥文学创作的主体性呢？小田切在该文中归纳了四点：（一）文学家必须拥有唯物辩证法的世界观。文学家进行创作时，必须意识到自己是否具备唯物论世界观理论，因文学创作发自自己的内心深处的真实感受即实感，这实感本身就是意识形态，有小市民实感、无产阶级实感之别。文学家同自己实感做斗争，也表明他自身内部新旧世界观的斗争。（二）文学家的创作方法要采取现实主义。一般而言，现实主义是最有力的方法。现实主义要求文学家不断地驱使自己追求客观现实，通过表现客观现实来表达自己主体的强烈愿望。（三）文学家必须独立创作出自己与现实的关系。文学中的现实必须是自己活生生的实感的现实。自己作为现实的一员，描绘自己即描绘了现实。（四）文学家必须站在民众的立场切实描写民众的实际生活和精神世界。不能把民众挂在嘴里从而把自己的问题抛开，也不能把民众神圣化而加以利用和依赖③。上述可见，小田切的创作主体论主要是针对第二次世界大战后新文学而言的，他认为战后文学中心问题就是恢复新文学的创作主体，构建战后民主主义文学的新理论。

第二，文学与政治论。针对战后日本评论界存在着的文学与政治根本对立的观点和"政治首位论"，小田切提出了自己独特的看法。他说："我们同平野谦一样不得不反对日本革命运动中存在着的'家长'式的体制，这种体制使革命与文学、政治与文学产生了对立。不过，同

---

① ［日］小田切秀雄：《新文学创造的主体——为了战后新阶段》，载《新选现代日本文学全集》第38卷，筑摩书房1960年版，第308页。
② 同上书，第310页。
③ 同上书，第310—314页。

时我们也不得不反对日本革命运动'家长'中所存在的面对没有完全自由的事实就想蒙混过关的做法。由于'家长'现实的存在，所以，今天容易探寻出其中所显露的一切不正确，由此让革命运动的本质正常发展并在实际上得到保证，这是必要的，我们必须要求把以前的革命运动更彻底地提高到具有人性的程度，让'政治与文学'中的政治进一步人性化。过去政治与文学一直处于不协合的关系，因此，如今干脆想当然地把这两者断定为对立的本质。我们与这种做法相反，期望通过挖掘并批判以往的这种不协合关系，重新建立起过去不曾有的新的合理关系。"① 小田切上述的"想当然地把两者断定为对立的本质"是针对平野谦等所说的"《党生活者》践踏了个性和自我"，他认为："小林多喜二的《党生活者》描写了与日本法西斯分子做斗争的、受到人民拥护的进步作家的生活，在日本新的历史和文学史上，可以说，它写了真实宝贵的一页，成为日本文学一笔硕大的遗产。"② 小田切上述的"重新建立起过去不曾有的新的合理关系"，是提倡政治与文学中的政治应具有人性，以图将昔日两者的不合理关系形成一种新的合理关系。可见，小田切的"文学与政治说"于战后日本文坛具有十分重要的积极意义，然而当时并未受到足够的重视。

第三，文学家的战争责任。小田切在《人间》杂志社编辑部召开的《文学家的职责》座谈会上谈道："战争责任追究涉及我们转向的问题，即埴谷所说的确立近代的人性。进一步说，要逐步清算我们半封建的生活感觉，清算我们的灵魂。只有如此，文学才成立。"③ 座谈会后，"新日本文学会"东京支部创立大会采纳通过了小田切提出的"追究在文学上的战争责任问题"的议案。小田切在该议案中指出："我们不是

---

① [日] 松原新一、矶田光一、秋山骏：《战后日本文学史·年表》，讲谈社1978年版，第42—43页。
② 同上书，第43页。
③ [日] 小田切秀雄：《文学家的职责》，载《现代日本文学讲座·评论·随笔》，三省堂1963年版，第357页。

'一亿总忏悔'的人。那种行为是愚蠢的。众所周知，'在战争中谁都有责任'这种说法会使一部分负有重大且直接的责任者蒙混过关。难道没有使日本文学堕落的直接责任者和把日本文学引向堕落的指导者吗？本应成为人民之魂的反而变成侵略权利的传声筒，驱使人民参加战争，用欺骗和迎合成为统治者的无耻奴才，难道没有这种特别是还站在文坛最前列的人吗？难道没有文学家把自己文学上的对立者说成是'赤色'、'自由主义'等而加以告密、挑拨，向特高警察出卖的吗？另外，有没有文学家因粗乱的人性主义、人道主义等而弄错了这次战争的本质，于是以人性、人道主义等名义粉饰侵略战争，驱使那些含有善良之心的年轻人投入战争呢？并且，有没有文学家在自己不得已肯定现实的情况下，竭力把年轻的文学一代推向肯定战争呢？上述种种，全部都有。"① 小田切在议案中列举了在战争中进行赞美侵略活动的，对日本社会产生过强有力影响的文学家25人，并重点进行了批判，在战后日本文坛掀起了巨大的波澜。历时3年的日本文坛关于"文学家的战争责任论争"以悬而未决的方式告一段落。

第四，民主主义文学论。小田切指出对民主主义文学不要苛求，"民主主义文学以及其中的劳动者文学都被限定在革命文学范畴里是不正确的。但我反复强调的意思是，无论民主主义文学还是劳动者文学作为核心的革命文学都是存在的。而且，长期在严酷的、非人类的、非文化条件的抑制下的日本劳动者文学能够自我表现，丰富多彩，茁壮成长。对其一些缺点不要急于给予猛烈批评"②。民主主义作家"现在面临的复杂性是一方面要与那些反动派斗争，一方面要树立革命的信念。树立革命信念就需要与我们内部和外部的旧观念做激烈的斗争，斗争会使事态难以控制，这就使共产主义前沿思想不被典型化"③。同样地，

---

① [日] 松原新一等：《战后日本文学史·年表》，讲谈社1978年版，第45—46页。
② [日] 小田切秀雄：《革命退却的劳动者文学》，载《新选现代日本文学全集》第38卷，筑摩书房1960年版，第342—343页。
③ 同上。

"现在处于民主主义革命的阶段,这阶段的文学要描绘出这个时代的现实。描绘现实并非脱离自身,不管怎么说自身也是现实中的一员,描绘自身也就描绘了现实,因为文学的现实首先是自己活生生的实感"。"文学对真实美肯定性的描绘如何,得于作家自身灵魂深切的感受和追求……现实之外的与自身感受无关联的文学是乏味的文学。投入民主主义革命现实与创作是同步的,有了觉悟,文学家就勇于喊出民主主义革命。放弃自己革命世界观的感受和主观的真实,这不是他们的创作方式。"[①] 小田切要求民主主义作家既要投身现实描写现实,更要描写投身现实中的自我感受,这样一来,民主主义文学才能脱离乏味的文学。

第五,进步文学的中心课题。针对第二次世界大战后日本民主主义文学中存在的一种"无冲突理论"现象,小田切撰写了《进步文学的中心课题》一文。他说:"我认为,要找出进步人生的仅有的缺欠,将找出的毛病在作品中揭示出来。也就是说,从接受角度采用这种揭示方式的人不少。可是,于进步的人士和我国共产党人来说,好像考虑应该去描绘那些一点错误都没有的英雄的理想人物,如果采取另一方式去描绘错综复杂的现实人生,就于本阶级不利,就要被认为是罪恶的人。1954年的苏联作家大会严厉批判了'无冲突理论',这在日本的意识形态上也根深蒂固地存在。日本的无冲突理论,实际上是肯定进步人们的夜郎自大,极端不反省。仅仅暴露这些人的一点错误则就会以'自我批判'的腔调而变得若无其事,满不在乎。这些胆小的人有意识或无意识地堵塞了最后的批判。(共产党的所谓第六全协的决议就是这么批判的)这种伪善的习惯,或明或暗地束缚了进步作家们事业追求。抓住人生的矛盾和冲突,能够描绘出怎样活生生的具体的人生呢?尤其是对进步的人们来说,人生就是通过艰苦努力从旧习惯形成的内在性里摆脱出来,一边寻找背后的美,一边进行曲折的自我变革,在那里,作家

---

① [日]小田切秀雄:《新文学创造的主体——为了战后新阶段》,载《新选现代日本文学全集》第38卷,筑摩书房1960年版,第312—313页。

进行并展开人生的探究。进步阵营内部泛滥的伪善和小官吏根性的禁忌一定要打破,这就是我首先要主张的进步文学的中心课题。"① 小田切在这里提出的"进步文学中心课题"是强调文学要大胆暴露人生缺陷,要抓住人生矛盾冲突,描绘具体的人生现状。在该文中,他还表达了一种担忧:"但是,接受我人生欠缺主张的人还相当少,如果不对那些人尽可能地把主要的道理全部给予说明的话,我所说所写的均无济于事,那就算我的失败。"② 这种担忧,也是小田切对战后日本民主主义文学中存在的"无冲突理论"的一种批判。

第六,马克思主义文学理论的展开。在《进步文学理论的国际性新展开》一文中,小田切写道:"朝鲜战争很快将结束。马克思主义文学理论为中心的进步文学理论,在国际规模上开始明显地发生变化。"③ 马克思主义文学反对"作家不去写理想的人间像,只写理想的傀儡以及支撑作家这种追求的纷繁的批评。"④ 小田切认为,法国、苏联的马克思主义文学家提出的"文学完全可以说明无产阶级罢工、标语口号"以及"艺术作品重要的是内容,形式是耽美主义者的事"等观点,不利于马克思主义文学理论在国际上的展开。他指出,法国文学家阿拉贡⑤等主张文学彻底倾向于斗争。"'党的艺术,没有规定作品的人,但规定了作品的事,作品的性格和性质以及作品具有说明力的深刻含义的价值。'这些主张要求达到。对党员艺术家的纪律,是要他们领会列宁、鲁迅、毛泽东的态度,展示出共产主义的政治与文学的基本内容。可是,阿拉贡等通过内部斗争没有发展共产主义文学和理论。在与和平、独立、自由的敌人的斗争里,法国国民的斗争是作为前卫部分

---

① [日] 小田切秀雄:《进步文学的中心课题》,载《各种各样思想的新关系》,河出新书200号1956年版,第145—146页。
② 同上书,第146页。
③ [日] 小田切秀雄:《进步文学理论的国际性新展开》,载《各种各样思想的新关系》,河出新书200号1956年版,第80页。
④ 同上书,第86页。
⑤ 阿拉贡(1897—1982),法国诗人、小说家,法国共产党人。——译者注

（避免不必要的危险和牺牲）通过诚实的有效的活动而实现的。法国共产主义文学状况是仅仅在内部斗争代替消耗精力的权力游戏，一边参加国民斗争的开展，一边进行内部斗争。"① 小田切指出："现在，马克思主义文学理论长期以来停滞的方式开始在国际上被打破。支撑着刺激那个动向的是为了拥护和平而越来越广泛的国民在国际上的相互提携和了解。即便在日本，马克思主义文学理论在安涅布鲁格②以前写的论文里开始了各种各样的没有头绪的摸索，开始展开论争，不管是摸索或是论争，都毕竟表现出了强烈的明朗态度。"③ 这就是小田切所强调的马克思主义文学理论在国际上新的展开。

第七，文学图新说。小田切从文学史发展角度指出："文学史明确的事实是，战后文学显现出来的大部分特色，可以说已经在大正末昭和初到1937年（那年是日中战争的新阶段）左右，以各种各样的萌芽形态出现并被尝试，还有些微微的进展。艺术前卫派，超现实主义，社会的、社会主义的人的追求，分裂解体的人的问题，新心理主义，意识流的尝试，弗洛伊德主义，存在主义，'组织与人'的问题等等，那时已经出现。本来上述艺术形式完全可以解说并快速地展开的，但这种情况被军国主义战争弄碎、歪曲，险于葬送。因此，上述艺术形式尝试彻底地展开在战败后才成为可能。这就意味着战后文学特色在昭和初年已显端倪，只是战后才把刚刚冒头就被中绝的艺术形式给予了充分展开罢了。"④ 小田切特别强调，作为战前无产阶级文学传统的"社会的、社会主义的人的追求"，战后文学要重新展开的话，必须弃旧图新。他说："民主主义文学想毫无保留地继承和发展以往无产阶级文学传统，

---

① ［日］小田切秀雄：《进步文学理论的国际性新展开》，载《各种各样思想的新关系》，河出新书200号1956年版，第92—93页。
② 安涅布鲁格（1891—1967），苏联诗人、作家。——译者注
③ ［日］小田切秀雄：《进步文学理论的国际性新展开》，载《各种各样思想的新关系》，河出新书200号1956年版，第92—93页。
④ ［日］松原新一等：《战后日本文学史·年表》，讲谈社1978年版，第27页。

如果从现在起,它不批判以往无产阶级文学应给予批判的不成熟的偏向问题,还与它们不加区别地结为一体的话,就不会有新的发展,甚至连其宝贵的遗产都会丧失。"① 小田切的文学图新说,要求战后民主主义文学不应是战前无产阶级文学的延长线,而是有更高层次的新理论、新实践,这样才能推动战后文学的发展。

第八,战后作家论。小田切对战后作家的评论十分精当、贴切,为日本文坛瞩目。例如,在《革命退却的劳动者文学》中,小田切针对德永直指出的"劳动者的文学是朴素的、具体的、日常的"观点写道:"我并不怀疑'朴素的事、具体的事、日常的事'就是'劳动者的事'。相反,如果说只有'劳动者文学'是'朴素的、具体的、日常的',我就会质疑。因为'革命'从'劳动者'一词的性质界定中被完全抛弃了。我并非做文学游戏,看看战后德永直的作品就感受得到,革命的无产阶级形象完全规避掉了。战后德永直出版的小说《妻子啊!安息吧》没得到很高的评价。他打破了长期以来笼罩文坛的无产阶级小说潮流,以普遍的小市民作家身份生活,挖掘出自己生命体验中打上烙印的身边的人的人生,从中提取无数日本女性的命运,这种方法是正当的。"② 除德永直外,小田切对宫本百合子、中野重治、椎名麟三、太宰治等第二次世界大战后作家的评论也十分中肯,他写道:"战后,宫本百合子的《播州平原》和中野重治的《五勺酒》对共产主义人性的感受进行了精彩的展示。""《深夜的酒宴》发表后,椎名麟三应称为战后最优秀的无产阶级作家。""《斜阳》和《失去为人的资格》联系着作者(指太宰治——译者)的长期经历,一方面孜孜追求纯粹的人性美,一方面展示出悲伤的易脆的感情,其中不乏自身的绝望和人性卑劣的展示。"③ 上述不过是小田切的战后作家论片语,但由此不难明白,为什么

---

① [日] 长谷川泉主编:《日本文学新史》现代卷,至文堂1986年版,第119页。
② [日] 小田切秀雄:《革命退却的劳动者文学》,载《新选现代日本文学全集》第38卷,筑摩书房1960年版,第342页。
③ 同上书,第343—363页。

战后不同版本的《日本现代文学史》要把小田切的作家论转述其中，并且有的研究者不断地加以引用。

第九，文学新人论。第二次世界大战后，"文学新人没有出来"的呼声加大，这也是编辑对文学新人的期待。做文学编辑工作的小田切为此撰文《新人论的基本问题》，认为：文学新人具有自身的决定性的强力，这是任何人不能抹杀和忽视的。发现新人并把他们向公众推出，这是编辑的责任。为推新人出来，"对新人应该宽容。对他们极端地当面的反驳，这于很好地培育新人也许会出现麻烦。我们一点也不质疑宽容和亲切是一般的美德。既然是一般的世界通用的美德，也一定适合于文学的世界"①。抱着对文学新人的宽容态度，小田切说："现在评论于我而言，那战后新文学的路全靠新的青年一代人去闯，而老一代人去闯是个问题。由老一代人去开路，就是让新一代人停止下来打瞌睡。要按照新的言语方式评价新文学的价值。"②"一般而言，经历了各种各样事的启发，似乎与文学没有直接的关系。深刻的经验，经受了自我凝视，进而反复地发掘，后带来文学创作主体的强力，没有文学强力的发动、持续、深化，就不可能进入文学的世界。"③ 文学新人也是如此，小田切进一步提出："新一代人缺乏战争的恐怖经历，但是，在战后社会动荡时代，这批新人的能量能发挥出来形成新的人生观，在这期间，文学新人要纷纷登场，这也是对老一代文人的一种刺激。在这特殊时刻，新老一代之间不断地产生对立，同时又不断地交流和融合，从而使战后文学不断发展。"④ 小田切的文学新人论不仅仅是战后对文学新人的呼唤，重要的是提倡老一代文人对新人的宽容，同时又承认他们保持自己独立的内容和对自我经验的凝视。

---

① ［日］小田切秀雄：《新人论的基本问题》，载《文学主体的形成》，昭森社1947年版，第42页。
② 同上书，第45页。
③ 同上书，第48页。
④ 同上书，第48—49页。

第十，新人生与美的创造。就这个问题，小田切在《两个新时代》文中进行了详尽的阐述，他写道："文学不是仅仅观念追求而产生的。与人的实质性内容、人的生命、生活关系、感觉思考等具体的独立性和力量直接相关联，但这些并不真正地产生新的独立的人生内容，也不会产生新的文学。""新的人生内容不十分成熟，文学永远是些微的作用。必须要作为自身的新的成熟，才能完成美的造型。""自身进行着新的活动，实现自身的人生的昂扬的奇迹，这是必要的。文学家为此而努力，他们在人民的生活和人生内容里面，应该有何行动不该有何行动呢？应该去做什么及不该干什么呢？人民的奇迹在那状态中的高尚美的光辉又怎样呢？闪烁出高尚美的光辉在哪里呢？虽然无现成答案，但凭借自身的真正智慧是能够解答的。""我们想赞扬美的东西。因此已不想说不经心的美及懒散地指出美的事物后面隐藏的东西。有针对性地指出隐藏在背后的东西并与之展开斗争，才真正地美化出美的东西啊。""文学归根到底是人生的追求。我们首先指出，包括我们自己人生内部潜藏的全部的美是在斗争中追求的。在激烈的斗争中间接地确立对新的人性的要求，从那里创造出美并以高扬，文学就一次性地完成。这条道路，我们与新一代年轻人的追求的确是有差别的。因为，新一代年轻人为了高扬自己真实的勇敢的个性，在自己的人生中，不能不与隐藏在背后的旧的丑的东西展开斗争。哪有一天就会变成英雄人物在什么地方出现的便宜事。在为追求美展开斗争的时刻，像我们这样一个旧时代的人，是能够与新一代年轻人在精神方面深深相连的。"[①] 小田切关于"新人生与美的创造说"无疑是对战后日本文坛上年轻人的一个鼓励和支持，也是他为创造新人生与美的呼唤。

---

① ［日］小田切秀雄：《两个新时代》，载《文学论》，河出书房1949年版，第48—53页。

第五节 私小说文论:中村光夫、伊藤整

中村光夫（1911—1988）

本名木庭一郎，生于东京。1931年入东京帝国大学法学部学习，后入文学部法文学科。大学读书期间开始发表评论，1935年因连载文艺时评被称为新人文艺评论家。1936年连载《二叶亭四谜论》并获池谷信三郎奖。1938年赴法国留学，翌年归国，与吉田健一、西村孝次、山本健吉等发行《批评》杂志。1949年任明治大学教授。连续出版《风俗小说论》、《谷崎润一郎论》、《志贺直哉论》等作品，获读卖文学奖、野间文艺奖、日本艺术院奖。1970年成为艺术院会员，1981年于明大退任，1982年被授予文化功勋。中村以欧洲近代文学，特别以19世纪法国文学研究为基础，开展对日本私小说的理论分析及批判，确立了在日本文学史观、小说领域研究的重要地位。他坚持独立独特的批评方法，坚持抑制"自我"的散文式的客观的批评，批评具有启蒙性和理想主义色彩。其主要文论著作有：《作家与作品》、《风俗小说论》、《小说入门》、《中间小说论》、《关于私小说》、《小说的美学》、《日本的现代小说》、《批评与创作》、《语言的艺术》、《文学的回归》、《移动的时代》及《中村光夫全集》（16卷）等，其文论的主要内容是：

第一，私小说论。中村认为第二次世界大战后复苏的私小说源于日本文学传统，他说："今日的小说是支配我国文学最根深蒂固的传统之一。""在江户时代带来的强有力的封建文学传统、明治社会的现实、影响作家思想观念的外国文学这三者微妙调和的基础上，我国私小说达到了成熟。离开这三者之要旨，就不能把握私小说的特性。"[①] 他针对"私小说"局限于自我表现，过分强调写实而缺乏社会性，写了《风俗

---

① ［日］中村光夫：《关于私小说》，载《中村光夫全集》第7卷，筑摩书房1972年版，第118页。

小说论——批判近代写实主义》的著名文章，指出，"私小说"虽然成功地将外国文学的自然主义日本化了，但由于它在文学理论上片面地武断地曲解了欧洲自然科学的实证主义，只注重实证手法，强调写实，缺乏虚构与想象，仅仅客观地忠实地描写自己身边的所想所感，其作品就缺乏了社会性。因此，要构建新的文学，就要恢复"私小说"已失去的虚构性和社会性。他认为战后"私小说"的争论不仅仅是文学形式问题，更重要的是文学性质方面的探讨，所以，第二次世界大战后的青年作家应站在写实主义的终点上构筑起新的文学方向。所谓"新的文学方向"即站在西方近代文学和个人主义立场，对战后私小说的偏向进行否定后而强调要恢复传统私小说的"虚构性"和"社会性"。中村的私小说论是战后日本私小说理论之代表，为日本战后私小说的发展起到了总结和引导性作用。

第二，私小说作家论。中村认为："即使现在专心于私小说创作的上林晓、尾崎一雄、外村繁、川崎长太郎、木上捷平等人的作品，也一定不是轻而易举地练笔的产物。文章提炼也好，作品构思方式也好，都意味着他们每人比秋声及花袋等人都有进展。在表现细节方面与他们有微妙差别，体现为表现自己稍微有些自由的态度。如作品去反映人生给人的印象是，按既定的专门格式制作工艺品，不是说在玩弄技巧（这点藤村、花袋的做法更大胆），而是在内容上过多地预示轻松的救济人生。这些举止是诚实的自由的，可在那里，文学成为一个既成的概念。高见顺的《生命的树》所表现的到底是作者的假面。现代私小说家喜欢文学的假面表现。在这中间，上林晓氏的假面表现最优秀最生气勃勃。他们的癖好总是在自然地用力中倾吐出窘困生活的危机。说重一点吧，应该称他为现代私小说家独一无二的宝贝。"[①] 在《风俗小说论——批判近代写实主义》文中，中村对田村泰次郎的《肉体的恶

---

① ［日］中村光夫：《私小说和作家的"私"》，载《中村光夫全集》第 8 卷，筑摩书房 1972 年版，第 546 页。

魔》、《肉体之门》,石板洋次郎的《石中先生品行记》,舟桥圣一的《雪夫人画卷》,丹羽文雄的《让人讨厌的年龄》,林芙美子的《晚菊》等作品进行了批判,认为这些小说明显缺乏社会性和思想性,只是重点描写战后混乱的颓废的世态人情,单纯地吸收了西欧作家的创作技巧部分,摒弃了其思想性,导致私小说创作向通俗小说的方向倾斜。此外,中村在《日本的现代小说》中分析,战后私小说家几乎人人都努力地在自己选择的一块荒地上专心致志耕耘,但是他们没有创作出伟大的作品,原因是他们怀抱的文学理想没有得到体现,只是耕耘在实验性领域和很难实现的可能性的探索领域里。他们应该换一种角度去思考寻找重要的课题,这是今后日本文学发展的一个方向①。中村对上述作家作品的评价也是他的战后私小说论的主要内容。

第三,中间小说论。中村在著名的《中间小说论》文中写道:"从原理上说,中间小说是私小说崩溃过程中的副产品,它产生在所谓的纯小说与大众小说之间的暧昧的区别之中。"② "芥川龙之介(几分偶然地)关于私小说的理念可为代表。探寻中间小说产生的基础,要关注私小说在时代文学意识上的后退和丧失的权威。根本而言,按谷崎的主张展开来说,中间小说就是小说纯粹化的近代性,在否定小说强调性格的地方,打破大正时期停滞不前的私小说的理念,恢复小说本来的健康的野性。这种野性,它是作家本性的冲动,在创作中自然而然地兴起。从昭和小说总体变化来看,大正时代,从文坛社会孤立的实验室中,发达起来的小说的社会化、俗化过程,被称为代表中间小说这种变化的消极的一面。问题是,作为自身健康现象的小说化,在某种社会化运动里,经过各种曲折,结局最终是低劣形式的物语化。近代艺术在自我否定中只是招致俗化。"③ 在这篇文章中,中村还谈到中间小说兼备文学

---

① [日]松原新一等:《战后日本文学史·年表》,讲谈社1978年版,第96页。
② [日]中村光夫:《中间小说论》,载《中村光夫全集》第8卷,筑摩书房1972年版,第466页。
③ 同上书,第469—470页。

的艺术性和大众文学的趣味性，在新闻和周刊杂志上连载的追求大众性小说，在月刊杂志的短篇，被笼统称为中间小说的样式。中间小说的这种俗化是它生存的必然。必须理解读者的要求。异常发达的新闻业培养出的小说读者在激增，出现低水平的平均化现象。今日的日本，出现这种文化现象完全是社会发展的自然形态。在现代社会产生的中间小说，作家以新的艺术形式去开拓处女地，在人性化方面，以新的艺术形式去展示现实和时代精神。中间小说将以私小说的新精神出现在新的山巅和深谷，以文学性醒目于世①。中村上述的中间小说论是对第二次世界大战后私小说理论的一种深化，对战后文坛具有指导性的现实意义。

第四，风俗小说论。中村认为"风俗小说里的风俗描写的要素占重要地位，这也是它的一个缺欠。风俗内容作为'主脑'凌驾于'人情'之上，以事态描写为主，从已知的资料中提取过去时代的风俗，仅仅这样描写，风俗小说已丧失了小说的机能。巴尔扎克的作品被称为'风俗史'，他的小说描绘风俗，也深刻地捕捉了'人情'"。现在日本风俗小说作者没有达到巴尔扎克的高度。"描写人的内部，特别是描写人的主体性很薄弱，未确立人的主体性的社会，即使描写风俗也未能描绘出那个时代的人间生活。"②

在《风俗小说论》中，中村论述了从欧洲近代文学的批判现实主义演变的日本文学，从自然主义变味到私小说。他认为，欧洲自然主义是时代的产物。受欧洲科学的发展，特别是生物学和医学进步的影响，一些作家试图创作能经受时间考验的科学式的文学作品，试图创作能描写人类原本的真实的小说。这是现实主义的深化，也是现实主义超越自我的文学表现形式。但是，日本文坛自从田山花袋的《棉被》发表后，日本的自然主义变味成为私小说，"自然"变成了"自

---

① ［日］中村光夫：《中间小说论》，载《中村光夫全集》第8卷，筑摩书房1972年版，第471—473页。

② 同上书，第567页。

我",成了私小说的内心感受。这样,私小说丧失了近代小说的虚构性和社会性。中村从私小说的源流上分析了丹羽文雄的写作技法,认为丹羽"从私小说的现实主义中提出艺术家的主体性,切断了作家内部的联系,希求固定传统技法的反复操练,这种文学技法正是从自身独立出来的'客观的'技术,一旦熟练的话,只要无限的反复就保障了'艺人的多产性'"①。因此,中村指出日本风俗小说是建立在"感觉的现实主义"基础之上的,像私小说作家写不出别人一样,风俗小说作家也写不出代表别人思想的小说,而没有写出代表别人思想的小说是称不上优秀作品的。中村的风俗小说论在对私小说提出尖锐批评的同时,也建构了日本近代现实主义文学的理论。

第五,自然主义文学说。中村认为:"自然主义作家以尽可能的事实再现于小说,这近似于龚古尔②把历史作为小说,适用于自傲的左拉的科学方法,他们把两者的倾向推到了极致。自然主义文学的弱点主要是把科学真理与文学真实混同起来,左拉③倡导的'实验'概念的混乱得到很好的再现,在极其朴素的文学里反映了对社会和人的存在完全用自然科学方法简单下结论的时代精神。今日左拉文学的价值还不在于此,还有从昔日的'科学性'里无意识地标出他们的叙事的氛围。受自然主义作品的影响,我国自然主义作家保持着自然主义根本的强烈的思想性格,作为思想表现,日本反对从现实中独立出来展开世界,他们擅长于感性,在描写身边事实的进程中开展了自然主义文学。或者说,从那里产生的私小说,保持了开初就把作品的现实性与事实性混同起来的倾向,以探求事实来保证作品的现实性,从而使性格固定化。现实主义的前提是技巧地写出事实,写出事实固然很重要,但是写出的事实好比绘画的草图,主要作业是强调精神性。这点,我国自然主义作家忘掉

---

① [日]松原新一等:《战后日本文学史·年表》,讲谈社1978年版,第145页。
② 龚古尔,指法国19世纪自然主义小说家龚古尔兄弟,两人逝世后,法国设立了龚古尔文学奖。——译者注
③ 左拉,法国19世纪自然主义文学理论倡导者、作家。——译者注

了。他们小说的'修业'目的是再现事实，结果是对精神事实的屈服，精神自我的否定，这是我国自然主义文学现状。从这里也提出了迈上现代小说的课题。"① "我国介绍最早的法国自然主义作家是左拉。"明治二十二年森鸥外传入左拉的理论。左拉小说对我国作家思想的感化是在明治三十四五年，小杉天外、小栗风叶、永井荷风等人的小说明显受其影响。他们以科学者对自然的态度摆脱了是非和善恶的规范，仅仅追求现象的因果关系，作家对人生应有的思考点与法国自然主义作家相同，着重于从身体里去暴露人的动物性的一面，并因此展开与社会的旧习及伪善的斗争。在作家的使命及信仰上成为左拉的弟子"②。由上述可见，中村是怀着批判的态度来评论日本自然主义文学的，同时，他又批判了战后日本私小说对自然主义文学的一种变味。

第六，小说的艺术。中村从艺术运用的角度论述了如何写小说的问题。他写道："小说的美学，并非属于小说之外的学问的体系，它只是给予读者及批评家一些参考。作为文学的一部分，它总是表露出文学的倾向性，试图探索近代艺术的复杂性格。不是批评家的小说作者，让他们去评论小说也许说不清楚。对于读者而言，写小说的确是作家的专业，评论小说是批评家的事。""作为艺术的小说本身的构成是关于他人眼光所观察依赖的事情。作家写小说一定不会用写作方法的意识来限制自己。所有作品都不能穷尽作者的意识。关于神采部分的意识，正如济德所说，或者艺术作品的价值作者创作时也不明白。这是艺术创作明显的特点。""优秀的艺术作品产生于作者的思想和努力，或者多亏偶然的幸运（指创作灵感现象——译者注），非文学者天分的支配难获得。艺术珍品产生的真正缘由，即作者擅长运用所有的艺术手法。""现在，谁都承认，小说是艺术，但写小说的难处大家思考得竟然很含

---

① [日] 中村光夫：《小说的美学》，载《中村光夫全集》第8卷，筑摩书房1972年版，第48—49页。

② [日] 中村光夫：《自然主义·写实主义·风俗小说》，载《中村光夫全集》第9卷，筑摩书房1972年版，第558—559页。

混。写小说的难处在哪里？作为艺术的小说的物质是什么？这些具体问题，能明确回答者不是寥寥无几吗？""诗的创作，首先在形式上有严格的规则，很难掌握，诗人主要按照其习惯方式，去反复地操练写作，这点谁都明白。小说创作，在形式上当然没有特殊的制约，作者围绕现代日常的事情，把它写入文章里，却很少在形式上去考虑如何区别。"① 上述关于小说的艺术，是中村小说美学思想的重要内容，为日本战后文坛所推崇，影响极大。

第七，小说的语言。在《小说的美学》一文中，中村把小说语言的运用作为小说创作的实质。他认为：文学者的第一要务是熟练地运用语言，保持原创语言的生气。要明白，表现人的语言，表现人的心灵的语言目前是多么的不充分。众所周知，无论谁在实际生活中均受惠于语言，表现日常生活，表现自我，除语言外，还有什么更重要的手段呢？小说的实质就是运用语言去表现人的生活。所以，首先必须要掌握人们生活中的语言表达方式，掌握已存在的语言世界里表达人的思想感情的方式。用新的语言形式写出人的思想感情是创作之必需。几千年的文学史，绵延不断地表达思想感情，都有各个时代生活的新的语言形式。无论如何，小说创作回避不了同时代的既成的语言形式，但必须持有新的思想和感情，这是谁也不会否定的创作动机。要写出新的思想和感情，具有新的意识，如果没有个性也不能显示出语言是文学的实质。小说创作是将题材给予小说化，这并非是作家的独创。作家在既成的文学领土上添加新的语言形式，这个独创就是作家生命的根源。文学是语言的艺术，小说创作必须明白语言世界的法则，遵从语言的社会性。一定要将被表现的东西用当今叙述的方式表现出来，这种表现一旦开始，就要遵从语言表现世界的法则。要表达自己的日常生活经验，也要表达他人的经验。作为小说，用语言表现他人难得的经验也是表达自己最具个人的

---

① ［日］中村光夫：《小说的美学》，载《中村光夫全集》第 8 卷，筑摩书房 1972 年版，第 28—32 页。

思想和感情。要以自我及他人为目标去考虑语言的运用。仅仅写出有趣的事和巧妙的情节是不行的，要以自我及他人为目标写出作者思考成熟的语言。此外，克服语言表现的抽象化，自然也是小说创作的主要问题①。

　　第八，诗与小说。中村首先将诗与小说的形式进行了比较："文学表现的形式大致分为诗与散文两大类。作为散文的艺术包含小说、戏曲、评论、随笔，诗主要分为抒情诗和叙事诗。若进一步细分的话，诗与散文中间有散文诗，戏曲中有散文，通常戏剧大部分是韵文，因此，戏剧应该类似于叙事诗。再细致考虑分类还会有许多许多的麻烦。近代以来的普遍观点是抒情诗与小说，分别以诗的表现和散文的表现为代表形式，进而对这两类文学形式的特色进行比较。"② 接着，中村又从文学语言运用的角度比较了诗与小说，他写道："诗与小说同样都以语言表现去感动人为目的，两类的作者都为语言的表现而焦虑，在焦虑中进入语言的世界，开始他们的创作，最终在艺术创造中产生新的作品。诗与小说即使目的相同，可手段仍有别，主要是运用语言形式方面存在很大差别。诗的场合是用语言来直接表现作者的思想和感情。诗的本质是能很好地歌唱，正确的定义是：用自然的嗓音朗颂歌的语言，直接打动人。诗以自然嗓音的语言尽可能地保持诗人的性格。运用这种语言的目的是尽可能从日常性社会性中解放出来。"③ 中村推崇的诗的语言首先是它的音乐性。他打比喻说明："小说语言好比人正常的行走，诗的语言恰如舞蹈的步态。舞蹈以身段动作直接打动人，带着这种功利性，就要把身体机能发挥到极致，身体动作充满美的世界。而人正常行走的目的是日常生活的需要，若用做作的假动作走路极不方便。所以，与诗的语言不同，小说世界使用的语言，无论如何

---

　　① ［日］中村光夫：《小说的美学》，载《中村光夫全集》第8卷，筑摩书房1972年版，第40—42页。
　　② 同上书，第42—43页。
　　③ 同上书，第43页。

保持着社会性意味。"小说"是坚持运用日常语言具有社会性而成立的文学"[1]。

第九，战后文艺批评。中村认为：战前日本文艺批评"没有什么影响力，特别是昭和二十年代末期，文艺批评几乎丧失了探究当前时代文艺方向的机能。文艺时评和文艺解说成了批评家的重要工作。尤其是新闻的文艺批评，具有强有力的广泛的影响。出现在舞台的主要批评家是多年执笔的臼井吉见、平野谦、河上彻太郎、山本健吉、江藤淳等。但是，从事此行的批评家仅仅以经常流动的事情为对象，与作家写大众新闻小说或写中间小说一样，没有多少成就。这个时期的特色是，与作家一样，批评家较为均衡地保持了自己创作的精神，写出活泼生动时评的同时，又写出了大量的著作。如河上彻太郎的《日本局外人》（1959），臼井吉见的《小说趣味法》（1962），山本健吉的《芭蕉》（1955）和《小说的再发现》（1963），平野谦的《艺术与实生活》（1958），江藤淳的《小林秀雄》（1962）等等。那个时期出色的评论著作还有小林秀雄的《近代绘画》（1958），唐木顺三的《无用者的谱系》（1960），吉田健一的《东西文学论》（1954），本多秋五的《物语战后文学史》（1958—），福田恒存的《艺术是什么》（1950）和《人间·这个剧的构成》（1956），小田切秀雄的《近代日本作家们》（1954），小田切进的《昭和文学的成立》（1965），寺田透的《巴尔扎克》（1953），吉本隆明的《语言的美何在》（1965）等等。这些评论著作论述了同时代的作家、文学动态及稀有的文学现象。那个时期的特色是，批评家一定关注同时代的非传统的文学，批评家深刻地认识到自己大学思想与那个时代相背离之处，就迂回作战，以形象地具体化来展示自己的文学理想，从而发挥积极作用。展示的文学理想各种各样，其中有不明朗的部分，也有从现实中预示出未来的部分。而且，对现状否定的评论也赢得了相当的读者。我国

---

[1] ［日］中村光夫：《小说的美学》，载《中村光夫全集》第8卷，筑摩书房1972年版，第44页。

的精彩小说，一定满足了读者的要求，展示出了文学外观惊人的繁荣"①。中村上述战后日本文艺批评，总体而言，是符合战后日本文坛的实际情况的。

第十，民族意识论。中村认为，强化民族意识可以推动文学的发展。1956年他在《中央公论》上发表评论文章《移动的时代》，指出：受西方的影响，日本的科技发展了，物质丰富了，生活改善了，实现了现代化，但是，这正像北村透谷曾说过的，日本的现代化在文化层面上不过是表面的移植、"移动"而已，它没有植根于日本人的内在精神里，没有很好地与日本内在的文化结合起来。中村认为，日本现代化又如夏目漱石曾说的是"外发性"的，即由外部给予压力才实现的现代化，它不像西欧那样是经过充分酝酿后自然而然地形成的。因此，日本现代化状况就形成了外来文化与实际生活的背离，日本现代文学的产生和发展也存在简单西化现象。西欧文艺思潮是三十年左右更迭一次，这是人类世代的自然更迭，但日本近现代文艺思潮的兴衰期不到十年，日本文学对西方文化的简单模仿终将使日本失去自己的民族意识。没有民族意识的国家某种意义上意味着亡国，缺乏民族意识的文化是"移动的时代"产物，不会根深蒂固。如果日本现代文学不植根于本土，只是"移动"，就只处于肤浅的层面，因此，日本现代文学的发展一定要强化民族意识，不能简单地模仿西方文化。中村的民族意识论对于日本现代文学的产生和发展具有重要的意义。

伊藤整（1905—1969）

生于北海道。1927年东京商科大学（现一桥大学）入学，中途退学，1932年在会星堂编辑部工作，1935年起任日本大学讲师，1944年起在新潮社工作，1946年任北海道大学讲师，后返回东京，发表长篇小说《鸣海仙吉》和评论集《小说的方法》。第二次世界大战后是伊藤

---

① ［日］中村光夫：《日本的现代小说》，载《中村光夫全集》第11卷，筑摩书房1973年版，第583—584页。

整文学活动最充实的时期，他成为日本文艺家协会理事，先后在早稻田大学、东京工业大学任教。1965年任日本近代文学馆理事长，1967年获日本艺术院奖，1968年被选为日本艺术院会员。伊藤整提炼了战后日本私小说的感动要素，将之作为纯粹的艺术元素，总结了日本近代文学重视理智、心理的特点，其文论主要著作有：《小说的命运》、《艺术的思想》、《现代的文学》、《私小说研究》、《性与文学》、《小说的方法》、《文学入门》、《文学与人间》、《小说的认识》、《作家论》、《近代日本人发想的诸形式》及《伊藤整全集》（24卷）等，其文论的主要内容是：

第一，私小说论。伊藤整关于私小说的文章很多，如《近代日本人构思的各种形式》、《表现者和生活者》、《现代日本文学诸问题》、《趣味的私小说》、《私小说与批评》、《私小说的思想》、《私小说与典型》等。在这些文章里，伊藤整指出：私小说可分为"破灭型"和"调和型"两种形式。"破灭型"指文学创作者不敢正视现实与人生，不愿面对现实社会的黑暗和人生的复杂性，往往产生一种逃避、绝望、厌恶、放弃的消极态度。"调和型"指文学家面对现实生活和人生中的不安与矛盾，能采取善意、乐观、和解、调和的积极态度。"破灭型"是在近代西方文艺思想传到日本，步入近代化的日本不得不面对时代危机与自我危机的双重冲击的背景下，表现出逃避社会或以自我毁灭来反抗的一种意识。"调和型"是日本传统思维方式的一种延续，它突出了确立与实现近代自我的主题。私小说由此而产生出一种"死"或"生"的思想观念，从而深刻地表现出大自然与生活赋予自我的一种生机。日本人立足"死"或"生"的思想观念，对自身存在价值进行反省和体验，这是日本文学得以保持自身传统特色的一个根本源泉。伊藤整关于私小说两种形式的论述，是对第二次世界大战后重新登场的私小说进行的理论性总结，成为第二次世界大战后日本文坛的主流观点，至今仍被许多批评家所沿用。

第二，作者认识与艺术形式说。关于两者关系，伊藤整在《本质转移论》一文中写道：艺术秩序的对象"成为文学，成为音响，成为数字，成为颜色之时，才获得实在。语言和颜色及数字方面，形成理论的构造和快感的构造。作为理论的构造对象残留之时，是科学系统工作的形成，作为快感的构造残留之时，是艺术系统工作的形成。我认为，后者的场合，作者是在认识世界和符合艺术构造的情况下，将创作置于这两个必需的秩序时，艺术作品才成立。快感的构造，作者的意识反复出现在主要情景中，或节奏存在的反复，声音数律的反复，头韵和脚韵的反复，主题和纲领的反复，经过某些变化，同样的场所、同样的意味、同样的声音又返回来，这时心里就觉得高兴，大概这正如大量动物归家本能唤起的一样。并且，这个反复作为一种形式，转移成意味或转移到生命，如此反复形成固定之时，我们就觉得满足，这恰似艺术的满足。对演技这么说不也是很恰当的吗？让大量读者渴望阅读的新艺术是什么呢？很少给予一目了然的说明是这些论文要害所在，也是我的议论被推翻的最有可能的地方。假如说艺术形式应该最后决定，那么，在那个艺术形式决定过程中，各种各样的现象和情绪被移植到作者的认识上来，决定了作者认识的深度、强度和敏锐度。并且，作者的认识力与技术形式融合的程度决定了作品的价值。这个评价不完全肯定，因为受影响者方面的条件经常发生变化。如果新的艺术作品出现，艺术的形成过程一定会这样？作者创作发挥智慧，根据理解产生认识，不管理解了什么，艺术的形式都如此被转移，或者与艺术的形式相吻合。举音乐为例，在艺术创作中的环境中，从作者认识和艺术形式时时显现不协和的声音，即显现非艺术的东西。我想，作者认识到与艺术形式相符合相融合的东西，就形成了新的艺术内容"①。伊藤整的"作家认识与艺术形式说"从理论上阐明了文艺创作的过程，强调了作者对现实生活的认

---

① ［日］伊藤整：《本质转移论》，载《伊藤整全集》第17卷，新潮社1973年版，第40—41页。

识与艺术形式相符合的重要性。

第三，文学本质转移论。伊藤整在《小说的方法》、《文学入门》、《小说的认识》等文中，论述了文学的本质及转移，他指出：艺术是捕捉人类生命的认识手段，文学的本质就在于对生命的把握。文学本质把握的过程也是本质转移的过程。文学本质的转移，一是舍弃不必要的东西。伊藤整认为：发生恋爱事件，作者会从这个恋爱事件中提炼一种思想，即对生活的感触，同时选出这种恋爱事件的本质部分，对之加以提炼，然后把它恰如其分地纳入另一个故事之中，这就是文学本质地转移。文学创作若没有这种转移，艺术作品则不能产生。只有通过转移，把不必要的东西舍弃，才能使该事件进入文学作品。二是通过比较去发现本质所在。伊藤整认为：在文学本质转移中，作者找到饶有兴趣的地方，即在原材料中多次重复出现的具有强烈特色的地方，对此比较分析，乃至论争。通过这样比较，才能发现情节的本质所在。三是从形式固定中达到艺术的满足。伊藤整认为：通过文学本质的转移，当该事件的意义或生命在反复的形式中固定下来时，作者所感到的就是艺术的满足。伊藤整的"文学本质转移论"是在对西方文学与日本文学的创作方法进行比较分析中论述的，作为他文学创作论的一个建构内容，其结论给战后日本文坛产生了重要影响。

第四，散文精神说。伊藤整在《小说的方法》著作中，专论了散文精神。他写道："我认为无法捕捉那种特殊限定的'散文精神'正是日本小说的方法。应该注意的是，所谓艺术至上的芥介龙之介和谷崎润一郎在昭和初年关于近代小说性质论争的时候，散文精神的问题并没有进入争论的中心，到大正十年才被广津和郎提出。过了二十年即昭和十四年，广津和郎、武田麟太郎再次提出。在之前我写过两场论争，好像与文士处于政治孤立的情况有关。前一场论争处于政治热潮之前，后一次论争正值对马克思主义进行打压，在脱离了政治的境况下，两个时期论争的性质与条件存在着差异及相似，论争的结果是特定的主义和思想产生，是如诗般的艺术至上精神束缚起来的写实主义作品盛行。我记得广津和郎在《散文艺术在人生中的位置》文中说过，作为散文艺术的小说比作为艺术的人生更具切实的归属性。""从广津和郎的各种说法中，我看到一种人，不追求功利社会生活，而追寻探究生活真实道路的精神，作品描绘出那个根据特定观念没有偏见的精神，那是根据美丽的诗一般的想象而婉拒了人生的另外选择。""将文坛建立在生活中，这些作家本质上正追求的是散文精神。所谓散文精神就是把握语言的事情。除了艺术的现有概念外还要尊重人生，无论悲观还是乐观，都要专注于人的描写。在西方有为自我而给社会工作的，在那里，还存在着放弃其他只是思考纯粹人的社会自我。这些作者专事描写残存着自我的人的身体。于是在俗世间放弃自我，成为绝对的中立者、严密的观察者和坚信者。这种绝对观察者的精神就是散文精神。"① 伊藤整上述的"散文精神"就是强调艺术至上的精神，追寻探究生活真实道路的精神，观察人生尊重人生的精神。显然，伊藤整"散文精神说"也是战后日本作家的一种创作态度和要求。

第五，风俗描写论。关于风俗描写，伊藤整写道："目前为止的论述，直接或间接地涉及了风俗描写倾向。对于风俗小说，我也不是特别积极地认可。我想，风俗小说和革命的政治文学是那个时代存在的一种应用型文学。在所有时代都存在风俗描写的部分内容，它同样地存在于整个小说世界里。特别是近代小说，从近代都市生活的发展及大量相关的丰富材料中描写风俗，满足读者的兴趣，事实上成了诸多作家的着眼点。绘画也一样，达到技法的层次点时，描写的社会和自然十分多彩，因此给观者带来喜悦是自然的。近代小说，特别是长篇巨作，能满足兴趣描写是因为有了发达的精巧的铅字印刷机。随着印刷业的进步，引发人们兴趣的精细的长篇巨作问世，也就意味着也引发了近代小说突出的风俗描写。但是，这不一定是决定性原因，建筑在风俗小说描写之上的

---

① ［日］伊藤整：《现代日本文学讲座·评论·随笔》，三省堂1963年版，第234—238页。

近代小说的实质，是探求那描写的人间的意味，搜寻生命组合可能的秩序，这毕竟是小说的高层次。可是，风俗描写作为小说的基础，将之作为小说的本质，这是一个错觉，这个错觉还继续存在。绘画不是对事实现象的写生，而小说的实质则是在事实现象的基础上经过作者思考而形成的。时代变化使作家在小说创作中奔向新的思考类型，这种类型的思考抓住生命调和的形态，因此真正的作家而产生。这种类型思考应用于一般的描写故事为主的创作，就产生了日益增多的迎合低俗读者的作家，这些作家的才能和努力，是为了广泛唤起读者的兴趣而创作，这就是如今称之的风俗小说。旧小说获得读者的时代已过去，只有那种风俗小说长存下来。从性质上来说，它是一种应用艺术。但是，作家的才能和社会势力促进了那种应用艺术形式的发展。也不是说作家没有写出真正的作品，只是说，形式上只是应用艺术，在实质上对真正作品变形。变形的一个方面，不是抓住人的内在的根本的组合力，也未抓住人的普遍的折中。或许，一边描写新时代，一边描写人与时代的调和及逆反吧。无论哪一种，作为风俗小说应该是凭借小说原有的结构和满足人们兴趣的描写而成立的。可纯小说加入风俗的要素是不能被称为风俗小说的。有意识地描写不成熟的风俗及故事，或者为了偷懒而创作，应该称之为有害意味的风俗小说。"[1] 上述"风俗描写论"是伊藤整文论的一个建构内容，作为日本"风俗小说"的一个重要观点，引起日本战后文坛的热烈讨论。

第六，屈从组织与创作自由。伊藤整同意文艺批评家平野谦所说的"我们确立自己同时也丧失自己"的观点。他指出：在日本当今社会里，明显存在着商业的政治价值活跃的现象。文学家们纷纷卷入各种政治文学组织的上层部门，从而令以前充分的自由很快消失。这种屈从组织现象，使文学家机械地重复组织指令，成了木偶。他痛心于当前几乎

---

[1] ［日］伊藤整：《现代日本文学的诸问题》，载《伊藤整全集》第16卷，新潮社1973年版，第605—606页。

所有的流行作家都归顺某组织，屈服大众的低俗兴趣，从而丧失了自我。他举出永井荷风的典型例子，认为荷风在组织里试图自由，不过是利用了知名文人的身份获得商业价值利益，而不是获得个人创作的自由。最后伊藤整写道："为什么要如此写呢？是本分，仅仅是把人的问题放在文学中去处理。我考虑这是从质疑人具有自由的大前提出发，去组织而不是保持人的真正的生命。我们认为这不过是从奴隶的胆怯中开始考虑自由，特别是文人、艺术家的自由。我的出发点是怀疑当今普遍的判断前提。自己预告又被人预告，那我们如何可以自由呢？或许真正的自由现在才一步或半步地靠近我们。"[①] 伊藤整在这里所强调的是文学家创作的自由化，反对文学家屈从组织的指令进行创作，也反对为获商品利益迎合低俗兴趣而创作。

第七，文艺与现实人生。关于小说、音乐、绘画与现实人生，伊藤整在《现代日本文学的诸问题》文中写道："绘画凭颜色和线条产生效果，小说以人的愿望和情感为效果去编写故事，描绘组合人的愿望和情感。体味某种悲哀某种喜悦，小说的核心部分是道德和思想。小说的世界类似于人的现实生活世界，但是，保持艺术效果不是为了再现正在进行的现实生活，也不是以思想道德的说教去处理现实生活。绘画一边基于物体和人的姿态的描绘，一边对某种实物中的美与均衡所产生的喜悦进行主观化描绘并放大传播出来。小说以现实生活描写为手段，运用故事结构，把现实生活产生的意味纯粹化并以放大。在这点上，我不赞成小说是不纯粹艺术而音乐和绘画是纯粹艺术的说法。作家构造小说就要将现实生活纯粹化，音乐绘画同样如此。作品的效果，基于道德或反道德，显示美和丑，比现实生活更加纯粹，效果更加突出。但是，小说也充溢着声音和色彩，它一边操纵人的愿望和情感，一边让人感觉到靠近现实人生。我这里绝不是说音乐绘画是脱离现实人生而存在的。作曲家

---

① ［日］伊藤整：《组织和人》，载《伊藤整全集》第17卷，新潮社1973年版，第139—141页。

操作声音画家运用颜色和线条来提炼现实人生、表现生命意味，这就意味着它们是没有脱离现实人生的纯粹艺术。纯粹艺术是现实人生中的作家对生活切实的提炼的产物。音乐、绘画、小说在这点上是一致的。小说表现手段是将人的生活、感情、愿望产生出非常新的感受。小说明显地应该从艺术价值方面给予评判。艺术价值是作家对其生存的时代、环境、思想的纯粹化进行高层次的把握。对各个时代和各个环境的把握是目前存在着艺术家没有消化的新要素，需要消化的新要素是表现人的生命意味，成为时代呼声的新艺术。并且，新艺术作品的产生要能足够的抓住那个时代的特质，同时贯穿人性自身的本质，这是成为第一流作品之要件，不是把艺术作品仅仅作为解决生活问题的临时手段。把握生存状况，解决生活问题，是道德和政治本身的目的。"[1] 伊藤整上述"艺术与现实人生"说，是他文论的重要内容之一，强调文学艺术的价值是作家对时代、环境、思想的纯粹化进行高层次的把握，新艺术要贯穿人性的本质性，它为阐释战后日本文艺作品提供了重要的理论根据。

第八，生命意识说。在《新心理主义》、《新心理主义文学》、《心理主义的文学》、《小说的方法》等文中，伊藤整论述了文学创作中的"生命意识"。关于"生命意识说"，他主要谈了四点：首先，新文学表现外部现实和内部现实。过去的文学往往只写心理外的现实，新文学提出了与外在现实对立的精神内的现实，它要通过在文体上探索出一种表现外部现实与内部现实的方法来发展自己。其次，生命在艺术中使美或善、恶或悲具体化。生命一向企图超越秩序，也企图超越人种、民族、死、性、美、丑等各种条件。生命在艺术中，为使冲动具体化就把对于美或善、恶或悲等作为它的归宿，这与音乐把声音、绘画把颜色作为自己的归宿一样。再次，虚构是生命无限解放的艺术操作。因为要进一步提高现实生活中所要玩味的东西，艺术创作在真实表现上需要虚构。现

---

[1] ［日］伊藤整：《现代日本文学的诸问题》，载《伊藤整全集》第16卷，新潮社1973年版，第583—584页。

实的悲哀，没有满足的欲望，其本身的存在就表现着假定生命力的无限旺盛，在这方面，艺术创作就可以进行着生命的无限解放和操作。最后，现实人生的组合构建是以真实描写生命为目的。艺术创作要突破艺术与伦理、政治与文学的难关，以自由为基础的作家，要利用自由的手段，通过对现实人生的组合构建，达到真实描写生命的目的。伊藤整的"生命意识说"根基于文艺创作的规律性，强调的是作家的自由及自由的作家如何创作具有现实性的作品。

第九，美与伦理说。伊藤整对文艺理论中的美与伦理关系作了精当的分析，他写道："近代理论提出分解日本美同时产生美的方法。以此理论为基础，用道德操纵人间生活秩序，组合起美的意识，善和伦理的结合创作完全的人间像，恐怕难得好的效果吧。因为在那里完全显现人间像，首先应该是美和伦理的有力结合。如果这种结合充分的话，完全显现的人间像实际上与目前的常识的人间像相反，毕竟这种方法应该被实证才能证明它的正确性。现在日本文学如何显现美的姿态，许多艺术派在断开人间存在的和谐意图时，在不少场合运用伦理思考的方法，评论所见的作家作品，那个场合产生的美的东西，仅仅是对日本古典美的复制，没有保持真的生命活动。现在日本文学确立的伦理人间像很多都从美的思虑中割离开来，那就意味人间像与美的不平衡，包含着专制政治强制善的意志。那样的文艺作品的伦理内容正演绎在其他艺术中。例如绘画，应该保持的伦理描写却没有出现，作为构造的设定和形而上的思考存在绘画创作中。基于人的感情要素而成立的文艺，在和谐秩序和感觉中存在着伦理赋予。基于物象和色彩要素而成立的绘画，和谐秩序的感觉就显现在其构成中。绘画构成的稳定感，一边显现色彩和线条的构造，一边着眼于作者的活生生的伦理感觉，这仅止于间接上的表现。绘画音乐考虑去直接显现伦理秩序和伦理要素，那是极其危险的。现在有些人受这种错误很大的影响，即使文艺家志向于那个秩序的和谐，也决不应该把作品中的主人公的伦理生活态度直接投射在作品中，如果那样,必定会产生误解,作品除了与作家直接生活混同外别无效果。并且,现在的日本文艺,不问私小说或政治教养小说,这样浅薄的误解如果非常普遍的话,比较近代世界文学的发展过程,日本文艺只是倒退到近代开始时期的合理判断意识上,如此的绘画不过是类似于宗教画罢了。无论产生怎样的艺术构思,它也只归类于日本、社会构造的前近代性。"[①] 美与伦理是文艺学专业性很强的课题,伊藤整的"美与伦理说"分析了日本文学如何显现美的姿态,指出文艺创作应该是美和伦理的有力结合,其独特的见解、精辟的分析,在第二次世界大战后日本文坛产生了重要影响。

第十,文体发生论。阐释文章样式的文体成为文艺学领域里重要的话题,伊藤整对此在《文体的发生》文中专门进行了论述,其观点归纳为四点:(一)文体在创作中显现。文体像艺术家在自我与现象的距离中间填补的液体。该距离按作家的秉性在自我与现象之间发生变化。作家从各个不同的角度把社会状态和作家生活条件周围存在的距离连接起来,作家以自然的方法描写生活现实时,上述距离中的作为文学形式显现的文体,就成为作家生活的常态,日常的会话体或反映时代的一般文体就成立。(二)文体产生于作家的行为。文体是作家正进行思考的原形,因此,能够无间隙地接触生活实体的作家产生一种圆满的自然现象,进而产生文体,这于作家创作并非那么单纯化。要有新的创意,思考从传统文体中产生的新形式,这才是文学的世界。自然产生的文体绝非自然而然地存在,它必须是作家自身的行为。(三)文体是艺术行为的一部分。文体产生于自然,选择现实的要素,给予深化及造型,就是艺术化。在这里,文饰或者虚假的文体是与自然产生的文体对立的。现实本身的合理性与艺术的合理性有所不同。文艺作品的文体绝不是手段,文体本身是艺术行为的一部分。(四)考虑作家艺术行为的内部和

[①] [日]伊藤整:《现代日本文学的诸问题》,载《伊藤全集》第16卷,新潮社1973年版,第595—596页。

外部因素。首先是作家的内部,作家在自我展开探索样式的方法时,终究按照其性格去捕捉文体。其次要考虑作家的外部因素、环境、时代,这是作家生命机能运转的载体。作家作为人,对时代的文化科学责任要考虑,也要考虑作家的伦理观,但必须防止偏向伦理的危险。文体只是作家艺术行为的出发点①。上述四点是伊藤整的"文体发生论"的主要内容,它为推动战后日本文论的发展发挥了重要作用,也为战后日本文学创作带来新颖的理论根据。

第六节 "第三新人"文论:吉本隆明、山本健吉

吉本隆明(1924—2012)

生于东京,1947年东京工业大学电气化学科毕业,1950年作为进修生返回学校,阅读了大量的西方哲学及基督教文献。1954年入选荒地诗人,参加《荒地》编辑,同年成为《现代评论》同人。1955年发表《高村光太郎笔记》、《前一代的诗人们》引起文坛关于"文学者的战争责任、战后责任"的论争。1961年创刊《试行》,在日本安保斗争中全力支持全学联。2003年以《品读夏目漱石》获小林秀雄奖,2009年获宫泽贤治奖。吉本评论视野开阔,涉及日本古典文学、现代文学、宗教学、民俗学、大众论、表现论等,被誉为"战后最大的思想家"。其文论著作主要有:《文学者的战争责任》、《艺术的抵抗和挫折》、《抒情的理论》、《源氏物语论》、《漱石的问题》、《岛尾敏雄》、《语言美是什么》、《共同幻想论》、《异端和正统》、《摹写与镜》、《悲剧的解读》、《知的彼岸》及《吉本隆明全著作集(15卷)》,其文论的主要内容是:

第一,"第三新人"作品论。"战后初期富有生气的战后派,在昭和三十年代日本社会相对稳定下,出现若干分散的征兆后,吉本发表《战后文学的转换》(《文艺》1962年4月)和《战后文学现实性》

---

① [日]伊藤整:《文体的发生》,载《小说的方法》,筑摩书房1989年版,第140—150页。

(《文艺》1962年8月）文章，批判战后派风化的部分，思考寻找昔日'第三新人'诸作品表现的安定社会的危机感实质及其必然的理由。"[①]吉本还在《模写与镜》、《语言美是什么》、《悲剧的解读》及《文艺时评》中对"第三新人"作品进行了评论。他认为：嘉村义多和外村繁描写了不同的现实生活的崩溃和崩溃的恐怖，成为战后第三新人的主脉。嘉村的《崖下》描写了既打破男女成家的成规，又试图保持行为伦理严密性的世界。外村的《航标》描写了家的既成框架无法保留，但仅仅是性的自然地局部扩大的状况，所谓封建规范的"家"在战后出现严重的危机，作者对家的远景追求及"近代"情况下出现的落差感到忧郁。庄野润三的《静物》，描写的日常性静态式的"家"仿佛与社会的流通断绝，妻子自杀未遂，主人公为防"家"崩溃，封闭在暗室维持家庭琐事，小人物形象的价值成为包容世界大事的一种象征。岛尾敏雄的《死亡之刺》，主人公外遇使顺从的妻子犯了多疑症以致精神失常，在一系列冲突中，主人公精神也出现问题。作品砸碎了偶然构成的所有外表，通过男女存在的外形觅到了本质。安内章太郎的《海的光景》描写了战后现实生活的崩溃，主人公厌恶父亲之感与大自然永恒及人生短暂对照，悟到生与死的内涵。吉行淳之介的《黑暗里的祝福》是20世纪30年代后半期40年代初的家庭危机小说，作品描绘了主人公妻子的忍耐和主人公情人的物质欲望。小岛信夫的《四十年》是滑稽悲哀的家庭生活的私小说，对神经质异常兴奋的一对夫妇，或冷暖气费单独核算，或离婚分手，二者必选其一的窘况，进行了自嘲自讽的描绘。吉本以上的"第三新人作品论"言简意赅，切中肯綮，经常被批评家所引用。

第二，战后文学批判论。战后日本文坛崭露头角的人物是30岁这代人，他们许多人都曾接受过马克思主义思想，并以批判观点看待侵略

[①] ［日］松原新一、矶田光一、秋山骏：《战后日本文学史·年表》，讲谈社1978年版，第189页。

战争。对战争的体验与较年轻的一代人是不同的。作为较年轻一代的吉本于1957年8月在《群像》刊物上发表了著名论文《战后文学朝何处去》，后又发表诸篇论文，针对各种各样的"战后文学论"提出了他的战后文学批判观点。他写道："战败的第二年，昭和二十一年里，埴谷雄高的《死灵魂》、野间宏的《阴暗的图画》、梅崎春生的《樱岛》等，即所谓战后派作家们的第一作接二连三地发表之际，在日本平民文学的风土上开始出现异质的文学，对此热情推举的批评家和青年人有着共同感受。或许我对手中他们的作品还无确切的看法，要是这样，就没有考虑好结论。从华丽出发开始的战后革命运动展出的政治风景，像福音来到和平的文化国家回绕起投机文人的骚音，很难辨别他们的文章。那时我也是战败的伤者，青春前期生活找不到整个逃离战争噩梦的出口。因不解所有的愤怒和绝望，我的课题就是使冒起的瘆人的黑色焰火怎么在胸中平静下来。""有不同战争体验的那一代人与我们这代人存在时间断层的问题"，"用我们这代人的一句话来说，战后文学就是战争转向者或战争旁观者的文学"[①]。吉本认为：不少中年的知识分子在战争结束后躲在自己的密室里反复揉搓战争时代的苦涩记忆，把长期积蓄的郁闷宣泄在纸上，不把战败后的现实当作文学创作的主体内容，这样必然失去它的有效性。稍微年轻的人依旧考虑自己的生涯，消却了战火，内省分析当时未成熟的思考、判断和全部的感情。从上述思想出发，当时作为年轻人的吉本以战争责任论、社会主义现实论的批判者初登文坛，通过文学与思想的广泛论著，谋求战后文学的创新和发展。

第三，文学摆脱制约说。在《战后文学论的思想》一文中，吉本写道："在阶级社会里（即现在的世界里），关于知识分子的全课题处于支配地位。脱离知识分子文学的大众文学的课题还没有独立存在。从文学艺术祭祀仪式行为的共同性开始，知识分子在秘密里写作的现象终

---

① [日] 松原新一、矶田光一、秋山骏：《战后日本文学史·年表》，讲谈社1978年版，第104—105页。

于变化，作为商品化的流通行为，在商业市场的文学者中间也集中了保持优秀作品倾向的途径，顺应着历史的必然发展。当然，即使这个阶段里，保存原始性和共同性的文学艺术没有消亡，而是绵绵地延续。因此，知识分子文学和大众文学在那个时代的文学空间都存在着，并且，扩大空间的先驱者毕竟还进行着那时代的知识分子文学的课题，至少限于历史上阶级性的痕迹被保存下来。没有必要把文学'运动'考虑得很重要。文学运动仅仅意味着所谓高层次的创作互动和所谓文学的考察。像虚拟的进步派那样，珍重纯文学及贬低商业市场文学也好，为人民服务而从事文学创作也好，文学运动怎么能作为政治的代用呢？若要这么考虑，只不过是斯大林后时代的'伪作'。他们仿佛天下一大事地胡说'运动'，'运动'其实不是'文学运动'和'政治运动'。好比肥胖了要预防脑中风，劝其进行（体育游戏）'运动'。作为个体的文学者，创造怎样的文学作品完全是'恣意'（任个人自由意——译者注）的事。'恣意'之外，文学艺术作品怎样产生是无法图解的。但是，为人民服务而创作的作品及为自己个人而创作的作品，都限于现世的不能避免的某种制约。可如果强调不避免误解，文学艺术不得不处于现实所规定的被动性。这意味着，按照'运动'论者和为人民服务论者去考虑，文学艺术就远离能动的'恣意'，并且，此'恣意'迫不得已受制于现世。在文学者中不要因追求政治运动而受局限。现世的制约被废弃，文学作品的制约则摆脱。这种现状需要我们认可。"① 吉本的"文学摆脱制约说"强调的是摆脱战后日本文学运动的制约，文学不能从属于政治，文学创作是独立的个人自由的天地。

第四，文艺本质说。文艺的本质问题，一直被文论家所关注。吉本在《社会主义现实主义论的批判》文中写道："文学艺术首先是想象的世界。艺术家创作主体一定以独立本质为基础。在现实社会中受到压抑和疏离的一些人，一边在社会的制约下存在，一边制造没有制约的想象

---

① ［日］吉本隆明：《战后文学论的思想》，载《模写与镜》，春秋社1964年版，第31—33页。

世界，从而在体验出来的意识和无意识的欲求里得到创造享受。在那里，文学创作完全是社会现实的过程，却创造出完全的另一种想象的世界。艺术的成立一定以自立为前提，像那种想象世界所考虑的形式结构一旦被创造出来，实际上现实就从疏离社会压抑制约中获得了解放。作为艺术现象，是艺术家个人的主体与社会切断而形成想象的世界，这会与现实社会、自由的综合的人及形象和事件发生冲突。联系到体验想象和享受想象的人，才能够超越现实社会实质的制约及疏离，获得精神上的体验。艺术家也许体验到没有社会制约和压抑的世界，而作为实质的人，疏离社会的可能性及彻底性，只是在文学艺术世界里才能从精神的体验上获得。文艺的本质当然不是所谓合法化的现实主义概念。对文艺本质而言，现实主义概念的成立是在阶级社会里，只能是个人的片段体验被压抑和疏远的实体得到综合的再现时才发生。""这么说来，创造艺术形式的表现过程产生出现实主义与非现实主义。从社会主义现实主义教条出发的艺术家和照社会主义现实主义图解的前卫派艺术家，如果不是艺术史的范畴，不是把创造行为作为挂在外面的招牌，文学艺术的本质才能成为必然的要求。艺术家为什么在某时刻选择现实主义形式，某时刻选择非现实主义形式呢？20世纪20年代到30年代苏维埃讨论艺术史经验问题，对于文学艺术本质，不管选择哪种说法，决定者是我们幼稚的艺术理论家。他们偷换了本质问题和典型问题，如此类推下去，除了编造庸俗之辈的图解式观点外，别无选择。"① 吉本的"文艺本质说"，指出文艺家的创作是以自立为前提，创作应切断现实社会的压抑和疏离，进入想象世界，获得一种精神上的体验。

第五，艺术媒体说。在《关于文学的表现》文中，吉本写道："电影和电视，作为艺术表现具有具体的'画面'和'动作'的特征，是补充其他语言表现的艺术。绘画与电影电视有本质的不同，它不过是用

---

① [日]吉本隆明：《社会主义现实主义论的批判》，载《吉本隆明全著作集》第4卷，劲草书房1969年版，第274—276页。

颜色表现具体形象或抽象形象概念的艺术。收音机和铅字艺术，是用声音和文字感觉来表现的语言艺术。因此，视听觉文化与铅字文化两者的文化性格不过是说得出与说不出的区别而已。文学表现不能排除于视听觉之外，若听到'哎呀'，意味属于视听觉文化范畴。不过，作为视听觉媒体表现的文学，一定要在意味和感觉上达到统一后才能成立。'铅字'不是语言，只不过是视觉的符号：'声音'也不是语言，是由于空气振动产生媒质上的符号。我们保持'铅字'（文字）和'声音'作为视听觉感受和意味达到统一的时候，那里的语言表现并非'铅字'和'声音'的排列，也不是语言表现，只不过把'铅字'和'声音'作为媒介考虑为表现的实体。从媒体性质上看艺术性格而成立的观点，最近还没有被人提出。昭和三年十一月的《文艺春秋》刊载了横光利一发表形式主义论的历史谬说：'所谓文学形式是文字的罗列，所谓文字的罗列是文学保持了客观物体存在的缘故，即客观物的罗列。'但视听觉文化驱出铅字文化成为现代文化方面的异论，毕竟是到了资本主义有了数倍膨胀的战后才开始被印证。简单地说，艺术表现性格和错觉的论者们，随着生产力扩大和工艺学发达及艺术表现媒体的高度化，才把艺术媒体作为艺术表现来看待，并将之作为必然的文化性格，对艺术媒体也就不得不这么理解。显像管里的表现，银幕里的表现，铅字及其类型方面的表现，对媒体的这些特性和技术，我们不应该考虑是艺术表现。所有艺术界之外的某种媒体问题，从艺术的各种体裁来看，只不过是艺术界外的问题。对此进行彻底反思是必要的。例如，今后电影和电视，即使有不管怎样高度发达的表现媒体，那种'画面'和'动作'借助语言表现，与创造艺术概念上而成为艺术的完全无关。"[①] 吉本的"艺术媒体说"指出，随着社会发展，视听觉媒体愈加高度化，但媒体不等于艺术。视听觉媒体成为艺术表现的条件，是要视听觉的感觉与意思一定

[①] ［日］吉本隆明：《关于文学的表现》，载《吉本隆明全著作集》第4卷，劲草书房1969年版，第281—283页。

要达到统一。显然，吉本"艺术媒体说"也是当前的兴盛学科——艺术媒介学的内容之一。

第六，自我表出说。吉本主张把文学研究放在语言本质的分析上。他认为马克思在《德意志意识形态》中的语言论述非常精辟。"语言和意识的起源是同时的。——语言既是对于他人也是对于自我存在的一种实践性的现实的意识，和意识一样，它产生于和他人交往的欲望和需要，在这种关系存在的情况下，自我就存在。"① 根据马克思的语言观，吉本提出："当语言还停留在对现实的直接反射状态的时候，人类不可能具有人的任何意识，只有在现实反射达到高度的阶段，人才能产生现实的意识，并有意识地'自我表出'。这时候语言才得以形成，也为他人而存在。"② "自我表出"是人类获得语言的关键，因此，他认为"语言既是为说话人而存在，同时也是为他人而存在"③。他指出：如面临着"海"的时候，这个"海"只是对现实条件直接做出反应的"指示表出"，没有脱离现实水平。而当"海"不仅可以指眼前的"海"，还可以指眼前不存在的所有的"海"，并作为音节表出的时候，语言才摆脱和现实对象的单一关系，离开现实反射，产生"现实的意识"的"自我表出"。吉本因此下结论："语言自我表出本质上的扩张，作为语言艺术（文学）才能发生。"④ 他主张从作为"自我表出"的语言角度去分析文字作品的寓意及文学的发展，而不是把文学作品简单还原为作家的身世和社会环境的探索。吉本的"自我表出说"强调从语言角度去考察文学作品及其历史变迁，最终勾勒出文学史，这种文论观在第二次世界大战后日本文坛上是前沿的。

第七，文学体与话体。吉本在《语言美是什么》中称："自我表

---

① ［日］吉本隆明：《语言美是什么》，载《吉本隆明全著作集》第6卷，劲草书房1972年版，第16页。
② 同上书，第23页。
③ 同上。
④ 同上。

出"是从语言角度宏观地把握某时代文学语言的类型性和共通性,与之相对的"指示表示"包含某时代文学作品与其他时代的不同,也包含这个作家自己的某一作品区别于自己另一作品的根本性质。"自我表出"倾向"文学体","指示表出"倾向"话体"。他写道:"把某时代的某部作品放在文体史中观察,便可以发现其具有双重结构。一是'文学体',一是'话体'。不管哪一个文体都包含着另一种潜在的文体,也都是在假定区别另一种文体的基础上形成的。'文学体'不等同于纯文学,'话体'也不等同于大众文学。"① 吉本认为,文学表现的变迁因时代而不同,但基本上是一种双向运动,即从文学体到话体的书写过程的下降和从话体到文学体的书写过程的上升。如四迷的《浮云》显示了文学表现从话体向文学体的上升从而升华审美的体验,表现了内面自然完成的过程,随着内面体验加深,自然话体会向文学体上升。露伴的《风流佛》和鸥外的《舞姬》则显示了从文学体向话体下降从而升华审美的过程,在这过程中,由文学体向话体下降,作者必须要有明确的下降意图和做相当的努力才可能实现。吉本的"文学体与话体"说,仍然强调要从语言角度来分析和构建新的文学史。

第八,文体的中介。吉本在构建自己文论时参考瑞恰兹②的语言理论和文艺批评理论,紧密结合日本作家的语言特征对文学作品和文学史分析,提出了独到的见解。他曾宣称文学批评尽量排斥社会背景和作家的要素,但他更强调:"环境、人格和社会作为想象力的根源凝缩在表现中。""语言表出的历史,在'自我表出'连续性的转化同时,'指示表出'把时代、环境、个性、社会混杂一起,发生很大的变化,"③ 因

---

① [日]吉本隆明:《语言美是什么》,载《吉本隆明全著作集》第6卷,劲草书房1972年版,第164页。
② 瑞恰兹(1893—1980),英国文艺理论家、语言学家、西方现代文学批评创立者之一。——译者注
③ [日]吉本隆明:《语言美是什么》,载《吉本隆明全著作集》第6卷,劲草书房1972年版,第163—164页。

此，具体分析文学作品时，不排斥考察时代背景。他说："个人的存在根据变得模糊，和外界的关系变得暧昧，产生了生存的不安。""大正末年，近代表出史面临了文学表现的根本问题。问题的根源是，随着高度统一化发展的资本主义社会，每个人的生活史在很大程度上被整齐划一了。从表现的角度看，意味着作家对现实的意识均质化。"① 他认为这个时代最有代表性的文体特征是新感觉派大量使用的拟人化手法。新感觉派的拟人化手法是从自我意识中把自然物和人都变成了可以相互交换的对象。因此，"日光"、"车站"等被拟人化赋予了生命也就顺理成章。这不仅仅是横光利一的文体特征，也是这个时代的共通的文体特征。因为在这个时代，"文学表现无论怎样具有个性色彩和自我张扬，其实都是对社会强制的均质化的反应、抵抗和补偿"②。所以，吉本要通过"文体的中介"，把文学作品的内部和社会背景、作家个性等外部因素有机地联系起来。吉本的"文体的中介说"依然强调从语言角度出发评论文学作品，重新构建文学史。

第九，文学批评的魂。吉本对第二次世界大战后日本文学作品批量生产及文艺批评家对之迎合的现象进行了严厉的批判。他认为：现在，脱离批评家严厉眼光的文学作品批量生产出来，组成了虚假的系列。文学批评没有抓住本质的问题，仅仅在与这种虚假现象无关的方面展开恶战。批评要求去讨好作品，是痛苦的令人心烦的事情。阅读批量生产作品，好似与作品在一起漂流，时常漂到尽头，很难再往前，只能朝作品之外走。那么，阅读作品留下了什么呢？主题的现实性，企图的现代性，留下的全是虚假，文学作品几乎被消却，虚假的东西占据很大分量，在那里浮游。什么倾向啦，什么流派啦，只是精巧外表的形状，没有什么实质性内容能判定出来。乐此不疲的批评，只是幻想着现代性的

---

① ［日］吉本隆明：《语言美是什么》，载《吉本隆明全著作集》第6卷，劲草书房1972年版，第240页。
② 同上。

虚体而已。容忍虚假的文艺批评家现在失去了信用，读者也有理由到古典作品中去，作家也有回归古典手法的根据。为此，吉本呼唤文学批评的魂。他写道："如果具批评的魂，批评对在批量生产轨道上奔跑的现代文学系列应该感到本能的厌恶。在批量生产状况下不会写出好的作品。当批评家对这些作品采取容忍态度时，真正文学的理想与现实之间，事实与假想之间，愿望与实现之间，也会存在着障碍，或许文学的现状与未来之间就撕开了裂痕。批评的字里行间，如果对这种文学现状没有正经的议论，没有产生真情实感，给人的一定是空泛感觉，我不相信空泛的基础上存在文学的现实感。因此，眼前批量生产系列的同类的作品，全部是假象，所有做法都不应考虑。应该宣布理由，做到了这点，战后文学论及文学批评就会摆脱一般化。"① 吉本上述"文学批评的魂"强调批评家对文学现状要有真情实感，能中肯地评判文学的理想与现实、事实与假想、愿望与实现之间的关系，才是文学批评的现代性。

第十，诗论。在《所谓诗是什么》文中，吉本写道："诗的创作产生于内心真情。写批评文章则伴随某种事实（现实的事、思想的事）在心中形成。所以，批评往往会中断诗歌创作的自然倾吐方式，能够倾吐出的及要倾吐出的是接受的真实事。那么，所谓诗是什么呢？从诗人口里向现实社会发出的也许是冻结的全世界的真实事。写诗的行为是脱口而出。""不时融会贯通的又没有贯一身的诗人、批评家、哲学家这三种人所说的话，关于诗的认识有很大的不同，即使是总体上有某种类似性。我看眼前的一朵花，像梦幻美丽的某种东西，是好看的白的和红的颜色，是花蕊耀眼于花中。至于看这花是保守或进步，是写实或非写实都没有关系。确切地说，诗的形成只是从不同视角在不同的地方给予不同的关注。梳理现在不同诗观的脉络，关于诗的本质，能够直接联系这不同脉络的场合只是视觉。那个场所成立之时本质则成立。没那场

---

① ［日］吉本隆明：《战后文学的现实性》，载《吉本隆明全著作集》第5卷，劲草书房1970年版，第340—341页。

所诗如何存在呢？不必问，诗的体裁已明确，理应如此。""诗作为我妄想意识的'真实的东西'被固定，出自自发的内心活动。何况写在诗里面的无非是用写作行为把我自发的意识外化。但是，真实的东西脱口而出的话，我保持的妄想就被冻结。在每次诗里写出来的被消除的妄想，实际上成为别的问题。并且，在诗的本质上，这么说写诗，或者歌会中诗具有的，是为什么写，写的又怎样，从表面到里面表现了什么。不在歌会的许多人，若脱口而出真实的东西，用各种各样方法去处理现实生活，就有个世界被冻结的妄想，即使这不确切的妄想为我们所固有，但写诗却不是妄想。"① 作为诗人、批评家、哲学家的吉本，他的上述诗论既是他写诗经验的一些总结，也显示出他文论具有哲理思考的特点。

山本健吉（1907—1988）

生于长崎县，本名石桥贞吉。1931年庆应义塾大学国文科毕业，曾师从折口信夫。大学毕业后在岛根新闻社、京都日日新闻社任职。1939年与吉田健一、中村光夫等创办《批评》杂志，从事文艺时评等。1948年任角川书店总编辑，1949年辞职后专事写作。1955年《古典与现代文学》获读卖文学奖，同年《芭蕉》获新潮社文学奖，1962年《柿本人麻吕》获读卖文学奖，1979年《诗的自觉的历史》获日本文学大奖，1981年《生命与表现》获野间文艺奖。1969年成为艺术院会员，1981年成为文化功劳者，1983年被授予文化勋章。山本长期致力于针对知识细化的现代文明的"反文明"实践，力求将日本古典作品与现代文学结合起来，以寻求文学意义及根源。其文论著作主要有：《现代俳句》、《私小说作家论》、《小说的鉴赏》、《现代文学风土记》、《青春的文学》、《古典与现代文学》、《诗的自觉的历史》、《小说的再发现》、《自然与艺术》、《生命与表现》及《山本健吉全集》（全15卷，别1卷）等，其文论的主要内容是：

---

① ［日］吉本隆明：《所谓诗是什么》，载《模写与镜》，春秋社1964年版，第264—268页。

第一，第三新人论。日本文坛上的"第三新人"称呼由山本首先提出，在《第三新人》(《文学界》1953年1月)文中，山本提出：战后涌现的野间宏、梅崎春生、椎名麟三、中村真一郎等人第一次被称为战后派作家，如果那是"第一新人"的话，那么，在1952年的新人总评选中，臼井吉见被选取后，还有堀田善卫、安部公房、石川利光、小川清、畔柳二美、安冈章太郎、三浦朱门等人为"第二新人"。依据编辑部的名单提出的后来的作家，西野辰吉、井上光晴、长谷川四郎、塙英夫、武田繁太郎、伊藤桂一、泽野久雄、吉行淳之介等人就被称为"第三新人"。后在《文学运动的消长》(《文学界》1955年8月)文中，山本提出安冈章太郎、小岛信夫、庄野润三、小沼丹、三浦朱门、吉行淳之介、武田繁太郎为"第三新人"①。在该文中，山本指出"第三新人"的特点是："他们立足于私小说式的表达，写作短而精，缺少战后派作家作品中的那种社会性、观念性和伦理性。这不禁使人想起二次世界大战后世界各国经常出现的一些迷茫和失落的一代青年。"以后，对"第三新人"及其特点的论述，许多评论家（如服部达）又进行了更详尽的分析。然而，山本的"第三新人论"仍不失其开拓性价值，经常被文论界视为权威观点引用。

第二，文学独创意识。就此问题，山本在《独创与赌的意识》一文中写道："如果先要给出结论的话，所谓独创不正是近代艺术家自己倨傲地编出的迷惘吗？憧憬批评家、作家们所认为具有存在感的创作行动，将自己表现的方法当作批评来考虑，编出可以叫作创造性批评的东西，继小林秀雄以后的批评家，或多或少地通过作品言说自己的意识，这样，确实是提高了批评的地位。作为与小说诗歌并列的文学作品，是同样具有价值的批评。另外，批评的行为逐渐变成了只是具有不满足的创造欲望的性格，在这种情况下，所谓创造行为，既考虑作家个人作为

---

① [日] 松原新一、矶田光一、秋山骏：《战后日本文学史·年表》，讲谈社1978年版，第189—190页。

创作的主体，又意味着表现自己。作品的主题，包含作家思想、感情、经验或原体验等，总归要回到批评家个人。批评像诗和小说一样地表现自己，加上憧憬想象，批评的完全机能怎样发挥呢？提出这个问题之前必须设问：小说诗歌的独创性是否最终表现的是作家个人。艺术家们开始保持独创的意识，可追溯到不过两三百年前。在此之前，艺术家们只是拥有模仿的意识。但是，不能说按模仿意识创作的作品，就一定比按独创意识创作的作品在独创性方面逊色。如果用一句话来说，那是手艺人意识与艺术家意识的差异。我们不能够回到中世的单纯的手艺人意识中去，同时，我们也不能没有这种自信，即在中世手艺人的作品上面能创作出更高艺术性的作品。"① 山本在该文中还分析了独创性观念认为对于艺术家来说，作为桎梏的时代已过去，作品投射出作家不同的容貌性格和艺术个性。作为个人主义的倨傲，艺术作品最终表现艺术家的个性。艺术家不能失却自我，要承认文学是主张自我，表现自我。而一流的文学作品，艺术家经常是不在场的，它超越了个性而得到丰富的显现。山本上述从批评家和艺术家两个方面论述的文学独创意识，是他文论思想的一个建构，也丰富了第二次世界大战后日本文艺理论，在文坛上影响颇大。

第三，小说与政治风土说。山本就小说与政治风土问题与作家崛田善卫进行了商榷。他认为崛田的《历史》这一文学作品中的政治色彩较浓，有政治理论，而非政治感觉；作品人物谈论政治，模仿政治行动，但又不是政治人物；作为政治小说，又不是具政治模样的政治模型小说。山本希望崛田小说中的政治不应是政治思想的演绎，而应是一种感受性的普遍存在。山本对崛田说："当你说'成为母亲的思想'（指文学政治性——译者注）的时候，你会注意到这点的。特波德②这话意

---

① [日] 山本健吉：《独创与赌的意识》，载《现代日本文学全集》第 95 卷，筑摩书房 1958 年版，第 208 页。

② 特波德（1874—1936），法国评论家。——译者注

味着什么姑且不论。总之，西洋的基督教，东方的佛教、儒教终止了'成为母亲的思想'，取而代之的应该是，由于丰富的生产力而产生的伟大观念，可到底有没有伟大观念，这是值得怀疑的。虽然你的思想上具有共产主义观念，但萨特的存在主义就不承认这伟大观念。如果让我说共产主义的话，作为观念限定太多了，还不如说是设置与民众相关联的一种漠然情感。作为一种文学评论，如此观念之多，限定之多，倒成为一种桎梏。但是，没有一定限定又很麻烦。与其说按照一种观念来设定，倒不如说按照一种最大公约数式的情感来设定。作为近代人的我们，曾将感性、文学样式、人性，再一次地让它们复活而营造文学地盘。如果你经常使用日本知识阶级的话语，那我们的文学已在'分裂的基础'上绽放出花朵。我把你的小说作为最极端的现象列举出来，这不是说你的才能问题，也不是说仅仅按照方法论来处理的问题，结论是安置好我们的位置，指出感性的本质问题。"[①] 山本的"小说与政治风土说"主要强调小说在创作本质上是感性的，是文学样式的人性。他反对小说演绎政治观念。实际上，这涉及文艺学中的文学与政治关系的重大课题。

第四，作品研究的批评原则。在《小说批评的立场》文中，山本写道："我想说的是，没有看见把文学作品视为作家个性表现的批评原则。我认为，作家在作品中独自充分展示自我的世界，如果承认作品当作个性表现的话，理所当然地在作品中可以探寻到作家的个性。作为个性形成的原因，必然会追寻到作家私生活的一些传记性事实，或者为了解读作家，将运用社会学和心理学的批评方法。这样的批评方法，目标不是作品，而是限于各种方法的运用去了解作家，并且方法不仅仅只有一种，作家的私生活、传记以及各种随笔等研究都是各方面了解作家的途径。也许龟井君的《岛崎藤村》，并没有通过这条道去了解作家的精

---

① [日] 山本健吉：《小说与政治的风土》，载《山本健吉全集》别卷，讲谈社1985年版，第48页。

神世界，他仅仅是想解读作品。我想说的是，不管怎么想，不要以作家为目标，而应该以作品为目标，这就是应确立的批评原则。"① 山本在该文中还指出：现在日本文坛通过作家的私生活及传记研究去解读作品的很多，而研究作品本身丰富性的却很少见到。通过大作家的传记随笔去解读作品没有必要，传记只是保持了自我的东西。对作品，应从美学、文艺学的角度去阐释，优秀作品是以美学、文艺学方式超越作家个性而表现的，所以，批评家应该从对作家还原到对作品的美学文艺学研究。山本上述"作品研究的批评原则"强调的是作品的内部研究，类似于西方文论中的"新批评"。

第五，罗马式风格论。山本在《罗马式风格考察》文中指出：罗马式风格最初的形态是罗马式风格的故事，从中世的武功诗到冒险小说、传奇小说均属于此系列。小说描写仅仅从罗马式风格的故事出发，不过是继承了中世叙事诗遗产中的更空虚的因素。在该文中，山本写道："小说如果过度地强调故事的罗马式风格，不可避免的代价是人物被赋予僵死的空虚的性格。它只是按读者所期待的使人物情感变化，按读者期待的推动人物的行为。罗马式风格的故事，设定一些异想天开的事情，远离预期的理论。与此相反，在人物性格、情感、思想、心理、行为等系列中，需要理论的照本宣科的类型，也就是表现为非罗马式风格的故事。小说被赋予一点罗马式风格的话，似乎应该是可行的。赋予罗马式风格的异想天开的故事成为批判的、嘲笑的、逗笑的小说。也就是说，《堂吉诃德》作为典型展开的小说开辟了近代小说的大道。《堂吉诃德》没有罗马式风格的故事。与其说它有对罗马式风格故事的期待，不如说对现实进行猛烈的批判，作为代偿，它促使主人公内心世界形成的行为呈现为突出的罗马式风格。在那里，反对罗马式风格而提出非罗马式风格的某一点，是将罗马式风格故事转化为行为，经过作家的

---

① ［日］山本健吉：《小说批评的立场》，载《山本健吉全集》别卷，讲谈社1985年版，第53页。

努力，罗马式风格的故事与人物性格、感情等方面的非互动性的缺欠就这样被克服了。空想的东西、不自然的东西、虚假的东西，在现实的背离中得到矫正，成为现实主义方法的意识，社会现实与罗马式风格紧密交织在一起成为结构。罗马式风格形成的近代小说，迎来了更高产的时代，对此，文学作为社会镜子包藏无限发展，文学对现实世界的再发现成为可能。站在顶点上的，大概是巴尔扎克的《人间喜剧》。"① 山本的"罗马式风格论"主张小说创作将罗马式风格的故事转化成人物行为，矫正空虚的描写，将社会现实与罗马式风格组成一种小说结构，成为具丰富想象的现实主义创作方法意识。

第六，艺术想象力。关于艺术想象力的产生，山本指出：人们通过祭祀的游乐，得到从现实生活中解脱出来的一种满足。祭祀活动形成虚构的世界，人们的想象力自由发挥，对未知的自然含有寻问土地精灵的心，逃避自然灾难的威胁以得到安慰。人们把脱离现实产生的想象力作为原始力，充分发挥才能，演练成美的感受性。祭祀本身就是原始的艺术。他进一步谈道："在祭祀的部分活动里，所有的象征意义都是由想象力发展来的。祭祀的场合不只限于在部落的某个区域里，活动所具有想象的效果会波及整个部落，而且不仅仅是文学戏剧，整个艺术都明确表示需要想象力。想象力是否具有哲学、心理学的意义姑且不论，至少在艺术领域里，具有将部分转化成整体，相对性转化成绝对性的能量，或者将部分转化成全体的能量。但这并不意味着脱离现实，而是超越现实的思考形式的扩大再生产。因此，所谓的艺术创作同时也是在模仿。'把所有类似的东西叫作类似的东西'为原则的模仿学说，也被看作是艺术的原始理论，但这与大猩猩的模仿有本质的不同。为了让禾苗快快成长，假装成老头和老太婆，在禾苗前进行性交的模仿行为，完全是想象力的作用，超越了任意男女的个别经验。这应该叫作'物真似'，完

---

① ［日］山本健吉：《罗马式风格考察》，载《山本健吉全集》别卷，讲谈社1985年版，第75页。

全包含了作为艺术的模仿的意味。"① 山本从民俗学的祭祀中总结出艺术想象力是超越现实的思考形式,也是对社会现象的模仿。这从理论上提出了文艺创作想象力的重要性。

第七,文学与读者。关于文学与读者,山本谈道:"偿失目的的随意性,是现代日本人行动的一种特质,文学亦如此,作家写作目的和读者读书目的同样都丧失。新闻媒介以故事支配读者获得成功,读者不是参与强制性的社会活动,他们在每天工勤往返时间里,利用空闲保持读小说的习惯。读小说是无目的的无偿的行为。作者凭着无所目的的行为而写作,读者凭着无所目的的行为读小说。他们这种性格,除了知觉行为以及趣味外别无他求。"山本认为:"如果这样的话,今天作者和读者可以说是人与人之间的交往,而不是把自己的人情味放置在书架的某个角落,而且,称相互都是作者和读者也不为过。不疏忽人与人之间的关系,这似乎成了文坛上的一种常识,作者在书写自己的行为中,必须知道要更多地呈现与读者的关系。对大量生产小说恐怕已变成机械化创作的作家们,这是最大的盲点。利用写作行为,抓住前所未闻的大量读者,这是文化社会化的现象,与其相反的,是在发空泛议论里消磨人的思想和热情,明显地表示出抽象性和非社会性。自己作品里云集读者而自负的作家,必须同时把自己和读者一个一个地联系在一起,即使不喜欢也不能疏离读者。"② "今日的畅销书,为多数读者也可说是多样的读者所欢迎。与漱石作品的读者比较,今日小说的读者,无论如何,多数都有一律性,不是顶点的而是底层的一律性。他们站在底层而非顶点,所有的读者阶层都没有达到顶点。那种一律的被动的读书态度,使作品只能以低水平去迎合。或者说,作者低水平的创作态度,引导出读者那

---

① [日] 山本健吉:《关于小说想象力》,载《山本健吉全集》别卷,讲谈社1985年版,第128—133页。

② [日] 山本健吉:《文学与读者》,载《山本健吉全集》别卷,讲谈社1985年版,第178—179页。

种一律性特点。这样,作品与读者相互影响的关系就成立。"① 山本以上谈的是,随着日本社会发展,作者与读者的行为发生了变化,消遣的低水平的作品迎合了多数读者,这是文学批评家必须正视的问题。

第八,作品原型说。在《关于原型问题》文中,山本谈道:担心读者会认为自己是作品中某一原型而引发抗议,作家往往在作品后面附上套话:"作品中人物的行为、性格等,完全是作者的虚构,与实际的人物没有关系","完全是作者的创作"。但读者谁也不相信,附上这些套话不过是原型小说的宣传而已,原型问题与文学本质是不相关的。《包法利夫人》、《特利兹·狄克略》都是由实际事件中提炼出来的,在日本一定存在与原型相对应的人物。作为作品,即使今天接受在古典文学评论中读到的事实,也没有必要什么都抱有兴趣去探寻原型。即使忘却了实际存在的人物,作品中的人物如果不是栩栩如生,所谓的原型小说也不能叫作小说。因此,在日本一次又一次地掀起原型问题,这成为日本的特有的事件了。三岛君和小岛君的情况偶尔被作为原型的他者,在自然主义以来的私小说传统中,小说家的家族和亲戚、友人被写进小说里,被这么安排的应对态度是,他们心甘情愿地接受这灾难。并且,被写进小说的人,既然不是作家,不管被写得多么不好,他们也没有任何手段作一句半句的辩解。② 山本这里所强调的是,对于文学创作而言,作品中人物有无原型不重要,重要的是,作品人物一定要求栩栩如生,这才是文学的本质。

第九,作品个性批评。在《批评家的变形》文中,山本写道:"我想解除的误解,实际上与批评领域里混入的事实无关。只要能展现作品的个性,无论怎么样抨击作品,都是通过作品来了解作家,在这样的批评立场中,作品最终都不会脱离作家而独立存在。从朴素的印象批评到

---

① [日]山本健吉:《文学与读者》,载《山本健吉全集》别卷,讲谈社1985年版,第180页。
② [日]山本健吉:《关于原型问题》,载《山本健吉全集》别卷,讲谈社1985年版,第183页。

运用社会学、心理学的批评，其一贯的方式是触及作品背后的个性批评态度。其中最新型的是在年轻的批评家那里所见到的精神分析法。例如，奥野健男的《太宰治记》就可以看出这种批评倾向。因为那是一门探索人类经验根源的学问，作为个性分析接触到了最深层的东西，但没接触作品的本质。正如埃利奥特①所说的，作品最后脱离了个性。将作品作为表现个性的批评家，展开批评时会无意识地残留卢梭式的浪漫主义。将作品与个性直接联系起来的思考方式中，作品被作为现实感情的等价物是无须说出的前提。因此，作品和现实是绝对不同的世界。"

"我所说过的是，批评的对象从作家还原到作品，探索作品产生的效果，仅仅探索作家个性，怎么也不能穷尽其意。这种批评工作很困难，换句话说，批评家即变形，即使要求包含我及同一代的批评家来做也徒劳，也许应该期待如今二十岁至四十岁这代的批评家。"② 山本这里所说的是坚持以作品为批评对象进行文本批评。在作品个性批评与作家个性批评之间，山本倾向于前者。

第十，俳论。山本的俳论比较系统，观点新颖独到。他认为不能从外部而必须从内部构造去把握俳句。在《酬唱与滑稽》文中，山本写道："俳句是不具有音数长度的诗。从三十一音到十七音存在着抹杀时间的暴力般的飞跃过程，它不遵从时间的法则，不拥有作为存在方式的时间性。俳句不是咏叹也非嗟叹，更不具备诗歌条件里孕育固有的方法，这是众人在鉴赏俳句之时所默认的。" 山本把无时间性视为俳句的根源，他以芭蕉的"古池塘，青蛙入水发清响"为例，认为这首俳句体现出典型的俳句性，反复低吟，收纳脑海里产生的形象，回味无穷。在"俳句即滑稽、俳句即酬唱、俳句即即兴"三个命题上，山本认为可以归纳整理出俳句来源于无时间性的形象的方法。既然新兴俳句追求

---

① 埃利奥特（1888—1965），英国文艺批评家、诗人、剧作家。——译者注
② ［日］山本健吉：《批评家的变形》，载《山本健吉全集》第13卷，讲谈社1984年版，第231—232页。

咏叹与俳句固有的无时间性相背,那么,滑稽、酬唱、即兴就是俳句固有的方法,不容许情趣存在,俳句不是情趣的艺术,而是认识的艺术,是通过十七音的固有形式获得思想的手段。他说:"通过共同体验总结出整体艺术是俳句的特长,应该说这方面没有不足之处。与读者的愿望相比,更多的是俳人在力所能及的范围内进行方法的探寻和技术的纯化。"[①] 山本还与战后俳谐流派"天狼"派展开过论争,他认为应通过俳句剖析俳人的深层意识,寻找意义的根源,批评"天狼"派的"根源追求"是拒绝诗歌、短歌乃至一切文学种类的创作方法。山本试图建立俳句固有的创作态度,特别是他关于俳句主体性、俳人深层意识性的论述具有重要意义,成为日本第二次世界大战后俳论的一个主导性观点。

第七节 内向派文论:秋山骏

秋山骏 (1930—2013)

生于东京,1953年早稻田大学法文学科毕业,1956年入报知新闻社工作,1960年以《小林秀雄》获第3届《群像》新人文艺奖而一举成名。1973—1993年先后在东京农工大学、武藏野女子大学任教授。1997年成为日本艺术院会员,1990年后先后获伊藤整文学奖、野间文学奖、每月出版文华奖。秋山用存在论的观点探寻人的内心世界,将思想外化投入外部现实,其评论超乎时流,充分相信自我的感觉,其文论著作主要有:《内部的人类》、《秋山骏文学论集》、《无用的告发》、《秋山骏文艺时评》、《内在理由》、《灵魂与构思小林秀雄》、《简单生活者的意见》、《时代小说礼赞》等,其文论的主要内容是:

第一,内向派文学论。秋山在《战后日本文学史·年表》书中写

---

① [日] 山本健吉:《时评俳句论》,载《山本健吉全集》第8卷,讲谈社1984年版,第128页。

道："从那时起产生了奇妙的感觉，一提到被称为'内向的时代'的小说家，一致的不和谐感和厌恶之表情就浮现出来。这类文学的某些性质——现实的抽象化，不断变换想象的创作方法，目前小说相信的传统的现实感被作为一种约束而打破，也就是必须承认类似于违反规则的事。"针对小田切秀雄批评"内向派"的两大缺陷：一是不积极关心社会问题，二是陷入虚无主义，在表面和平繁荣之中，一味地追求自己内心的不安和日常生活中不现实的东西，秋山不以为然。他提出内向派文学有四个特点：（一）用原汁原味的最单纯的语言来表达普通人的生活感受、感觉，以此来代替那种学究味十足的知识人的语言。（二）用超现实主义的手法，把"非现实领域"的东西引入日常生活，形成小说很多部分的"不易理解"特征。（三）作品描写的都是都市生活者的生存，即描写都市的生存状态，远离像"家"那样的社会现实，远离"血缘"和"故乡"式的那种传统的反映现象的文学用语，描写独自一人在毫无意义的城市中生活。（四）作品强调"无意义的人，在无意义的场所，过着无意义的生活"。秋山指出"内向派"的作家主要是古井由吉、后藤明生、黑井千次、阿部昭、柏原兵三、小川国夫等人，批评家主要是川村二郎、秋山骏、入江隆则、乡庭孝男、森川达也、柄谷行人等人。登载"内向派"文章的刊物主要是《作为人》、《边境》、《文学的立场》等[①]。秋山关于内向派文学的论述密切联系了文坛实际，不乏精当之处。

第二，内向派作家论。在《战后日本文学史·年表》中，秋山对他提出的"内向派"六位代表作家作品进行了论述。他说："小川国夫的作品使人感到他有一种'对人生的深深恐惧'。这个恐惧不是对一般人生的恐惧，而是对自己的恐惧。由于自己生存力的脆弱，所以，他怕经受不住现实的生活，他仍然不断地考虑毁灭而恐惧。这正如他在初期

---

① ［日］松原新一、矶田光一、秋山骏：《战后日本文学史·年表》，讲谈社1978年版，第375—377页。

作品《酷爱》(《青铜时代》1961年第8期)中所叙述的:'自己独处时,无论白天或夜晚都很痛苦。'这缘于他青春时期的不正常心理。他这种抑郁的心情与他阴暗的生活背景有一定的联系。"秋山认为,古井由吉的《杳子》暗示了静止的孤立的现代意识状态,描绘了有神经分裂症的年轻美丽女子——杳子微妙的内心,作品创造出了"内向派"小说的魅力。后藤明生的《夹击》是"内向派"的典型小说,主人公在自己与他人之间寻求自我存在的感觉,以虚幻观念代替社会生活,在无意义场所过无意义的生活,所谓小说化的行为在这里已被解体。黑井千次的《时间》叙述了十五年间,小说中人物三浦没有变,仍是原来的三浦,时间对他来说是静止的。而主人公"他"却变了,活得没有自我,也不知道怎样面对现在和未来。反映出人自我丧失的不安和悲哀。阿部昭的《司令的休假》描写了主人公对战时海军大校的父亲战后落入颓唐的态度,由自豪而耻辱而原谅,从战败到今日的日常生活的变迁,暗示作为日本人的作者对战争态度的转变。柏原兵三的《德山道助回乡》以外孙阿满的视角观察了外祖父原是将军战后生活窘迫的遭遇,反映了作者柏原兵三对战后社会的看法。阿部昭对战犯父亲感到耻辱,柏原兵三对中将外祖父却寄予了同情①。秋山的"内向派作家论"评论恰当,恳切公允,不失为第二次世界大战后日本文坛"作家论"之经典,常被文学批评家所引用。

第三,文体论。在战后日本文坛,诸多批评家关于文体展开了讨论。秋山在《文体思考形式》文中写道:"我想在自己的眼睛能清晰看见的事物中,在自己的手确实能触摸的事物中,一步一步地思考。在自己能触摸的事物中即使有一些困难也无所谓,仅仅有文体的存在我就足够了。每个人都有各自的一张脸,将文体独立地进行考察,就如脸具有若干的性质和形式,把脸的不同构造分解出来进行观察,就没有多少趣

---

① [日]松原新一、矶田光一、秋山骏:《战后日本文学史·年表》,讲谈社1978年版,第379—385页。

味。文体分析也是这样。也就是说，小说或许就是作者的脸。但是，我不是观察脸的人，也不是进行比较和计量那张脸生态的人，基本上也不是喜欢心理分析的人。长期生活的人在脸上留下了生存的深浅皱纹，呈现出不同的面貌，丝毫没有模仿别人内心固有的音调，这是很有意思的，我仅仅对此感到有兴趣。关于文学作品或小说，作品中经常被提到文体。经常有人提到作者要为自己的创作寻求最后的依据，只相信文体的存在。这时，文体到底是什么，与什么相关等问题，就明显地显现出来。可是，真的是明显吗？有这么推崇文体的言论，将文体比作只有红色没有其他杂色的一朵红花一样，这是没有办法思考的。失去了文体的言语如何来表达。也就是说，有好的文体，也有差的文体，甚至说不出是否有文体。这些情况相互交织在一起。""文体到底是什么？就是文章的形状、样式、风格，简单地说，是文章存在的样子，那就是我的理解。或者见到作家所说的世界的时候，我同时就感觉到了某种文体。"①秋山还用江河的流水与河床形状的关系以及思考的'容器'来比喻文体，说明文体的构成又指作品的内容和形式。秋山的"文体论"是第二次世界大战后日本关于文体讨论中的一种文论观，为一家之言。

第四，批评是艺术。秋山否认战后日本文坛出现的"批评不是艺术"的观点。他指出：长期以来，作家霸占着艺术王国，批评家在艺术王国里似乎是不创新的。作家处于第一阶层，批评家依赖他们处于第二阶层。其实，批评家与作家一样都要有创新。"应该这么问：批评是艺术吗？批评的作用不是艺术王国所谓的官吏，而的确是生产未知美和未知现实的工厂，与人的其他活动及各种能力在更普通的公正的水平上联结起来，它也许像一根血管那样地存在。""小说没有必要不断地怀疑自己，如果怀疑的话，小说的世界就被破坏了。相反，批评家必须有这样的感受，不断地怀疑自己还限于某种判断，那么，从人们不断的更

---

① ［日］秋山骏：《文体思考形式》，载《秋山骏文学论集》，仮面社1971年版，第358—359页。

宏观的见解中产生判断，如果不是这样的话，那自己所下的判断的公正性、纯粹性如何能得到别人真正地相信呢？批评家要思考到通过自己去写出某种更宏观的判断。所谓宏观判断，不是自己的思想，而是批评得到印证，公正、中庸、普遍性的评价，像自然光芒照耀着人。当然，这就意味着平凡的人也可能评价拿破仑那样天才的行动。正是这样，犹如测量东西的比重，找到那个脱离一般的具异常天才刻度的就成为可能。但这只是条件，映照出人的公平必须是已经磨得很光亮的镜子。因此，作为批评家必须要掌握足够完备的常识。精密度很差只能得出很少的好判断，事情确实如此。"① 秋山在这里强调了批评家应具备足够的知识和能力，能够对艺术作品和艺术规律性作出正确的评价，进一步说，批评就是艺术。

第五，小说与人。小说主要是刻画人，刻画人的痛苦、愉快及情爱，这是文艺学领域里的共识。秋山在《小说是什么？》一文中对此谈了他的独特见解。他说："把自己作为在什么孤岛上漂泊的未开化人，例如鲁滨孙对星期五那样，小说人物必须把苦难的境遇给予说明。自己说什么话呢？在被带到法官一样的酋长面前，你又是什么？向谁询问呢？姑且我作为小说家来答复，那就是反复所问的——小说是什么？如果说清楚这受人指责的大体是什么，就好了。""这种想象当然可作为无意义的消遣。奇妙的文明产物在未开化人的必要事物中当然是举不胜举的，以我们的常识来看，未开化人对于他们不知道的事物是怎么理解的呢？而且，现实生活中会遇到那样的困难。所谓小说必须对很熟悉的事情展开联想。例如《宴会后》的普拉依乌基审判一样，那个事件中或许有某个事物明显地让人感到苦痛。为了让他人也能理解到苦痛的明显存在，必须证明这个苦痛是由某事物明显具备的一个性质直接派生出来的。如果不这样的话，只能说苦痛是个人的妄想。推进事件的主角表

---

① ［日］秋山骏：《批评是艺术吗？》，载《秋山骏文学论集》，仮面社1971年版，第265—271页。

演的某种东西就是小说。那么，小说是什么呢？其性能与个人的苦痛到底有什么确实的关系呢？要是与苦痛有关系的话，那一定也与人的愉快有关系。于是作为作者的三岛由纪夫，对苦痛通过小说的X射线进行诉说，同时，对愉快用小说的Y射线让人感到愉悦。这似乎有一种可以征集若干放射线的潜在权利吗？对那个我不清楚。当然，我要告诉这些给未开化人。关于小说实际的性质和它的有效性，与其问小说家和批评家，不如询问日本的法官和小说告发者所得到的答案还来得快。"①诚然，这是秋山的反语，他在文中进一步谈道：人的情爱成为小说的根本，不管在哪里谁都有自己的生活。对人的生存及约束的描写，小说作者主要采用飞速发展或摆脱约束的方式。摆脱约束的方式决定小说的类型。私小说也好，严肃小说也好，作者与作品之间的距离也好，虚构也好，如果单纯地把"这一个"的想法写出来的话，在作者思想里感觉存在强烈抵抗的人。所以，作者思想中的一件事，就是在非常黑暗中去找出这个人来。秋山关于"小说与人"的论述，得到了战后日本许多批评家的肯定。

第六，小说与人的现实。在《贫穷人的语言》文中，秋山写道："我对自然主义作家和私小说家抱有某种亲近感。他们尊重人生活的现实条件。的确他们的小说有些枯燥，但我们的生活本来就枯燥。不以生活的装饰看事物——我不认为那是错误，他们的文学确实贫瘠，我也不认为是错误。他们的文学如有一个值得思考的可笑的错误的话，就是尊重现实，而忘记了小说所谓的本质要时尚。的确，他们的方法是把人生存的场面与现实的生存相比较，追问的是简单的事物，而时尚的方法则是追问更复杂的事物。"秋山进一步指出，简单与复杂的区别是不重要的。问题是，追问现实的深度到底怎样。自然主义作家追问现实生活的条件，不问抽象的精神的事情。他们进一步保持的是精神的生存条件。如果自我生存的根本条件达到的话，无论哪种文学都可以表现追问现实。

---

① ［日］秋山骏：《小说是什么？》，载《秋山骏文学论集》，仮面社1965年版，第377页。

描写贫穷人的私小说的形态,弄不好会很快坠入无趣的心境小说的时尚中去,那只是露骨描写,缺乏文学的思考。作家感受的是人的卑下。自然主义末流作家,不探寻生活的条件,不问贫穷人生存的状态,与其说他们去思考真正的贫穷,不如说是对文学中贫穷人的语言满足罢了。小说失去了现实中的卑下的贫穷人的真相。现在的时尚小说,怎么也不是描绘一定阶层的人的一定行为、一定心理的生活。去掉了私小说,结果是便宜的时尚小说达到全盛。这不仅仅是文学的问题,怎么也会想到:这种现象背后隐瞒着生存的意识原因。小说是描写人的,掌握不了贫穷人生动的声音和他们生存的条件,直率地说,这种追问一定是徒劳①。在这里,秋山论述了小说创作必须尊重人生活的现实,追问人的现实生活的条件。其论述不仅仅是针对日本自然主义文学和私小说,也是对现实主义文学在理论上的一个总结。

第七,小说的读者行为。秋山在《小说的真实感》一文中,从理论上分析了读者阅读小说的行为,他写道:"在读小说的行为中,读者拿起自己认识的各种度量的借贷表,与作者交换对现实的理解和想象,并得出结论,小说成为抓住人的震撼的力量。"在读小说的行为中,读者"自己与小说中的某个人遭遇到同样的事情,产生同样的思考、感受及行动。或者是考虑自己与某个人有同样的思想、同样的行为而被作为同质的人写进了小说。判断人物主要的事情在作者的思想里,小说一边由作者支撑,一边是读者深入地思考更好地理解自我。读者自己当初意料不到的新的第二经验得以成立,那就是朴素读者阅读小说行为的内容吧。读者通过作者的他者的手,把自己的内部世界展开,走到呼唤出自己以及没呼唤出自己的事情上面来,经历比梦还要酷的现实的第二经验。那不是真正的现实,那是被考虑作为现实的思考。读者在小说中阅读自己,或者说在自己感觉中阅读小说。因此,如果小说没有接纳读者

---

① [日]秋山骏:《贫穷人的语言》,载《秋山骏文学论集》,仮面社1971年版,第344—347页。

自我，没有一点触发到自己的地方，那样读小说就是'厌倦、无聊、必然感到一点都没用'"。"我想，阅读小说的行为，就是读者在与小说人物共同去发现同质性的行为。并且，只有这个同质性，读者自己考虑的现实性才给予证实。阅读小说，确实像一边不断用手触摸行走的绝壁道，一边在同质性思考中显现出第二现实来。如果不是这样，小说就在读者心中消失，这样，与小说一起作为理解证明自己的一个手段也消失。如果是存在着读者自己考虑的并不时地意识到的这个状态的现实性，那么，在他手摸着的那个现实感的地方，就再现出了小说的世界。"① 秋山上述"小说的读者行为"专论读者的接受活动，也包含了比较文学的接受理论的内容。

第八，历史小说论。在《历史小说的五篇杰作》文中，秋山仔细分析了当时日本的历史小说，他写道："历史首先是从历史教科书中接受的。读优秀的历史小说，好像总是一个作者中有两个作家的感觉，即对史实冷静处理的与较随意地从史实中提炼出活生生人的。""吉田健一总是张起酷评的网，评价最近司马辽太郎的作品，认为那不是小说，而是历史的某种显示，令他大感困惑。这不正是像使用黑窗帘来盖住历史而耍的魔术欺骗手法吗？观众不惜拍手，可对着的不是作者的眼，而是作者的手。因为他们不是奇妙的读者，在这里显现的是影响作家与读者交流的一根线。无论谁，只要认真读了森鸥外与吉川英治的《宫本武藏》，就会发现森鸥外更强调如岩一般的人的品质，并且本能感觉到那是一些品质高尚的人。这些人的感受不想被忽略。我们可以将他们进行明显的比较。《宫本武藏》的作者吉川的眼中看到的本阿弥光悦与《柳生武艺帐》作者五味眼中看到的宗短·武藏，总觉得前者仅仅停留在作者从人格出发去发现善良的范围里，后者用同样的眼光对将棋的升田与大山进行对比，或许是一篇对人类进行深刻观察的创作。当然，后

---

① ［日］秋山骏：《小说的真实感》，载《无用的告发》，河出书房新社1970年版，第287—291页。

面一篇的构思布局更优秀。在写剑法的时候,以总体上对如何运气进行了描绘,这样,在与人们练武成长的场所,剑术达人不会成为导演川山哲治的忧郁面孔。近来最好的历史小说有五篇,即坂口安吾的《二流的人》、五味的《柳生武艺帐》、井上的《风林火山》、柴田的《眠狂四郎》、林房雄的《文明开化》。认真的批评家对这些同等小说进行评价的时候,应该先判断出它的共通的毫无遮掩的有趣之处。"① 秋山的"历史小说论"具有针对性,其精当的论述于第二次世界大战后日本历史小说的评价具有重要的参考价值。

第九,思想改写说。在《思想的改写》文中,秋山写道:"对于小说,仅仅自己去思考它的奥秘,很难改变人物的形态。如果足够思考了数行乃至数页的情节,那后面的事情就不是十分难解的问题了。在小说的世界里,从作品中间到结局,情节应该非常自然地连续地展开直到戛然而止。小说创作是连续不断地展示情节的,如果思考到好的情节,作者也应该决定中断放弃现有的。小说最重要的展现应该包含重新改写。""创作构思,根本的最初的动机是对作品随意地部分地或全部地改写甚至否定自己。随意地改写自己的作品是自由的,甚至是极端自主的,同时也是必须考虑的。根据实际情况,改写也罢不改写也罢、随意也罢,创作中都经常存在。""与小说创作一样,重新思考重新认识文学批评的改写也是有趣的。"小说与文学批评的改写,"要追问我们思考的特征,思考的性质,思考的独特性及不良结局。同时,要追问我们真实基础的出发点是否存在。如果这样,比照追问我们过去的连续的思考范式,我们就更加清晰地确立了相当的独特性及现实的奇妙性"②。秋山"思想改写说"有针对性地论述了文学创作及文学批评中的思考过程,从理论上提出了创作与批评中的一些带规律性的问题:即不断

---

① [日]秋山骏:《历史小说的五篇杰作》,载《秋山骏文学论集》,仮面社1971年版,第402—403页。
② [日]秋山骏:《思想的改写》,载《昭和批评大系》第4卷,番町书房1968年版,第553—557页。

地改写，追问思想的独特性及结构的奇妙性。这也是其文论的一个建构内容。

第十，精神现实说。秋山认为，如果小说是虚构的话，为什么读者有义务将那些作品现实化并感觉像真的一样。他写道："小说是什么？那是一个现实，当然，不是现实生活中的现实，而是我们精神上的现实。所谓显现出的一个精神的形态，比存在眼前地方的现实还好。因此，读小说如果成为真正地读自己的话，就可能看见活灵活现的所谓自己背后的形态。换言之，所谓小说也就是一个精神的东西。在那里，某种精神被发现被抓住，正在被安置到追问地点的现实之中。不管什么原因，这个情况是必要的。精神的最好表现，正如所谓精神的音乐一样毋庸置疑。但是，所谓精神又是一个现实，好比现实中自己路旁存在的一块石头一样，应该不会忘记。因此，自己的现实性只能自己去追问，从自己内部直接出发追问自己的现实。追问到什么地方呢？到自己现实的某个地方，自己生活的地方，自己生存的地方，所谓更日常的更实际的经历的场所，晨光、石块、树叶、狗一起共居的场所，对一个一个存在的等价的场所进行追问。在精神的场所里，抓住非常的、直接的、现实的东西，或者，追问现实的自己。关于以上说的，我想，所谓小说大体是小说精神独有的一个形态，抓住那个形态的现实和存在于那个形态的场所就行，某一种形态也就产生了。我最初只是预感，逐渐才明白这件事。我再重复一遍，小说就是一个有生命力的东西。"① 秋山的"精神现实说"大体上否定了小说是虚构之说。他认为小说是精神上的现实存在。如果对现实生活中的各个场所进行追问，在小说里就能抓住直接的、现实的东西。

---

① ［日］秋山骏：《小说是虚构吗？》，载《无用的告发》，河出书房新社1970年版，第321—322页。

第八节　小结

中野重治努力发展战前无产阶级文学运动及创作方法，建构了日本民主主义文学理论，其主要文论观是：新日本文学作家论，民主主义文学论，文学与政治论，批评的人性，与反动文学斗争说，文学责任论，评论家文体，国民教师说，诗的精神，文学小组说等。

本多秋五通过评论以确立作家和评论家的具体情况来明确战后文学的理想和现实，关于日本文学史论也取得了瞩目的成就，其主要文论观是：战后初期作家论，文学与政治论，艺术个性论，文学世代论，文学者战争责任论，文学自主论，诚实型文学说，战后文艺杂志论，占领下的文学说，战前无产阶级文学否定说等。

荒正人的评论主要涉及战后文学的主体性世代论，对日本近代文学研究特别是夏目漱石研究方面自成一家，同时在日本文明批评方面也取得丰硕的成果。其主要文论观是：艺术第一论，批评的新形式，文学家的战争责任说，利己中发掘崇高美，文学世代论，纬经线交织说，文坛作用说，市民文学说，文学职业说，投稿弊端谈等

坂口安吾在文学上确立了对人的感情的新批判，以最严格地追求爱憎悲怨和生命道德为最高的艺术精神。其主要文论观是：诚实堕落论，孤独文学论，荒诞文学论，颓废文学论，文学叛逆说，文学变貌说，未来文学说，枯淡风格排斥说，天皇道义说，文学与生活及人生说等。

平野谦作为密切关注各种作品的敏锐的文艺时评家，对战后派文学特别是日本现代文学体裁研究颇深。其主要文论观是：战后作家论，战后文学论，文学非政治手段说，无产阶级文学否定说，文学者的战争责任，战后私小说论，艺与生命关系说，艺术着眼的主体性，文艺时评，纯文学与大众文学同步说等。

小田切秀雄基于战前日本无产阶级文学运动的经验和教训，在战后提倡民主主义文学统一战线，让"政治与文学"中的政治进一步人性化，主张作家凭实感进行创作。其主要文论观是：创作主体论，文学与政治论，文学家战争责任，民主主义文学论，进步文学的中心课题，马克思主义文学理论的展开，文学图新说，战后作家论，文学新人论，新人生与美创造等。

中村光夫对日本私小说的理论分析及批判，确立了在日本文学中的重要地位。他坚持独立独特的批评方法，坚持抑制"自我"的散文式的客观的批评，批评具有启蒙性和理想主义色彩。其主要文论观是：私小说论，私小说作家论，中间小说论，风俗小说论，自然主义文学说，小说的艺术，小说的语言，诗与小说，战后文艺批评，民族意识论等。

伊藤整提炼出战后日本私小说的感动要素并将之作为纯粹的艺术元素，总结了日本近代文学重视理智、心理的特点。其主要文论观是：私小说论，作者认识与艺术形式说，文学本质转移论，散文精神说，风俗描写论，屈从组织与创作自由，文艺与现实人生，生命意识说，美与伦理说，文体发生论等。

吉本隆明评论视野开阔，涉及日本古典文学、现代文学、宗教学、民俗学、大众论、表现论等，被誉为"战后最大的思想家"。其主要文论观是："第三新人"作品论，战后文学批判论，文学摆脱制约说，艺术本质说，艺术媒体说，自我表出说，文学体与话体，文体的中介，文艺批评的魂，诗论等。

山本健吉长期致力于针对知识细化的现代文明的"反文明"实践，力求将日本古典作品与现代文学结合起来，以寻求文学意义及根源。其主要文论观是："第三新人"论，文学独创意识，小说与政治风土说，作品研究的批评原则，罗马式风格论，艺术想象力，文学与读者，作品原型说，作品个性批评，俳论等。

秋山骏用存在论观点探寻人的内心世界,将思想外化投入现实,评论超乎时流,充分相信自我的感觉。其主要文论观是:内向派文学论,内向派作家论,文体论,批评是艺术,小说与人,小说与人的现实,小说读者行为,历史小说论,思想改写说,精神现实说等。

第六章 现代文论(下)

第一节 俳论:桑原武夫

桑原武夫（1904—1988）

生于福井县。1928年京都帝国大学文学部法文科毕业。1943年任东北大学副教授，1946年在《世界》杂志上发表《第二艺术——关于现代俳句》，引起日本文坛的激烈争论。1948—1959年任京都大学人文科学研究所教授、所长。第二次世界大战后与吉川幸次郎、贝塚茂树共称为"京都三杰"，系京都学派中心人物。桑原广泛涉猎艺术、思想、社会、教育等现代文化各个方面，在第二次世界大战后各种文化运动中起到了重要作用。1975年获朝日文化奖，1977年成为艺术院会员，1979年成为文化功劳者，1987年被授予文化勋章，1988年病逝后设立"桑原武夫学艺奖"。作为文明批评家备受瞩目的桑原，提倡文学与哲学、经济学、法学等学科的相互刺激、相互启示，以现实主义的判断致力让学问在现实中发挥作用。其文论著作主要有《现代日本文化的反省》、《文学入门》、《历史与文学》、《世界文学入门》、《研究者与实践者》、《第二艺术论》、《日本文化的思考》、《法国文学论》、《文学序说》及《桑原武夫全集》(10卷)。其文论的主要内容是：

第一，俳谐名家否定说。桑原着力否定俳谐名家："本来俳句不攀附连歌发句而独立，作为式样不无道理。现代俳句凭艺术作品本身

（一首）来决定作者的地位存在困难，艺术家的地位在艺术外，就是说，完全取决于作者的俗世地位。与其他艺术不同的是，社会上评论俳句，在艺术价值上难以成立，就不得不把标准放在弟子之多寡，主宰杂志的发行量，乃至此俳人的社会势力上。如此俳坛，拉帮结派乃必然要求。而且，既然组成帮派，目的就在于势力，一旦在帮派中有了势力就另立门户则为自然。于是，各地中俳霸、小俳霸应运而生。据说俳句杂志现在已经有三十多种（《俳句研究》6月号）。芭蕉本身也搞了党派，但他作品好，以致很少有人把他视为党人。后来流行什么庵、多少世也是出于这种要求。不仅仅有虚子、亚浪的独立艺术家之称，而且有《子规》的掌门人、《石楠》的总舵主。小说界过去也曾有砚友社、赤门派、三田派，但今天毕竟不在了。石川淳和坂口安吾都有朋友，可作为小说家是独立人。然而，俳人大部分仍然是党人。虽不叫什么庵多少世而精神如故。8月23日（指1946年——译者注）的《读卖新闻》上有俳句讲座的广告，写着池内友次郎先生（虚子氏公子）。可没人说广津和郎先生（柳浪氏公子）什么的吧。说是帮派，并不像近代政党，倒像是中世手艺人行会式的，其中当然就含有神秘化倾向。尽管有固定的头领，但为了神秘化，正如欧洲中世手艺人行会各自拥有特定保护的圣人一样，也需要古老的权威。那个圣人就是芭蕉，寂、挠、轻等就是经文。幸而芭蕉本人不曾给这些词语以明确的定义。'我、俳句、自然的伟灵，三而合一'（亚浪）之类的说法如今在这里很通用。在神秘性团体里，经常需要地位高的人向新加入者说教，以便维持权威。事实上我不知道哪里还有像俳人那么喜好指导人的。俳三昧、责诚、松的事向松学、人的完善等。不过，行住坐卧完全进入俳谐的境界，甚至封建时代除了有名的专业俳人外，均不可能实行。"[1] 桑原的"俳谐名家否定说"指出俳人的艺术地位是根据他在俳坛拥有多少弟子、主办刊物的发行量

---

[1] ［日］桑原武夫：《第二艺术——关于现代俳句》，载《昭和批评大系》第3卷，番町书房1968年版，第119—120页。

以及社会地位来判断，这就对俳坛名家作品的艺术性给予了否定。

第二，第二艺术论。桑原认为俳句不适合表达近代社会人的思想感情，不具备艺术的资格，只能称其为第二艺术。他写道：俳谐的"样式原封不动地延续三百年之久，表明日本社会的安定性或沉滞性，可是，像明治以后日本军队虽然装备已近代化其精神依然是封建武士一样，俳坛虽然杂志印数上万，拥有洋楼事务所，但其精神依旧。随着社会发展，本来具有的矛盾更加暴露无遗。一方面习惯性地宣传寂、挠等超俗的说教；另一方面，为了在新社会度日，不得不发挥天生的世俗性的生活技巧。""人憧憬西方近代艺术，将其精神引进俳句似乎不失为一个聪明的举止，可绝不会成功。西行、杜甫即便隔了时代，也和芭蕉同样，不是上面长着的花，而是地上开的花，与此对应，西方近代艺术是棵大树，虽然根在大地，却在理想高空中开花。同样美丽的花，草与树的区别难以逾越。假如真要把它移植到俳句当中，那非撑破花盆不可，现在还没有破，因为是嫩芽。俳句要学习西方文学，且不谈成功与否，至少应注意虚无主义，好像俳人尚未意识到这点。""俳句虽有出新、要反映人生的倾向，但人生本身正进入近代化，眼前的现实性的人生还没有纳入俳句。""这样东西很适合其他职业的老人和病人的业余爱好，权作解闷的手段。可是，这种消遣是能打动现代人心灵的艺术吗？把它与小说和现代戏剧同样并列'艺术'一词，不正是话语的滥用吗？（前面所引用的文章，秋樱子不用'艺术'一词，总是说'艺'，真有意思）任何时代人都容许排遣。老人利用余暇专心于菊花造型和盆花，有时开开品评会，出一两种菊花杂志（三十种就太多了），谁都不会责怪。只要不去追求现代意义之类的东西，培植菊花自有其苦乐，谁也不否定这点。""要是强求艺术正名的话，我就把现代俳句称为'第二艺术'，便于区别于其他。只要是第二艺术，则不需要任何复杂的解释。"[①] 上述即

---

① [日]桑原武夫：《第二艺术——关于现代俳句》，载《昭和批评大系》第3卷，番町书房1968年版，第121—124页。

桑原"第二艺术论"之要旨。

　　第三，俳谐非现代性说。桑原发表多篇文章，对日本俳谐的非现代性提出批评。他认为日本的现代小说不像西方小说那样回答人生问题，许多小说家像芭蕉那样，"只专注于一个领域，只写出狭窄的世界，他们不具备通过学问认识广阔世界的写作目光"。"芭蕉的《幻住庵记》至今还是遵循的文学理论，便证明着日本文学尚未达到近代化。若不反省，就不可能产生真正的小说。（这并非不认可芭蕉，我也喜欢他的俳句，只是元禄时代的俳谐与现代小说有本质的不同。夏户冬扇意味着为艺术而艺术）"①"俳谐精神残留在明治以后的作家思想里，成为阻碍近代小说发达的一个原因，所以，大致上忘却俳谐，不仅对今后的文学，而且对国民生活都有好处。许多国民学校的教育都拒绝俳谐。""最近发表在杂志上的俳句，即使是所谓现代大俳人的作品，我以为也没有什么艺术性，没有这些作品毫不觉得可惜。"② 桑原指出：日本明治以来的小说之所以无聊，一个重要原因是作家缺少思想社会意识，这种草率的创作态度最典型的就是俳谐。俳谐不具有现代性，因此，重新认识芭蕉以后的俳谐精神，对思考日本现代小说创作必不可少。

　　第四，非独创性批评否定说。在《关于文学批评》文中，桑原写道："文学作品在古代和中世就有了，而且人人都有喜恶的各种各样的作品，就也是价值判断吧。因此，文学批评对文学作品的品评就形成了，可以说从古代开始就形成了文学批评。但是，实际上那并非今日我们所说的文学批评的意思，它不过是某种艺术的一般论、体裁论、技术论罢了。在那样的时代，恐怕艺术家中间也有独特性格的人，但人们关注艺术家不是'作者'而是他们创造的'作品'。并且，艺术家自身也没意识到自己的独特性，考虑自己不是一个城市一个民族美的代言人，（中世无名氏的优秀作品很多）无视作者的个性只考虑作品，或者从一

---

① ［日］桑原武夫：《主要修行》，载《第二艺术论》，河出书房1956年版，第31—33页。
② ［日］桑原武夫：《文化的未来》，河出书房1956年版，第136—137页。

开始就认为是缺乏个性的作品。当然，批评的话语会归结到一般论到技术论。针对每个作家创作的每部作品而提出问题，建立了最初的近代批评。这样，如果没有作为个人觉醒的文艺复兴，以后就不可能有个人的自觉。但是，这种精神在文艺复兴后马上消失了。16世纪的拉伯雷具有极其鲜明的个性，是独创性的文学家。而且，他开拓了自由主义作为近代批评奠基的重要的一步。但他不是文学批评家而专心致志于创作。他们之后文艺复兴式的文学家不存在。此类文学家消失的主要原因，一方面在于刊登批评的报刊消失，另一方面，或者说没有批评的必要才是很大的理由吧。对文学作品感兴趣的是社会上层的少部分人，他们只是把相互交流阅读后的感想作为一种乐趣，与拉伯雷对话只算虚度人生的乐趣之一。这种对话的精神，特别在法国支撑起了从17世纪开始盛行的文学沙龙。在那里很显眼的不是专门的批评家，而是有教养的有某种兴趣的人在里面谈笑评论。这正如特波德①所谓'自然而然形成的或谈论式的批评'。不管怎样，构成沙龙的成员即使富有独创性，在那里发表意见也主要是所谓礼节式的协商、平衡大家的看法。沙龙本身没有留下优秀的批评意见是当然的。只有离开沙龙孤独的时候，独创性的意见才产生。"② 桑原认为，上述非独创性批评不是真正的文学批评，真正的文学批评绝非法国沙龙式的笑谈来平衡意见，而是具有鲜明个性的独创性的见解。

第五，大众文学论。桑原在《文学入门》书中专章论述了大众文学。他认为：文学是人生的乐趣，文学趣味不等于消遣，绝不是作者为迎合读者令其快乐的被动性的东西，而是通过作者诚实劳动令读者感到作品中的人生就是自己的人生。读者体会到某种感动后，会情不自禁地感到自己已经是被变革过了的那种作品。他指出：日本大众文学是迎合读者的被动的东西，之所以它能大量涌现，出于以下四个方面的原因：

---

① 特波德（1874—1936），法国评论家、翻译家。——译者注
② [日] 桑原武夫:《关于文学批评》，载《历史与文学》，新潮社1951年版，第138—139页。

(一)出版者——像日本有很多小资本的出版商,因此无价值的文学书和学术书,不管怎么粗制滥造也容易出版。(二)批评家——包括一般知识人的批评家,面对如此悲观状况,不得不去迎合。(三)读者——战后日本民众对生活发生的变化及生活改善的愿望寄予了文学。(四)作家——今日文学作品全部沦为商品的情况影响了所有作家的创作。鉴于上述分析,桑原总结道:"最近,我国大众文学以压倒的优势发展带来文学全体的低俗化,这个明显的现象不能忽视。不管对此怎么咒骂和悲叹也无济于事,联系社会对这现象进行周密的考察才有价值。首先要考察优秀文学与通俗文学之间的差异。前者对人生形成新的经验,后者没有这些。前者通过人生经验,产生价值、变革精神,具备写实的性格;后者只不过是再生产的、温存的、观念性的而已。通俗作家没有形成切实的趣味的经验,只是为了适应多数读者的要求,把既成的现象形象化罢了。""大众文学的问题,主要从文学作品的商品化这点上来考虑。"①桑原的"大众文学论"主要从理论上阐述文学的趣味性和商品性,在第二次世界大战后日本文论界产生了重要影响,至今为不少文学批评家所引用。

第六,读者行为论。桑原认为,文学作为人类的精神产品,要求借助人的阅读行为做媒介,否则文学就不能作为文学现实而存在,其潜在价值也不能体现。构成阅读行为的个人性格和所处环境,在很大程度上制约了读者行为,读者在教育、政治、经济、文化上存在社会性的类别,导致了阅读行为表现方式的差异。当读者以这种差异的阅读行为去探讨"文学是什么"的时候,他的主张自然会明显地表现出个人色彩。"首先,要考虑为什么人爱读文学呢?因为文学有趣味,这是明白的事。当然,文学的趣味与消遣有区别,它表现的是人生的趣味。作者不是被动地去迎合读者趣味(那是低俗文学)。倘若作者的不诚实不时出现在作品中,读者一定想到那是与自己无关的人生。也就是说,读者保

---

① [日]桑原武夫:《文学入门》,岩波书店1954年版,第90—95页。

持兴趣是一种能力的协作。所以，要读者保持兴趣，作者也要保持对描写对象强烈的兴趣，不能心虚地冷漠地远眺着描写对象。作者描写对象的活动与描写对象本身的活动相得益彰。形成这个经验作品才得以完成。作为读者，又来经历这个经验之际，保持兴趣而获得什么呢？而是潜移默化，保持行动的规范。读者从文学中获得人间的知识，当然，对那知识有了实感，才能成为实质上的知识。如果不进入实质上的知识，理论知识终究成为空谈。人生应该合理，立即得到充实，更好地完成的不只是限于理性和知识，而是深入到不可或缺的感动人生的心。文学最有力地培育净化着这种心灵。"① 桑原上述"读者行为论"是他从文艺心理学角度进行的理论建构，于战后日本文坛具有重要的实用价值。

第七，认识价值说。认识价值的方法多种多样，桑原将之分为以下六种：（一）价值表述说。这种观点认为价值是无法用理论来分析的，因而在确定价值时，并不构成"A是好的或B是美的"这样的命题，而仅仅止于表述感觉上。（二）终极价值说。真善美是人生的终极目的，经常只能是直观的把握。真、善、美是无处不在又无从捕捉的形而上的抽象物，它只是在仅有一种世界观体系的原始社会或中世纪专制社会里，才成为价值判断的基本准则，在个人自由扩大的近代社会，这样的抽象物正在失去价值。（三）实用主义价值说。以杜威学说为代表，这种观点把价值与人类的欲望或兴趣结合起来考虑。欲望、兴趣本身不是价值，只是产生价值的条件，这些条件不是感情的，而是为实现其目的所做的努力及行动。（四）逻辑实证主义价值说。如有人喜欢某种西服，那西服于他就有价值。喜欢西服的理由促使他买来穿用，不符合上述逻辑，西服于他则无价值。（五）存在主义价值说。读了《存在主义文学》书（矢内原伊作），就能够感知其含义。用感知或使用模糊的词语，无论如何存在主义价值都有问题，其理论还需进一步探讨。它是以战后社会的危机感作为土壤而兴起的。（六）马克思主义价值说。重视

---

① [日] 桑原武夫：《文学入门》，岩波书店1954年版，第25—26页。

实践和生产方式发展中的善和美的变化，不承认形而上学的终极价值观，而把价值作为手段，强调使用价值。以上六种价值说分为主观的直观价值和客观的科学价值。上述（一）、（二）、（四）、（五）种属前者，（三）、（六）属后者。但无论什么样的文学批评，都要靠各自的文学价值观来支持，而各种文学价值观就是受上述六种价值观指导的[①]。桑原的"认识价值说"是对战后日本文坛中的价值说进行的一个总结，分类精当，逻辑性强，对文学批评具有重要的应用价值。

第八，近代批评要素。在《文学批评与价值判断》文中，桑原写道："近代批评由圣·佩韦[②]开始，这未必是法国所提出的，而是世界的定论。近代批评之花盛开，这固然与他个人的才能有关，但同时也由于直到他那个时代，才完全具备了产生近代批评的种种要素。在此我不详细阐释，只是列举要素八点：（一）自由主义。（某种程度上说，没有言论自由就没有正常批评。太平洋战争中的日本就是一例）（二）新闻界。（相对独立，不只是作为职业的批评家）（三）义务教育普及。（前项的支撑点，因此在中国基本没有专业的批评家）（四）对话精神。（这是批评的基础，法国很早就有，而至今日本还欠缺）（五）个人主义或自我主张。（不看到这点，作家论则不成立）（六）对人类的关心和研究（如从法国的蒙奈尼尔[③]到 Moralist[④]）（七）历史意识。（从文学连续的把握中产生）（八）科学精神。（从单纯表达主观感想转向合理的分析及解释）"[⑤] 桑原认为，现代批评是近代批评之延续，战后日本文学批评要以近代批评要素为基点，从而去把握具有时代特征的日本文学作品的真正价值。

---

①　[日] 桑原武夫：《文学批评与价值判断》，载《桑原武夫全集》第1卷，朝日新闻社1968年版，第273—281页。
②　圣·佩韦，19世纪法国诗人、文艺批评家。——译者注
③　蒙奈尼尔，16世纪法国哲学家，怀疑论者。——译者注
④　Moralist，对17世纪法国伦理学家和道德家的称呼。——译者注
⑤　[日] 桑原武夫：《文学批评与价值判断》，载《桑原武夫全集》第1卷，朝日新闻出版社1968年版，第268—269页。

第九，艺术效果。桑原认为：一般说来，艺术效果分为两个阶段。艺术使个人受到感动，这是第一阶段。这种感动经过个人进而作用于社会，这是第二阶段。艺术效果往往停留在第一阶段。艺术社会效果只能存在于第二阶段。"艺术的社会效果，特别要在社会作用上发生变化，从这种观点出发去考虑问题，首先，最好是将艺术作用的两种方式加以区分。（一）艺术作品的刺激使欣赏者受到感动，直接引起欣赏者的快感，但这种感动不是被概念的思考所条理化的东西，而是作为一种社会力的各个片段停顿在欣赏者个体的内部。（二）艺术只要包含上述要素，那作品本身就能够以概念性的思考作为传达的媒介，从该作品中受到感动，作为能够与外在世界（社会）发生联系的因素而储藏在个体的内部。""上述两种方式的区分界限，在于语言机能的有无。在听交响乐出神的场合，是前一种方式的典型表现。那种情况下所受到的感动，不能言传，也不能分析和记述。很难将自己所受的感动用概念加以整理传达给别人。困难在于今日社会，阐释全部非语言的艺术趋向很突出。诚然，批评家各说不一。但是，将学术论文或小说评论与音乐演奏批评文章相比较，后者一定比前者更确切地显示非凡。""音乐的感动不是语言，而是对语言进行合理整理后在一定场合向人展示，它不能诱发社会性行动。音乐的效果仅止于个体内部，舞蹈、绘画、雕刻、建筑与音乐的效果基本相同。"[①] 桑原上述"艺术效果"论是其文论思想的重要内容，对战后日本文艺界和批评界均发挥了指导性的作用。

第十，艺术诱导说。在《艺术的社会效果》文中，桑原分析了艺术诱导作用。他认为，艺术作品当然首先必须直接产生感动力，给欣赏者带来价值，如戏剧、电影中演员的服装就会对人们的流行服装产生重要影响。艺术作品影响人的习惯，使人们习惯上的价值体系在联系着社会美的同时发生变化。艺术作品对人的诱导作用体现在以下三点：

---

① ［日］桑原武夫：《艺术的社会效果》，载《桑原武夫全集》第 1 卷，朝日新闻出版社 1968 年版，第 295—297 页。

（一）艺术作品表现了人生的某些经验，反映了社会的价值体系，这意味着其中包含有若干诱导的成分。（二）这种诱导借助由感动所产生的同一化灌输到欣赏者那里。欣赏者对艺术作品产生了共鸣，从而易于形成一种态度、一种心态。如果艺术作品受到当时社会的欢迎，那么，这意味着社会的基本性格容易接受艺术作品的诱导。（三）艺术作品流行之后，人们在道德方面或政治方面，将艺术作品中所反映的问题作为实际问题提到社会上来，开始形成必要的具体主张，旧的习惯也逐渐变化，于是艺术作品中的诱导成分便进入社会实践的过程[①]。桑原的"艺术诱导说"不局限在把艺术上的感动复归于感觉阶段的直观性，而是强调艺术作品造成感性世界的感动，使人的价值观念发生变化，从而投入到社会实践中去。

第二节　大众文学论：尾崎秀树

尾崎秀树（1928—2009）

出生于日治时代的中国台北市。1945年日本战败投降后，他中断在台北帝国大学医学专门部的学习返回日本，做过新闻记者，后因肺病离职专任自由撰稿人。他大量阅读了日本和中国的文学作品，重点研究日本大众文学。面对日本文坛对大众文学怀有的相当大的偏见，尾崎作了必要回应，在此基础上确立了大众文学理论，对既能反映日本人精神结构，又能对大众文学这一表现民族精神的文学形式做出了独特的思考和探索，取得了显著成就。1966年，他以《大众文学论》获文部大臣颁的艺术选奖；1990年，以《大众文学的历史》获吉川英治文学奖。尾崎的大众文学论著作主要有：《大众文学》、《大众文学论》、《大众文化论》、《大众文艺地图》、《历史文学论》、《历史文学夜话》、《大众艺

---

① [日]桑原武夫：《艺术的社会效果》，载《桑原武夫全集》第1卷，朝日新闻出版社1968年版，第310—315页。

能的诸神》、《大众文学五十年》、《大众文学的历史》等。其文论主要内容是：

第一，大众文学的确立。尾崎把日本大众文学的形成过程分为三个阶段，第一阶段是1924年6月春阳堂发行《读物文艺丛书》时期；第二阶段是1925年1月创刊杂志《皇》时期；第三阶段是1926年1月发刊《大众文艺》，后改名《大众文学》时期。至此，大众文学得以确立。他认为，大众文学的确立与日本新闻媒体成立的时期大体相合。在《大众文学》书中，尾崎写道："日本大众文学在震灾（指1923年日本关东大地震——译者注）后的短短四年里，经历了由'新讲谈'到'读物文艺'，从'读物文艺'到'大众文艺'的变迁，表明了大众文学逐步的成熟。在大众文学家崭露头角之时，不能忘记领导新兴文学者的功绩。创办了一年零七个月的同人杂志《大众文艺》，为大众文艺打下了坚实的基础，大力宣传了大众文学。平凡社出版《大众文学全集》的计划得以实现，就是其中的一个步骤。菊池宽说'文艺在发行量上的黄金时代已经过去'的话不过几年，日本的出版界便进入了空前绝后的一日元一本书的时代，《大众文学全集》就是这一时代的产物。1928年5月，以白井乔二的早期长篇代表作《新撰组》为开端，抛起了一千页一日元的全集出书热潮。细心的读者不难看出'大众文艺'改成了'大众文学'这一变化。尽管从'文艺'到'文学'只有一字之差，但从中反映了大众作家对文学创作的自信。至此，从'大众文艺'到'大众文学'终于走过最后的行程，确立了它不可动摇的地位。"[①] 尾崎不仅仅指出"文艺"到"文学"的一字之差，更重要的是指出了伴随着日本经济发展的新闻媒介的发展，日本大众文学才得以确立。

第二，战后大众文学论。尾崎认为，战后日本大众摆脱了天皇制的桎梏，思想发生了巨变，大众文学也随着读者和宣传工具的变化而变化。他写道："通过战争及战后的价值观念的转变，读者的爱好也大大

---

① ［日］尾崎秀树：《大众文学》，纪伊国屋书店1980年版，第40—41页。

地改变，尝够了现代战争冷酷无情的读者当然不满足于迄今为止的观念式的通俗小说了。""民间广播和电视广播后，战后大众文学开始具备宣传文学的品格。1955年的一个时期成为新时期，在这前后，大众文学的状况发生了显著的变化。传播媒体上掀起了同刊杂志热，作品上形成了同刊杂志一期登完的文体小说，以此为基础的剑侠小说也开始流行的现象。""战后大众文学丧失了过去作为新兴文学的自觉体，朝着宣传文学的方向发生了质的变化，很糟糕地沦落为出版资本的奴仆，很快地大众文学又被群众化、宣传化的潮流荡涤。但是，大众文学的目的无论如何是矢志不移的，这就是纠正既成文学的偏执，以赢得更广泛的读者，这也是国民文学发展的课题。"① 尾崎的战后大众文学论要点是大众文学要与大众一起生存，大众是大众文学的创造主体。他说："历史只能是大众创造的，把既成文学和大众文学都放在否定性的转机上去把握，或许才是探索国民文学之路。如果把大众文学埋没在以'趣味'为借口的'通俗性'泥沼里，它就不可能有新的未来。因此，我们是否有必要对作为'商品'的文学重新做一番审视，同时将探索的笔触深入到日本人的意识深层，进而揭示出支撑大众文学的大众的本来面目呢？"② 尾崎的战后大众文学论的回答是肯定的。

　　第三，大众文学作家论。尾崎从大众文学角度专论的日本作家有：白井乔二、白柳秀湖、菊池宽、直木三十五、千叶龟雄、木村毅、中谷博、伊集院齐、杉山平助、大宅壮一、贵司山治、吉川英治、野村胡堂、长谷川伸、尾崎士郎、富田常雄、山本周五郎、山冈庄儿、松本清张、伊藤桂一、桥本忍等。其中对松本清张的评论代表了他的大众文学作家论观点。他写道："一个重要的现象，就是松本清张的出现。他与五味康祐的作品于1952年下半期都获得了'芥川奖'，但他没有因此一下成为文坛的风云人物。他掀起推理小说热是因1957年开始写的

---

① ［日］尾崎秀树：《大众文学》，纪伊国屋书店1980年版，第168—171页。
② 同上书，第172—173页。

《点与钱》。此前的侦探小说只是作为'解谜小说'为沙龙里的爱好者们所欣赏。清张的出现使得推理侦探小说第一次具有了广泛的社会性。随着观光热的兴起，他的文学崇拜者迅速增加，范围扩展到以前根本不读推理小说的年轻女职员以及家庭主妇们。而且，他与读者一起继续前进，把'变格派'所具有的社会性发展到了组织与人类、政治与个人的关系上来。他的《日本的黑雾》触及了战后政治的核心，打开了通往企业小说、产业间谍小说之路，促成了一系列推理作家的出现。他将日常生活导入到推理小说之中，以人物的心理描写代替了故事情节的制造，重视犯罪动机，通过对支撑这一动机的社会性思考来刻画人物。尤其不可忽视的是，他那种以平凡的普通人代替超人侦探的写法，给广大读者带来一种亲切感。因此，为了进一步揭露社会矛盾，运用推理手法的作家不断地涌现出来。伊藤整评论清张小说'成功地写出了无产阶级文学在昭和初以来一直想写而没有写出的资本主义社会的黑暗面。'可以说，贵司山治倡导的大众化在这里才第一次结出了丰硕成果。"①尾崎主要从文艺社会学角度对大众文学作家进行了评论，同时从接受理论角度对大众文学的读者进行了分析，其观点也是对当时文坛存在的大众作家的偏见进行纠偏。

第四，大众文学趣味说。尾崎认为："大众文学本质的确定是对'趣味'内容实质的理解。""'趣味'不仅限于娱乐性，而且表现为兴趣和满足。""经常有人看了一部娱乐电影或读了一本惊险小说后感叹道：'啊，真有趣！'或相互评论道：'真是部好电影'，'这小说真乏味！'在这种场合，对 A'很有趣'的东西不一定适合于 B。因为每个人对小说（尤其是小说所描写的人生状况）的兴趣不同，鉴赏方法和角度存在个性差异，他们处在复杂有差别的阶级、阶层、地域（民族）、时代并存在着不同的经历。对有的人来说很有趣的而对别的人则不然。即使同样觉得有趣，但各自所感受到的趣味也不完全一致。当

---

① ［日］尾崎秀树：《大众文学》，纪伊国屋书店1980年版，第170页。

然，这种相互谈论读后感，相互确认各自感受的机会是不多的。进一步说，大众文学的读者，不仅是指某个具体的个人，重要的是指接受新闻传播的为数众多的不特定读者大众。比较个人的嗜好而言，更要特别留意大众期待的趣味。"① 那么，如何留意大众期待的趣味呢？尾崎指出要从读者的心理反应方面去考虑，那就是"无论是大众文学，还是小说，最起码的应该让读者受到感动，让读者感到'身世的悲伤'或'忘我'，这是很重要的"②。尾崎的大众文学趣味说强调娱乐性、通俗性和大众关心度是大众文学的本质，大众作家必须关注大众的期待，使大众读者对作品产生极大的共鸣。

第五，大众文学与新闻媒介。在《自白体的大众文学论》文中，尾崎写道："战后大众文学朝着新闻媒介下的文学方向发展，发生了体质上的变革。新闻媒介首次露脸是在1947年9月创刊的杂志《小说新潮》上。1936年，横光利一提倡并实践了'纯粹小说论'，织田作之助于昭和十年初期延续发展了'风俗小说'，使之成为新闻媒介的希望。接着产生了所谓的'中间小说'，一方面小说趋于俗化堕落；另一方面纯文学作为普通化运动，为冲破文坛内外的既定读者概念发挥了作用。尔后是战后新闻媒介飞快发展，大众媒体增加，其结果致使读者一下猛增。可问题是，在现在进行中的文化视觉和听觉化现象中，大众文学处于什么位置。大正末期，作为新兴文学出发点的狭义的大众文学，当时产生并保持的形态已不复存在，即使存在，也只与海音寺潮五郎、子母池宽、山本周五郎等作家相关。无产阶级文学的名称及那个系统的文学家们，战后不使用大众文学，也是出于上述原因吧。不管怎样，我们不认为无产阶级文学的名称，无产阶级文学作家战后的许多作品不使用大众文学，（那个理由）不好理解。作为大众场合的狭义大众文学，已按原来形式再生，或者复活。我们认为：大众文学在知识者心里隐略地存

---

① ［日］尾崎秀树：《大众文学》，纪伊国屋书店1980年版，第9—10页。
② 同上书，第14—15页。

在的理由明显是因为铅字文化以外的东西是长存不了的,即使新闻媒介把大众文学消解,在一般人中间,大众文化在那个历史社会的独立性不可能被埋没被疏忽,这说法并不错吧。大众文学反复地出现在作家与读者的创作之中,根据大众的要求不得不发生变化,那个大众如今在新闻媒介的旋涡中生存。只有在那里新冒出大众的创意,文学形象才逐渐发生作用,并一定在那里继续发展。所以,难道有必要担心那种超越式发展吗?"① 联系战后日本文学实际,尾崎在这里论述了新闻媒介下大众文学的特征,并对新闻媒介下的作家和读者进行了科学的分析。

第六,国民文学边沿说。尾崎认为战后大众文学处于国民文学的边沿,还没有迈入国民文学。他自问自答道:"日本难道就没有使大众文学向国民文学发展的契机吗?我不这么认为,可同时也考虑大众文学本身需要自我变革。作为主体的自我觉悟的大众,在学习其丰富传统的同时,不应'倾斜于封建性浪漫主义'而裹足不前,面向民族性课题的同时,必须开拓出向国民文学发展的可能性。这些都要从民族性与大众性相统一之日才开始。"② 接着,尾崎分析了战后大众文学承接战前大众文学形式的状况。他认为昭和十年(1935)后中谷博的学说以及研究其学说的《思想科学》小组,无产阶级文学关于文学大众化的论争,民主主义文化联盟、民主主义科学者协会、新日本文学会关于大众艺术论的讨论,以及"纯粹小说"和"中间小说"的先驱作用,都可以视为大众文学与国民文学有密切关系。而"日本的现代文学忽视了如何继承民族传统这一难题,只想迅速从西欧现代化进程中寻求规范,所以,近代向现代转换期所遗留下的诸问题仍然摆在我们面前没有解决。大众文学的确立表面上意味着已解决了这一难题,但由于形成过程中已孕育的矛盾,加上被商品化束缚住了手脚,从而导致大众文学快速走上

---

① [日]尾崎秀树:《自白体的大众文学论》,载《大众文学论》,劲草书房1979年版,第370—371页。

② [日]尾崎秀树:《大众文学》,纪伊国屋书店1980年版,第152页。

通俗化、卑俗化的道路。现在的大众文学可以直接通向国民文学的认识，显然是错误的，同样，懈怠挖掘大众文学所具有的民族指向、大众性传统、日本人性格特征，则无法向前迈进一步"①。这里，尾崎的"国民文学边沿说"含有两个重要内容：一是大众文学是国民文学构成的一个侧面；二是只有挖掘大众文学中所具有的民族性和大众性传统，大众文学才能迈入国民文学。

第七，武打小说论。在分析战后武打小说盛行现象时，尾崎举出了南博用于分析作品人物性格的五个社会学、心理学条件：（一）超人英雄偶像；（二）对权力的憧憬；（三）与社会的对抗；（四）日本人对死亡观念的重视；（五）体制方面的时代性要求。在《大众文学》书中，他写道："武打小说的主人公必须是超人的且具有大众理想的所有美德和力量。大众对英雄人物的这种崇拜心理，反映了大众内心深处的不可摆脱的无力感和孤独感。至于对权力的憧憬，不过是大众自卑心理的表现。虽然小说中的英雄们不缺乏对其周围的社会进行某种方式的反抗，但他们的反抗并没有达到社会变革的程度，他们的反抗终究不过是对个别丑恶、歪曲的现象施以侠义之举而已。即使他们受到社会的排挤，也很少采取违背既成道德的叛逆举动。正如直木三十五说的，把死看得比生还重要的日本人的这种命运观，在戏剧杀人场面中表现得尤为突出。当然，除了心理因素外，国家因素也起了一定的作用。大众文学何以能作为武打小说而成立的问题，也是当时的大众为何喜欢武打以及在武打中寻求什么的问题。中谷博说是因为知识分子的虚无感和破坏欲才去寻求剑客英雄，白井乔三说以历史为背景能给读者带来一种亲近感，直木三十五说那是日本人的传统思想。我认为他们说的都没错。中谷的说法与南博列出的五个条件中的第一条相符合，直木说的与南博列出的第四条'传统论'相吻合。"② 为此，针对大众文学作为武打小说这一问题，

---

① ［日］尾崎秀树：《大众文学》，纪伊国屋书店1980年版，第166页。
② 同上书，第58—59页。

尾崎的结论是：旧的传统观念在日本大众中根深蒂固，日本传统中的武士道因素从武打小说中能够窥视。

第八，历史小说论。在《历史文学夜话》中，尾崎写道："对于大众来说，历史首先是作为诗被认识的。记载民族过去重要的事是叙事诗。诗中的虚构和事实没有截然分开，混然地成为世界的形态。诗中包含了史实，也有民众的愿望和梦想。后世的历史记载明显地看不出那些民族的愿望了。那个口传艺术的内容用文字记录下来时，比较尊重客观。不久，历史与诗分离，神话时代移向了古典时代。"[①] 鉴于文学发展史的这个特征，尾崎认为，史实的虚构部分容易在大众中产生历史的真实感，因此，大众文学往往以历史小说面目出现的现象，"如白井所说'有人批评历史小说太多，那是因为历史小说是大众文艺作家最初的出发点。但要是照真实史料去写小说，恐怕又会出现其他情景了。之所以历史小说很多，是因为史实能给读者一种真实感，是读者信赖的材料，这正是读者对作品产生兴趣的一个契机。'这番话是答记者问，显得有些含糊不清。照我对其意思的理解，大众文学以历史小说的面目出现的原因，只要看一下《大菩萨岭》一书就明白，为使没经历文学修炼的一般人能简单读懂，作品大量应用真实感的史料是最有效的方法。凭着历史的趣味和历史引发的真实感，超人剑客便登场了。通俗文学（家庭小说、现代小说）是把作品的真实感作为创作背景的。当然在这种场合，历史的虚实并不重要，因为史实与大众印象中的历史真实感之间常常是移位的"[②]。尾崎上述历史小说论的要点在于：一是强调大众文学以历史真实感为创作背景；二是运用真实感的史料易使大众读懂，但史实与大众的历史真实感经常移位。

第九，时代科学小说论。尾崎在《时代科学小说》文中高度评价了大众文学家新田次郎运用大量现代科学知识去描绘历史人物事件。如

---

① ［日］尾崎秀树：《历史文学夜话》，讲谈社1990年版，第15页。
② ［日］尾崎秀树：《大众文学》，纪伊国屋书店1980年版，第56—57页。

《武田信玄》描写了日本古代战争中，士兵出征带着现代生产技术下才能出现的冷饼、冰豆腐等。《鸟人传》以现代动力学知识去描写飞机发明者幸吉的一生。《算术秘传》以现代数学知识去描写江户时代的天才数学家留岛义政。《梅雨将军信长》以现代气象学知识描写梅雨季节下的信长命运等[①]。尾崎推崇大众文学中的科幻现象，他写道："宇宙时代的到来，为科幻小说（SF）提供了存在的土壤。科幻（SF）同人于1957年创刊的《宇宙尘》杂志，可以说是英语《宇宙人》的日文版。但那时科幻小说还没成为宣传媒介的中心话题。正如推理小说在某种程度上使现代人从心理压抑中寻到了解脱，科幻小说则唤起了人们寻求从社会孤独感中产生回归的意识。科幻小说不同于本格派追求的激烈场面的创作，它赋予自己荒诞文学样式的时候，科幻热潮就兴起。随着时代技术革新的进展，这种可能性必定会被公众承认。"[②] 日本大众文学发展史证明，尾崎上述的时代科学小说论的预言是正确的。

第十，读者与作品人物论。尾崎在《读者的发现与传统》文中专论了大众文学读者与作品人物之间的关系。他写道："关于大众文学，读者论、作品人物论与作家论、作品论一样的重要。大众文学也是读者创作文学的结果。描写谁？如何描写？怎么读大众文学作品？读后的反应如何产生？英雄模型如何造型？这都是必须要了解的问题。因此要分析文学放送的内容和接受的反应。""文学创作者开初一定存在'说话的对手'。那时候，根据作者自身的场合应该把'说话的对手'写进去。但是，作为特殊暗号和速记法来记录的话，那不过是个人的笔记，而非文学。要是文学的话，必须面向广泛的公众自由地展开。""专家型读者体会到文学的虚构性，单纯消费型读者感到事实与小说之间的距离很近。不管虚构结果如何，但都要根据人物自己行动的准则，请教长处，请求解答。在这种状况下，读者和作品人物直接有联系的小说阅读

[①] ［日］尾崎秀树：《历史文学夜话》，讲谈社1990年版，第217—220页。
[②] ［日］尾崎秀树：《大众文学》，纪伊国屋书店1980年版，第170—171页。

方式会出现。"① "作家完成向读者介绍作品人物的任务，将读者与作品人物的自然交涉托付于小说，而自己脱身出来。这样写作的话，作品中的男女主人公的命运就随意地出现在读者面前，作家描写人物的路子越走越好。大众文学与读者共同写的文学大概就是这样的吧。实际上作家首先自己在里面呼唤着大众，确认得到大众反应后继续落笔书写。假使出现那种创造的人间形象已变形，不能与大众协同，此刻读者与作品人物不能交流，读者就会毫不犹豫地关上书本，封杀作品人物。如果那样，大众文学就失语了。优秀文学之所以优秀，其基础是作品人物与读者距离很近，文学的感动性（共鸣一样）就会显示出来。"② 尾崎上述读者与作品人物论，既涉及了大众文学创作论，也涉及大众文学接受论，具有重要的现实意义和应用价值。

第三节　日本文学论：中西进

中西进（1929—　）

生于东京。1953年东京大学文学部毕业，1963年获东京大学文学博士学位。1970年任成城大学教授，1987年任国际日本文化研究中心教授。1995年起，先后任帝塚山学院大学教授、国际理解研究所所长、国际日本文化研究中心名誉教授。1980年起先后应聘美国普林斯顿大学、中国北京日本学研究中心、加拿大多伦多大学、捷克卡列夫大学、韩国高丽大学的客座教授，日本比较文学学会会长、宫中歌人召集人、奈良县万叶博物馆构想筹委会委员长、大阪女子大学校长等，曾获文化勋章及读卖文学奖、日本学士院奖等。中西进著述丰硕，在日本古代文学研究方面堪称权威，特别是《万叶集》研究具世界性影响，被称为

---

①　[日]尾崎秀树：《读者的发现与传统》，载《大众文学论》，劲草书房1979年版，第140—142页。

②　同上书，第150—151页。

"中西万叶学"。他把《万叶集》研究放在古代中国、日本和朝鲜半岛的文化交流中来确定其地位。此外,对于能乐、谣曲的研究,中西成果也显目于世。其文论著作主要有:《万叶集的比较研究》、《万叶史的研究》、《柿本人麻吕》、《万叶的世界》、《诗心往返》、《万叶集原论》、《万叶的时代与风土》、《万叶的歌人们》、《日本文学与死》、《日本人的心》及《中西进著作集》(33卷)等。其文论的主要内容是:

第一,《万叶集》的地位。中西进在《万叶的世界》书的前言中写道:"在悠长的古典诗歌历史中,《万叶集》的传统犹如地下水源连绵不绝。但是,我想它从未形成地面上浩浩荡荡的大河。作为地下的水源,它时时给地面带来持续的湿润,使之从未枯竭。换种方式来说吧,《万叶集》的地位经常或重或轻地被判定。为了界定古典日本文学飞跃发展的缘由,就把《万叶集》提了出来。平安朝的和歌,是把《古今集》作为新美学的样板。诚然,那时歌史上《万叶集》没有保持首位。歌史上经常展开的革新运动,试着引用复活万叶风,但以此为基础,《新古今集》却成了新美学的结晶。在树立新的美学作用上,发挥主角的《新古今集》更接近《古今集》,而非《万叶集》。""如上述,所谓日本美学典范存在于《古今集》,这种观点经常把《古今集》与《万叶集》处于紧张关系,一边强化《古今集》持续的主座地位,一边极力将《万叶集》持续为在野的位置。其实在这个方面,具真实趣味的日本美学与《万叶集》是相互辉映的。本来,《万叶集》与《古今集》完全不是对立面的异质的歌集。《古今集》抒情的基础是《万叶集》。《古今集》后来成为日本文学抒情的中心,之前的《万叶集》是日本文学抒情的源泉。"[①] 中西进认为,评价《万叶集》地位要考虑的其实有两个因素:一是《万叶集》的日常性、生活性。因为《万叶集》对后来日本文学的民众歌谣、故事及无名氏文学产生了重要的影响,对日本文学发展保持着永久的适应性。二是对王朝美学的完成发挥了巨大的作

---

① [日]中西进:《万叶的世界》,中央公论社1973年版,第4页。

用。王朝美学为日本文学各时代的评判标准，而维持价值评判标准的是人的自由歌颂，在这方面，《万叶集》表现得非常的丰富。所以中西进认为："《万叶集》犹如地下水脉，永远持续，源源不断。"①

第二，《万叶集》的民众性。中西进首先从《万叶集》作者众多的无名氏现象谈了万叶集的民众性。他写道："我推崇《万叶集》最大理由之一是它的民众性。众所周知，《万叶集》四千五百首歌有一半的作者不详，整卷作者不详的有六卷，在这中间，也有著名歌人的创作没署上大名而后来被选入了集子的。就此而言，作者不详的歌，保持了文学的声名，也含优秀之作，它绝不是单纯的民歌，这个观点是成立的。万叶人没有享受到个人的署名，所以找不到作者。但是，个人虽未署名，它也是个人的创作。"② 接着，中西进论述了民众的生态被《万叶集》生动地描绘，"在现实与非现实之间，实的方面得到了表现。表现不是原样的现实，同时也不仅仅是虚构，这应该是被称为文学吧。如果指摘作品的民众生态一点都没出来是不客观的，从另一方面考虑把现实作为流动的话，作品可不是毫无价值。民众作为那样的表现者被抓住之时，难道不正是《万叶集》用栩栩如生的语言描绘出了他们的生态吗？以虚构民众方式生活也好，或者如上所说的以确实的生活也好，我想，民众只是在那种存在方式里才是真实的生活者的面貌"。推崇《万叶集》的民众性，中西进谈道："我主张过把《万叶集》的民众歌作为应该考虑的原点去写民众文学史，那也是我未能实现的理想""关于我国古典文学史，它的中心位置是和歌。文学史与和歌的关系，更深层的内容应该考虑是日本文学特质的决定性因素。如果那样的话，民众诗歌史支撑着我国文学史的基本内容，这应该是更重大的课题。"③ 在这里，中西进把《万叶集》的民众性研究放在日本民众文学史上来重点考虑了。

---

① ［日］中西进：《万叶的世界》，中央公论社1973年版，第6—7页。
② ［日］中西进：《诗心往返》，河出书房新社1975年版，第71页。
③ 同上书，第77页。

第三，《万叶集》的辞赋。中西进认为，人麻吕、金村、赤人、虫麻吕、忆良、福麻吕等长歌作家，是在辞赋的影响下咏唱和歌而诞生的作家，即"辞赋的作家"。针对这些作家作品，中西进从辞赋的宫廷性、故事性、抒情性、咏物性以及词句壮丽、民歌再生等方面，论述了《万叶集》的辞赋世界，并做了以下五点结论："（一）《万叶集》长歌以辞赋为规范而完成。（二）据上述（一），长歌变成了盛装的文学，由此短歌便进入了更为个人性的相闻世界而与长歌分离，以比喻来说明两者的关系，前者是《文选》的世界，后者是《玉台新咏》的世界。（三）以后因宫廷的衰微以及长歌基本性质的矛盾，长歌衰微，短歌成为和歌的主流。（四）这个过渡期是天平的后半年间，这中间可以认为是《万叶集》的历史断绝阶段。（五）在此断绝阶段之后，家持前期的作品把人麻吕为代表的和歌世界奉为理想，但事实是并没有重返旧路。"① 中西进在结论中提到家持没有返回旧路的意思是他摆脱了发源于《楚辞》而受汉魏六朝繁荣的辞赋的影响，在崭新的唐诗影响下迈上了《万叶集》复苏的新阶段。中西进的《万叶集》的辞赋世界论述详尽，结论科学，不乏日本古典文学研究精辟之见。

第四，"水与女子"命题。中西进认为：在日本古代文学里有很多表现"水与女子"两者关系的故事，其中内容之一是水边喜结良缘。他说："《万叶集》有把恋爱与水边——主要是河畔——结合起来咏唱的和歌。"② 他考察了中国文献《华阳国志》、《后汉书》、《诗经》、《金瓶梅》、《水经注》等后，为《万叶集》的"水与女子"命题下了结论："通过中国和我国的文献，追溯了流入《万叶集》和歌里的'水边婚姻'的世界，归结为自古以来在中国便有水边沐浴、相欢、禊祓这样的习俗以及由此形成的故事和文学，这种故事与我国的相同，仪礼化的曲水之宴成为我国文雅之举。我国神话里边的主题，也可以认为无例

---

① ［日］中西进：《万叶集的比较文学研究》，樱枫社1963年版，第592—593页。
② 同上书，第912页。

外地吸收了这种故事类型。我国古代既然有这样的故事，那么，在《万叶集》中也应该能够找到它们文学化的成果，其中一个成果，便是以河流为中心的恋歌和挽歌。因为，这不是末期万叶贵族圈作为知识教养接受的，而是已经风土化了。或许贵族圈反而因此对文学化感到新鲜。这样来考虑，难解的《万叶集》也就可以理解了。传来的路线还不明朗，一般来说，故事流传很难明朗化，很有可能是由文献等的迅速传播而来的。"① 根据"水与女子"的命题，中西进把《万叶集》的恋歌看作广泛产生于水边婚姻习俗的故事类型的产物，《万叶集》不过是继这种习俗故事形成后进行的一种文学化表达。这也是中西进对日本古代文学恋爱题材的一个总结。

第五，形与影。中西进在《人麻吕的春望》文中，从形与影的角度对人麻吕的《近江荒都歌》与杜甫的《春望》进行了比较分析。他写道："《近江荒都歌》与《春望》之间存在的不同，是来源于诗的本质上的不同吧。人麻吕歌咏的是不该失去的事物，杜甫歌咏的是失却的事物。尽管两诗都歌咏春天的草木，然而人麻吕歌咏的是它们如同影子似的隐藏的永恒的感伤，杜甫却是把它们当成理宜繁荣的事物来咏唱。可以说在各自的诗中，湖畔之春是影，长安之春是形。因而，这两首诗虽然都有春天的草木，但应该说它们的作用根本不同，并且草木本身的形象也不同。人麻品的草木作为荒芜的表象而存在，杜甫的草木作为繁荣的表象而存在。在人麻吕的春草中不能安置近江人，而长安人却能置身在杜甫的草木之中。这种不同，是凄凉的草木与华丽的草木之不同。换句话说，人麻吕的草木与人悖逆，杜甫的草木与人亲和。杜甫的草木由'山河在'、'草木深'的表达方式而显现，与人麻吕'春草茂春霞起'这样的表达方式相比较，杜甫草木的抽象性难以避免，而且即使这样抽象，也还是不充分的，杜甫的中心在于'时'与'别'，承载这种悲叹的一个舞台就是草木，因而杜诗说到'溅泪'、'惊心'时，感

---

① [日]中西进：《万叶集的比较文学研究》，樱枫社1963年版，第928—929页。

伤的脆弱并不奇怪。人麻吕的草木是作为一个感伤风景摆在读者面前的，这恰恰是因为草木作为悖逆的事物而点了出来，作为隐藏在作者心情中的影子因草木而描绘出来。杜甫的草木在现实中作为虚幻的意义还是具有可能性的，而人麻吕的草木却是悖逆可能性的结果，人事自然而然完结。与此相反，杜诗的草木是人的自然，人麻吕的诗没有杜诗的感伤，这就是两者的不同。"① 这里，中西进所谓的"形"指颂歌形式，所谓"影"指悲叹的诗魂。他认为，人麻吕的和歌赞美天皇朝气蓬勃的信念，但歌中又伴随着隐藏的影子一样的悲哀，即颂天皇为形、藏悲哀为影，这也是《古事论》、《日本书纪》歌谣的系统，歌人的出发点是一心一意的悲叹的诗魂。《万叶集》歌人的这种审美与日本审美理念"物哀"是吻合的。

第六，《万叶集》与中国文学。中西进把《万叶集》与中国文学风貌联系起来，当作打开"《万叶集》迷宫"的重要钥匙。他认为："《万叶集》与中国文学没有作为两个事物而相互对峙。尽管在个别情况下，《万叶集》摄取了中国文学的养分，但一般情况下，两者是调和折中的。《万叶集》的和歌就是在这种调和折中中发展的。为避免误解，应当这样说，中国文学对《万叶集》的作用是极为巨大的，而其基本的类型则是调和折中。产生这种结果的原因是中国文化作为生活文化传来日本，后期官员把它当作教养的规范来认识。而且根据和歌这种体裁的性质，不主张对等的文学性。将这三者统一起来的，则是生活化的功能，很好地超越生活，得到的是'文学'。旅人等达到了这样的高度。开头讲到的藤村及读本的情况不同，就是这种生活与文学的关系，可以说这就是不具有文化传统的古代文学宿命的样态。"② 中西进强调，同属调和折中型，《万叶集》之所以能与中国文学调和折中，原因是日本文化是摄取包容的。但不管怎么调和折中，最终不能埋没和歌作为国民

---

① ［日］中西进：《万叶史的研究》，樱枫社1968年版，第279—280页。
② 同上书，第604—605页。

诗的本质。《万叶集》像地下水一样的生命力具有不拒绝外来文化的柔弱性，存在于这种类型的根基之中，日本古代文学便丰富多彩了。

第七，《万叶集》与中国思想。从时代和场合的纵横两方面考察了《万叶集》里的中国思想形态后，中西进总结道："如果考虑到前面设定的文学与思想的观点，那么《万叶集》还没有培植出以这些思想为基础的观念和歌。但是，上面我们所谈的，中国思想绝不只是借用品。无常感也好，谶纬说也好，是在自然而然的情况下接受的，这在老庄、神仙说来讲是一致的。在《万叶集》中，儒教思想反映得最多也很自然，可它不是原封不动地吸收进来的。也就是像在忆良作品中所看到的那样，在文学方面，或者在感情方面被接受下来，这的确是文学和思想的问题。文学终究没有把儒教视为没关系的外人。文学靠近儒教思想，非常自然。在这一点上，最接近文学的是老庄、神仙思想，儒教变形较少是因为它里面有一个缓冲，这告诉我们，日本文学与中国思想具有相互难以挣脱的命运，另一方面也说明日本文学接受这些思想是正确的。这些中国思想最终要落实到日本文学的问题。《万叶集》对抒情的归趋，是对中国思想趋向抒情的融化，在抒情性的思索中改换了形态。就抒情而言，如果抒情带有反省性说理，抒情就被深化。《万叶集》接受了中国思想，其风采体现在这种抒情性的思索和反省性的抒情的相互作用之中。具体的例子是那位家持的'悲哀'世界。那是悲哀流入和歌的世界，是家持自身精神彷徨的世界，正如前面所说的两者相互作用的世界。"① 中西进特别强调，因为接受了中国思想，《万叶集》到了末期产生了抒情性的思索和反省性的抒情，使其个性和人性得到发展。

第八，诗与批评。中西进在《诗与批评》文中写道："如果说到诗与批评相对立之处的话，那就是诗始终抓住的是抒情性，也就是说，诗只是作为抒情与批评的本质相对立。如果不是有抒情意味的话，诗与批评并非对立。就进一步强调诗歌的令人惊奇的抒情性而言，日本诗歌正

---

① ［日］中西进：《万叶史的研究》，樱枫社1968年版，第658—659页。

是完全的抒情意味的抒情诗。对此，大家不会质疑的吧。"① 但作为理念的"'美'与诗的情绪感染是深深地结合起来的。提出这个问题，要考虑诗内部的抒情性与批评的关系，即要考虑与诗的抒情而对立的批评的关系，要把诗的价值论结合起来思考"②。中西进认为，理念"美"与诗的抒情性紧密相连，所以，考虑诗的抒情性与美学批评的关系，就要联系到诗的价值论，同时也要从日本诗歌传统中去考虑。他分析了《古今集》与《诗经》在"诗言志"方面相通的现象，认为：古代日本诗学及近代诗的批评，包括诗的形态论、修辞论、经验主义理论的"悟"性批评等，基本上是按照这个理念而展开的。"说到中国诗学'诗言志'时会因此考虑政治之得失，即使有这种感受，也并不是将诗作为这种教学手段来界定。也就是说，要抓住中国思辨的合理性乃至批判性中的诗的话语。""说到底，诗可以为哲学，从近代诗的传统古典诗学中，我们应该进一步考虑这种说法。且不论前面所说的诗人们的诗是否具有哲学性，这些诗至少给我们提示了它们存在着诗与哲学两者的交接点，这不是很有意思的吗？有点失敬的话，丸山静的新批评并非他自己的话语，含混不清地以宇波彰的论述来做强力的敷衍（《批评论尝试》）。如此放弃自己的话语，抒情与批评越发对立起来。本来两者应该是包含在诗的领域的近代课题。我想，假如见了《文选》目录的话，我的这种说法则明白无误。"③ 最后中西进强调的是，诗与批评在美的创造与价值判断上不是对立的，抒情性和美包含在诗与批评之中。

第九，文学研究方法论。在《万叶集原论》书中，中西进论述了文学研究的方法论，主要内容归纳为四点：一是客观化推论。真理是客观存在的、真实的、正确的、有预先性的。因此，面对研究对象即作品要进行客观化的推论，保持评论的主体性与科学性的统一。评论家根据

---

① ［日］中西进：《诗心往返》，河出书房新社1975年版，第97—98页。
② 同上书，第100页。
③ 同上书，第104—105页。

主观要求和美的原则，设定问题，探索要点，对作品中人的种种行为，在作者想象力和读者的感受性两方面进行重点探索，始终不能离开作品。文学是适用语言表现的人学，对作品进行科学的客观推论的要点是对人的客观存在的研究。二是美的评价。从文学性方面阐释作品，也是美的价值评判。作者技巧的熟练程度和读者的感动状况必须重点考察。作品鉴赏，鉴在于透彻，赏在于评价。文学是语言的表现，诗人的诗性首先是想象力，在语言流动中去吟味。作品结构的完整、构思的巧妙、修辞的技巧等，都是美的评价之范畴。三是史的评价。作品作为历史的存在故要进行历史性评价。文学作品高扬了超越历史的普遍存在的美的现象，因此，史的评价是从个别到总体，从具体性到抽象性，从现实性到理性的思辨。这种历史评价不是所谓年表，也非现实事件排列，它考虑的是作品存在的历史中怎样对应了历史的美。为此，要从时间性、文学样式、人三方面考虑作品存在的历史性价值。四是比较分析。评价作品，还要考虑社会学、民俗学、文献学的价值。如文献学的价值评价就要从书志学的研究、文本批判的研究、训诂注释的研究中去思考。古典文学文本，还要核实在虚构的事实中是如何展示文学性的。此外，文学与风土相关联而萌生的文学特性，也要考察研究[①]。中西进上述的文学研究方法论，主要基于日本古典文学尤其是基于《万叶集》的研究。此外，他提出文学研究需要考量世界背景，涉及的主要是比较文学研究的方法论。

第十，世界背景考量。中西进认为：文学是世界性的文化现象，是超越意识形态的东西，对文学的研究不能局限于点而更应该扩展到面，应该把文本放在区域性甚至世界性文化背景上进行综合研究，因此他提倡中、日、韩三国学者协同研究，主张认真细致的实证性文本解读，中国的考证学方法理论应该发扬下去。经典的文本不受民族或国家的局限，属于整个人类，中日间文学研究的互补性极强，对他国

---

① [日] 中西进：《万叶集原论》，樱枫社1976年版，第31—83页。

文学不屑一顾的本土文学研究已是明日黄花。提倡全方位审视文学，在宏大的视野中把握和考量更大含义上的日本文学。文学研究需要两个方面即普遍性和个别性同时并举。普遍性是要吸收优秀的文学理论和文学方法，在法国、美国能通用的东西，也要适用于日本。但是如果只是一味地强调普遍性，沉浸在空洞的理论王国里，就不能发现和确定具体的价值，无论怎么说日本文学有日本自己独特的理论和方法，中国文学也有中国的理论和方法，囫囵吞枣地照搬西方的文学理论，不加分析地奉若神明，以此作为文学研究的法宝，是不会有良好效果的。日本的研究实践已经证明了这一点，现在日本文学研究界已经基本摆脱了弯路，走上理性之路，各种理论和方法并存，互有补充、互相借鉴。提倡进一步共同研究、共同开发新领域。中国人懂汉语、日本人懂日语，所以希望双方互相协助，共同打造文学研究的新天地。优秀的研究来自不同的角度、不同的立场、不同的背景。外国人模仿日本人来研究日本文学就没有太大意义。如果中国人站在中国人的立场、法国人站在法国人的立场来研究日本文学，这样的研究综合性强、视野宽阔，就可以正确地认识和确立日本文学的形象以及它在世界文学大家庭中的地位[①]。

第四节　多元文学论：柄谷行人

柄谷行人（1941—　）

生于兵库县。1960年考入东京大学就读经济学本科，后继续在东京大学攻读英文科硕士课程，1967年硕士毕业。先后任国学院大学、法政大学、近畿大学教授，曾访学美国任耶鲁大学、哥伦比亚大学客座教授。1969年其作品《意识与自然——漱石试论》获第12届群像新人奖。1973年后随左翼运动的衰退，柄谷将批评视角由关注内部世界转

---

① 李俄宪：《中西进教授访谈录》，《外国文学研究》2004年第5期。

向外部世界，在美国耶鲁学派影响下，建构了结构主义理论，成为当前日本现代批评的代表。柄谷批评的原点是批评的冲动，其批评视角是内部与外部的互动，超越文艺批评的框架，致力于建构结构主义、解构主义。其文论著作主要有：《意识与自然——漱石试论》、《恐惧的人类》、《意义这种病》、《马克思的可能性的中心》、《日本近代文学的起源》、《反文学论》、《批评与后现代艺术》、《日本精神分析》、《作为隐喻的建筑》、《超越评论：论康德和马克思》、《国家与美学》、《语言与悲剧》及《校订本柄谷行人集》（5卷）等。其文论的主要内容是：

第一，风景的发现。在《日本近代文学的起源》书中，柄谷写道："'风景'在日本被发现是明治二十年代。当然或许可说风景被发现之前已有风景存在。但是，作为风景的概念此前却没有。只是限于这样思考的时候，'风景的发现'所包含的多层意义才能呈现。"在日本现代文学（也指柄谷及许多日本学者称的近代文学——译者注）中的"风景"在明治二十年代之所以被发现，是因为出现了一批"内向"的人，他们因明治二十年代的自由民权运动失败而转为"内向"和"孤独"。"风景与孤独中的内心状态紧密连接在一起。这个人物对无所谓的他人感到了'无我即无他'的一体感，但也可以说，他对眼前的他者冷淡。换言之，只有在对外部的东西不关心的'内向的人'（inner man）那里，风景才开始得以发现，风景毋宁说是被无视'外部'的人发现。""近代文学中的写实主义，明显是在风景中确立起来。因为写实主义所描写的虽然是风景或者作为风景的人——平凡的人，但是，这样的风景并不是一开始就存在于外部，而必须通过'作为与人类疏远化了的风景之风景'的发现才得以存在。"① 在柄谷看来，日本写实主义不单是描写风景，必须是不断地创造风景，因此，写实主义者永远是"内向的人"。日本现代文学的性质恰好在风景的发现中被揭示出来，也就是

---

① ［日］柄谷行人：《日本近代文学的起源》，讲谈社1984年版，第60—61页。

说，从风景的发现中，我们可以窥视到日本现代文学的起源。柄谷的"风景的发现"实质上是把不曾存在的东西使之具有普世性，仿佛从前就存在过。这是一种"颠倒"，而正是这种"颠倒"，古代人因不具备现代人的透视机制，故无力发现。真正看到现代意义上的"风景"即"风景之风景"的，只能是现代人。而在这"风景的发现"中，日本现代文学得以产生。

第二，内面的发现。柄谷认为，以前观众从歌舞伎的脸谱（假面）中感到活生生的意义，若抹掉脸谱为素颜（本来面目），反而认为不真实。"内面的发现"就是对这种符号论式的结构的颠倒。他写道："伊藤整说市川团十郎'苦心摸索把神情印象传达给观众的表现手法，实际上无所不在的（写实性的）素颜作为具有意义的某种东西出现了'，'内面'正是那个某种东西。'内面'并不是一开始就存在，它只不过是在符号论式的装置的颠倒中而最终出现。但是，恐怕一旦'内面'出现，素颜就要成为'表现'那个'内面'的东西了。演技的意义在这里被逆转。"从前的观众在演员的'人形'式的身体姿态中，在'假面'化的脸面上，换句话说，在作为形象的脸谱里感受到活生生的意义。可是，现在则必须在无所不在的身影姿态和面孔'背后'寻找其本来意义。"① 柄谷以"内面的发现"理论去分析日本现代文学的起源。写道："风景只有通过新的书写表现才能成为可能。与《浮云》（1888）、《舞姬》（1890）相比，明显地国木田独步似乎已经与'文'没有什么距离了，他已习惯了新的'文'。这种习惯从另一个角度说，意味着他已有了'表现'的'内面'。在他那里，语言已不是口语和书面语的区别，而是深深浸透到'内面'里了。或者可以说，正是这个时候，'内面'开始作为直接的眼前的东西而自立，同时，从这时起'内面'的起源被忘却。""现代日本文学，从国木田独步那里开始获得了写作的自在性，这个自在性与'内面'和'自我表现'概念

---

① ［日］柄谷行人：《日本近代文学的起源》，讲谈社1984年版，第60—61页。

的自明性相关联。我在这里思考的是把'文言一致'作为的文学表现问题。再重申一遍，内面作为内面而存在，即是以倾听自己的声音的眼前性而确立的。"① 柄谷的"内面的发现"连同"风景的发现"，都是用后现代批评理论去考察日本现代文学的起源，对当代日本文论界产生了重要的影响。

第三，日本文学史观。通常的"日本文学史观"主要是以欧洲的文艺思潮为评价标准来把握日本现代文学。柄谷否定欧洲中心主义的"现代日本文学史观"及其支配的"文学史叙述"方式。他称自己的"文学史观"受了美国学者萨义德②的《东方学》及安德森③的《想象的共同体》书的启发。他说："萨义德在读书中阐明了'东洋'这一表象是怎样通过西洋的话语而历史地形成的过程。他集中阐述的是狭义的'东洋'即阿拉伯，但却引起了人们对美国的涉及非西洋的西方学术之深刻的反省，其影响亦波及日本学。萨义德还指出：西洋人的'东洋'观甚至为东洋人自身所接受，两者相互渗透扩展。""安德森说作为'想象的共同体'的民族（nation）唯通过本国固有语言之形成才得以确立起来，而对此发挥了重要作用的是报纸小说等。因为报纸小说提供了把从前相互无关的事件、众人、对象并列在一起的空间。正是在这种意义上，应该说'小说'在民族形成过程中起到了核心作用，而非边缘的存在。'现代文学'造就了国家机构、血缘，地缘性的纽带绝对无法提供的'想象的共同'。""进入 90 年代，我们目睹了这样的形势：在全球化世界资本主义之下，现代民族国家失去其力量的同时，又发生了众多的'想象共同体'。而这种形势不能仅仅从政治层面来观察。我们有必要再一次质疑存在于民族中心地位上的这个'文学'，并且追究

---

① ［日］柄谷行人：《日本近代文学的起源》，讲谈社 1984 年版，第 60—61 页。
② 萨义德（1935.11—2003.9），阿拉伯人，任教美国，著名的文学理论家与批评家。——译者注
③ 安德森（1936.8—2015.12），美国康奈尔大学国际研究院客座教授、著名东亚研究学者。——译者注

其'起源'。""我试图提示'日本文学史'或'日本'本身,乃是在'现代'这一观念中所形成的表象。"[①] 在柄谷看来。近代日本是在特殊的历史时期通过对"日本文学史"和"日本"本身的命名所展示出的"现代"日本。现代日本文学史考察了文学在语言形式、思维方式、文体表现等方面主观的观念之生成过程,而当今日本在全球化经济发展背景下,发生了众多的"想象共同体",因此,柄谷提出的"日本文学史观",就是要重新质疑存在于民族中心地位的"文学",并追究其"起源。"

第四,后现代艺术构建说。柄谷认为,后现代艺术存在独断的反论及破坏作品结构的"脱构建"现象,这样,"构建"在日本成了似是而非的概念。他写道:"例如,路易·杰拉罗[②]彻底批判了'自发性'。我们的愿望以第三者的愿望为媒介,组合成我们所谓愿望的三角关系。自发性的原型隐蔽'情敌'的地方,第三者的愿望就成立在那里。杰拉罗的这种考虑是以人类学的扩大而进行的。这个'普通的'理论似乎暗示历史的消费社会可能已出现萌芽。但是,对于我们来说,'自发性'的批判并不那么值得惊讶。值得惊讶的是执拗地批评的反复循环的世界的方式。作田启一用杰拉罗理论去分析日本小说(《个人主义的命运》)。但是,他那样做没有什么创见。日本小说家对'自发性'的欺骗极度敏感,某种场合作家的目标仅仅是连续追问自我,指责那个欺骗。若认为他们是极端的私小说家的话,《自白录》作者卢梭就是在撒谎,托尔斯泰就是通俗作家。当然,私小说不能限定像那样的水平。我以前说过,森鸥外的历史小说和私小说同型(《日本近代文学的起源》)。也就是说,私小说意味着自我拒绝构建式样,厌恶显现'构建'的问题。按此观点,现在后现代艺术里可以看到的小说,与其说基本上有私小说的因素,毋宁说总是有离开私小说的因素。离开了结构,写出

[①] [日] 柄谷行人:《日本现代文学的起源》,赵京华译,生活·读书·新知三联书店 2003年版,第218—222页。

[②] 路易·杰拉罗(1923.12—),法国批评家、人类学家。——译者注

的作品就像拼贴画一样，或者像鸥外史传里进行的'推移'，故意破坏作品的结构。这样，就不能提出西洋文学同样的意义来，只不过是语言游戏的小说。在日本，用语言来侍奉'真理'和'对象'没有先例。仅仅数十年间的'近代文学'也不能那么考虑，它没有形成有意识的语言作为自立的体系（构造）视点，也没有形成从那体系中解放出来而成立的语言游戏的意义。江户时代的戏作、俳句或川柳，如果说它们仅仅是几十年的精选倒也不错。"① 柄谷的"后现代艺术建构说"以日本小说为例，论述后现代艺术小说的"脱构建"现象，认为那些破坏结构的日本小说不能与西洋文学同步，也不符合日本人的审美观。

第五，反文学论。柄谷对当代日本文坛的作家、批评家及其作品从不同角度进行了论述，并载文于时评杂志。1979 年，他选出 22 篇文章集成一本书，书名曰《反文学论》。在书的后记中，柄谷以《关于理论》为题，谈了他的"反文学论"。他说："这些文章是为每月的时评杂志（东京、中日、北海道、西日本新闻）而写的。成为一本书的话，昔日'时评'的意味就淡薄了。我自己重读后最大的愉快是，时评家'作用'强烈的言论。我确实就不同的文学状况作了发言，不管怎么说是真实的。我想别处再说这问题，但现在有必要一定要说的话，我就说'关于理论'吧。那不是大江健三郎说的理论，若说中上健次和小岛信夫的理论是可以的。也就是非文学理论即反文学论。换言之，限于对抗'文学'，'理论'就不能回避。文学界不追求理论的人是极乐无比的。为什么呢？他们不信理论只信实感。这里不是指大概从 19 世纪确立的理论，他们所说的是与现实存在、风景存在、内面存在、我存在。近年来的创作理论在那里无非只是被遗忘的一个制度。但这个制度与大学的制度不同，这是自然明了的事。读'文学'不能不涉及观念形态，'文学'就是观念形态。读'文学'不能不涉及政治，'文学'就是政治。不过，'政治与文学'已经是从'文学'来考虑的。文学的依据是自我

---

① ［日］柄谷行人：《批评与后现代艺术》，福武书店 1985 年版，第 38—39 页。

的确立（自我的实现）。已作为'文学'，不应该封闭议论，议论'文学'无伤于文学的生存和发展。要是抗拒谈'文学'的话，不过是理论上的事。当然，谈'文学'不只是谈文学理论，也不是言说理论。这样的结果是，少数作家不可避免地要追问谈'文学'者困难的地方，多数作家根本不管。与其说到那困难的地方展示不出什么才能，不如说那是仅仅获得才能的地方。如今文学这样衰弱与我无关。与我相关的是，起码和少数作家们到达了那最大限度的地方。朝那地方行进，那就要把近代文学的根翻过来。但是，那个最大限度的地方，最终还不是结束地和目的地，仅仅是反复所在。"① 柄谷"反文学论"的含义，一是重视文学评论的真实感和时评性，二是重视用非文学理论去评论文学。实际上，柄谷的"反文学论"本身就是文学理论的一种建构，也是他文论的一个特点。

第六，梦与现实文学说。在《梦的世界——岛尾敏雄与庄野润三》文中，柄谷提到人们对梦寄予神秘的期待。梦呈现疯狂和非理性的思考，产生自由创造的错觉。超现实主义文学就存在这种倾向，只是不存在错觉。"梦的世界"和"现实世界"是梦的两义性。从梦里蹬脚醒来后，会想起现实与梦构成的异同。关于梦的诸多理论存在许多问题，站在现实外面去远眺生活一样去远眺现实生活进入梦的世界，这样可以来释梦。如果附带某些保留条件，"梦的世界"与"现实世界"之间不管怎样都是客观存在的。不同的是，人们能否感觉到两者的距离。如果这个距离消却，人们除"像梦"外就没其他感觉，只是漠然和梦的氛围。"梦的世界"的残酷毁灭是因为它们几乎明朗化。针对文学现象，柄谷谈道："读卡夫卡②小说就有'像梦似的'感觉。小说的暧昧朦胧和使其暧昧的场面与奇怪的幻想场面很少不展示梦的氛围。根据我们经验所

---

① [日]柄谷行人：《反文学论》，冬树社1979年版，第232—234页。
② 卡夫卡（1883.7—1924.6），20世纪著名的德语小说家。——译者注

知，不管怎样，'梦的世界'也就是在那里存在所谓梦和幻想的什么异质。"① "我考虑岛尾敏雄和庄野润三两人的作品在战后小说中最具现实性。其秘密是他俩具有所谓'梦的世界'倒是存在于'现实的世界'，'现实的世界'无非是'梦的世界'的认识。我不是对他俩作单个的作家论，只是想弄清楚两人作品'世界'的存在结构。"② 关于岛尾和庄野小说"梦的世界"的描写，柄谷认为：两人作品在反映客观世界的同时也作为主观世界反复重叠，这正是"梦的世界"的特征。在"梦的世界"与"现实世界"的距离中，岛尾创作保持中性的"距离"、庄野保持远的"距离"，形式上似乎两人两极化，实际上在展示"梦的世界"上两人一致。柄谷"梦与现实文学说"主要论述的是文学创作中的超现实主义现象，其中涉及弗洛伊德的释梦说。运用现代西方文论来分析日本文学正是柄谷文论的一大特点。

第七，批评新样式说。在《反文学论》书中，柄谷写道："我想把文学批评作为现在智慧总体的重要实验室。不管小说家大江健三郎再三提议，也不应该否决或沉默。但是，具讽刺意味的是，批评家对小说只是可以说说好的。也就是说，偏好作品思想内容，无视作品成立的'语言'着眼点。小林秀雄初期的批评，从诗的问题开始对'语言'有敏锐的意识，现在却一点一点地消失了。以后文坛的批评，继续回避'语言'问题，文艺新闻界的批评也迎合。中岛梓的《表现的改观》（群像）会出现别样的新鲜感。起码中岛氏的批评偏离文艺新闻界（迎合小说）的场所。考察了许多戏曲和讽刺漫画，中岛氏以现实表现自立为目标，超越了'现实与虚构'对置图式，指出了'相关意识及自体改观的表现'。年轻一代的中岛氏针对今日追风随俗现象传达出积极的意识，其批评值得一读。但是，作为文学批评，这些年没有情势论（指理论建构——译者注），更应该是基础性的。例如，就'表现关系

---

① [日] 柄谷行人：《意义这种病》，讲谈社1989年版，第74页。
② 同上书，第84页。

到意识'而言，应该说（批评界）从一开始就怀疑'表现'概念的东西吧。实际上，追风随俗的情势论兴致深切的考察还不敏锐，中岛氏类同村上龙和山川健一的文学世代人显示出文坛情势论移动的时机。中岛氏用艺术样式及其长篇小说的新尝试，对比以前的演剧和小说，与其说有差别，不如说相当地了不起。在小说里，讨厌奇妙的'视点'（主体）存在，新艺术样式及其长篇小说的怀疑，从那里开始没完没了地进行着，演剧在这个方面反而迅速进展成为自由的形式，并兴起'表现的改观'，但却不能立即适用于小说。这又是一个方法论的话题了。"① 柄谷的"批评新样式说"以中岛梓为个案，强调文学批评要以现实表现自立为目标，超越"现实和虚构"的对置，文学表现应该成为意识自体的改观。

第八，言文一致象征说。在《马克思，他的可能性的中心》文中，柄谷写道："文学和语言的领域由'言文一致'所象征。'言文一致'，其实不意味'言'转化为'文'，而是新的'文'的创造。这种创造是怎样的困难，阅读二叶亭四迷等人的回忆便明白。不过，更重要的是，'言文一致'其实也是对于'言'本身的创造。这种'创造'，如在'标准语'和'方言'的区别上，能看到很清楚。所谓'标准语'，从语言角度看，表示着明治制度的确立方式具有浓厚的中央集权性质。标准语基于语音，其概念出现之前，根本不存在当今意义上的'方言'。以往居住在任何地域的人在写作时都采用了共通的写法，没有发生过'标音语言'的'标准'概念。只是'言文一致'运动后，'言'本身的标准化得到强化。对住在地方的人来说，'言文一致'只是意味着对'言'的重新掌握。柳田国男从各个方面指责过'标准语'的暴力性。在他看来，民俗学是针对'方言'被排挤的一系列精神活动进行的复兴。换句话说，'言文一致'正如'言 = 文'似的东西的创造。这时，'言'便被理解为对自我来说最为接近的'声音'即'意识 = 内面'，

---

① ［日］柄谷行人：《反文学论》，冬树社1979年版，第66—68页。

'文'则被认为把这种'言'抄下来的东西。由此可见,所谓表白内面,对文学来说其实并不是普遍的行为,而是在这种'言=文'的世界里成立的。也就是说,此时期作家们对于'近代性的自我'想象,不是突然出现的,也不是因政治挫折产生的,而是通过这种'言'='文'的近代性制度的确立才产生时。因此也就明白了为什么'风景'产生'内=外'的表象。对于以往的作家来说——甚至包括坪内逍遥——描写风景是不可能的事情。在他们看来,风景就等于书写语言。《奥州小路》作为典型,芭蕉只以过去的文学语言看风景。他这部作品和国木田独步的《武藏野》有着根本性的差别。换句话说,以往所谓'风景'无非就是'文',与'言'无关。到了'言=文'时代,我们所谓的风景才得以出现。"① 柄谷的"言文一致象征说"强调"言文一致"是近代日本文学发展的一个阶段性标志,"言文一致"只能由现代制度确立时的知识分子来承担。他认为国木田独步"最早站到了新的地平线上",即是最早的"言文一致"的文学创作的人。

第九,汉文字表现说。柄谷认为,索绪尔②把语言当作了不同之间的差异化的体系,文字进入文学也是在语言差异化的过程中派生出来的。他在《马克思,他的可能性中心》文中写道:对夏目来说,为什么"文学"成为问题,或者回到"问题"为什么作为文学而出现?谁已说过,是强制自我同一性成为语言系统。索绪尔把这个道理从标音语言那里寻找出来。索绪尔之所以能成功,就只能这么做,像杰克·德里达说的那样,是因为在拼音文字(拉丁字母)里进行的思考。但是,日语的文字表现却把他们的自明性从根本上推翻。例如,日语的"大河",既能够念成"o-o-ka-wa"也可以念成"ta-yi-ga"。当然,两者作为词音念出来,其意思(价值)则不一样了。正冈子规评论与谢芜村俳句时说:"'逢梅雨,面对大河,二户家'的'大河'只念'ta-yi-

---

① [日]柄谷行人:《马克思,他的可能性中心》,讲谈社1993年版,第214—216页。
② 索绪尔(1857—1913),瑞士语言学家、现代语言学重要奠基者。——译者注

ga'，不可以念'o-o-ka-wa'。若念'o-o-ka-wa'使人感到水势缓慢，念'ta-yi-ga'则给人水势滚滚而流的感觉。"而更加重要的是，"大河"作为文字符号总是允许在"ta-yi-ga"和"o-o-ka-wa"之间替换。再说，念"sa-mi-da-re的梅雨"又可以书写成"五月雨"。"大河"是地道的汉语，在中国语里只与一种读音相结合。就是说，问题不在于汉字本身所具有的性质。汉字称为表意文字，这种说法如同说拉丁字母是拼音文字一样，不过是俗说。汉字之所以在中国使用，就因为汉语是用标音文字。奇怪的是，日语的汉字已不是中国语系统中的汉字。同样，夏目漱石所谓的"汉文学"，已经不是中国人所谓的汉文学。夏目漱石即使以汉诗创作有名，他也是用"日语"来创作汉诗的。就是说，夏目漱石不是"咏"汉诗，而是"写"汉诗。当我们思考夏目漱石把"汉文学"和"英文学"对置的时候，应该注意：第一，那里所谓的"汉文学"已经不是中国文学；第二，他选择"英文学"作为对比，没有选择以"和歌"为代表的日本古典文学。不过这两点终归相同。他要求的"汉文学"，既不属英文学，也不属中国文学，还不属日本文学，就是说，没有具备声音的因素。换句话说，所谓的"汉文学"，夏目漱石指的是存在于那种具有排他性体系之外的、能够意味着可替换的世界[①]。柄谷以夏目漱石所指"汉文学"为个案的"汉文学表现说"，在如何应用后现代结构理论方面给了文学评论一个重要启示。

第十，文学跨越式批判。在《跨越式批判——康德与马克思》书中，柄谷提到"跨越"包含两层意思：一是打破现代社会科学研究长期形成的学科界限，用综合性的眼光来剖析现代社会和思想。批判不在于以什么为对象，而在于态度。要采用类比、隐喻等方式从不同学科的研究对象中揭示出隐藏于其背后的相通的深层结构，从而解构被分割在各学科中的知识系谱。二是批评立场处于不断"移动"之中。真正的批评家不固守一成不变的立场或主义，总是针对具体对象和现实情况的

[①] ［日］柄谷行人：《马克思，他的可能性中心》，讲谈社1993年版，第210—212页。

变化不断调整自己的批评立场和策略。柄谷认为马克思对于经验主义和理性主义，就不是选择两者中的某一立场，也不是处于超越两者的某种新立场，而是毫不犹豫地在批判中进行移动。关于"批判"一词，柄谷给予了特别的定义：批判不是责难对方，而是自我审视。用"审视"来界定"批判"，其意图是要避免由"批判"一词常常引起的简单粗暴地否定对方的"冲动"。"审视"是仔细观察对方的由彼及己、由己及彼的双向思维活动，在实现自我突破的同时扬弃对方。柄谷的"文艺跨越式批判"常用"他者"、"差异性"等词汇对日本文学现象进行哲理思辨，这也标志着他在语言思想的层面上对日本文学批评的封闭话语空间的超越，在日本文论界形成了一道亮丽的风景。

第五节　现代中国文学论：竹内好、藤井省三

竹内好（1910—1977）

出生于京都。1931 年入东京帝国大学中国哲学文学科，1933 年与冈崎俊夫、武田泰淳等组织成立了中国文学研究组。1934 年东京大学毕业，中国文学研究组改为中国文学研究会，翌年创办《中国文学月报》（后改为《中国文学》）担任该杂志主编。1935—1937 年赴中国考察，回国后任回教圈研究所研究员。1942 年赴中国调查。同年起参加《东洋思想丛书》的编写工作，撰写《鲁迅》。写完《鲁迅》著作后，于 1944 年应征入伍，派驻中国湖南省。1946 年 7 月复员回国专心致力于中国现代文学研究。1951 年 9 月因发表《近代主义和民族问题》评论文章，日本文坛引起"国民文学"的大讨论。1949—1952 年先后任教于庆应大学和东京都立大学，后作职业评论家，编写了《亚洲历史事典》、《中国现代文学选集》、《现代日本思想大系》、《中国的思想》、《为了理解中国》等多卷著。1970 年开始《鲁迅全集》的翻译。竹内好是日本第一代研究现代中国文学的代表人物，其现代中国文学论至今影

响着日本文坛,因其鲁迅研究影响极大而被誉为"竹内鲁迅"。他的现代中国文学论著作主要有:《鲁迅》、《鲁迅入门》、《鲁迅评论集》、《新编鲁迅杂记》、《现代中国论》、《近代主义和民族问题》、《走向新国民文学的道路》、《近代的超克》及《竹内好全集》(17卷)等。其文论的主要内容是:

第一,第一义文学者。竹内好认为:鲁迅是第一义的文学者,除文学者外无可称呼。他写道:"鲁迅是文学者,首先是文学者。虽然他被称为启蒙者、学者、政治家,但正因为他是文学者,能丢掉的丢掉了才会作为表象显现出来。他称为教育者、宗教者,也是这个原因。他有着一种除了称作文学者之外无可称呼的根本态度。"鲁迅走着"胜过一切的、第一义的文学者之路"[①]。第一义文学者鲁迅"本质上是非宗教的,甚至是反宗教的,但他所做的方式却是宗教的……鲁迅并不认为自己是殉教者,而且很讨厌被看作是殉教者。这正如他不是先觉者一样,他不是殉教者。但我看来,他表达的方式是殉教者式的。他是作为一个文学者以殉教的方式去活着"[②]。在这里,竹内好指出鲁迅生存表达的方式是文学,也就是说鲁迅把文学放在本源的自觉之上,不靠其他东西去支撑,像殉教者似的坚持不懈地走着一条摆脱一切规范、摆脱过去权威的文学之路。从这个角度讲,鲁迅的文学是质询文学本源的文学,鲁迅本人就是第一义文学者。这也是竹内好鲁迅研究的起点及根本点。

第二,文学根源"无"。竹内好写道:"从本质上说,我不把鲁迅的文学看作是功利主义的、为人生的、为民族的或说是爱国的。鲁迅是诚实的生活者,热烈的民族主义者,也是爱国者。但他并不用这些来支撑他的文学,倒是把这些拔去后,他的文学才成立。鲁迅文学的根源是称为'无'的某种东西。因为获得了根本上的自觉,他才成为文学者。

---

① [日]竹内好:《鲁迅》,未来社1971年版,第130—131页。
② 同上书,第11—12页。

所以，如果没有这文学的根源，民族主义者鲁迅，爱国主义者鲁迅，也都成了空话。"① 竹内好这里说的"无"，针对了当时日本鲁迅研究的语词化造型太多的情况，而提出之所以"无"，是不能够造型，也无可言说。其次，这"无"也指鲁迅研究延伸义的"首义"。他说："使语言变为可能的话，同时也使语言的非存在变为可能。如果'有'是实在的话，那么，'无'也就是实在。'无'使'有'成为可能，'有'当中的'无'本身也成为可能。这就是所谓原初的混沌。产生把'永远的革命者'藏在影子里作为现在行动者的根源，就是文学者鲁迅无限地生成出启蒙者鲁迅的终极之场。"② "无"不管怎么生成多少"有"，"无"仍为根源。或者说，无论第一义生成第二义、第三义及更多义，第一义仍为首义。从这点出发，竹内好强调了鲁迅文学根源的"无"，也强调鲁迅作为第一义文学者的重要意义。

第三，论争痛苦论。竹内好认为，鲁迅的杂文集大半是论争的文学，这些论争是他痛苦的产物。鲁迅"为表白痛苦而寻求论争对手。他写小说是出于痛苦，论争也是出于痛苦。小说里吐不尽的苦在论争中就倾吐出来。他的论争对手遍及所有阶层，为此，所有阶层给了他嘲骂。如果有人看不过，对他表达同情，他会对这些同情者的同情态度做出激烈的反驳，这已到了类似偏执狂的无可救药的程度了。但是，他所抗争的其实并非是对手，而是他自身中的无论如何都无法排除的痛苦。他把那种痛苦从自己身上取出，搁置在对手身上，然后对这已被对象化了的痛苦施加打击。他的论争就是这样展开的。可以说，他是在与自己孕育的'阿Q'争斗。因此，论争在本质上是文学的。也就是说，不是文学之外的。作家在创作中所做的，他却在作品之外做了。如同批评家构筑起批评的世界一样，他通过论争在这世界之外构筑了世界。他预知到了有个令人痛苦的影子，这个影子曾以内面折磨过他，可现在已被对

---

① [日] 竹内好：《鲁迅》，未来社1971年版，第71页。
② 同上书，第173页。

象化而出现在他的面前，与这影子争斗，那样就表现出自我。于是他投入了论争，这就是胜过所有的第一义的文学者之路"①。竹内好在鲁迅研究中提出的论争痛苦说，强调了鲁迅作为终身不悔的论争者，是通过论争将自己异化，也就是与异化到自己之外的非我之我交锋，论争的战场成了鲁迅自我表现的舞台，论争的记录就是他将曾经在黑暗之底形成的痛苦重新形成于光天化日之下，所以，竹内好把鲁迅的十几本杂文集视为这种痛苦的记录，而非创作的作品。

第四，绝望论。竹内好鲁迅研究中的绝望论分析的是鲁迅绝望的实质性，他写道："鲁迅所看到的是黑暗，但他却以满腔热情来看待黑暗，并且绝望。绝望不过是虚妄。'绝望之为虚妄，正与希望相同。'如果绝望也是虚妄，那么人应该做什么呢？对绝望感到绝望的人，只能成为文学者。不依赖谁，不以任何东西来支撑自己，因此也就不得不把一切又归于自己。于是，文学者鲁迅现时性地就诞生了，启蒙者鲁迅多彩地显现出来也就成了可能。我称之他的回心，他文学的正觉，也就像影子产生光那样被产生出来。"② 竹内好认为，鲁迅的绝望也是孤独，而他孤独的深刻性存在人群之中而非离群索居。他与庸众不一样，只能够在绝望之处绝望，在彷徨路途上成为天涯孤独的文学者，在这点上，他与《离骚》作者屈原同在。在《何谓近代——以日本与中国为例》文中，竹内好谈到鲁迅的绝望，是行进于无路之路的抵抗，这种抵抗又作为绝望的行动化而显现。把它作为一种状态来看就是绝望，把它作为一种运动来看就是抵抗。竹内好鲁迅研究中的绝望论的实质正是如此。

第五，文学与政治。竹内好从鲁迅身上看到了文学与政治的关系。在鲁迅看来，文学是无力的。"所谓无力，是对政治的无力。反过来说，对政治有力的东西就不是文学。这是文化主义吗？确实是。鲁迅是一个文化主义者。不过，这种文化主义是与文化主义对立的文化主义。

---

① ［日］竹内好：《鲁迅》，未来社1971年版，第130—131页。
② 同上书，第128—129页。

'文学革命'的呐喊和相信文学'有伟力',鲁迅都否定了。他不是说文学与政治无关,因为无关的话就不会产生有力无力的问题。文学对政治的无力,是由于文学自身异化了政治,这要通过与政治交锋才能如此。游离政治的不是文学。文学在政治中找到自己的影子,又把这影子破碎在政治里。换句话说,从自觉到无力才成为文学。政治是行动,因此与之交锋也应该是行动。文学是行动而非观念,但文学行动是通过对行动的异化才能成立的。文学不在行动之外,而在行动之中,这就像一个旋转的球的轴心,把动聚集一身而达到极致的静。没有行动便无文学的产生,可行动本身并非文学。文学是'余裕的产物'。产生文学的是政治。然而,文学却从政治中选择出了自己。所以革命会'变换文学的色彩'。政治与文学的关系,不是从属关系,不是相克关系。迎合政治或用白眼冷视政治都不是文学。所谓真文学,是把自己的影子破碎在政治里。可以说,政治与文学的关系,是矛盾的自我同一关系。"① 竹内好认为,鲁迅在这里不是消极地为文学争取自己的位置,而是站在文学与理想的政治密切联系的高度来处理文学与政治的关系。作为文学家的鲁迅,始终是以坚持理想政治一样的行动来坚持文学的本性。所以,竹内好把鲁迅的政治意识视为从文学的政治化倾向中捍卫文学纯粹性的一种现象。

第六,启蒙者。鲁迅从表象认识出发,竹内好认为鲁迅是一个杰出的启蒙者。他说:"作为表象的鲁迅始终是一个启蒙者,是一个难得的优秀的启蒙者。正像孙文被称为革命之父一样,鲁迅是现代中国国民文化之母。他留下的足迹巨大,在我所没直接涉及的很多内容中,除了近三十年的翻译业绩(其内容涉及很多方面,他自己也相信这是他的本行)外,还有小说史研究,杂志编辑和版画事业的推动。(为此,他甚至甘心于做一名口头翻译,并尝试自费出版各种版画集)这些都是具有开拓意义的工作。作为表象的鲁迅,只是个彻头彻尾的启蒙者,此外

---

① [日]竹内好:《鲁迅》,未来社1971年版,第163页。

什么都不是。""我的努力仅仅是集中指向一个问题，那就是力图用我自己的语言，去为他唯一的时机，去为在那时机当中鲁迅之所以成为鲁迅的原理，去为使启蒙者鲁迅在现在意义上得以成立的某种本源的东西，做一个造型。对我而言，启蒙者鲁迅是既知的，我以既知为线索，总算抵达了我确信的终极之场。如果我的计划按事先的预想获得了成功，那么无须我再说什么，启蒙者鲁迅就会自己从那个终极之场跃然而出，神采奕奕地出现在读者面前。"① 竹内好认为文学家鲁迅是难得的优秀的启蒙者，这个启蒙者在思想观念上经常落后于时代，因为他不是所谓新观念的代言人，而是生活的承受者和诉说他所承受之苦的文学家。但就公认的启蒙者来说："文学者鲁迅无限地生成出启蒙者鲁迅的终极之场。"② 在竹内好看来，启蒙者鲁迅与文学者鲁迅之间并非不可相通，当启蒙的根基牢牢建立在文学上时，启蒙就成为文学的另一种表达，在这个意义上，竹内好承认鲁迅是一个难得的优秀的启蒙者。

第七，原型鲁迅。竹内好把鲁迅作为第一义文学者，他是站在把鲁迅文学放在某种本源的自觉之上这一立场上而强调"鲁迅是站在终极的意义上形成了他文学的自觉性"③。因此，竹内好的第一义文学者鲁迅不是一般意义上创作了文学作品的鲁迅，也非一般意义上对鲁迅文学作品的泛指，而是根深蒂固地联系着鲁迅自我生命内部的某种生成机制，包含鲁迅与其虚无境遇的遭际、纠葛，甚至绝望。竹内好的研究的逻辑是第一义文学者的衍生物就是启蒙者，指出"文学者鲁迅无限地生成出启蒙者鲁迅的终极之场"④。启蒙者鲁迅进一步的衍生就是政治家。竹内好说鲁迅："立刀横站，直面政治，保持住了一个文学者的态度，同时也据此把自己化为一个非凡的政治家。与此相同，他是否也通过把复杂的环境正面投射给自身，而在危机饱和的形态动中获得静呢？

---

① ［日］竹内好：《鲁迅》，未来社1971年版，第174—175页。
② 同上书，第173页。
③ 同上书，第71页。
④ 同上书，第173页。

所以，他传记的单调，又正是和他的文学本质根本相关的单调。"① 竹内好所谓鲁迅"自己化为一个非凡的政治家"，不是指活跃的政治活动者，而是直面现实政治，用文学形式把复杂的政治环境折射于自己身上，在恶劣的政治环境中取得文学之静致。所以，竹内好鲁迅研究的逻辑构成了"第一义鲁迅"与"启蒙者鲁迅"、"非凡政治家鲁迅"于一体的"原型鲁迅"。"原型"鲁迅站在终极的意义上形成了他文学的自觉性。

第八，有关鲁迅的文学鉴赏。竹内好从以下三个方面详尽地论述了鲁迅文学的鉴赏问题：第一，要读懂理解鲁迅文学的内容，掌握文学的知识。他说："我是专门研究中国文学并把它作为我的职业，鲁迅研究同样也是我的职业，还是主攻的方向，所以具有鲁迅方面相当的知识。但是，如果是鉴赏的话，有关鲁迅作品鉴赏的资格，即使缺乏鲁迅方面知识的读者，每个人和我是同等的。知识量与鉴赏力的高低没有直接的关系……我认为，鉴赏力的根源最主要的是读者的人生体验。"② 第二，鉴赏的同时也是创造，即使不是立刻的创造，但两者之间的距离也很近很近。仅仅读了作品，理解了它的内容，还不是鉴赏，只有接受了它的影响，进入人格内容的改变，心里产生变化的状态后才是鉴赏。比如，读了《阿Q正传》有人认为写的是自己感到一种羞耻，或知道不是写的自己感到一种痛快，这是鉴赏，同时也是创造。第三，文学鉴赏是读者个人的行为，存在个人的责任和看法。读文学作品，个人的想法是任意的，众口一致的分析和评论，原则上是不成立的③。"关于鲁迅的鉴赏，我与诸位都是按各自方式进行，在鉴赏中产生的创造，是与自己的感受相关。"④ 竹内好关于鲁迅文学鉴赏的上述三点，是他的文论观内容之一，于文学鉴赏具有重要的应用价值。

---

① ［日］竹内好：《鲁迅》，未来社1971年版，第28页。
② ［日］竹内好：《关于鲁迅文学鉴赏态度》，载《新编鲁迅杂记》，劲草书房1978年版，第204—205页。
③ ［日］竹内好：《鲁迅》，未来社1971年版，第205—206页。
④ 同上书，第208页。

第九，文学奴性论。竹内好通过观照鲁迅，把日本文学反映社会近代化转型的一个重要问题即奴性问题提了出来。文学奴性论成为他的鲁迅研究重要内容之一。他写道："日本文学视野中的人间是空中楼阁吗？大概是落后国的闭塞社会转型的典型吧。实际上，日本文学甚至还没有意识到作为后进国转型期的问题。日本文学能够摆脱落后状况，或者说，它自己在把握什么时候能够摆脱。它把握着可能性，把握着总是假设的自己明了的地方。日本文学没有考虑把握自己的近代，把握住近代的感受。作为落后社会的日本在保持艰难的近代转型中没有活力，近代改变没活力的探索才刚刚开始。不断摸索吧，永远碰壁是不会的。日本社会的矛盾在总是朝外膨胀的过程中像模拟似的得到解决。日本文学掩饰自己的贫乏，总是试图用探求外来的新东西来蒙混过关。幻想着自己进步兴盛，以证明自己没有碰壁。看着碰壁的对手，移入自己的落后性，认为这是对手的落后性。奴隶，只要不失去自己的奴隶主就不失却希望。自己仿佛不是奴隶，就绝不可能自觉到奴隶的地位。奴隶否认自己的奴隶地位，同时否认奴隶主地位的话，只能带来绝望感，这于他是不可理喻的。但是，奴隶能强行摆脱奴隶行为的话，正是自觉到自己奴隶地位的时刻了。鲁迅根据自己国家的历史，写道：能看到'想做奴隶而不得的时代'和'暂时做稳了奴隶的时代'向'创造这中国历史上未曾有过的第三样时代'交替，是'现在的青年的使命'。这种形态就要拒绝否认传统。可从日本文学里，只见到歇斯底里的状况。"① 竹内好认为，按鲁迅的眼光来看日本文学，日本文学就有向往奴隶主地位的奴隶文学之意味。从古代文化摆脱中国文化影响的失败，到近代依附西方文化的状况，从"支那崇拜"到"支那侮蔑"，从西方崇拜到蔑视西方，这应该被看作是落后的日本文学存在的另外一种落后的问题。所以，日本文学很需要鲁迅精神。这也是竹内好通过鲁迅研究进而反省日

---

① ［日］竹内好：《鲁迅与日本文学》，载《新编鲁迅杂记》，劲草书房1978年版，第92—93页。

本文学的独特地方。

第十，国民文学论。自称鲁迅研究为职业的竹内好，他的国民文学论在日本现代文论史上也占有重要的地位。1951年9月，竹内好发表《近代主义和民族问题》文章，提出了国民文学的问题。他谈到战后文学的新启蒙运动，无论左翼或右翼，均以西欧近现代文学为模式，没有思考民族问题。为此，他指出："无视民族意识或民族问题会带来文学的缺欠。战后，近代主义再次复活，文学家不能抛弃传统的'国民文学'。国民文学不可能用阶级文学和殖民地文学（反过来说也是外国文学）所替换，它是无法替换的宝贵财产。不扎根民族传统就不可能实现人性的全面恢复，也不可能创造出真正的国民文学。"① 竹内好提倡"国民文学"既要批判近代外国文学强行引进的倾向，更强调文学要扎根民族传统、思考民族问题。1952年5月14日，竹内好发表来往书简《通往新国民文学的道路》，指出国民文学的提倡在历史上经历了三个时期。第一，近代文学初期，从二叶亭四迷经北村透谷至石川啄木。第二，第二次世界大战战争期。以"日本浪漫派"为代表，提出国民文学具有法西斯主义的味道。第三，第二次世界大战后至当前。竹内好认为：战后人们热衷于民族主义，"战败的体验，增强了受亚洲民族主义影响的左翼思想体系内容。日本无产阶级文学主流，近代主义，战后反近代主义的所谓人民的倾向都出现了"②。同样提倡国民文学的人群中也有像桑原武夫那样站在近代主义立场上的。竹内好上述的"提倡国民文学"是对近代主义持批评态度，他强调日本文学重要的不是学问，也不仅仅是文学创作，而是关系日本国民的生存即民族活路的问题。

藤井省三（1952— ）

生于东京。1976年东京大学文学部中国语文学专业毕业，进入该

---

① ［日］竹内好：《近代主义和民族问题》，载《战后文学论争》（下），番町书房1972年版，第111—114页。
② ［日］竹内好：《通往新国民文学的道路》，载《战后文学论争》（下），番町书房1972年版，第116页。

校人文科学研究科攻读博士学位课程，1979—1980年在中国复旦大学进修中国语言文学，1982年东京大学人文科学研究科博士课程完成。先后任东京大学文学部助教、樱美林大学文学部副教授。1988年任东京大学副教授，1991年获东京大学文学博士学位，1994年任东京大学文学部教授，翌年任东京大学大学院人文社会系研究科教授至今，系日本学术会议成员。藤井的鲁迅论重于考证，发掘出殊为珍贵的资料，他又是在熟练掌握当代西方文论基础上而站在日本鲁迅研究领域前沿并成为当前日本现代中国文学研究的领军人物。其现代中国文学论主要著作有：《俄罗斯之影——夏目漱石与鲁迅》、《鲁迅——〈故乡〉阅读史》、《鲁迅事典》、《鲁迅：活在东亚的文学》、《中国文学一百年》、《台湾文学一百年》、《东京外语支那部——交流与侵略之间》、《现代中国文化探险——四个都市的故事》等。其文论的主要内容是：

第一，从阅读史释鲁迅。从接受理论角度去阐释文学作品是藤井的鲁迅研究的一个特色。在《鲁迅〈故乡〉阅读史》书中，他写道："《故乡》作品的出现不仅标志着鲁迅文学的成熟，也是中国近代化真正启动的标志。""作为中国国文教材从单行本里收入，（指1923年——译者注）培养了知识阶级预备军的感情和伦理，1949年共产党统一中国后，《故乡》按照阶级斗争的学说被解释，在中学担负起社会主义思想政治教育的作用。《故乡》发展至今的70年间（指1920年到1990年——译者注），该作品的读者数恐怕达到十多亿的庞大数字。对于历年的读者，民国时期的文艺批评家和教科书编者以及国文教师给予了诠释和提示，中华人民共和国时期的共产党文教部门行政官员给予了强制性的解释。在对以上解释及诱导的不时排斥中，读者们根据自己时代状况形成新的阅读观。这就意味着，《故乡》阅读史不断出现新的编辑和新的认识。"① 藤井考察，除1975年昆明市编辑出版的《中学语文课文选读》收有《故乡》外，"文化大革命"时期的中国中学教材里都没有选《故

---

① ［日］藤井省三：《鲁迅〈故乡〉阅读史》，创文社1997年版，第3—4页。

乡》。他写道:"文革前半期,一边限定地选了鲁迅文学作品;一边重视语文教育的'文'(指思想教育——译者注),《故乡》为什么被禁选呢?我认为,原因是'文革'中毛泽东的阶级斗争至上论。由没落地主阶级出身的'我'与农民阶级的闰土,主要划为小市民阶级的杨二嫂等复杂成分构成的《故乡》,稍有不慎就有可能落入反革命教材的。特别是《故乡》里面寂寞的'我',希望与绝望的动摇心理,这于要求革命信仰、绝对忠诚毛泽东的'文革'时期是不允许的。"① 对于改革开放时期的《故乡》阅读史,藤井认为:知识分子产生了独立思考,不同读者有不同的解释,城市与农村读者理解差别拉大,作为人性成熟与丧失的故事,《故乡》新的阅读方式登场②。此外,关于《故乡》在日本的阅读史,藤井提出从1927年《故乡》翻译到日本后作为外国文学被收录于中学国语教材起,历经了中日关系变化中的删改及增补等。藤井认为《故乡》阅读史研究要引入安德森的"想象的政治共同体"理论,找到鲁迅作品被阅读、被诠释、被评价的过程及内容,从而去探寻鲁迅作品存在的社会政治与文学的重要价值。藤井上述"从阅读史释鲁迅",不仅仅是接受理论研究的范例,也是他的社会政治与文学关系理论的建构。

第二,鲁迅的原罪意识说。在《鲁迅与蕗谷虹儿及叶灵凤——论"纯真的意义"》文中,藤井谈了鲁迅对日本画家蕗谷虹儿"纯白"的"赤子之心"及"原罪意识"产生的共鸣感。他写道:"从愿望与禁忌相克中产生的虹儿的少女像,或者徒然追求那永恒女性的漂泊的自我像——鲁迅对这些激赏为'幽婉'。当然,所谓'白心即纯真',在鲁迅那里是与不合理现状做斗争的基点;但是关于虹儿画,不如说是导致虹儿画少女像及自我像的对母亲的自卑感与原罪意识吸引了鲁迅。所谓'纯真',在虹儿那里指的是固执着幼年期的体验、注视着自我斗

---

① [日] 藤井省三:《鲁迅〈故乡〉阅读史》,创文社1997年版,第182—183页。
② 同上书,第261—274页。

争的内心的原罪、认识到自己存在的艺术精神。在鲁迅从虹儿那里见到的纯真的基础里，有着围绕美丽的母亲与'弑父'的愿望与禁忌，这不是暗示了留日以来一直保持着的鲁迅的'白心'的起源中潜在的某种原罪意识吗？试想，《狂人日记》结尾的'救救孩子'，是觉悟到不知何时吃了妹妹肉的狂人的叫声。让认为具有吃人经历，因而无脸见'真的人'的狂人叫出：'救救孩子'，的确使人见到了鲁迅的'白心'思想大的奥秘——作为玷污了'白心'的罪人而更与不合理现象斗争，对于为被玷污的悲哀而战斗的基点的'白心'作更深的追求。我认为，放在鲁迅的'白心'思想的体系中看，在《蕗谷虹儿画选》中可以窥见的也可称作鲁迅的原罪意识的心之阴影，是他的文学活动中不可忽视的东西。"① 藤井所写的鲁迅的原罪意识是，在与不合理现象斗争时意识到了自己是被玷污了"白心"的"罪人"，常怀有污点的人的"悲哀"（原罪）与污点进行战斗。怀着这种原罪意识，鲁迅投入了文学活动。所以，鲁迅研究不能忽视原罪意识。藤井上述"鲁迅原罪意识说"不啻为真知灼见。

第三，鲁迅研究新史料的发掘。鲁迅研究新史料的发掘是藤井用力之处。在《鲁迅与安德烈夫——文学上的老师》文中，他写道："以前，在中国以外最早介绍鲁迅的人，被认为是青木正儿。他在1920年《支那学》杂志创刊号至第3期上发表了《以胡适为中心翻腾者的文学革命》一文，在其第三部分提到了鲁迅的《狂人日记》。但是，实际上比青木正儿早十年以上，鲁迅与周作人就以'中国周氏兄弟俩'的名称登上了日本新闻媒介之一角。"② 因为"三宅雪岭主编的《日本及日本人》杂志第508号（明治四十二年五月一日）在《文艺杂事》栏内就做了这样的介绍：'在日本这种地方，欧洲小说是十分畅销的，中国

---

① ［日］藤井省三：《鲁迅比较研究》，陈福康编译，上海外语教育出版社1997年版，第253—254页。

② 同上书，第51页。

人未必受此影响，但在青年中也常常有人在读，住在本乡的年仅二十五六岁的中国周氏兄弟俩，大量阅读英、德两国语言的欧洲作品，而且计划在东京完成一本题为《域外小说集》约卖三十钱的书，寄回本国出售。现已出版第一册，译文自然是汉语。'"① 明治四十二年即 1909 年，所以，日本最早介绍鲁迅的时间应该比学界昔日所说的 1920 年早十年以上。另外，藤井在日本外务省外史料馆调查有关档案时查到日本密探跟踪爱罗先珂的秘密报告中有"来北京的广岛市中学生米田"的记载，后他与原名米田刚三现定居美国的日本工人运动理论家卡尔·姚乃达通信，了解到米田曾在鲁迅、周作人家住过一个多月并记录了爱罗先珂口述后被鲁迅翻译的童话《红的花》之事。这也是鲁迅研究新史料的一个发掘。藤井上述的鲁迅研究新史料发掘代表了日本学者的现代中国文学研究的一个特点。

第四，鲁迅研究新证。藤井反复强调，鲁迅研究中存在着诸多疑问，必须认真求证，给予正确的科学的解释。在《失踪的鲁迅日记》文中，他写道：1942 年年初，日本宪兵队释放了两个月前抓的许广平，"不知何故，除了鲁迅 1922 年的日记外，其余被搜的东西全部返回，所以，至今出版的《鲁迅全集》里的日记卷还欠缺 1922 年的日记。在战后不久许广平写的《黑夜的记录》（安藤彦太郎译，岩波新书）里，她推定该年日记被'擦桌子使用了'，而以往一般认为在宪兵队散漫的管理下而丢失。在太平洋战争爆发前夕的'佐尔格事件'②（1941 年 10 月）里被揭发有牵连的记者中，以尾崎秀实为首的山上正义、史沫特莱等，在上海都曾与鲁迅有过密切的联系。考虑到这点，有些复杂的背景就会浮现出来。宪兵队抓许广平开始便盘问过日本人与鲁迅交往的关系。1922 年的日记是否与 1941 年当时的那些日本人有关呢？例如，在

---

① ［日］藤井省三：《鲁迅比较研究》，陈福康编译，上海外语教育出版社 1997 年版，第 51 页。
② 1941 年 10 月日本军部破获的佐尔格间谍案，此案涉及 9 个国籍数十人，震惊日本，轰动世界。佐尔格在 1944 年 11 月 7 日被执行绞刑。——译者注

日本放逐的俄国盲诗人爱罗先珂有关系的东京帝大学生福刚诚一，1922年曾在北京鲁迅家里住过两个多星期。他大学毕业后，进入日本同盟通讯社当记者，到中国出差时访问过鲁迅。在其他年代的鲁迅的日记里，有的记载了福冈与鲁迅彻夜深谈的事情。私淑于日本社会评论家长谷川如是闲的自由主义者福冈，'佐尔格事件'之时被军部压制是极有可能的。还有，因为爱罗先珂的关系，在1922年住在北京与鲁迅亲密交往的牧师清水安三（1891—1988），1941年7月从美国募捐回来，一个月内几乎每天都被北京宪兵队传讯，最后他交出募金一万美元的大部分而完事。北京与上海的宪兵队联系密切，对时局又随便发表意见的清水，军部对他施加压力的一个背景难道不是注意到他与鲁迅的朋友关系吗？1922年是鲁迅与日本人交际迎来高峰的一年，二十年后发生'佐尔格事件'之际，宪兵队当局加紧了对记者和自由主义言论者的压迫，1922年鲁迅日记所记载的日本青年们想来正是宪兵寻找的目标。我不得不考虑鲁迅日记失踪的背后存在'佐尔格事件'的因素。"[1] 作为解释鲁迅日记失踪之谜，藤井首次在学界给予了上述的求证，这既是鲁迅研究新证的一个范例，也是藤井文学研究的着力点。

第五，鲁迅理解与理解鲁迅。在《中国文学一百年》的第三部分里，藤井提出"鲁迅理解与理解鲁迅"的命题，根据这个命题，他写了长文《鲁迅与〈版艺术〉志——围绕〈战争版画集〉》。文中谈到"鲁迅理解"时，藤井引了鲁迅杂文《奇怪（三）》的话："原来是日本杂志店里，鲁迅见过的在《战争版画集》里的料治朝鸣的木刻，是为了纪念他们在奉天的战胜而作的，日本纪念战胜中国的作品，却成为被战胜国作者的作品的插图——奇怪一。"[2] 针对"鲁迅理解"，藤井在文中写到了"理解鲁迅"："《战争版画集》的意图绝非为了纪念日本的战胜。但是，对被侵略的国民来说，即使将战争悲剧进行了艺术

---

[1] ［日］藤井省三：《中国文学一百年》，新潮社1991年版，第155—157页。
[2] 同上书，第167页。

化的作品来纪念'停战协定',仍然不能否定奉天'入城'的日军是侵略军。料治画对本国侵略战争缺乏批判的视点,虽与料治意图无关,但在被侵略国国民的眼中就是'纪念战胜'的。这大概是与战争现实相关的记录性色彩浓厚的料治画的宿命。叶灵凤用料治画作为《沈阳之旅》的插图,鲁迅斥之为'奇怪'正是与这点有关吧。"① 本文末写的"鲁迅理解"是鲁迅逝世前十天对青年版画家说的话:"艺术应该是真实的,作者如故意歪曲对象,是不行的。所以无论对任何事物,必须要正确的观察,最好是看清了本质以后再下笔。"② 对于"理解鲁迅"的这段话,藤井写道:"初看是现实主义艺术的入门语,但若将它与《战争版画集》一起放在日中战争的现状中去思考,就感到鲁迅这话具有千钧之力。"③ 上述鲁迅提出的"艺术真实性"的说法,按藤井"理解鲁迅"命题将之放在日中战争现状中去思考,就具有深刻的含义了。以《鲁迅与〈版艺术〉志——围绕〈战争版画集〉》一文为个案,藤井提出"鲁迅理解与理解鲁迅"的命题也是他在鲁迅研究方面的一个理论建构。

第六,鲁迅影响研究论。藤井对鲁迅接受外国作家的影响进行了深入的探讨。他运用影响研究的实证方法,分析鲁迅的文学现象,进而建构起他的鲁迅研究方面的比较文学理论。在《俄罗斯之影——夏目漱石与鲁迅》书中,他写了鲁迅受到夏目诸多影响。鲁迅喜欢光顾夏目作品中多次提及的东大赤门前的青木堂,鲁迅留学东京住的"伍舍"曾为夏目的租房,鲁迅逝世前十天购的书就是《漱石全集》第14卷。藤井认为这不是偶然的,而是含有鲁迅对夏目的敬慕。藤井还从鲁迅对夏目的短评中探寻了影响的媒介:"在大段引用《鸡头序》之后,鲁迅指出《我是猫》与《哥儿》是'新江户艺术的主流'。其实这是1905

---

① [日] 藤井省三:《中国文学一百年》,新潮社1991年版,第173—174页。
② 同上书,第177页。
③ 同上书,第177—178页。

年10月《我是猫》上卷出版后不久,大町桂月在《太阳》杂志上所给予的批评。桂月认为《我是猫》在江户趣味、高雅等方面是成功的,但不够滑稽,讽刺性极弱。漱石对此感到不快,在《我是猫》的续卷中对桂月作了严厉的嘲弄。鲁迅'轻快洒脱,富于机智'的短评,一看就知是出于桂月说的'作为江户趣味的特征是轻快洒脱、观察奇警'。但是,不能忘记桂月进而又批评说:'另一方面,看不到雄大庄重、沉郁幽玄等的趣味……《我是猫》虽然可称为小说,但它只是把每天的事情写得有趣可笑,却没有一条主线情节。'鲁迅只取桂月的好意的批评,在'富于机智'的一语中暗示了《我是猫》的文明批评的性质。总之,在'低回趣味'、'新江户艺术'等语中,鲁迅明显地渗入了对漱石的好评。"[1] 上例可见,着力于"媒介学"是藤井的"影响研究论鲁迅"的重要特征。

第七,鲁迅平行研究论。在《故乡的风景》中,藤井从归乡、回想、结尾三部分对鲁迅的《故乡》与契诃夫的《省会》进行了平行比较研究。他条分缕析了两篇小说之异同后,写出了"鲁迅平行研究论"的精辟见解:"《故乡》末尾有关希望的思考,与《省会》描写的绝望与困惑相比,理论性远为深刻。希望年轻一代幸福,但这一希望也不过是手造的偶像(即虚妄);希望正像地上的路,本来是没有的;只有知其虚妄但仍然追求的人,他才会出现。——这一几重转折的希望理论,就是《故乡》的主题。在《〈连翘〉译者附记》中批评契诃夫作品'稍缺深沉的思想'的鲁迅,是在希望理论上建立主题而写出《故乡》的。但是,我在前面论述过,契诃夫的作品在20年代曾作为最优美的俄国革命的图像而受到日本知识分子的欢迎。鲁迅也几乎是在同时期接触契诃夫作品的,但他没有陶醉在它的优美的革命图像中,而是将《省会》所描写的革命退潮期的绝望进一步深化,写出了对中国革命的

---

[1] [日]藤井省三:《鲁迅比较研究》,陈福康编译,上海外语教育出版社1997年版,第81—82页。

希望重新提出根本性问题的作品《故乡》。这是什么原因呢？鲁迅说的革命，其思想上的来龙去脉究竟怎样？还有，写《故乡》的1921年对鲁迅来说，以及对中国知识分子来说，是怎样的一个时代？这些是必须进一步探讨的。"① 藤井的"鲁迅平行研究论"已涉及十多位外国作家，其中几位是鲁迅研究领域里尚未注意的，这种研究本身就含有一种新意，更何况论者独到的精辟之见不时显现其中。

第八，比较文学的多维思考。藤井的鲁迅研究重视影响研究与平行研究的综合运用，对鲁迅与拜伦、安德烈夫、夏目漱石、芥川龙之介、武者小路实笃、爱罗先珂、契诃夫等的比较分析莫不如此。此外，比较文学中的跨学科研究，如鲁迅与日本插画、日本木刻的比较，都是很少有人涉及的课题，而这正是他得心应手的。特别是比较文学的主题学方面，藤井对鲁迅作品中的"复仇"、"希望"、"寂寞"、"忏悔"、"罪与走"等主题研究下的功夫很深，在《鲁迅与芥川龙之介——围绕着"流浪的犹太人"传说》文中，他写道："'罪'与'走'这两个主题，在讲述背叛爱过的女人并使她死亡的青年的罪的自觉的手记形式的短篇《伤逝》（1925年10月）中，作了交锋。与三次背叛耶稣的使徒彼得的《到哪里去》相似的这篇作品，以'我要将真实深深地藏在心里的创伤中，默默地前行，用遗忘和说谎做我的前导……'而结束。赎罪这一命题在20年代中期鲁迅作品中形成，是因为与同时期的日本一样的不宽容的时代所造成的。"② "作为赎罪的走——这可说是'流浪的犹太人'传说成为某种触媒作用，在鲁迅作品中显出来了。在翻译芥川作品时通读过《烟草与恶魔》的鲁迅，也看过收于该作品集内的《流浪的犹太人》，这一神奇的传说在他内心的角落停留了吧，后来，在迎接不宽容时代时，鲁迅对充满自豪与自信的芥川的'流浪的犹太人'形

---

① [日] 藤井省三：《鲁迅比较研究》，陈福康编译，上海外语教育出版社1997年版，第154页。

② 同上书，第203页。

象，对罪与自觉的意义，再次做了新的解释和修改，并因此创造出为了赎罪而自己永远走路的阿哈斯瓦尔形象。"① 综合运用影响研究与平行研究，跨学科研究及主题学研究，均可称为比较文学的多维思考，藤井的鲁迅比较文学研究正是以这种思考方式而为学界称道。

第九，台湾文学论。藤井认为，1895 年日本占据台湾，强化日语教育，台湾读书市场日语普及，台湾人的日语理解者骤增，"台湾文坛"意识成立。1937 年日本全面侵华战争展开，日据台湾进行了皇民化运动和南方经济圈的教化，皇民文学登场。在《台湾文学一百年》书中，他写道："皇民文学其要旨是协助战争，如要从对日本的抵抗或投降的观点来分类，不能不说会引起难下结论的争辩。我所关注的是，从皇民文学中出现的台湾皇民文学，以及台湾人逐渐意识其主体性的过程。"②"台湾人的战争体验，体现在台湾读书市场上被作品化了的皇民文学，随着读者—批评—新作—读者……而高速重复地生产、消费、再生产的循环，这个逻辑论理和感情就被台湾公众所共有，并朝着共同体的想象而展开。"③"日本发动'大东亚战争'高唱'大东亚共同圈建设'，实际上，'大东亚共同圈'意味着对中国的侵略和把欧美的东亚殖民地变成日本的殖民地，并非为了东亚各民族的解放。因此，'大东亚战争'期间的台湾，随着战争进行而诞生的公众，成为担负起台湾皇民文学'文化'建设的主体，形成了台湾民族主义。"④ 藤井的台湾文学研究重点是日据时期的台湾皇民文学，他在历史观和方法论上引入了文化研究、语言民族主义、想象的共同体等理论，认为日据时代"国语"（殖民地宗主国日语）的推广是台湾皇民文学形成的主要原因，台湾皇民文学作为皇民文学部分其要旨是协助战争，在之上形成了台湾

---

① ［日］藤井省三：《鲁迅比较研究》，陈福康编译，上海外语教育出版社 1997 年版，第 204 页。
② ［日］藤井省三：《台湾文学一百年》，东方书店 1998 年版，第 63 页。
③ 同上书，第 64 页。
④ 同上书，第 67 页。

民族主义，由此可追寻台湾的本土意识及殖民意识。

第十，现代中国文化论。藤井的现代中国文化研究主要是都市文化研究，在《现代中国文化探险》书中，他考察了北京、上海、香港、台北四个城市的人文社会历史，根据美国社会学者安德森的"想象共同体"理论高度概括了现代中国文化。他写道："通过说中国语的四个城市——北京、上海、香港、台北——为中心，能够考察到中国现代文化的历史及现状。中国具有全欧洲的巨大空间，包容了丰富的地域性文化。追寻这四个城市的故事，我们能够对中国保持不同的看法。通过四个城市故事的相互比较，我们可以更深刻地理解各个城市的个性和魅力。"① 运用都市比较方法研究，即"四个城市的现在与各城市获得的自身主体性的过去时代相比较的方法。北京以街道而言，正式向近代都市转变的20世纪20年代与现在相比较，上海从到达繁荣极盛的30年代与现代上海相比较，台北从普及日本语为'国语'而萌生台湾主体性使台湾文坛登场的1940年前后与现代相比较，各城市的两个时代之比较，可以测量到他们文化的质与量"。"在香港的主体性急速成长的八十年代里，香港文化界几乎是总动员去描写三十年代某种恋爱传说的地方。""以北京、上海、香港、台北四城市为目标的旅行，不仅仅是在考察说国语的人。20世纪日本也通过四个城市的巡礼形成了新的中国观，并观照中国描写出日本人的自我形象。芥川龙之介1921年旅行中国，为壮丽的北京所倾倒。在芥川的强力劝诱下，横光利一于1928年探索了上海，创作了长篇小说《上海》。大正文坛的杰作《女诫扇绮谭》促使佐藤春夫于1920年去台湾旅行。夏目漱石1900年初起程乘坐普罗依丝号汽船去伦敦留学，他首先见到异国的繁荣的欧化都市正是最早停泊的港口上海和香港。"② 藤井的现代中国文化论在上述四个城市

---

① ［日］藤井省三：《现代中国文化探险——四个都市的物语》，岩波书店1999年版，第2—4页。

② 同上。

的区域文化历史比较中得以形成。他的现代中国文化研究首先是从区域文化的地域特征入手，抓住都市发展历史，运用"想象的共同体"理论，从"大文化"的范畴展开，这种研究仍属于思想社会史的研究方法。

第六节　J文学论：川本三郎

川本三郎（1944—　）

生于东京。1964年入东京大学法学部。大学期间作为典型的"60代"光顾电影院、爵士乐吃茶店、先锋艺术戏剧馆等。1968年大学毕业进入朝日新闻社任记者。1971年夏天因采访被卷入了新左翼过激派的公安事件，于1972年退社，后成为自由写作者，出版了许多著述。1991年以《大正幻影》获三德利文学奖，1997年以《荷风与东京〈断肠亭日乘〉私注》获读卖文学奖，2003年以《林芙美子的昭和》获每日出版文化奖、桑原武夫学艺奖。川本以文学电影为中心，涉及表演、音乐、漫画等诸多方面，问题体系包含城市、儿童、疾病、风景、记忆等，他以"东京"及生活在东京的"个人"的独特兴趣讲述现代都市文化，可视为J文学论的代表，其文论著作主要有：《同时代的文学》、《被遗忘的女神们》、《漫步电影世界》、《都市的感受性》、《感觉的变样》、《我背后的一页》、《远方的声音》、《这回的战后电影》、《银幕的东京》等。其文论的主要内容是：

第一，"死"与"性"。"死"与"性"是日本现代文学重要的话题，川本在《都市的感受性》中就此话题写道："要知道即使在东京，不是也有引起骚动的某种有机性的'死'吗？例如，金属球棒杀人事件是怎么样呢？——这样反驳的话就明白。但是，对我来说，那个事件作为生动的社会新闻除了缺乏人情味外没有什么大的特色。杀害亲人带血腥的现实主义事件里欠缺决定性的因素。那个拿着'金属'球棒的冷静印象被强化。那个少年杀害了亲人，不过仅仅是亲人的记号消失了吗？那个少年与亲人的关系，按我们以上的思考就事论事，实际上也不过是反人道的关系？它使人认识到那个英语文学教坛中负有盛名的教授杀害了精神异常的孙子的悲惨事件的实质。所谓'血脉相连的亲人'的幻想完全破灭，一面是与肉体距离感成反比的精神距离感在扩大，另一面是家族由事实的家族向虚拟的家族变形。所以，大概这是一柳展也提出的'残虐'的行为吧。像森田芳光监制的《家庭游戏》那种家族不合理的剧能够存在一样，现实主义的亲人关系正逐渐从现代家庭中消失。'性'的问题同样。'性'是从有序向无序渐渐地变化。与乱立在新宿歌舞伎街周围高度发达而时髦的性产业相比的话，恶名昭著的纽约红灯区第四十二大道现在倒成了朴素的村落。四十二大道的'性'尚未成为'生活'，但在歌舞伎街，已使'性'成为放任的'快乐'和'游戏'。因此，宫内胜典的《远离格林威治的光》中悲惨的波多黎各妓女们纷纷登场，森田芳光导演的《像那样的东西》中喜欢阅读平装书（这里特指关于性的书——译者注）的，好像村上春树和高桥源一郎的小说里经久不怪的'满不在乎样'，全然没有生活感的土耳其姑娘（秋吉久美子）已经华丽登场。在这个国家，'性'作为更加有机的、肉体的行为，实际上成为虚无的已明朗化的永不厌倦的'游戏'。"[1]川本认为"死"与"性"成为都市的有机性，跨越了国度和古今，人类的"空间"和"时间"观念在日本现代文学里逐渐失去。

　　第二，都市连续性丧失说。川本批判了日本现代文化中都市连续性丧失的现象，他写道："作为破坏和再生的反复，都市是一刻也不静止的混乱的流动体。中泽新一在他卓越的哥吉拉论（《哥吉拉的来临》、《中央公论》1983年12月号）中提出了关于现代资本主义的定义——'资本主义是根源的《构造批判》系统，那里并不认为是支撑世界安定

---

[1] ［日］川本三郎：《无机都市的噩梦》，载《都市的感受性》，筑摩书房1984年版，第6—7页。

的基础。支撑这个系统的是没有统一和构造的反复和没有静止的秩序等，是不停的循环运动和继续不断地前进。资本主义所谓永远成熟的说法应予否定.'——这便成为现代继续浮游的都市的定义。都市每天激烈地变化着，在急速的时间变化中改变姿态，扭曲空间，没有连续性。不仅仅如此，无论时间还是空间，甚至最终连自身也被舍弃。引用爱德华·T.霍姆的话：'我们基本舍弃了文化的意义。总之，连续性的思想在这里消失.'（《作为文化的时间》宇波彰译）昨日的大厦被破坏。对大厦的留恋支撑着个体同一性，像混凝土的残块一样无意义地散落。我们建立起的新的大厦已经预定将来的破坏，'破坏很容易'，我们知道按隐蔽的施工方法在大厦内部已经埋好了炸药。杀戮了的城市的未来确实在等待自己破坏。例如像菲利浦·K.大卫说的：'智能机器人见到电动羊的梦吗？'或者如G.J.波拉多的《残虐行为展览会》那样，SF小说建构了舞台的都市迫不得已遭到破坏的形象。在失掉连续性的都市，想要确定'真正的自己'或'主体性'很困难。在令人眼光缭乱无限循环的破坏和建设的城市中，越来越失去有机的实体，过去和现实的世界没有连续性的浮游物在游荡。'过去模糊不清，好像古时候的日子盖上一层薄薄的膜。我不清楚所经历的事情是否真的发生过？'雷蒙德·卡瓦的《在脚旁流淌的深川》（村上春树译）中指出确认自己的丧失越加错乱散乱，'自己不是自己'的状态成为常态。那样说来，自己唯一的根据只剩下回归故乡和过去，也许即使那样也无法回到真实的故乡和过去。'如果现在的自己不是自己，那过去的自己也不是自己.'少年时代与现代失去了决定性的联系，当然，对于过去和现在的非连贯性，也就是说，从没有确认自己的现代人的无序浮游状态着眼的寺山修司[①]，他的电影《田园的死》就试图对此进行演示。"[②] 川本认为现代日本人

[①] 寺山修司（1935—1983），日本剧作家、歌人、诗人、电影演员。——译者注
[②] ［日］川本三郎：《无机都市的噩梦》，载《都市的感受性》，筑摩书房1984年版，第14—16页。

不断舍弃文化意义，特别是都市化了的年轻人，他们连续性的思想正在消失，这也是所谓 J 文学得以盛行的原因。

第三，游戏精神。针对现代日本年轻人的"游戏精神"，川本在《变化的时代空间》文中写道："说到'游玩'就无法忘却浸透进 70 年代十年间的'年轻人'文化圈的'游戏精神'。以'恐怖屋'开始形成戏仿杂志，简进康隆①和井上久的登场，以大受欢迎的卡巴莱②文化为象征的 1920 年文化的复归，以及相声流行，于是根据运动的喜好，从'诚实的'运动拳击到盛行的'不诚实的'运动摔跤。'诚实的'人皱眉担忧'骚动'和'搞笑'在抬头。取代'忧虑的党派'的'滑稽族'充斥着热闹的哄笑和玩笑。一看到加入年轻人的团队拥有长期人气的'潘琪 ED 黛德'，就想到在那里找男朋友（所谓在演技）的女人经常问：'什么是理想的男人？'回答是'有趣的男人'。所以，街边的小剧场表演的或像野田秀树③那样'有趣'的人最吸引女人。比较散发出金钱味的剃了和尚头的运动少年以及高校棒球队员，出生于英国的'贵族子弟运动'的橄榄球员更吸引女生。从'根性'到'游戏'，从'泄露出的欲望'到'表层的流行性'很快形成。"④川本认为所谓"游戏精神"是日本现代表层的装饰的时代特征，是年轻人在缺乏通融性的竞争社会中产生的"新大众"的虚无主义式的自我欺骗。"搞笑"暗含着的虚无主义通过日本漫画、SF 小说等构成的喧哗，掩盖着实际上的他们对社会现实的不满。

第四，年轻人文化。川本指出："'年轻人'文化是一种'自给自足'的文化，也就是说不需要来自所谓'大人'的外部解说及教育等。自己亲手创作、自己阅读、自己书写，有意义的业余活动就等于彻底的

---

① 简井康隆（1934.9— ），日本小说家、科幻作家及演员。——译者注
② 卡巴莱（Cabaret），一种歌厅式音乐剧。——译者注
③ 野田秀树（1955— ），日本剧作家、演员。——译者注
④ [日] 川本三郎：《变化的时代空间》，载《都市的感受性》，筑摩书房 1984 年版，第 31 页。

大众化。总之，无论在摇滚方面、在动画片方面，还是 SF 等，伴随着'年轻人'成长起来的亚文化，作为外部的'大人'想对之解说和启蒙几乎不可能。现在那些摇滚评论家、SF 评论家和作家十年前大半都是摇滚和 SF 狂慕者，他们从信息的接受者变成了信息的发送者，这真是一种自给自足。像现在人气很旺的杂志《宝岛》、《POPARE》等都具有自给自足的流动性的能量。关于摇滚和漫画，比较'大人'评论家的敷衍解说，'年轻'的狂慕者那种狂热的赞美劲更具有生命力。'年轻人'文化作为大众文化的亚文化，曾经只是大学的社会学讲义的对象，现在已经成了一种拥有自我享乐的自给自足的文化。文化终于不再是'学习'的对象，而成为'玩'的对象。"① 川本对"年轻人文化"的解说，也是对 J 文学的一种写照。

第五，自闭症描写。针对现代日本社会的现实状况，川本在《变化的时代空间》文中写道："'自闭症儿'对于广阔现实世界比起来更喜欢狭窄的自我观念世界，和他人对话比起来更喜欢自言自语。或者与有对象的确切现实比起来，通过自我构筑的镜子看现实，显得更生动活泼。生活空间缩小，成反比的信息、信号空间无限扩大，现代'产品目录少年'和'奥克曼少年'，对于大人们感到的现实事物，他们总是感到更多的空虚。年轻的电影导演喜欢描绘'摩托车'这样的现代艺术作品，不仅是展示青春洋溢的一种手段，也是展示自我的目的。实际上，如果看了导演的《开着·剧团·道路》和石井聪互导演的《爆裂都市》电影就会发现，'摩托车'现在已经成为年轻人自我陶醉的象征，就如同电脑、奥克曼一样成为'一人玩'的道具，这和孩子玩'红色沙漠'裸露在外的排气管所起作用一样的'自闭'倾向在音乐世界里似乎也在发展。据远山一行说，现代的'奥克曼少年'更喜欢在没有他人的世界里听霍鲁斯特的《惑星》及富田勋电子乐器《远离现

---

① ［日］川本三郎：《变化的时代空间》，载《都市的感受性》，筑摩书房 1984 年版，第 30—31 页。

实的声音》(《奥克曼的社会学》,《新潮》1982年4月刊)。'自闭'已不仅仅是听者的问题了,作为演奏家也逐渐地呈现出'自闭'的倾向。格伦·格鲁特等就只为灌磁带而演奏。'格鲁特认为在密室里进行的演奏就如玩味〈子宫体验〉一样,让人销魂,这才是音乐的本质。'(远山一行)这样说来,联想到村上春树《听风的歌声》中的主人公很喜欢格伦·格鲁特的磁带,也许他也有'自闭'的倾向。""对这些'自闭的个人'来说,与其说'近代日本'是曾经让许多诚实的文学者烦恼的过去之延续,不如说'2001年的宇宙'是'破碎延续而不明白'的宇宙之延续更让人有真实感。"① 川本认为,这种"自闭的人"更喜欢"虚构的事物",当下,关注和关爱他们的正是擅长于虚构技巧的"自闭症描写"的作家们。川本的"自闭症描写"论密切联系着日本的现实,论述了J文学的一个重要方面。

第六,现代文学的缺欠。针对日本现代文坛存在的现代文学狭小偏颇、方法论丧失、偏执于细小的心理问题、想象力和创造性都衰退的观点,川本说道:"现代文学批判对我来说也很容易当耳旁风。现代文学是过于狭小而偏颇。从好的方面说就是可以朝着单纯化方向发展,可它具有太多的俗气、复杂的活力、不定型的能量。总之,我认为现在有从日常感性萌生出来的部分和丧失到对现实未知部分的关心及好奇心等。不管是不是和美国一样,日本在60年代以后,不可否定的是整个社会价值观的大变动、多样化、平均化,在这过程中,复杂的事物从既成的表现形式和传媒方式中脱离了出来。在这十余年间,除了文学以外,在年轻的一代中还流行话剧、音乐、电影等表现形式,这与现代文学的'狭小'和'偏颇'绝非无缘。"② 川本认为,现代文学的另一缺欠是对第一人称的忽视,转向第三人称的视点。但文学是极其个人心理化的

---

① [日] 川本三郎:《〈自闭时代〉的作家》,载《都市的感受性》,筑摩书房1984年版,第121—122页。
② [日] 川本三郎:《新闻文学论》,载《都市的感受性》,筑摩书房1984年版,第52页。

东西，现在越来越倾向于展示人类非合理性的心理，过多地追求疯狂，因而丧失了解那些打动人们内心的东西，特别是缺乏第一人称的真实感受。川本的论述无疑与当时日本社会相吻合。

第七，文学"滑稽"否定说。针对大江健三郎的评论文章《小说的方法》，川本写道："如果先给出结论，（大江）《小说的方法》提出的方法就太过于图式化和排序，这个图式化极其强制地很讨厌地插入到作品的定型之中。周边存在的事物，所谓存在的滑稽，虽能成为爱的对象，但又很难成为理论的对象，这样的根本矛盾纠结在该评论中。所谓滑稽应该是指从原来的秩序和定型中显示出所存在的闪耀光彩的发光体，但是，它却将此冠以'全体性'之名进行理论化、排序、分类后的滑稽和超出限度的事物进行了'体制内化'。滑稽的理论原本就充满了矛盾，应该自身具有'两种意义的存在'，因此，滑稽的理论总是只能从外到外看的过程中才能存在流动性理论（内含着以否定自我为契机）。我们接受过很多滑稽理论的暗示，但都不是由于没有捕捉地方的动态的活力，而是'为了活性化'和'为了整体性的回复'形成的固定的理论性。读大江的《小说的方法》最不满意的是对于让人感到有超出限度的事物和滑稽的存在，一边作为大量例子呈现出来，同时又不是以周边的存在而自立，经常被当作'为了文学的活性化'的材料。滑稽不是爱的对象，只是被高扬成'为了文学的活性化'的营养剂。"[①] 川本认为这种滑稽作为"小说的方法"使用只能使文学下滑到狭窄可怜的程度。他指出，现代日本文坛那些基于"文学的活性化"，精力充沛的滑稽演员们处于滑稽的图式化的文学中心，表现的是定型的超出限度的人和事。川本在这里是用"印象批评"方法对现代日本文学滑稽理论和现象进行了批评。

第八，SF文学。川本对日本现代文坛上盛行的SF文学现象提出了

---

① [日]川本三郎：《文学的活性化》，载《同时代的文学》，冬数社1979年版，第66—67页。

独特的观点，他说："SF 小说的魅力是极度地追求科学技术的发达（这样也带来'不安'、'恐怖'等）。SF（科幻意——译者注）一方面像电影《星球大战》一样，将宇宙迪士尼乐园化，成为适合孩子们看的冒险电视剧，另一方面不过是将人口增长、粮食困难、石油危机等问题扩散到《日本沉没》之类的面向未来的政策小说中去。不管哪方面都不是两极分解成'空想'和'政策技术'，无论哪一极都不是现实中生存的我们潜意识受到震撼的想象力的世界。"①"'SF 小说'、'SF 漫画'充斥着书店，'SF 动画片'几乎占领了所有的电视台，SF 逐渐失去了'与现实的非连续感'。机器人和 UFO 逐渐玩具化、宇宙迪士尼乐园化、星际旅游新发现日本化。也许这些吸收的骇人度确实是极其虚无主义，但现在'正统的 SF 动画片'中没闻到虚无主义的芳香，无论在哪里都是健全的快乐。""对于电影《星际大战》不满的是在那里看不到像《2001 年宇宙之旅》中的'矿物的印象'。特别拍摄的精粹集中的无数宇宙船和机器人登场，他们是毫无意义的'物体'，是服务人类文明的有益的'道具'。即使是让观众开怀大笑的两台机器人，也只是拟人化的'相声电脑'。唯一让人感觉到的是在两个太阳照射的沙漠风景里，所有具有人情味的、血腥味的'道具'全体登场。制作出 SF 的'矿物的印象'，无论在哪儿都没有'清洁感'。或者说不管在哪儿都是具备常识的人，现实和日常中的人，热爱正义、为了美人而拼命地血气方刚的人，只有这才是合理主义的人。"② 川本认为把类似《星球大战》的电影叫作 SF，不是展示具有奇迹般的创造精神，而是想到星云（世界）的虚拟的彼岸中去，但现实世界在本质上却没有发生变化。所以，SF 文学应该追求极度的科学技术才具真正的艺术魅力。

第九，现代作家个案分析。川本以村上春树和立松和平为个案来分

---

① [日] 川本三郎：《既知的常识化的 SF》，载《同时代的文学》，冬数社 1979 年版，第 153 页。

② 同上书，第 156—157 页。

析现代文学。村上和立松都是日本现代既创造了 J 文学又程度不同地保持现实主义艺术手法的作家，川本评论道："如果把立松和平的创作集《穷途末路》与村上春树的进行比较，就会发现它实际是一部陈旧的、纯文学所规定的、朴实的小说。生病的母亲，就职于市事务所疲于生活的父亲，还有在东京边打各种零工边上大学的主人公，基本上都是在精心地打点着自己身边的生活。村上春树的小说'从生活的现实主义中抽象出来，不断书写的只是日常消磨掉的闲聊，像语言粘贴画似的小说'。立松的小说只是真正生活的现实主义支撑的陈旧、'狭窄的'小说，他限定在以自己的手所能及的范围里的日常生活为对象，认真思考青春意义，想要找出生存的意义而诚实地活着。诚实和认真等作为文学行为只是让人厌倦的老话题，这也是立松没有将之抛弃的方法意识。因此，立松小说如果说有创新的话，就是描写在全日共斗争时代的街头游行和大学的示威固守（《现在也是时间》）；描写印度旅行和哈西西体验等（《马口铁的北回归线》）。但这些只是题材和风俗的求新，而村上小说在这些方面有新的刺激具别样的趣味。""实际上村上和立松基本上属于同一个时代，这种改变古板形式的书写小说本身不是现代的 ambivalent 的象征①，而且这两者的小说同样消化了读者的存在本身又是一种 ambivalent。如果说比喻夸张的话，村上小说《世界的共时性》与立松小说《亚洲的后进性》的表现手法，正如都知道的'周刊杂志轻佻'的比喻，村上春树是在牛仔裤世界里，立松和平是在打着结的学生制服的世界里。"② 川本认为：立松和平和村上春树都是诚实的作家，立松书写依然是旧态的小说，村上自觉到自己拘泥于形式才能制作出小说，两人都是为了表现这种无自觉的生活而取材于各自周边的人和事。

第十，战后日本电影。川本在《这回的战后日本电影·后记》中

---

① ambivalent，指同时保持矛盾感情的或心里具有两面价值的意思。——译者注
② ［日］川本三郎：《两篇〈青春小说〉》，载《同时代的文学》，冬数社 1979 年版，第 276—277 页。

提出了对战后日本电影的总体看法。他认为：战后的日本电影产生了无数的名作，仅仅以1954年为例，从《狐狸旬报》的前十名来看，《二十四的瞳》、《女人园》、《七个侍从》、《黑色的潮》、《劲松物语》、《山音》、《晚菊》、《勋章》、《山椒大叔》、《大阪之宿》等杰作比比皆是。确实不愧为电影黄金时代。历经30年后的今天来看，这些电影依然能被称为杰作。那个年代，优秀作品之所以层出不穷，因为作者不只是意识到战争的阴影，而是特别看重对战争中逝去的人的慰藉心情，看看小津安二郎①的战后两部杰作《麦秋》与《东京物语》就会明白这点。这两部作品无论哪部都绝对没有突出的事件，但确实让观众深深地陷入战争阴影、死者阴影之中。《麦秋》的原节子的哥哥战死在那场战争中，《东京物语》中的原节子又成为战争未亡人。那场战争，日本既是加害者也是受害者，对亚洲人民发起战争的加害和美国原子弹爆炸与空袭的受害，这二重性使战后很长时间里活着的日本人形成了复杂心态。想表达对逝者的哀悼，又感觉这是对亚洲人民的伤害。其实"对死者的哀悼"与"对战争的批判"既不矛盾又不统一。这正如"活着真好"与"对逝去人的歉意"相分裂一样。战后日本电影都是在这两极的持续紧张中所诞生。在战后日本电影里，以原节子为代表的田中绢代、高峰秀子、山田五十铃、杉村春子、乙羽信子、香川京子、望月优子等女演员们的光辉形象举不胜举。与男演员比起来，女演员占了压倒性的比重。除黑泽明外，小津安二郎、木下惠介、成濑巳喜男、今井正等也一个劲地塑造出了很多电影的光辉女主角。为什么田中绢代、原节子形象那么美丽呢？那是因为她们始终处于"活着真好"的喜悦与"对逝去人的歉意"的悲伤两种情绪的冲突之中。实际上，战后日本社会就是在这个基调下重建起来②。川本对战后日本电影的评论十分恳切，不乏精当，为日本电影评论者经常引用。

---

① 小津安二郎（1903—1963），日本电影导演。——译者注
② ［日］川本三郎：《这回的战后日本电影》，岩波书店1994年版，第283—286页。

第七节 小结

桑原武夫作为文明批评家备受瞩目，他提倡文学与哲学、经济学、法学等学科的相互刺激、相互启示，以现实主义的判断去致力让学问在现实中发挥作用。其主要文论观是：俳谐非现代性说，第二艺术论，非独创性批评否定说，大众文学论，读者行为论，认识价值说，近代批评要素，艺术效果，艺术诱导说等。

尾崎秀树确立了大众文学理论，对既能反映日本人精神结构，又能对大众文学这一表现民族精神的文学形式做出了独特的思考和探索。其主要文论观是：大众文学的确立，战后大众文学论，大众文学作家论，大众文学趣味说，大众文学与新闻媒介，国民文学边沿说，武打小说论，历史小说论，时代科学小说论，读者与作品人物论等。

中西进把《万叶集》研究放在古代中国、日本和朝鲜半岛的文化交流中来确定它的地位，研究体系博大精深，并致力于能乐、谣曲的研究。其主要文论观是：《万叶集》的地位，《万叶集》的民众性，《万叶集》的辞赋世界，"水与女子"命题，形与影，《万叶集》与中国文学，《万叶集》与中国思想，诗与批评，文学研究方法论，世界背景考量等。

柄谷行人批评的原点是批评的冲动，其批评视角是内部与外部的互动，超越文艺批评的框架，致力于建构结构主义、解构主义。其主要文论观是：风景的发现，内面的发现，日本文学史观，后现代艺术构建说，反文学论，梦与现实文学说，批评新样式说，言文一致象征说，汉文字表现说，文学跨越式批判等。

竹内好是日本第一代研究现代中国文学的代表人物，其现代中国文学论至今影响着日本文坛，因其鲁迅研究影响极大而被誉为"竹内鲁迅"。其主要文论观是：第一义文学者，文学根源"无"，论争痛苦说，绝望论，文学与政治，启蒙者鲁迅，原型鲁迅，鲁迅文学鉴赏，文学奴性论，国民文学论等。

藤井省三重于考证，发掘出殊为珍贵的资料，他是在熟练掌握当代西方文论基础上而站在日本鲁迅研究领域前沿并成为当前日本现代中国文学研究的领军人物。其主要文论观是：从阅读史释鲁迅，鲁迅原罪意识说，鲁迅研究新史料发掘，鲁迅研究新证，鲁迅理解与理解鲁迅，鲁迅影响研究论，鲁迅平行研究论，比较文学的多维思考，台湾文学论，现代中国文化论等。

川本三郎以文学电影为中心涉及了表演、音乐和漫画，重点在城市、儿童、疾病、风景、记忆等方面，以"东京"及东京人的独特兴趣讲述现代都市文化。其主要文论观是："死"与"性"，都市连续性丧失说，游戏精神，年轻人文化，自闭症描写，现代文学的缺欠，文学"滑稽"否定说，SF文学，现代作家个案分析，战后日本电影等。

附录　日本文论史年表

时间	文学研究著作（著者）
和铜5・712	古事记序（安万侣）
天平、胜宝3・751	怀风藻序（佚名）
宝龟3・772	歌经标式（藤原滨成）
弘仁5・814	凌云新集（小野岑守等）
弘仁9・818	文华秀丽集（藤原冬嗣等）
弘仁10・819	文镜秘府论（释空海）
弘仁11・820	文笔眼心抄（释空海）
宽平4・891	新撰万叶集序（菅原道真）
延喜5・905	古今和歌集序（纪贯之）
延喜5・905	古今和歌集真名序（纪淑望）
天庆8・945	和歌体十种（壬生忠岑）
天德4・960	天德四年内里歌合（实赖判）
长历元・1037	△和歌九品（藤原公任）
	△新撰髓脑（藤原公任）
长久2・1041	弘徽殿女御生子歌合（义忠判）
承历2・1078	内里歌合（显房判）
天治元・1124	△奥义抄（藤原清辅）
保元3・1158	△袋草纸（藤原清辅）
建元5・1194	万叶时代考（藤原俊成）
建元7・1196	古今问答（藤原俊成）
元久2・1205	△新古今和歌集序（藤原亲经）
承元3・1209	近代秀歌（藤原定家）
承元4・1210	无名抄（鸭长明）
建保元・1213	咏歌大概（藤原定家）
嘉禄元・1225	僻案抄（藤原定家）
嘉祯元・1235	远岛御歌合（后鸟羽院判）
正元元・1259	古今集注（藤原为家）
弘长元・1261	咏歌一体（藤原为家）
文永6・1269	万叶集注释（仙觉）
永仁3・1295	野守镜（有房）

注：△成立时间未确定标志。

续表

时间	文学研究著作（著者）
正平 4·1349	连理秘抄（二条良基）
贞治 3·1364	济北集（虎关师炼）
文中元·1372	井蛙抄（顿河）
庆永 10·1403	连歌新式（二条良基）
	筑波问答（二条良基）
庆永 13·1406	《风姿花传》世阿弥
庆永 25·1418	二音抄（今川了俊）
庆永 27·1420	言尘集（今川了俊）
庆永 31·1424	花习内拔书（世阿弥）
正长元·1428	至花道（世阿弥）
永享 4·1432	花镜（世阿弥）
永享 12·1440	初心求咏集（宗砌）
文安 4·1447	源氏物语提要（范政）
康正 2·1456	一滴集（正彻）
应仁元·1467	古今连谈集（宗砌）
文明 2·1470	△拾玉得花（禅竹）
文明 10·1478	至道要集（禅竹）
长享 2·1488	吾妻问答（宋祇）
明应 2·1493	百人一首抄（宋祇）
庆长元·1596	紫尘残抄（宗长）
宽永 20·1643	和歌秘抄（尧惠）
宽永 21·1644	伊势物语阙疑抄（幽斋）
承应元·1652	油糟（松永贞德）
宽文元·1661	天水抄（松永贞德）
延宝 5·1677	大和物语抄（北村季吟）
贞享 4·1687	土佐日记抄（北村季吟）
元禄 3·1690	俳谐之口传（西鹤）
元禄 4·1691	词草采抄（契冲）
元禄 6·1693	万叶代匠记（契冲）
元禄 7·1694	百人一首杂谈（茂睡）
	许六离别的词（松尾芭蕉）
宝永 2·1705	不玉宛来去论书（松尾芭蕉）
宝永 4·1707	浪花宛来去论书（松尾芭蕉）
	新敕撰类础（忠肃）
	南无俳谐（各务支考）
宝永 5·1708	万叶集回答（荷田春满）
宝永 6·1709	万叶集和假名训（荷田春满）
享保 4·1719	俳谐十论（各务支考）
宽保元·1741	国歌八论（荷田春满）
	国歌八论余言（田安宗武）
	国歌八论余言拾遗（贺茂真渊）
宽保 3·1743	国歌论臆说（贺茂真渊）
	臆说剩言（田安宗武）
宽延元·1748	文论（太宰春台）
宽延元·1748	职原抄弁讲（义俊）
宝历 13·1763	石上私淑言（本居宣长）

续表

时间	文学研究著作（著者）
	诗学逢原（祇园南海）刊行
明和 6·1769	伊势物语考异（建部绫足）
明和 8·1771	日本诗史（江村北海）
安永 4·1775	左比志远理序（与谢芜村）
安永 5·1776	三册子（服部土芳）
安永 6·1777	春泥句集序（与谢芜村）
安永 8·1779	万叶集玉的小琴（本居宣长）
天明 3·1783	作诗志彀（山本北山）
宽政 7·1795	源氏物语玉的小节（本居宣长）
宽政 12·1800	△百人一首灯（富士谷御杖）
享和 3·1803	俳谐风时记（泷泽马琴）
文化 5·1808	俳论（白露）
	五山堂诗话（菊池五山）刊行
文政 8·1825	歌道大意（笃胤）
天保 2·1831	竹取翁物语解（大秀）
天保 4·1833	读本朝水浒传并批评（泷泽马琴）
	芜村发句解（乙二）
天保 6·1835	古今和歌集正义（香山景树）
天保 14·1843	歌学提要（内山真弓）
嘉永 2·1849	古今集撰辑考（是香）
安政 2·1855	万叶集文字弁证（正辞）
安政 4·1857	万叶集新考（野雁）
文久元·1861	倭歌诸说（广足）
元治元·1864	歌学新论（高世）
庆应元·1865	歌格谚话（淑荫）
明治 15·1882	淡窗诗话（广濑淡窗）刊行
明治 18·1885	小说神髓（坪内逍遥）
明治 19·1886	小说总论（二叶亭四迷）
明治 26·1893	内部生命论（北村透谷）
明治 32·1899	近世美学（高山樗牛）
明治 35·1902	新美辞学（岛村抱月）
	文学概论（武岛羽衣）
明治 40·1907	文学论（夏目漱石）
	俳论史（沼波琼音）
	文艺讲话（上田敏）
明治 43·1910	文学评论（夏目漱石）
大正元·1912	国文学发达史（永井一考）
	近代文学十讲（厨川白村）
大正 4·1915	文学的本质（松浦一）
	日本诗歌论（野口米次）
大正 5·1916	口译万叶集（折口信夫）
	游荡文学（赤木桁平）
大正 6·1917	从自然到传统主义（本间久雄）
	为新世界的新艺术（大杉荣）
大正 7·1918	关于新村（武者小路实笃）
	致武者小路兄（有岛武郎）

续表

时间	文学研究著作（著者）
大正 8·1919	印象批评之弊（菊池宽）
大正 9·1920	日本古代文化（和辻哲郎）
	第四阶级的文学（中野秀人）
	江户艺术论（永井荷风）
大正 10·1921	文学与社会主义（平林初之辅）
大正 11·1922	武者小路实笃全集刊行
大正 13·1924	有岛武郎全集刊行
	新感觉派的诞生（千叶龟雄）
	新进作家新倾向解说（川端康成）
	散文艺术的位置（广津和郎）
大正 14·1925	调查的艺术（青野季吉）
	私小说和心境小说（久米正雄）
大正 15·1926	万叶集的新研究（久松潜一）
昭和 3·1928	到无产阶级写实主义之路（藏原惟一）
昭和 4·1929	形形色色的图样（小林秀雄）
	谁，蹂躏了花园（中村武罗夫）
	主知的文学论（阿部知二）
昭和 5·1930	文学和机械文明（板垣鹰穗）
昭和 6·1931	文艺评论（小林秀雄）
	日本无产阶级文学理论的发展（山田清三郎）
	新心理主义文学（伊藤整）
昭和 7·1932	文学界的混乱（小林秀雄）
昭和 9·1934	法国文学一转机（小松清）
	文学史方法论（三木清）
	纯粹小说论（横光利一）
昭和 10·1935	日本文艺学（冈崎义惠）
	戴冠诗人的御一人者（保田与重郎）
昭和 11·1936	纯文学概论（李家正文）
昭和 12·1937	日本文艺的样式（冈崎义惠）
昭和 14·1939	文学论（中村光夫）
昭和 17·1942	日本艺术思潮（冈崎义惠）
昭和 18·1943	敕撰和歌集的研究（松田武夫）
昭和 19·1945	歌声哟，响起来吧（宫本百合子）
昭和 20·1945	批评的人性（中野重治）
昭和 21·1946	艺术、历史、人性（本多秋五）
	第二青春（荒正人）
	一点反论（平野谦）
	堕落论（坂口安吾）
昭和 22·1947	第二艺术——关于现代俳句（桑原武夫）
	1946 年文学的考察（加藤周一、中村真一郎、福永武彦）
	岛畸藤村（平野谦）
	现代日本文化的反省（桑原武夫）
	文学的人间像（荒正人）
昭和 23·1948	文学与现实（加藤周一）
	无产阶级文学再认识的视点（小田切秀雄）

附录 日本文论史年表

续表

时间	文学研究著作（著者）
昭和25·1950	论大众文学（桑原武夫）
	风俗小说论（中村光夫）
	文学为何物（加藤周一）
	文学入门（桑原武夫）
	何谓艺术（福田恒存）
昭和26·1951	近代文学和民族问题（竹内好）
	抵抗的文学（加藤周一）
	小说入门（中村光夫）
	现代俳句上（山本健吉）
	私小说的二律背反（平野谦）
昭和27·1952	政治与文学（中野重治）
	走向新国民文学的道路（竹内好）
	国民文学之展望（小田切秀雄）
	历史与文学（桑原武夫）
	现代俳句下（山本健吉）
	古文艺论（高木市之助）
	日本文坛史（伊藤整）
昭和28·1953	不幸的艺术（柳田国男）
	岛崎藤村论（龟井胜一郎）
	写生说的研究（北住敏夫）
	第三新人（山本健吉）
	鲁迅入门（竹内好）
昭和29·1954	国民文学论（竹内好）
	世界文学入门（桑原武夫）
	现代日本作家研究（寺田透）
	日本的近代小说（中村光夫）
	"白桦派"的文学（本多秋五）
	昭和文学论（佐佐木基一）
	小说的认识（伊藤整）
昭和30·1955	无赖派的再评价（奥野健男）
	日本文化的杂种性（加藤周一）
	宫泽显治（中村稔）
	市民文学论（荒正人）
	现人诗试论（大冈信）
	近代恋爱诗（龟井胜一郎）
	日本文学的方法（西乡信纲）
	自然主义研究上卷（吉田精一）
昭和31·1956	文学家的战争责任（吉本隆明）
	战后文学的展望（荒正人）
	万叶集大成（中西进）
	杂种文化（加藤周一）
	昭和文学诸问题（佐佐木基一）
	战后文艺评论（平野谦）
	现代作家论（奥野健男）
昭和32·1957	转向文学论（本多秋五）
	组织中的人（平野谦）
	人类与文学（臼井吉见）

续表

时间	文学研究著作（著者）
昭和33・1958	芭蕉鉴赏与批评（山本健吉） 战后文学向何处去（吉本隆明） 鲁迅评论集（竹内好） 宇宙文明论（荒正人） 艺术与革命（佐佐木基一） 物语战后文学史（本多秋五）
昭和34・1959	自然主义研究下卷（吉田精一） 艺术与实际生活（平野谦） 再论政治小说（中村光夫） 艺术的抵抗与挫折（吉本隆明）
昭和35・1960	文学的内部与外界（寺田透） 近代的克服（花田清辉） 写生派歌人的研究（北住敏夫） 作家论（江藤淳） 虚空（埴谷雄高） 日本文学的历史（高木市之助）
昭和36・1961	海上之路（柳田国男） 文学的拥护（中村真一郎）
昭和37・1962	抗议对纯文学的攻击（高见顺） 再论纯文学变质（平野谦） 战后文学是幻影（佐佐木基一） 战后文学是幻影吗（本多秋五） 日本文学（久松潜一） 战后文学的转换（吉本隆明）
昭和38・1963	日本达达主义运动（高桥新吉） 纯文学可能吗（奥野健男） 日本文化的思考（桑原武夫） 大正文学史（臼井吉见） 昭和文学史（平野谦） 反自然主义文学（高田瑞穗） 硬文学的复活（中村光夫）
昭和39・1964	战后文学论（安田武） 近代读者论（外山滋比古） 艺术的自我革命（桶谷秀昭） 无常（唐木顺三） 批评与创作（中村光夫） 日本的国家主义（吉本隆明） 源氏物语的世界（秋山虔）
昭和40・1965	大众文学论（尾崎秀树） 语言的艺术（中村光夫） 语言美是什么（吉本隆明） 文学的立场（小田切秀雄）
昭和41・1966	战后文学论（飨庭孝男） 现代作家论（佐佐木基一） 戏剧精神（山崎正和） 自立的思想据点（吉本隆明） 古事论的世界（西乡信纲）

附录　日本文论史年表

续表

时间	文学研究著作（著者）
昭和42·1967	存在的艺术（日野启三） 内部的人类（秋山骏） 小说平家（花田清辉） 艺术现代论（山崎正和） 王朝女性文学的形成（秋山虔） 日本文学五十年（高木市之助）
昭和43·1968	作品论的尝试（三好竹雄） 近代唯美派（高田瑞穗） 虚点的思想（日野启三） 共同幻想论（吉本隆明）
昭和44·1969	内与外的日本文学（佐伯彰一） 意识与自然—漱石试论（柄谷竹人）
昭和45·1970	限度的文学（川村二郎） 文学的轮廓（中岛梓） 诗的空间（粟津则雄） 漱石与其时代一、二部（江藤淳） 昭和文学的内外（佐佐木基一） 浪漫主义研究（吉田精一）
昭和46·1971	满洲事变以后四十年文学上的问题（小田切秀雄） 内向的生活（秋山骏） 和魂洋才的系谱（平川祐弘） 战后文学史论（本多秋五） 昭和文学的可能性（平野谦） 松尾芭蕉（尾形仂）
昭和47·1972	反历史主义文学（飨庭孝男） 关于宽容（渡边一夫） 战后文学的青春（奥野健男） 恐惧的人类（柄谷行人） 克服"绝望"——竹内好论（川本三郎）
昭和48·1973	昭和文学的可能性（平野谦） 王朝女性文学的世界（秋山虔） 战后的文学（寺田透） 小林秀雄与中原中也（秋山骏） 无赖与异端（奥野健男） 银河与地狱——幻想文学论（川村二郎） 近代读者的成立（前田爱） 归去来兮——古典文学评论全集（山本健吉）
昭和49·1974	女性作家论（奥野健男） 初期歌谣论（吉本隆明）
昭和50·1975	意义这种病（柄谷行人） 町人文化的繁荣（板坂元）
昭和51·1976	昭和之安魂（矶田光一） 子规与虚子（山本健吉） 写生俳句及写生文的研究（北住敏夫） 新编鲁迅杂记（竹内好）
昭和52·1977	本居宣长（小林秀雄） 俳谐史研究（尾形仂）

续表

时间	文学研究著作（著者）
昭和53·1978	马克思的可能性的中心（柄谷行人）
	幻景的明治（前田爱）
昭和54·1979	物语艺术论（佐伯彰一）
	回想的战后文学（中岛健藏）
	内在的理由（秋山骏）
	同时代的文学（川本三郎）
	悲剧的解读（吉本隆明）
昭和55·1980	日本近代文学的起源（柄谷行人）
	童话及其周边（山室静）
昭和57·1982	都市空间中的文学（前田爱）
	日本近代文学的宿命（高田瑞穗）
昭和58·1983	保田与重郎（桶谷秀昭）
	鹿鸣馆的系谱（矶田光一）
	花岛的使用和歌之道的诗学（尼崎彬）
昭和59·1984	都市感受性（川本三郎）
昭和60·1985	灵魂与构思小林秀雄（秋山骏）
	大正文学史（濑沼茂树）
昭和61·1986	俄罗斯之影——夏目漱石与鲁迅（藤井省三）
	温和的自我的文学（山崎正和）
	歌仙的世界（尾形仂）
	鲁迅——《故乡》的风景（藤井省三）
昭和62·1987	感觉的变样（川本三郎）
	与谢芜村（山本健吉）
平成元年·1988	20世纪的十大小说（筱田一士）
	文学文本入门（前田爱）
	作为构造的谈话（小森阳一）
平成1·1989	诗人·菅原道具（大冈信）
平成2·1990	时代小说礼赞（秋山骏）
	日本文化与个人主义（山崎正和）
	俳句的周边（尾形仂）
平成3·1991	中国文学100年（藤井省三）
平成5·1993	快乐的结局（池泽夏树）
	昭和作家论（高桥英夫）
平成6·1994	幻视者宣言——电影·音乐·文学（埴谷雄高）
平成7·1995	源氏物语与能（马场秋子）
	战败后论（加藤典洋）
	日本的文学论（竹西宽子）
	再读漱石（小森阳一）
	缘的美学和歌之道的诗学Ⅱ（尼崎彬）
平成8·1996	知性的磨砺（林望）
平成10·1998	台湾文学100年（藤井省三）
	"动摇"的日本文学（小森阳一）
平成11·1999	小说和评论（小森阳一）

说明：本表的制成主要根据了以下著作：内野吾郎《日本文艺研究史》（樱枫社1984年版），福井贞助编《日本古典文学评论史》（樱枫社1985年版），田中保隆解说《近代评论集》（角川书店1972年版），松原新一、矶田光一、秋山骏《战后日本文学史·年表》（讲谈社1978年版），《新选现代日本文学全集》（筑摩书房1960年版），本多秋五《物语战后文学史》（新潮社1960年版），《昭和批评大系》（番町书房1968年版），尾崎秀树《大众文学》（纪伊国屋书店1980年版），长谷川泉主编《日本文学新史》现代卷（至文堂1986年版）。

主要参考文献

一 日文版

[日] 中西进:《中西进著作集》第1卷,四季社2007年版。

[日] 今井卓尔:《古代文艺思想史研究》,早稻田大学出版部1964年版。

[日] 佐佐木信纲编:《日本歌学大系》第1卷,文明社1940年版。

[日] 中村幸彦校注:《近世文学论集》,岩波书店刊行1979年版。

[日] 久松潜一、西尾实:《歌论集能乐集》,岩波书店1969年版。

[日] 久松潜一:《契冲传》,至文堂1976年版。

[日] 久松潜一:《日本文学评论史》,至文堂1949年版。

[日] 木藤才藏、井木农一校注:《歌论集能乐集》,岩波书店1961年版。

[日] 伊藤整:《日本现代文学全集》第4卷,讲谈社1980年版。

[日] 伊藤整:《日本现代文学全集》,讲谈社1962年版。

[日] 吉田精一:《近代文艺评论史》,至文堂1975年版。

[日] 夏目漱石:《漱石全集》第9卷,岩波书店1966年版。

[日] 森鸥外:《鸥外选集》第3卷,岩波书店1979年版。

[日] 森鸥外:《鸥外全集》第12卷,岩波书店1937年版。

[日] 长谷川泉:《森鸥外论考》,明治书院1991年版。

[日] 长谷川泉等编著:《近代文艺评论集》,东出版1965年版。

［日］小林秀雄：《小林秀雄全集》第3卷，新潮社2001年版。

［日］森本谆生：《小林秀雄理论》，人文书院2002年版。

《厨川白村集》第2卷，厨川白村集刊行会1924年版。

《现代日本文学全集》第55卷，筑摩书房1973年版。

《现代日本文学全集》第94卷，筑摩书房1973年版。

《现代日本文学大系》第1卷，筑摩书房1973年版。

《日本现代文学全集》第68卷，讲谈社1962年版。

［日］一条重美：《日本无产阶级文艺理论史》，彰考书院刊1948年版。

［日］藏原惟人：《藏原惟人评论集》，新日本出版社1966年版。

［日］青野季吉：《文学五十年》，筑摩书房版1957年版。

［日］有岛武郎：《有岛武郎全集》第7卷，筑摩书店1980年版。

［日］川端康成：《川端康成全集》第32卷，新潮社版1982年版。

［日］伊藤整等编：《日本现代文学全集》第67卷，讲谈社1980年版。

［日］红野敏郎编：《新感觉派的文学世界》，名著刊行会1982年版。

［日］保田与重郎：《保田与重郎全集》第5卷，讲谈社1986年版。

［日］保田与重郎：《保田与重郎全集》第6卷，讲谈社1986年版。

《子规全集》第5卷，讲谈社1976年版。

［日］宫田茂子：《近代俳句研究》，乐浪书院1934年版。

［日］铃木胜忠：《俳谐史要》，明治书院1973年版。

［日］土方定一：《近代日本文学评论史》，法政大学出版局1973年版。

［日］内野吾郎：《日本文艺研究史》，樱枫社1984年版。

［日］福井助贞编：《日本古典文学评论史》，樱枫社1985年版。

［日］田中保隆解说：《近代评论集》，角川书店1972年版。

［日］松原新一、矶田光一、秋山骏：《战后日本文学史·年表》，讲谈社1978年版。

［日］中野重治：《中野重治全集》第12卷，筑摩书房1979年版。

［日］中野重治：《中野重治全集》第13卷，筑摩书房1979年版。

［日］中野重治：《中野重治全集》第 18 卷，筑摩书房 1979 年版。

［日］《新选现代日本文学全集》，筑摩书房 1960 年版。

［日］本多秋五：《物语战后文学史》，新潮社 1960 年版。

《昭和批评大系》第 4 卷，番町书房 1968 年版。

《现代文艺评论集》（二），筑摩书房 1958 年版。

［日］本多秋五：《战后文学史论》，新潮社 1971 年版。

《现代日本文学讲座·评论·随笔》，三省堂 1963 年版。

《现代文学全集》第 95 卷，筑摩书房 1958 年版。

［日］本多秋五：《战时战后的先行者们》，劲草书房 1971 年版。

［日］荒正人：《荒正人著作集》第 1 卷，厚德社 1983 年版。

［日］臼井吉见：《战后文学论争》（上），番町书房 1972 年版。

《新撰现代日本文学全集》第 38 卷，筑摩书房 1960 年版。

［日］荒正人：《荒正人著作集》第 3 卷，三一书房 1984 年版。

［日］坂口安吾：《日本文化私观》，评论社 1968 年版。

《现代日本文学全集》第 49 卷，筑摩书房 1954 年版。

［日］平野谦：《平野谦全集》，新潮社 1975 年版。

［日］平野谦：《我的战后文学史》，讲谈社 1972 年版。

《新选现代日本文学全集》第 38 卷，筑摩书房 1960 年版。

［日］小田切秀雄：《各种各样思想的新关系》，河出新书 200 号 1956 年版。

［日］长谷川泉主编：《日本文学新史》现代卷，至文堂 1986 年版。

［日］小田切秀雄：《文学主体的形成》，昭森社 1947 年版。

［日］《小田切秀雄文学论》，河出书房 1949 年版。

［日］中村光夫：《中村光夫全集》第 7 卷，筑摩书房 1972 年版。

［日］中村光夫：《中村光夫全集》第 8 卷，筑摩书房 1972 年版。

［日］中村光夫：《中村光夫全集》第 9 卷，筑摩书房 1972 年版。

［日］中村光夫：《中村光夫全集》第 11 卷，筑摩书房 1973 年版。

［日］伊藤整：《伊藤整全集》第 16 卷，新潮社 1973 年版。
［日］伊藤整：《伊藤整全集》第 17 卷，新潮社 1973 年版。
［日］伊藤整：《小说的方法》，筑摩书房 1989 年版。
［日］吉本隆明：《模写与镜》，春秋社 1954 年版。
［日］吉本隆明：《吉本隆明全著作集》第 4 卷，劲草书房 1969 年版。
［日］吉本隆明：《吉本隆明全著作集》第 5 卷，劲草书房 1970 年版。
［日］吉本隆明：《吉本隆明全著作集》第 6 卷，劲草书房 1972 年版。
［日］山本健吉：《山本健吉全集》第 8 卷，讲谈社 1984 年版。
［日］山本健吉：《山本健吉全集》第 13 卷，讲谈社 1984 年版。
［日］山本健吉：《山本健吉全集》别卷，讲谈社 1985 年版。
［日］秋山骏：《秋山骏文学论集》，仮面社 1971 年版。
［日］秋山骏：《无用的告发》，河出书房新社 1970 年版。
［日］桑原武夫：《第二艺术论》，河出书房 1956 年版。
［日］桑原武夫：《历史与文学》，新潮社 1951 年版。
［日］桑原武夫：《文学入门》，岩波书房 1954 年版。
［日］桑原武夫：《桑原武夫全集》第 1 卷，朝日新闻社 1966 年版。
［日］尾崎秀树：《大众文学》，纪伊国屋书店 1980 年版。
［日］尾崎秀树：《大众文学论》，劲草书房 1979 年版。
［日］尾崎秀树：《历史文学夜话》，讲谈社 1990 年版。
［日］中西进：《万叶的世界》，中央公论社 1973 年版。
［日］中西进：《诗心往返》，河出书房新社 1975 年版。
［日］中西进：《万叶集的比较文学研究》，樱枫社 1963 年版。
［日］中西进：《万叶史的研究》，樱枫社 1963 年版。
［日］中西进：《万叶集原论》，樱枫社 1976 年版。
［日］柄谷行人：《日本近代文学的起源》，讲谈社 1984 年版。
［日］柄谷行人：《批评与后现代艺术》，福武书店 1985 年版。
［日］柄谷行人：《反文学论》，冬数社 1979 年版。

［日］柄谷行人：《意义这种病》，讲谈社1989年版。

［日］竹内好：《鲁迅》，未来社1971年版。

［日］竹内好：《新编鲁迅杂记》，劲草书房1978年版。

［日］《战后文学论争》（下），番町书房1952年版。

［日］藤井省三：《鲁迅〈故乡〉阅读史》，创文社1997年版。

［日］藤井省三：《中国文学一百年》，新潮社1991年版。

［日］藤井省三：《台湾文学一百年》，东方书店1998年版。

［日］藤井省三：《现代中国文化探险——四个都市的物语》，岩波书店1999年版。

［日］川本三郎：《都市的感受性》，筑摩书房1984年版。

［日］川本三郎：《同时代的文学》，冬数社1979年版。

［日］川本三郎：《这回的战后日本电影》，岩波书店1994年版。

二　中文版

马歌东：《日本汉诗溯源比较研究》，中国社会科学出版社2004年版。

［日］安万侣：《古事记序》，邹有恒、吕元明译，人民文学出版社1979年版。

曹顺庆主编：《东方文论选》，四川人民出版社1996年版。

王晓平：《梅红樱粉——日本作家与中国文化》，宁夏人民出版社2002年版。

彭恩华：《日本和歌史》，学林出版社2004年版。

郑民钦：《日本俳句史》，京华出版社2000年版。

谭雯：《日本诗话的中国情结》，中国社会科学出版社2007年版。

［日］中村新太郎：《日本近代文学史话》，卞立强译，北京大学出版社1986年版。

叶渭渠、唐月梅：《日本现代文学思潮史》，中国华侨出版社1991年版。

鲁迅：《鲁迅全集》第16卷，人民文学出版社1981年版。

［日］有岛武郎：《爱是恣意夺取》，刘立善译，辽宁大学出版社1998年版。

张福贵、靳丛林：《中日近现代文学关系比较研究》，吉林大学出版社1999年版。

高文汉：《日本近代汉文学》，宁夏人民出版社2005年版。

叶琳等：《现代日本文学批评史》，上海外语教育出版社2008年版。

谭晶华：《日本近代文学史》，上海外语教育出版社2010年版。

王健宜、吴艳、刘伟：《日本近现代文学史》，世纪知识出版社2010年版。

曹志明：《日本战后文学史》，人民出版社2010年版。

肖霞：《日本现代文学发展轨迹》，山东大学出版社2011年版。

中西进：《水边的婚恋》，王晓平译，四川人民出版社1995年版。

［日］竹内好：《近代的超克》，李冬木、赵京华、孙歌译，生活·读书·新知三联书店2005年版。

［日］藤井省三：《鲁迅比较研究》，陈福康编译，上海外语教育出版社1997年版。

后　记

公元712—2000年，时间跨度如此长的《日本文论史》，无论是中国，或是日本，目前均未问世。所以说，本著为日本文论史研究领域里的开拓之作。

国家社科基金两次立项，促成了本著的完成。本著完成还得于曹顺庆教授的有力扶持。

1996年始，日本国际交流基金前后3次邀请笔者赴日研修，此外，又有7次去日本短期访学的机会。在日共计4年，日本教授给予我很大的帮助。他们是：中西进，野村浩一，岩佐昌暲，古田岛洋介，内田知行，关根谦，小川利康。没有他们的帮助，我完成此著则无法想象。中国社会科学出版社的郭晓鸿、杨康，玉成本著出版，功莫大焉。

从2000年至今，我指导毕业博士生32人、硕士生152人，陆续给他（她）们传授了日本文论史的一些内容，教学相长体现在书中。

《日本文论史：公元712—2000》是我独撰出版12部学术专著的最后一部，也是我几十年研究中日比较文化的一个总结。诚然，中日学者今后撰写《日本文论史》将超越笔者，然他们倘不参考本著的内容，殊为遗憾。

靳明全
2018年9月于重庆